Jonas Wolf
Heldenzorn

PIPER

Zu diesem Buch

Seit Jahrzehnten führen die Barbaren der Steppe einen verzweifelten Kampf gegen das übermächtige Dominum. Bei einem Scharmützel wird auch der junge Teriasch gefangen genommen. Als Sklave erfährt er die Grausamkeit des Dominums am eigenen Leib. Teriasch hat jedoch eine geheimnisvolle Begabung, die er gemeinsam mit dem gerissenen Halbling Rukabo zu erforschen beginnt. Nachdem er der schönen Julanesca das Leben gerettet hat, scheint die Freiheit zum Greifen nahe. Doch wird Teriasch Tausende anderer Sklaven in der Knechtschaft zurücklassen oder wird er die Feuer der Revolution entfachen und dem dekadenten Imperium den Untergang bringen?

Jonas Wolf, geboren 1976 in Hamburg, schrieb schon als Kind Geschichten und Märchen. Seine Liebe zur Fantasy entdeckte er mit J. R. R. Tolkiens Epos über die Vernichtung eines magischen Rings und Robert E. Howards Erzählungen um einen grimmigen Barbaren. Sein Roman »Heldenzorn« steht in dieser ehrwürdigen Tradition und verbindet sie mit Einflüssen aus der modernen Fantasy. Bei Piper erschien bereits sein Debüt »Heldenwinter«.

Jonas Wolf

HELDENZORN

Ein Roman aus der Welt des Skaldat

Piper München Zürich

Entdecke die Welt der Piper Fantasy:

Piper-Fantasy.de

Von Jonas Wolf liegen bei Piper vor:
Heldenwinter
Heldenzorn

MIX
Papier aus verantwortungsvollen Quellen
FSC® C014496
FSC www.fsc.org

Originalausgabe
August 2012

Umschlaggestaltung: www.guter-punkt.de
Umschlagabbildung: Alan Lathwell
Signet: Lydia Schuchmann
Satz: C. Schaber Datentechnik, Wels
Papier: Munken Print von Arctic Paper Munkedals AB, Schweden
Druck und Bindung: CPI – Clausen & Bosse, Leck
Printed in Germany ISBN 978-3-492-26869-1

Gewidmet all jenen,
die noch das Feuer der Freiheit
im Herzen tragen

Prolog

Die Nacht, in der Tamnis Stamm ausgelöscht wurde, begann mit einem Fest. Die Jungen tanzten um die Feuer und wirbelten ihr Haar umher, Schellenkränze um die Knöchel. Die Alten schauten zu, lachten und klatschten im Takt. In Strömen floss die vergorene Milch der Stuten, löste die Zungen und öffnete die Herzen.

Und hatten die Sukawantschi Manil, die Kinder der Weite, nicht auch allen Anlass zur Freude? Hatte es nicht noch am Morgen eher danach ausgesehen, als müssten sie die Sehnen auf ihre Bögen spannen und als würden die steinernen Köpfe ihrer Keulen bald Blut schmecken?

Immer sonst, wenn die Suda Ojate, die Harten Menschen in ihren Rüstungen aus Metall, auf ihr Land gekommen waren, hatten sich die Fremden feindselig gezeigt. Hatten getötet und geraubt. Hatten die Männer und die Alten erschlagen und die Frauen und die Kinder verschleppt. Hatten die Zelte in Brand gesteckt oder sie mit den massigen Leibern ihrer gepanzerten Reittiere zermalmt – Bestien so hoch wie zwei Männer, mit dicker Haut grau wie Stein und einem fleischigen Schlauch als Schnauze, der zwischen zwei spitzen Stoßzähnen herunterbaumelte.

Diesmal war alles anders gewesen.

Die Harten Menschen – nicht mehr als zwei Dutzend und den Kindern der Weite damit an Zahl deutlich unterlegen – schlugen ein Lager auf, um einen der Haufen aus aufgeschichteten Steinen herum, mit dem alle Sippen der Steppe die Stellen markierten, an denen es sich lohnte, nach Wasser zu graben. Dann setzten sie sich hin und warteten. Sie blieben selbst dann noch sitzen, nachdem Scheschoka den Haltepfiff für den gesamten Tross ausgestoßen und sich die Staubwolke um die Kinder der Weite wieder gelegt hatte. Nur einer der Fremden hob die Hand und winkte. Zweimal von links nach rechts, dann noch zweimal, wie man winkte, wenn man jemanden zu sich ins Zelt einlud.

»Lasst sie uns töten!«, drängten einige der heißblütigeren Krieger, die noch kein Bild auf der Haut trugen, womit sie stolz beweisen konnten, schon einmal einen Feind erschlagen zu haben.

»Lasst uns ihnen keine Beachtung schenken und weiterziehen«, war die Forderung mancher der erfahreneren Männer und Frauen.

Scheschoka, dem der Schamane nach Rücksprache mit den Geistern für diesen Mond die Rolle des Entscheiders zugedacht hatte, hatte weder auf die einen noch auf die anderen gehört. Und Tamni war stolz darauf, dass er sich an das Gesetz der Steppe gehalten hatte.

Scheschoka schoss einen Pfeil zu den Harten Menschen hinüber, um dessen Schaft er ein blaues Band gewunden hatte. Der eine Fremde, der zuvor gewunken hatte, erhob sich, um den Pfeil aus der Erde zu ziehen. Tamni fiel auf, dass sich dieser Harte Mensch von seinen Begleitern unterschied. Er trug keine Rüstung, sondern ein locker fallendes rotes Gewand, das der stete Steppenwind aufbauschte, und für einen Moment wirkte es, als loderten Flammen aus seinem Rücken. Den Pfeil in der Hand, sah er kurz zu ihnen herüber, ehe er in einem der sonderbaren Zelte verschwand, das die Harten Menschen aufgebaut hatten. Es war nicht rund wie ihre eigenen Zelte. Es hatte vier Ecken, ganz so, als müsste alles, was diese Fremden ihr Eigen nannten, kantig sein und Spitzen aufweisen.

»Sie sind dumm«, murrte ein junger Krieger. »Sie wissen nicht, was der Pfeil bedeutet. Sie haben es nicht einmal verdient, dass ihre Haut mein Zelt schmückt.«

»Was willst du mit ihrer Haut?«, entgegnete einer seiner Freunde. »Sie schreiben sich doch nicht einmal ihre Taten darauf. Sie haben Kinderhäute.«

Scheschoka, dessen Hals so rot war wie der des Vogels, von dem er seinen Namen erhalten hatte, zeigte zum Lager der Harten Menschen. »Da.«

Der Fremde im roten Gewand war aus dem Zelt herausgetreten, begleitet von einem zweiten Mann, der nun in ihre Richtung zeigte. Einer der Gepanzerten reichte ihm einen Bogen. Ein Raunen ging durch Tamnis Stamm. Ein Pfeil schwirrte auf sie zu. Tamni hielt den Atem an. Das Geschoss landete keine zwanzig Schritt vor Scheschoka im kniehohen Gras. Scheschoka stieg von seinem Pferd und eilte zum Pfeil. Tamni konnte das blaue Band darum sehen und die kleine Ausbuchtung in dem gewickelten Stoff. Geschickt legte Scheschoka frei, was die Fremden ihnen gesandt hatten: einen Streifen Dörrfleisch. Ein Hund wuselte kläffend unter den Beinen von Tamnis Pferd hindurch, um frech Anspruch auf den Leckerbissen zu erheben.

Scheschoka sah auf das Fleisch, zu den Harten Menschen, wieder auf das Fleisch, und dann suchte er den Blick des Schamanen. Unter dem Geklapper der Rasseln an seinem Gürtel trat Gopatanka an seine Seite.

»Was sagen die Geister?«, fragte Scheschoka.

Der Schamane hob den Kopf zu den Wolken am Himmel, murmelte leise, ging in die Hocke, streichelte das Gras und leckte sich die Fingerspitzen. »Sie schweigen.«

Scheschoka rieb sich das Kinn. »Ist das gut oder schlecht?«

»Es ist, wie es ist«, antwortete Gopatanka.

Im Lager der Fremden winkte der Mann in dem roten Gewand. Zweimal. Wie man winkte, wenn man jemanden zu sich ins Zelt einlud.

Tamni gehörte zu den Ersten, die Scheschoka zu den Harten Menschen begleitete. Sie war mit ihm geritten, weil auch Mado mit ihm geritten war, und wenn Mado starb, weil es nur eine Falle der Fremden war, wollte sie auch sterben. Mado, der so raue Hände und so weiche Lippen hatte.

Als die graue Bestie am Rand des Lagers die Pferde witterte, hob sie ihre schlauchige Schnauze wie eine Schlange ihren Leib, und sie gab einen furchtbaren Laut von sich, der Tamni schaudern ließ. So mussten die wütenden Geister der giftigen Winde klingen, die in den Tiefen der Finsteren Scharten gefangen waren. Die Pferde antworteten auf das Getöse mit Schnauben und Wiehern.

Der Fremde im roten Gewand lächelte und verneigte sich vor ihnen, doch Tamni hatte nur Augen für den Mann an seiner Seite. Er stammte ohne jeden Zweifel aus einer der Sippen der Steppe: schwarzes Haar, Haut von der Farbe regennasser Erde, die Augen schmal und nicht in ewigem Schrecken geweitet wie die der Harten Menschen. Doch anstelle weichen Leders trug er eine metallene Rüstung, auf deren Brustplatte ein Löwe brüllte, und auch der Reif um seinen Hals war aus einem starren Material. Knochenbleich und immerzu schimmernd, auch wenn die Sonne gerade von einer Wolke verhüllt war.

Der Fremde in Rot sagte einige Worte in der abgehackten Sprache der Harten Menschen, die in Tamnis Ohren wie eine Verwünschung klangen, obwohl sie seinem Gesichtsausdruck nach freundlich gemeint waren.

»Der Lexis des Dominex heißt euch willkommen«, übersetzte der Mann aus der Steppe. »Er ist hier, um Frieden mit den Sippen der Steppe zu schließen. Als Zeichen seiner Aufrichtigkeit will er euch reich beschenken.«

Zwei große Kisten wurden herbeigeschafft, und der Lexis ließ es sich nicht nehmen, sie von eigener Hand zu öffnen. Tamni, Mado und Scheschoka glitten gewandt von den Rücken ihrer Pferde. Was sie in den Kisten dargeboten fanden, zeugte gewiss von einer guten Absicht, doch der Großteil waren Dinge, die nicht für das Leben in der Steppe gemacht waren: zerbrechliche Trinkbecher aus gesponnenem Glas, dünne Stoffe, die selbst vom leichtesten Sturm mühelos in Fetzen gerissen wurden, glänzender Schmuck, der einen schon von Weitem verriet, wenn man sich an Beute oder einen Feind heranpirschte. Immerhin war auch das eine oder andere Brauchbare darunter: ein Paar Stoßdolche, pelzbesetzte Stiefel und eine Löwenstatue, die sich als Zierde für eine Zeltspitze eignete.

Scheschoka schürzte die Lippen. »Das ist alles, womit dieser Harte Mensch das Unrecht wiedergutmachen will, das den Sippen der Steppe angetan wurde?«

Der Übersetzer leitete die Frage an den Fremden in Rot weiter, der ihm auch prompt eine Antwort gab, lächelnd und ohne zu zögern. »Es ist nur der erste Tropfen eines langen Regens von Wohltaten, mit denen der Dominex euch überschütten wird. Für die Sippen der Steppe wird nichts mehr so sein, wie es bis heute war. Zu Ehren dieses großen Tages bittet euch der Lexis, ein Fest mit ihm auszurichten, um diese Zeitenwende zu feiern.«

»Ein Fest?«

Tamni wusste, dass Scheschoka die Bitte nicht zurückweisen würde. Wenn es etwas gab, von dem er nicht genug bekam, war es vergorene Milch und der Anblick tanzender Frauen.

»Wenn du nicht tanzt, dann iss etwas.« Wakijela hielt ihr eine Schale mit getrockneten Beeren hin. »Warum tanzt du nicht?«

Tamni steckte sich eine Beere in den Mund und zuckte mit den Achseln. »Mir ist nicht danach.«

Wakijela setzte sich neben sie auf die Decke, die Tamni am Rande des Lagers ausgebreitet hatte, wo das Lachen und Klatschen und das Rufen und Reden der Feiernden wenig mehr als leises Gemurmel war. »Es bringt Unglück, ein Fest nicht zu feiern. Oder freust du dich nicht, dass uns ein Kampf erspart geblieben ist?«

»Doch.« Tamni strich mit den Fingern über ihren Bauch und zog kleine Kreise, wie der Wind es manchmal tat, wenn er im Steppengras spielte. »Die Sippen haben schon genug gekämpft.«

Wakijela nickte, ihr spöttisches Lächeln auf dem runden Gesicht war plötzlich fortgewischt. »Ich weiß.«

Die meisten Kinder der Weite hatten durch den Großen Zug gen Norden vor einem Sommer Verluste zu beklagen, aber Wakijela hatte es besonders schwer getroffen. Ihr Vater, ihre Mutter, ihre zwei älteren Brüder, ihr Onkel – alle hatten sie den wahnsinnigen Traum, jenseits der Gipfel der Struppigen Mähne neue Jagdgründe und neues Weideland zu erobern, mit dem Leben bezahlt. In der Schlacht, in der die Toten sich erhoben hatten, um über die Lebenden herzufallen, Freund wie Feind gleichermaßen. Gopatanka nannte sie das Lange Lied der Singenden Klingen, aber das waren viel zu schöne Worte für ein viel zu grässliches Gemetzel.

»Weißt du, was das Schlimmste daran ist?«, fragte Wakijela.

»Was?«

»Dass die Söhne und die Töchter der Sippen immer wieder vergessen, warum so viele von ihnen Waisen sind.« Es war eine triste Einschätzung, doch wie hätte ihr Tamni widersprechen können? Nur eine Generation vor dem Großen Zug nach Norden waren die Sippen schon einmal den Omen und den Verheißungen eines Führers gefolgt – in dieselbe Himmelsrichtung, an denselben Ort, und dort waren sie demselben Grauen begegnet: Toten, die nicht ruhen wollten und ihren Hunger nach Fleisch an jedem Lebenden stillten, der ihnen in die Fänge geriet. »Manchmal meine ich, wir werden es nie lernen, an unserem Platz in der Welt zu bleiben und uns nicht nach etwas zu sehnen, das uns nicht gehört und uns niemals gehören wird.«

»Vielleicht wird es diesmal anders.« Tamni legte die Hände flach auf ihren Bauch. »Vielleicht sind wir weiser als unsere Ahnen.«

Angesichts dieses kleinen Frevels sog Wakijela scharf die Luft ein. »Reiz die Geister nicht.«

»Im Ernst.« Tamni wies mit dem Kinn in Richtung des großen Feuers, um das Scheschoka und die Ältesten gemeinsam mit den Harten Menschen saßen. »Sieh es dir doch an. Sie sind gekommen, um Frieden mit uns zu schließen. Sie wollen uns nicht mehr jagen. Sie wollen uns noch mehr Geschenke bringen.«

»Ich traue ihm nicht«, wisperte Wakijela.

»Wem? Dem Mann in dem Gewand aus Stoff wie Blut?«

»Nein.« Wakijela rückte dichter an Tamni heran. »Dem, der für ihn spricht. Wo ist seine Sippe? Ist er nicht tot, wenn er keine Sippe mehr hat?«

»Und wenn die Harten Menschen seine neue Sippe sind?«, fragte Tamni.

Wieder sog Wakijela die Luft ein. »Hör auf damit, solche Sachen zu behaupten. Das sind nicht die Gesetze, denen die Welt folgt.«

»Überleg doch«, entgegnete Tamni trotzig. »Am Ende ist es mit ihm so gewesen, wie wenn einer von uns in eine andere Sippe geht. Hast du ihn gefragt? Es könnte doch sein, dass er seinen Schamanen und die Geister sogar um Erlaubnis gebeten hat, zu den Harten Menschen gehen zu dürfen.«

»Er ist nicht mehr wie wir.« Wakijela zerkaute eine Beere, und ihre Augen funkelten wild. »Er trägt ihre Kleider aus Metall.«

»Aber auch eine Keule an seinem Gürtel«, wandte Tamni ein.

»Ja, auch aus Metall.« Wakijela schüttelte barsch den Kopf. »Trinkt er nicht die Milch der Stuten, auch wenn die Harten Menschen es nicht tun und sich an Wasser halten?«

»Warum willst du mir nicht glauben, wenn ich dir sage, dass man ihm nicht trauen kann?«

Tamni seufzte. »Weil es schöner wäre, wenn man ihm trauen könnte.«

»Aber warum?«, beharrte Wakijela.

»Darum.« Tamni beugte sich nach hinten und reckte Wakijela ihren Bauch entgegen. »Für das, was in mir wächst.«

Wakijela schlug eine Hand vor den Mund, und ihre Augen wurden fast so groß wie die eines Harten Menschen. Dann kicherte sie so heftig, dass ein paar Beeren aus der Schale in ihrer Hand hüpften. »Tamni! Bist du sicher?«

»Ich blute nicht. Seit zwei Monden.«

Wakijela drückte sie fest an sich. »Oh, wie ich mit dir singen werde, wenn es kommt!«

Tamni genoss die Umarmung nicht nur, weil die Nachtluft kühl war. Sie erfreute sich an Wakijelas Herzschlag, den sie an ihrer Brust spürte. Das Flattern eines aufgeregten Vogels.

»Wer ist der Vater?«, fragte Wakijela.

»Wer wohl?«

»Mado?«

»Ja.«

»Weiß er es schon?«

»Ich will noch warten. So lange, bis man es sieht und ich etwas herzuzeigen habe.«

Wakijela stellte die Beeren weg und fasste nach einem von Tamnis Zöpfen. »Ob es dein Haar haben wird?«

Im Widerschein der Feuer glomm Tamnis Haar schwach wie die Sonne in den allerletzten Augenblicken ihres Laufs über den Himmel. »Meine Mutter hatte es, und ihre Mutter vor ihr. Wenn es ein Mädchen wird, wird wohl nie jemand daran zweifeln, dass sie meine Tochter ist.«

Wakijela drückte Tamni noch einmal fest an sich. »Wenn es ein Mädchen ist, kann es mit Halhata eigene schöne Kinder machen, sobald sie groß genug dafür sind.«

Tamni lachte. »Zähl die Sommer erst, wenn sie vorüber sind, du ungeduldige Mücke. Wo hast du ihn denn gelassen?«

»Halhata?« Wakijela wedelte mit der Hand. »Im Zelt für die Kleinen. Er muss sich daran gewöhnen, dass ich nicht immer da bin. Es wird Zeit, dass er mir nicht mehr so oft hier hängt.«

Sie klopfte sich auf die linke Brust. »Sein Mund wird mir zu heiß.« Auffordernd schaute sie Tamni an. »Hast du schon einen Namen? Soll ich dir einen vorschlagen?«

Tamni wiegte vorsichtig den Kopf hin und her. »Nur wenn mein Kind nicht auch so heißen muss wie deins. Wie ein Vogel, der alles stiehlt, was glitzert.«

Wakijela schnaubte in gespielter Empörung und setzte zu einer Erwiderung an. Lautes Rufen aus der Mitte des Lagers hinderte sie daran.

Tamni stand auf. »Was ist da los?«

Die Aufregung wurde ganz offenkundig von den Harten Menschen ausgelöst, und einen Moment packte Tamni die Furcht, die Verheißung auf Frieden zwischen den Völkern könnte nur eine Illusion gewesen sein. Zwei der Harten Menschen waren damit beschäftigt, lange Stangen in den Boden zu rammen, die verdächtig nach Lanzen aussahen. Der Mann, der für den Fremden in Rot sprach, hob beschwichtigend die Arme, sagte immer wieder laut: »Beruhigt euch! Beruhigt euch!«, und nach und nach verstummten die Rufe.

Tamni kniff die Augen zusammen. Wenn die Stangen tatsächlich Lanzen waren, mussten es die merkwürdigsten Lanzen sein, die sie je gesehen hatte. Sie liefen nicht spitz zu, vielmehr waren an ihrem oberen Drittel Röhren befestigt, die von ihrer Form an runde Köcher erinnerten. Nur dass oben nicht die Fiederung von Pfeilen hervorschaute. Stattdessen hing von ihrem unteren Ende ein dicker Faden herab.

Der Mensch aus der Steppe, der bei den Harten Menschen scheinbar eine neue Sippe gefunden hatte, führte die Hände seitlich zum Mund, damit seine Stimme weiter trug. »Der Lexis des Dominex möchte euch ein Wunder offenbaren. Feuer, das am Himmel tanzt.«

Die Kinder der Weite bedachten diese Ankündigung teils mit verblüfftem Schweigen, teils mit ungläubigem Lachen, und viele richteten ihre Blicke bereits in den Nachthimmel und sahen doch nichts anderes als die Sterne: die glitzernden Tränen, die die traurigen Geister über alles Leid in der Welt vergossen.

Wakijela nahm Tamni am Arm. »Komm, steh auf. Das schauen wir uns an.«

Sie bahnten sich ihren Weg näher an das große Feuer. Die beiden Harten Menschen, die die Stangen aufgestellt hatten, hielten glimmende Scheite an die herabbaumelnden Fäden. Funken sprühten auf, und sofort wichen die umstehenden Kinder der Weite einige Schritte zurück. Pfeifend und kreischend schossen die Stangen auf gleißenden Feuerschweifen in den Himmel.

Tamni blieb wie angewurzelt stehen und packte Wakijelas Hand. Die kalten Finger ihrer Freundin bebten.

Dann vollzog sich das Wunder, das der Fremde in Rot versprochen hatte: Donnerschläge hallten durch die Nacht, und dann zerbarst die sternenübersäte Schwärze zu einer atemberaubenden Farbenpracht. Rote und blaue Wirbel fuhren umeinander, gelbe Lichtpunkte zerstoben in schillerndem Grün, Bälle aus Purpur blähten sich auf und platzten in silbernen und goldenen Fahnen auseinander.

In Tamnis Brust rangen Ehrfurcht und Entrückung miteinander, und mit jedem neuen Donnerschlag und jedem neuen Blitz wurden ihrem Mund Laute des Staunens und der Bewunderung entlockt. Sie stützte Wakijela, die ins Wanken geraten war, und sie spürte, wie ihr selbst die Knie weich wurden. Es war wahr. Feuer tanzte am Himmel, ganz so, als loderte es voller Freude darüber auf, dass die Welt durch den Friedensschluss zwischen den Harten Menschen und den Kindern der Weite zu einem besseren Ort geworden war. Ein Ort, in dem all die Schlachten und all das Morden nur noch ein böser Traum waren.

Noch lange, nachdem das Feuer am Himmel erloschen war, starrten viele weiter mit offenen Mündern nach oben. Nur vereinzelt erklangen Zungenschnalzer und andere Bekundungen der Freude. Als die ersten aus der Sippe sich daranmachen wollten, den Fremden für ihr größtes Geschenk zu danken, brach Unruhe aus. Die Harten Menschen waren nirgends mehr zu sehen.

Scheschoka, dessen Gang von zu viel Stutenmilch zeugte, sah sich blinzelnd um, um danach auf den Eingang eines der Zelte der Fremden zuzuschwanken. Aus der Metallschale auf der Spitze des Zelts züngelte eine einzige Flamme, die so hell war, dass sie alles ringsum in ein giftiges grünes Licht tauchte.

»Die Sterne!«, rief da einer der Ältesten mit einem nackten Grauen in der Stimme, das Tamni einen kalten Schauder bereitete. »Die Sterne!«

Schatten huschten über das Firmament, hoch droben, wo sie kein Pfeil je hätte erreichen können. Tamni musste an die Silhouetten von Raubvögeln denken, die aus sicherer Höhe nach Beute Ausschau hielten. Doch sie kannte keinen Raubvogel, der nachts auf die Jagd ging. Von den Schatten fielen plötzlich kleine, grelle Lichter herab, die größer und größer wurden, je näher sie dem Erdboden kamen. Ein schrecklicher Verdacht schnürte Tamni die Kehle zu: Hatten die Fremden mit ihrem Donner und ihren Blitzen am Ende gar böse Geister beschworen? Nun erkannte sie, dass die Lichter, die die Schatten aussandten, keine Lichter waren: Es regnete feurige Kugeln vom Himmel.

Zwei oder drei von ihnen schlugen unmittelbar zwischen den Pferden ein, die die Kinder der Weite am Rande des Lagers für die Nacht zusammengetrieben hatten. Ihr ängstliches Wiehern bewahrte die Tiere nicht davor, von den lodernden Wogen getroffen zu werden, in die die Feuerkugeln sich beim Aufprall verwandelten. Die Flammen hafteten an ihnen, und die Pferde sprengten auseinander, trugen den Lichtschein, den ihr eigenes Fell und ihr eigenes Fleisch nährte, in die Nacht hinaus.

Binnen eines Wimpernschlags herrschte haltloses Chaos im Lager. Manche warfen sich zu Boden und flehten die Geister um Vergebung an, andere rannten los, um ihre Waffen zu holen. Wakijela riss sich von Tamni los und hetzte auf das Zelt zu, in dem die Kleinen schliefen. Sie kam nicht weit. Eine Feuerkugel platzte am Boden, und wo sie eben noch gewesen war, fauchten nun die Flammen.

»Nein!«, schrie Tamni auf, machte einen Schritt auf die Feuersbrunst zu, deren Hitze ihr das Gesicht versengte. »Nein!«

Sie taumelte zurück, stolperte über ihre Beine und ging zu Boden. Droben am Himmel zogen die todbringenden Schatten ihre Kreise. Tamni kämpfte sich hoch, suchte inmitten des Durcheinanders nach etwas, woran sie ihren Blick heften konnte, und fand das Zelt, in dem die Fremden verschwunden sein mussten. Scheschoka stand davor, Unglauben im Gesicht, eine Hand am Hals. Zwischen seinen Fingern sprudelte Blut hervor. Gopatanka sprang zu ihm, die Arme helfend ausgestreckt, da brach der Schamane schon zusammen. Das Ende eines kurzen, dicken Pfeils ragte ihm aus der Schläfe.

Tamni kämpfte sich hoch und sah, wie die Harten Menschen aus dem Zelt liefen. Ihre Klingen glänzten und ihre Panzer klirrten, als sie über die kopflosen Kinder der Weite herfielen wie tollwütige Hunde. Sie spalteten Schädel, trennten Gliedmaßen ab, trieben Stahl durch Leiber. Tamni legte eine Hand schützend auf ihren Bauch, wandte sich von dem Gemetzel ab und lief davon. Stumm bat sie ihre Sippe um Verzeihung.

Als eine Hand sie an der Schulter packte und herumwirbelte, hoffte sie noch, es könnte Mado sein, der sie in all dem Durcheinander gefunden hatte und vor den verräterischen Fremden beschützen würde. Doch der Mann, der sie eingeholt hatte, besaß zwar das schwarze Haar und eine ähnliche Statur wie ihr Gefährte, aber die Keule, die er zum Schlag hob, war aus Metall, ebenso wie der Ring um seinen Hals.

»Ich trage ein Kind in mir«, sagte sie, als er einen Augenblick zögerte und sie mit einem Ausdruck musterte, der ihr wie Bedauern erschien. »Ein Kind.«

Das Flackern des überall um sie herum wütenden Feuers färbte seine Augen rot. Die Keule fuhr herab.

Drei Tage nach dem Massaker suchte Pukemasu den Ort auf, an dem die Kinder der Weite ausgelöscht worden waren. Ein Späher ihrer Sippe hatte das Feld aus niedergebrannten Zelten und verkohlten Leichen noch in der gleichen Nacht entdeckt, in der die fremden Lichtgeister zwischen den Sternen getanzt hatten. Doch dann hatte der Himmel zu weinen begonnen und der Wind hatte gezürnt, und Pukemasu achtete den Willen der Geister. Das war die Aufgabe, der sie ihr ganzes Leben nachgegangen war: die Zeichen zu deuten und auszulegen, die die unsichtbaren Herrscher der Welt ihren Bewohnern sandten. Selten war ihre Absicht klarer gewesen. »Haltet euch fern«, sagten sie, und so hatte Pukemasu sich ferngehalten, bis der Regen aufgehört und der Sturm sich gelegt hatte.

Schlamm schmatzte an den Hufen ihres Pferds, als sie sich dem verwüsteten Lager näherte, doch das Land um sie herum bot keinen tristen Anblick. Denn beinahe so, als hätte der Boden die Lebenskraft der Erschlagenen aufgesogen, hatten die Gräser und Kräuter und Büsche Knospen gebildet, die sich zu einem Meer aus Blüten geöffnet hatten. Der Gestank von verbranntem Fleisch vermischte sich mit einem süßen Duft der Fruchtbarkeit.

Die alte Schamanin stimmte den Gesang an, mit dem man die Toten ins Reich der Ahnen geleitete, als sie den ersten Kadaver eines Pferdes passierte. Der einsame Schakal, der sich an das Aas gewagt hatte, scherte sich nicht darum. Er hob nur kurz den Kopf, zeigte ihr seine blutige Schnauze und fraß weiter, wie es nun einmal seine Bestimmung war.

Pukemasu hatte die beklemmende Stille des Todes erwartet, und ihre Melodie verstummte jäh. Nicht wegen der drei Pferde, die unweit des Gerippes eines Zelts standen und sie erwartungsvoll anblickten, gelassen und gern bereit, sich von ihr zu einer neuen Herde führen zu lassen. Nein, es war das klagende Gewimmer aus dieser Richtung, das Pukemasu die Worte raubte. Sie trieb ihren Hengst zu größerer Eile an – ein treuer Freund, dessen Fell so grau war wie ihr eigenes Haar –, und was sie dann im Gras neben einer tiefen Pfütze sitzen sah, versetzte ihrem Herzen einen Stich: Der Junge konnte nicht mehr als drei Sommer gesehen haben. Er war nackt, die Haut von Asche verkrustet. Auf seinen Wangen hatten Tränen breite Bahnen in den Ruß gezogen. Auf seiner rechten Schulter war eine Wunde von Schorf verschlossen, und Pukemasu hatte auf genügend solcher Verletzungen heilende Salben aufgetragen, um zu wissen, woher sie stammte. Es war ein Pferdebiss.

Der Junge bemerkte sie, schluchzte ein letztes Mal und wurde still. Die Hände, die er eben noch trotzig zu Fäusten geballt hatte, legte er in den Schoß, und er blickte Pukemasu aus wachen Augen an. »Du bist da«, sagte er, und da seine Kehle vom Weinen heiser war, klang er wie ein Greis.

Pukemasu schauderte. Es kostete sie Mühe, den Bann, in den der Junge sie mit einem einzigen Blick geschlagen hatte, zu brechen. Sie sah zu den Überresten des Zelts, zu den auf Puppengröße zusammengeschrumpften Leichen, die dort beisammen lagen. Die Geister schenkten ihr unvermittelt eine Einsicht, wie sie es manchmal taten, um sie für ihre Dienste zu belohnen. Sie verflocht miteinander, was ihre Sinne ihr verrieten. Das Blut an den Nüstern eines der drei Pferde. Der Schorf auf der Schulter des Jungen. Die vom Feuer geschwärzten Stangen des Zelts. Konnte das wirklich sein? War das Kind nur deshalb nicht verbrannt wie die anderen, weil ein Pferd auf wundersame Weise seine natürliche Angst vor lodernden Flammen überwunden hatte, um es zu retten?

»Hast du die Pferde gerufen?«, fragte sie den Jungen.

Er nickte.

»Und sie sind gekommen?«

Ein weiteres Nicken.

Pukemasu, die es eben noch gefröstelt hatte, spürte einen heißen Wind in ihrem Nacken. Wie von einem Feuer, das groß und zornig genug war, die ganze Welt in Schutt und Asche zu legen. »Ihr Geister«, murmelte sie. »Was habe ich euch getan, dass ihr mir eine solch schwere Prüfung auferlegt?«

1

Ich kann euch nicht verbieten,
zu den Geistern zu sprechen. Doch vergesst niemals:
Nicht alle Geister sind der Wahrheit verpflichtet.

Aus den Warnungen der Ewigen Wanderin

Als Teriasch aus der Schwitzhütte trat, dampfte sein Leib in der kühlen Luft des jungen Morgens. Er war bereit. Er hatte alles so getan, wie Pukemasu es ihn gelehrt hatte. Das Zuschneiden der Weidenruten für das Gerüst der Hütte. Das Flechten der Äste für das Dach. Das Aufschichten der Steine für die Feuerstelle. *Ich glaube sogar, ich habe die Lieder richtig gesungen und den Wurzelsud an der genau passenden Stelle getrunken. Sie wäre stolz auf mich. Oder zornig. Oder beides.*

Das Haar der alten Schamanin wäre sicher noch einen Stich grauer geworden, hätte sie geahnt, wohin ihr Schüler vor zwei Tagen aufgebrochen war. Es war gefährlich, den Geistern allein entgegenzutreten, insbesondere an dem Ort, an den die Schamanen aus den Sippen dieser Gegend gingen, um ihre letzte Wanderung anzutreten. Eine tiefe Senke, in der Wasser aus dem Boden sprudelte, das die Tiere der Steppe mieden, weil es nach faulen Eiern roch. Teriasch hatte keine Angst. *Die Schamanen kommen zum Sterben hierher. Und? Alles stirbt. So ist die Welt. Was kann es schaden, einen Blick auf die Stelle geworfen zu haben, wo ich mich eines fernen Tages hinlegen werde, damit die Erde das von mir aufnehmen kann, was der Wind nicht fortträgt?*

Teriasch breitete die Arme aus und spürte Schweiß über seine Haut rinnen. Er blinzelte gegen die Morgensonne an. Nach dem Zwielicht in der Hütte, in der er die Nacht allein mit dem roten Schein der Glut verbracht hatte, stachen ihm die grellen Strahlen in den Augen. Doch er wandte den Blick nicht ab. Sein Herz hämmerte in der Brust, sein Blut kochte wild wegen der prickelnden Kraft des Suds. Er wartete.

Gerade als erste Zweifel in ihm hochkrochen, dass ihm ein Fehler bei seinem Ritual unterlaufen sein könnte, hatten die Geister der Luft ein Erbarmen. Sie fuhren in einen der Wolkenberge, die sich am Himmel auftürmten, und rissen ihn in Fetzen. Teriasch hielt gebannt den Atem an. Die Wolkenfetzen senkten sich langsam auf die Steppe herab, als wäre der Winter angebrochen, um alles Gras mit einem weißen Schleier zu bedecken. Doch in ihrem Schweben gewannen sie eine neue Form: Ihre sanften Rundungen krümmten sich zu starren Winkeln, ihre verwaschenen Umrisse traten scharf hervor. Wie die Felsblöcke in den Verbotenen Lagern, die seit der Zeit der Ewigen Wanderin keine Sippe mehr aufsuchte, fügten sich die verwandelten Wolken zu Bauwerken zusammen. Für sie kannte Teriasch nur Worte, die für die Bewohner der Steppe kaum noch Bedeutung trugen: Türme, Brücken, Wälle, Tempel, Säulen ... *Es ist eines der festen Lager, in denen die Harten Menschen wohnen,* begriff er. *Doch was wollen die Geister mir damit sagen?*

Er hörte ein schabendes Raunen und fühlte, wie sich etwas um seine Beine schlang. Er sah an sich herunter. Seit wann er inmitten einer Lache aus schwarzem Wasser stand, vermochte er nicht zu sagen. Hatte er sich von der Stelle, an der er die Arme ausgebreitet hatte, wegbewegt? War er vielleicht unbewusst ein paar Schritte nach hinten getaumelt, überwältigt von der fremdartigen Pracht der Wolkenstadt? Oder war das Wasser unter seinen Füßen aus dem Boden emporgestiegen und er hatte es nur nicht bemerkt, weil seine Sinne unter dem Einfluss des Suds standen? Es machte letztlich keinen Unterschied. Alles, was zählte, war, dass ihm nun auch die Wassergeister Zeichen sandten.

Um seinen linken Knöchel wand sich etwas, das entfernt wie eine gehäutete Schlange aussah. Bleiches, zuckendes Fleisch. Höher und höher kroch es an ihm hinauf, tastend und beinahe zärtlich, bis es seinen Oberschenkel erreicht hatte. Die Spur aus Schleim und Blut, die es auf ihm hinterließ, roch modrig und scharf. Das Ding hob den Kopf – nein, da war kein Kopf, nur ein einzelner Fangzahn, der vorne aus dem Muskelschlauch spross. An seiner Spitze glänzte ein dicker Tropfen einer gelben, zähen Flüssigkeit. Angewidert packte Teriasch das Ding mit beiden Händen. Es war glitschig, aber er zog und zerrte daran, auch auf die Gefahr hin, die Geister zu erzürnen. *Sollen sie mir doch zürnen! Das sind nicht die Bilder, die ich wollte! Ich werde mich nicht stechen lassen!* Es gelang ihm tatsächlich, das Ding von seinem Bein zu lösen, doch kaum hatte er es geschafft, zerplatzte es in seinem Griff und besprühte ihn vom Scheitel bis zur Sohle mit dem gelben Rotz, der in seinem Innern aufgestaut war. Teriasch würgte, fiel auf die Knie und hörte eine Stimme, die zugleich viele Stimmen war, scheinbar von überall her auf sich einflüstern. »Du wirst lernen, uns zu lieben. Du wirst lernen, uns zu gehören. Du wirst lernen, was es heißt, ein Teil von uns zu sein.«

»Nein!«, brüllte Teriasch und hämmerte auf den Boden ein. Er erwartete, dass ihm kaltes Wasser aus der Lache ins Gesicht spritzte, doch seine Faust traf nur auf verdorrtes Gras. Die Erde unter ihm bebte, als hätte er sie mit seinen Schlägen bis in ihre Grundfesten erschüttert. Die Stimme erstarb, das Beben nicht. Teriasch hob den Kopf. Keinen Pfeilschuss vor ihm, am Rand der Senke, öffnete sich eine Spalte im Hang, aus dem eine Herde Pferde hervorbrach, wie sie alles Gras der Steppe niemals hätte nähren können. Dicht an dicht drängten sich ihre unzähligen Leiber, und das Donnern ihrer steinernen Hufe war ohrenbetäubend. Wie unter dem Klang von Kriegstrommeln stürmten die entfesselten Erdgeister auf die Bauten zu, die ihre Vettern des Himmels aus Wolken gebaut hatten. Das Trugwerk der Herrscher über die Lüfte hatte vor der Wucht der Pferde keinen Bestand. Die Wolken wurden ein weiteres Mal zu Fetzen auseinandergetrieben, bis nichts mehr von ihnen blieb. Dann erstarrten die Pferde, wie wenn der Stein, aus dem sie geschaffen waren, erst jetzt verstand, dass es seine Aufgabe in der Ordnung der Dinge war, unverrückbar zu sein. Stück für Stück versanken die Pferde in der Erde, die sie eben erst geboren hatte. Teriasch schüttelte ehrfürchtig den Kopf. *Pukemasu hat recht ... die Geister sprechen ihre eigene Sprache, und wer sie ganz verstehen will, wird den Verstand verlieren.*

Er stand auf. Trotz all der Zeichen, die ihm die Geister gesandt hatten, breitete sich eine bittere Enttäuschung in ihm aus. *Luft. Wasser. Erde. Was ist mit dem Feuer? Warum schweigen seine Geister? Hat Pukemasu nicht gesagt, ich würde den Feuergeistern viel bedeuten? Da muss sie sich wohl getäuscht haben ...* Das Schlimmste war, dass er sich auf die Zeichen der anderen Geister keinen Reim machen konnte, und das Allerschlimmste war, dass er wohl ausgerechnet Pukemasu nach seiner Rückkehr ins Lager um Rat würde fragen müssen. *Und zur Strafe dafür, dass ich das Ritual ohne sie angegangen bin, lässt sie mich die nächsten zwei Monde jeden Tag ihre Knochenrasseln polieren ... so viel steht fest.*

Er wandte sich zur Schwitzhütte um. Das Geschöpf, das vor dem niedrigen Eingang kniete, konnte kein Mensch sein, auch wenn es die Gestalt eines Menschen angenommen hatte. Von Menschen stieg kein Flimmern auf, wie es in der Luft lag, wenn die Sommerhitze auf der Steppe lastete. Menschen hatten keine Haut, die weiß wie die kalte Asche auf vom Feuer ausgezehrtem Holz war. Menschen trugen keine Umhänge und Kapuzen aus einem Stoff, der von Fäden aus glühendem Metall durchwirkt war. Sie führten als Waffe auch keine bauchigen Keulen, auf die man funkelnde Schnüre spannte und die man an einem Lederriemen über die Schulter trug.

»Hier bin ich«, sagte Teriasch, und er schämte sich ein bisschen für das Zittern in seiner Stimme, als er den Feuergeist ansprach.

Der Geist fuhr herum, doch er schwieg. Auch sein Gesicht hatte nichts von einem Menschen aus einer der Sippen der Steppe: Seine Augen waren zu groß, seine Nase zu forsch und sein Mund, um den viel zu viele feuerrote Haare wuchsen, zu breit. Langsam richtete der Geist sich auf, und wenn Teriasch seine Miene richtig deutete, war er … verblüfft?

Habe ich ihn beleidigt? Hätte ich ihn nicht ansprechen dürfen, bevor er mich anspricht? Teriasch hätte sich gern am Kopf gekratzt, wagte es aber nicht.

»Kannst du mich sehen?«, fragte der Geist. Seine Stimme war hell, und doch klangen seine Worte stockend und widerborstig, als hätte er große Mühe, sie hervorzubringen.

»Ich kann dich sehen.« Teriasch nickte.

Der Geist murmelte vor sich hin, zupfte unschlüssig an seiner Kapuze und streifte sie dann ganz ab. Das struppige Haar auf seinem Kopf hatte genau dieselbe Farbe wie das um seine Lippen. »Und jetzt? Siehst du mich jetzt?«

»Ich sehe dich.« *Was soll das?* Teriasch versuchte, sich das verwirrende Verwandtschaftsgeflecht ins Gedächtnis zu rufen, in das sämtliche Geister der Welt eingebunden waren. *Gab es da nicht auch Feuergeister, die sich mit Geistern des Wahnsinns gepaart haben, um neue Geister hervorzubringen? Doch, schon. Aber das waren Geister der Zerstörung und Geister der Gier, keine Geister der … Verwirrung.*

Der merkwürdige Geist zog die Kapuze wieder über. »Siehst du mich immer noch?«

»Ja.« Teriasch konnte nicht mehr an sich halten. »Wer bist du?«

»Wer bist *du*?«, gab der Geist die Frage zurück.

»Oh …« Teriasch lastete es dem Genuss des Wurzelsuds an, dass er die Gebote der Höflichkeit verletzt hatte, die im Umgang mit Geistern unbedingt einzuhalten waren. Er konnte Pukemasu förmlich vor sich sehen, wie sie einen Moment die Zungenspitze durch eine ihrer Zahnlücken schob, ehe sie eines der wichtigsten dieser Gebote zitierte: »Geister sind wie misstrauische Weiber mit einem Zelt voller Kinder, in dem kein Vater wohnt. Sie wollen wissen, mit wem sie es zu tun haben, bevor sie noch einmal jemanden an ihr süßestes Geheimnis lassen.« Also räusperte sich Teriasch, senkte kurz das Kinn auf die Brust, als würde er sich mit einer großen Bitte an einen der Ältesten wenden, und sagte: »Ich bin Teriasch von den Sapa Wahikape, den Schwarzen Pfeilen.«

»Aha. Teriasch. Von den Schwarzen Pfeilen.« In der Stimme des Geistes schwang ein irritierender Unglaube mit. »Wenn du zu den Pferdestämmen gehörst, wo ist dann dein Pferd?«, fragte er.

Teriasch nahm den Kopf hoch. »Im Lager meiner Sippe. Niemand weiß, dass ich hier bin. Ich bin zu Fuß gegangen. Die anderen sollten denken, ich würde bald wieder zurück sein.«

»Du bist nackt«, stellte der Geist fest. »Wieso? Hast du deine Kleider auch in deinem Lager gelassen?«

»Nein, sie liegen doch da.« Er zeigte neben die Schwitzhütte. »Unter meiner Tasche.« Er runzelte die Stirn. »Aber natürlich bin ich jetzt nackt. Man geht nackt in eine Schwitzhütte, wenn man zu den Geistern und den Ahnen sprechen will.«

»Richtig.« Der Geist nickte so eifrig, als müsste er sich selbst von dieser einfachen Wahrheit überzeugen. »In Schwitzhütten ist man nackt. Dazu sind sie da. Zum Nacktsein.« Er legte den Kopf schief. »Du trägst nicht gerade viele Bilder auf der Haut. Du bist jung, oder?«

Warum fragt er das? Sieht man das nicht? Teriasch nahm die ungewöhnliche Frage zum Anlass, dem Geist die wenigen Bilder zu erläutern, die ihm Pukemasu in die Haut gestochen hatte, damit jeder sehen konnte, welche einschneidenden Erlebnisse ihm bislang widerfahren waren. »Hier auf meiner Schulter, das ist ein brennender Pferdekopf, weil ein Pferd mich vor dem Feuertod gerettet hat, als ich noch ein Kind war und bei einer anderen Sippe lebte. Die Kreise über meinem Herzen stehen dafür, dass mein ganzes Sehnen nur dem Dienst an euch Geistern gilt. Und das hier in meinen Ellenbeugen sind Mücken, weil ich vor drei Sommern das Keuchende Fieber überlebt habe.«

»Was ist mit den roten Linien an deinem Kinn?«, fragte der Geist.

Teriasch fasste sich ins Gesicht. »Die? Ich hatte gehofft, du könntest mir sagen, was sie bedeuten.«

»Ich?« Der Geist zog die Brauen hoch. »Wieso ich? Du wirst doch wohl selbst wissen, wo sie herkommen?«

Ist das eine Prüfung? Spielt er nur mit mir? Teriasch schluckte. Seine Kehle war nach der langen Nacht in der Hütte völlig ausgedörrt. Am liebsten wäre er zu seiner Tasche gelaufen, um einige Schlucke aus seinem Wasserschlauch zu nehmen. Er war sich jedoch verhältnismäßig sicher, dass es einen Frevel dargestellt hätte, etwas zu trinken, solange man einem Feuergeist gegenüberstand. Er begnügte sich damit, unauffällig ein bisschen Schweiß von seiner Oberlippe zu lecken. »Pukemasu hat sie gestochen. Nach dem Tag, an dem ich die Geier auf Geheka gehetzt habe.«

»So ... Geheka ...«, sagte der Geist nur.

»Ich wollte ihm nicht wehtun«, beteuerte Teriasch für den Fall, dass der Geist das aus irgendwelchen unerfindlichen Gründen noch nicht wusste, obwohl die Geister laut Pukemasu eigentlich *alles* wussten, was in der Welt vor sich ging. »Ich wollte bloß, dass er aufhört, mich zu ärgern. Mich zu verspotten, weil ich nicht weiß, wer meine Mutter ist. Ich habe nicht absichtlich nach den Geiern gerufen. Sie waren einfach nur da und haben mich gehört. Die Jäger hatten einen Warzeneber geschossen, und das muss sie angelockt haben. Aber sie sind gleich wieder aufgeflogen, als ich angefangen habe zu schreien. Geheka hatte nur ein paar Kratzer von ihren Schnäbeln.« Teriasch senkte den Blick. »Und einen seiner Finger haben sie ihm abgebissen.«

Der Geist rümpfte die Nase und sah auf seine Hände. »Einen Finger? Ich nehme an, Geheka und du seid nicht die besten Freunde.«

»Nein«, gestand Teriasch. »Und Pukemasu hat es auch nicht gefallen. Sie meinte, ich wäre ein Nagi Peta. In meinem Mund würde ein Feuer brennen, das sich nie löschen lässt. Eines, das zu den Funken spricht, die in allem sind, was lebt. Deshalb die Linien. Damit alle anderen das Feuer sehen, obwohl man es eigentlich nicht sehen kann. Damit sie mich nicht zornig machen.«

Die Hand des Geists wanderte zum Knauf eines kurzen Dolches, den er am Gürtel trug, womöglich weil er seine große sonderbare Keule nicht brauchte, um sich eines so niederen Geschöpfs wie Teriasch zu erwehren. »Jetzt weiß ich, warum du mich siehst, Junge. Du bist ein Tendra Megun Romur. Ein Entfacher mächtiger Worte.«

Teriasch hob beschwichtigend die Hände. *Das hört sich nicht sehr angenehm an.* »Ich weiß nicht, was das ist. Bitte töte mich nicht.«

»Tendra Megun Romur oder nicht, es liegt keine Ehre darin, einen nackten Jüngling niederzustechen.« Der Geist klang aufrichtig beleidigt. »Wofür hältst du mich? Für einen Mörder?«

»Für einen Geist des Feuers«, antwortete Teriasch wahrheitsgemäß. »Oder für das Kind eines Feuergeists und eines Geists der Rätsel und Verwirrungen.«

»Sehr schmeichelhaft«, knurrte sein Gegenüber. »Dabei bin ich ein Mann der Wahrheit.«

Mann? Wieso redete dieser Geist von sich als einem Mann? Teriasch gelangte zu einer beunruhigenden Vermutung. »Hat

Pukemasu dich geschickt? Hat sie dich beschworen und dich darum gebeten, mich mit deinen Rätseln auf die Probe zu stellen?«

»Was?«, fragte der Geist, als würde er sich dumm stellen.

Teriaschs nächste Vermutung löste eine noch größere Beklemmung in ihm aus. »Oder bist du ein Geist des Todes, der mich dafür strafen will, allein an diesen Ort gekommen zu sein? Ist es das? Pukemasu erzählt doch ständig, ich würde jung sterben, denn wenn sie von mir träumt, träumt sie vom Tod.«

»Junge …« Nun lächelte der Geist und verdrehte dabei die Augen. »Warum gebt ihr Menschen nur immer so viel auf die Träume alter Weiber, anstatt euren eigenen Träumen zu folgen?«

Teriasch war sich mit einem Mal vollkommen sicher. *Das ist ein Geist der Verwirrung. Einer, der sich als Feuergeist getarnt hat. Eben war er noch selbst ein Mann, jetzt sind es wieder wir Menschen, die auf die Träume der Alten hören. Er prüft mich wirklich.* »Was möchtest du von mir hören?«, fragte er rasch. »Ein Rätsel, das du noch nie gehört hast?«

Der Geist winkte ab. »So gern ich weiter mit dir reden würde, mein nackter Freund, muss ich leider befürchten, dass unsere Unterhaltung gleich vorüber ist.« Er zeigte auf einen Punkt in Teriaschs Rücken. »Ich gehe nämlich nicht davon aus, dass die Tendra Megun Romur in diesem Winkel der Welt so dicht beieinander wachsen, dass der Kerl da drüben mich auch sehen kann.«

Der Geist meinte einen Mann, der am Rand der Senke aufgetaucht war. Er war unverkennbar einer der Harten Menschen: Auf seinem Brustpanzer spiegelte sich die Morgensonne, seine Züge waren unter der glatten Maske eines Helms verborgen, und er stützte sich auf eine Stangenwaffe, die halb Axt, halb Lanze war.

»Ich würde dir empfehlen, die Beine in die Hand zu nehmen, Teriasch von den Schwarzen Pfeilen.« Der Geist zog sich die

Kapuze tiefer ins Gesicht, setzte sich und hüllte sich ganz in seinen Umhang. »Das ist ein Menschenfänger.«

Teriasch fragte sich erst, ob die abebbende Wirkung des Wurzelsuds seinen Sinnen einen üblen Streich spielte. Der Gedanke verflog so rasch, wie er entstanden war, verdrängt von einem anderen Einfall, der das Erscheinen des Fremden vielleicht erklärte. »Hast du ihn geschickt? Ist das Teil der Prüfung?«

»Du bist hoffnungslos verrückt, Junge«, murmelte der Geist. »Oder dir ist in deiner Hütte das Hirn ausgetrocknet.«

Der Harte Mensch kam den Abhang in die Senke hinunter. Sein schlendernder Gang verriet keinerlei Besorgnis. Er führte seine freie Hand zu einer Öffnung in der Helmmaske. Ein schriller Pfiff gellte über die Steppe.

Da sind noch mehr, dämmerte es Teriasch. Er beherzigte den Ratschlag des Geistes und rannte los, fort von dem nahenden Mann mit der Axtlanze. Nach vier, fünf Schritten fiel ihm ein, dass er nackt und unbewaffnet war – und die Steppe keine Gnade kannte, selbst wenn er den Harten Menschen entwischen sollte. Er macht kehrt, spurtete zur Hütte, raffte die Tasche und seine Kleider auf. Er klemmte sich alles unter den Arm, um sich nach seiner Knochenkeule zu bücken.

»Was machst du da?«, flüsterte der Geist ihm zu. »Lauf!«

Der Harte Mensch zeigte sich von Teriaschs kopflosem Verhalten eher belustigt als bedroht, denn er verfiel zwar nun in einen leichten Trott, doch zugleich auch in ein grollendes Lachen.

In Teriaschs Brust flammte eine beschämte Wut auf. »Hilf mir doch!«, rief er dem Geist zu. »Er wird mich töten.«

»Wird er nicht«, gab der Geist flüsternd zurück. »Obwohl du dir noch wünschen wirst, er hätte es getan.«

»Hilf mir!«, schrie Teriasch noch einmal. Er spürte, wie der Zorn in ihm schlagartig wuchs und aus ihm hinaus in die Welt strömte, auf der Suche nach neuer Nahrung, nach etwas, das er erfassen und sich untertan machen konnte. Wie damals, als er die Geier erreicht hatte, die über Geheka hergefallen waren. Oder noch viel weiter zurück in der Vergangenheit, die nicht mehr als eine blasse Erinnerung an Flammen, Hitze, Schreie und einen plötzlichen Schmerz in seiner Schulter war. Doch hier und heute griffen die unsichtbaren Hände seiner Wut ins Leere, denn es gab keine Seele, die schwach genug gewesen wäre, als dass sie hätte gepackt und geknechtet werden können. *Hier gibt es keine Tiere, denn die Tiere meiden diesen Ort. Aus gutem Grund. Es ist ein Ort des Todes.* Teriasch fletschte die Zähne. *Aber ich werde nicht als Feigling sterben.* Er packte seine Keule fester und hoffte, dass der feige Geist wenigstens ein gutes Wort bei seinen Ahnen für ihn einlegen würde, wenn er ihm schon nicht im Kampf zur Seite stand.

Teriasch stieß den hohen Kriegsschrei seiner Sippe aus und stürmte auf den Harten Menschen zu. Am Ufer eines der stinkenden Tümpel, die die Senke sprenkelten, trafen sie aufeinander.

Zu Teriaschs Überraschung hatte der Fremde, der noch immer lachte, nicht das spitze, sondern das stumpfe Ende seiner Axtlanze auf ihn gerichtet, um ihn auf Abstand zu halten. Teriaschs erste, wild geführte Hiebe parierte der Harte Mensch in spielerischer Gelassenheit, ohne seine Taktik zu verändern.

Warum will er mich nicht aufspießen? Dann wäre doch alles vorbei. Entgegen der Einschätzung des feigen Geistes war Teriasch nicht verrückt, und ihm wurde klar, dass es eine List brauchen würde, um diesen Gegner zu bezwingen.

Er setzte zu einem Schlag gegen die Beine des Harten Menschen an, so tief geführt, dass seine Keule durch das verdorrte Gras am Ufer fuhr. Wieder lachte der Mann, weil der Angriff für ihn leicht genug abzuwehren war. Er konnte sogar die Keule mit seiner Lanze gegen den Boden pressen, doch dann blieb ihm rasch das Lachen im Hals stecken: Teriasch ließ die Keule sofort los und warf sich seinem Feind mit der Schulter voran entgegen. Einen Wimpernschlag lang schien es, als reiche sein Gewicht nicht aus, den gepanzerten Widersacher zu Fall zu bringen. Ohne den Ufermorast, auf dem der Mann bei seinem Wanken ausglitt, wäre Teriaschs Plan auch tatsächlich gescheitert. So jedoch landeten sie beide in der stinkenden Brühe, die kein Tier trinken wollte – der Fremde zuunterst, Teriasch mehr oder minder rittlings auf ihm. Das Wasser hätte einem stehenden Menschen bestenfalls bis zu den Knien gereicht. Für das, was Teriasch vorhatte, war es jedoch allemal tief genug: Er versuchte mit aller Kraft, den Oberkörper des Fremden unter Wasser zu halten. Aufgewirbelter Schlamm nahm ihm die Sicht auf seinen Gegner. Der Fremde bäumte sich unter ihm auf wie ein Pferd, das nicht zugeritten werden wollte, und immer wieder rutschten Teriaschs Hände ab. Dann riss der Fremde den Kopf hoch, gurgelte und spuckte. Nackte Angst sprach aus den Augen hinter den Schlitzen seiner Helmmaske.

Als Teriasch einen stechenden Schmerz in seinem Nacken spürte, glaubte er zunächst, sein Gegner könnte eine Hand freigewunden und ihn mit einem Dolch attackiert haben. Doch wie konnte das sein, wenn der Harte Mensch doch mit beiden Händen auf Teriaschs Brust eindrosch?

Taubheit ersetzte den Schmerz und kroch rasch über seinen Hals in die Schultern. Er keuchte noch erschrocken auf, dann verlor er das Gefühl in Lippen und Zunge. Seine Arme, mit denen er sich auf den Feind stützte, um ihn zu ertränken, knickten ein. Das braune Wasser raste ihm entgegen, und er schaffte es nicht einmal, die Augen zu schließen, ehe es ihn verschluckte.

2

Die Wilden aus der Steppe im Norden sind von beklagenswert stumpfem Geist. Sie sind nicht einmal dazu in der Lage, Ackerbau zu betreiben oder sich feste Unterkünfte zu schaffen. In Bezug auf sie von einem geordneten Staatswesen zu sprechen, hieße, einen Schwarm Ratten als zivilisierte Gesellschaft zu begreifen. Ihre mordlüsternen Weiber sind allesamt garstig anzuschauen, und so verwundert es nicht, dass ihre Männer es bisweilen vorziehen, sich mit ihren Pferden zu paaren.

Aus *De Populi Minores: Über die uns unterlegenen Völker* aus der Feder des Herrschaftlichen Kulturkundlers Hybrimon Virulingia

Sein erster Tag in der Sklaverei verstrich, ohne dass er das Bewusstsein wiedererlangt hätte. Die Empfindung, die ihn schließlich aus der Umklammerung seiner Ohnmacht löste, war das Gefühl, gewiegt zu werden wie ein kleines Kind. Hin und her, hin und her.

Darauf folgten Gerüche: nach Holz und Leder, nach faulen Eiern und nach etwas, das er zu Anfang für das angenehme und vertraute Aroma von Pferdeschweiß hielt. Nach und nach bemerkte er aber den Unterschied, denn dieser Duft war noch durchdringender, noch schärfer.

Immer lauter drangen nun Geräusche zu ihm durch. Ein Knarren, ein Klirren, ein Stampfen und vereinzelte Worte in einer Sprache, die er lange nicht gehört hatte. »Tot« und »Wasser« waren zwei davon.

Er kam langsam zu sich, als das Schwanken aufhörte und

seine Wange von einem Schlag brannte. »Auf jetzt!«, knurrte eine Stimme.

Er wurde unsanft unter den Achseln gepackt und hochgerissen. Er wollte sich dagegen wehren, doch er konnte weder seine Arme noch seine Beine bewegen. Er sah Hände, die nach ihm griffen, und den Maskenhelm eines Harten Menschen. Im nächsten Moment wurde ihm ein Stoß in den Rücken versetzt, und er machte zwei unsichere Schritte. Beim ersten schrammten seine Sohlen über Holz, beim zweiten trat er ins Leere.

Kaum hatte er aufgeschrien, endete sein Sturz auch schon, gebremst von kräftigen Armen. Sein Kopf schlug hart gegen Metall. »Passt doch auf da oben!«, beschwerte sich der Mann, der ihn aufgefangen hatte, und ließ ihn fallen.

Gras!, dachte Teriasch. Ich liege auf Gras. *Ich bin noch in der Steppe.* Er wälzte sich mühsam auf den Rücken. Über ihm ragte wie ein grauer Fels eines der riesigen Tiere auf, auf dem die Harten Menschen ritten. *Nein, sie reiten nicht darauf. Sie bauen Kisten, die sie an die Tiere hängen, und sie steigen in diese Kisten, um sich dann tragen zu lassen.* Sein suchender Blick erhaschte die Kiste, aus der man ihn eben heruntergeworfen hatte. Sie war mit silbrig schimmerndem Metall verkleidet, und ein Panzer aus ineinander verflochtenen Ringen aus dem gleichen Metall schützte die Flanke der Rüsselschnauze.

Ein Harter Mensch trat auf ihn zu, einen Stoßdolch gezückt.

Teriaschs Bauchmuskeln zuckten in einem kurzen Krampf. *Jetzt ist es so weit! Jetzt bringen sie mich um!*

Der Mann beugte sich zu ihm hinunter und durchtrennte die Fesseln zwischen seinen Knöcheln mit einem einzigen Schnitt. »Soll er zu den anderen, Spuo?«

»Gleich.« Ein zweiter Fremder geriet in Teriaschs Blickfeld. Sein Helm, dessen Kamm ein goldener, zum Sprung geduckter Löwe zierte, hatte keine Maske. In einer aufwendigen Vorrichtung aus Riemen und Schnallen hatte er an der linken Beinschiene ein Blasrohr verstaut. »Er hat noch was von mir.« Er fasste nach Teriaschs Kopf und drehte ihn zur Seite. Ein feiner, stechender Schmerz, dann hielt der Mann einen schwarzen Stachel zwischen Daumen und Zeigefinger. »Das war's, Arka. Er braucht einen Kettenbruder. Binde ihn an unser Einzelstück, ja?«

Arka zog Teriasch auf die Beine und stieß ihm das Knie in den Hintern. »Los, los.«

Auf der anderen Seite der Rüsselschnauze saßen Menschen paarweise im Gras. Sie hatten kaum eine andere Wahl, denn sie waren aneinandergekettet: der linke Arm und das linke Bein des einen an den rechten Arm und das rechte Bein des anderen, eng genug, dass es ihnen unmöglich war, einen Schritt zu machen, den nicht auch ihr Leidensgenosse machen musste. In der Steppe wären sie so gewiss nicht weit gekommen. Nur einer der Männer, die alle den Pferdestämmen angehörten, saß allein, einen schwarzen Sack über dem Kopf.

Arka begann grob, Teriasch an diesen Krieger zu ketten. Den Bildern auf der Haut seines Waffenarms nach zu urteilen, hatte er in seinem Leben bereits drei Feinde zu ihren Ahnen geschickt. Nachdem er sein Werk verrichtet hatte, grunzte Arka und nahm dem Krieger den Sack vom Kopf. »Benehmt euch, ja?« Dann stapfte er davon und pfiff dabei eine fröhliche Melodie.

Die Harten Menschen scherte es nicht, wenn die gefangenen Steppenbewohner miteinander redeten, und so erfuhr Teriasch bald einiges über den Mann, an den man ihn gekettet hatte. Dokescha stammte aus der Sippe der Teshi Asanapi, der Milchbäuche, die ihren Namen daher hatten, weil sie sich ihre Bäuche mit weißer Erde einrieben. Teriasch hatte von ihnen gehört, war aber selbst noch nie einem Milchbauch begegnet, und um sich der Freundschaft zwischen ihren Sippen zu vergewissern, flochten sie einander Grashalme ins Haar. Das war eigentlich ein Bruch mit der Tradition, doch in Ermangelung von farbigen Bändern, wie es den guten Sitten entsprochen hätte, einigten sie sich rasch auf das Gras als Ersatz. Dokescha war ebenso nackt wie Teriasch, aber sie waren damit nicht allein.

»Sie nehmen jedem alles ab, wenn sie ihn fangen«, erklärte Dokescha, das lange Gesicht zu einer trotzigen Miene verzerrt. »Sie lassen einem nichts. All meine Geschenke, die sie nicht zerschlagen haben, sind dort oben in einer der Kisten auf diesem Untier.«

»Du hast ihnen Geschenke gemacht?«, fragte Teriasch und dachte an die Geschichte, die Pukemasu ihm in all der Zeit, die er bei ihr war, am häufigsten erzählt hatte. Die, wie er zu ihr gekommen war. *Man kann den Harten Menschen nicht trauen. Ihre Herzen sind schwarz vor Lügen.* »Warum hast du das getan?«

Dokescha lachte bitter auf. »Ich? Diesen verschnittenen Hengsten Geschenke machen? Pass besser auf, sonst pisse ich dir auf die Füße! Ich war mit meinen Freunden auf dem Weg zu einem Treffen mit den Gelben Fohlen, um eine Braut zu werben. Für die hatte ich Geschenke dabei.« Er seufzte schwer. »Und jetzt kann ich von Glück reden, wenn mich nicht einer von denen zu seiner Braut macht.«

»Warum sollten sie das wollen?«, fragte Teriasch.

»Weißt du denn nicht, dass die Harten Menschen keine Frauen haben?« Dokescha spie aus. »Sie wirken böse Zauber, um die Männer, die sie fangen, in Frauen zu verwandeln und ihre Kinder auszutragen.«

Das kann unmöglich sein. Das würden die Geister nie zulassen. Teriasch ließ die Sache auf sich beruhen. »Sind das alles hier deine Freunde, die mit dir gezogen sind, um eine Braut zu finden?«

»Nein.« Dokescha schloss in einer schwachen Geste einige der anderen ein, die im Gras hockten. »Nur die.«

»Und die anderen?«

»Sind ein Jagdzug.« Er schob verächtlich die Unterlippe vor. »Von den Krallendaumen. Schöne Jäger sind mir das, sich so einfach fangen zu lassen.«

»Du und deine Leute wurden auch gefangen«, wandte Teriasch ein.

»Was soll das heißen, du Dungesser?«, brummte Dokescha.

»Mir ging es ja nicht anders«, sagte Teriasch hastig. »Ich kam aus einer Schwitzhütte.«

»Schamanen …«, murmelte Dokescha nur.

»Im Ernst.« Teriasch wählte einen versöhnlichen Tonfall. »Wie haben sie es geschafft, euch gefangen zu nehmen?«

»So, wie sie alles tun, was sie tun«, sagte Dokescha. »Mit Heimtücke. Am Anfang haben wir nur die Rüsselschnauze in der Ferne gesehen. Sie lag auf der Seite. Wie tot. Das wollten wir uns näher anschauen. Ich will ehrlich sein: Es ist meine Schuld. Ich dachte, ich gewinne das Herz meiner Braut schneller, wenn ich ihr einen Stoßzahn von diesem Ungeheuer ins Zelt hänge. Du weißt schon. Als Zeichen. So wie ihr Schamanen das macht. Eine Sache für eine andere stehen lassen. Lang und hart.« Er winkte ab. »Wir sind zu der Rüsselschnauze geritten. Vorsichtig, aber nicht vorsichtig genug. Wir haben gemerkt, dass das Vieh noch atmet. Wir sind abgestiegen, weil wir dachten, es wäre krank und könnte uns nichts mehr tun. Dabei war die Rüsselschnauze noch die kleinste Gefahr. Die Harten Menschen hatten sich nämlich nur versteckt.«

»In den Kisten?«

»Auch.« Dokescha starrte mit leerem Blick auf seine Füße. »Sie haben Matten aus geflochtenem Gras. Darunter hatten sie sich versteckt, überall um uns herum. Wir haben uns gewehrt, aber du siehst ja selbst, wie viele es sind. Und sie haben diese merkwürdigen Bögen. Die, die man quer hält und die ganz kurze Pfeile verschießen, die trotzdem jedes Leder und jeden

Knochen durchschlagen. Und ihre Blasrohre mit dem Gift, das einen lähmt.« Er drehte den Kopf zu Teriasch. »Wir sind für sie so leicht zu jagen, wie wir unsere Pferde einfangen.«

»Wo sind eure Pferde?«

Dokescha schluckte. »Fort.« Tränen schimmerten in den Augen des stolzen Kriegers. »Wie all unsere Frauen.«

Teriasch sträubten sich die Nackenhaare. Er sah sich nach den anderen Gefangenen um. *Nur Männer. Sie fangen nur Männer.* »Wo haben sie eure Frauen hingebracht?«

»Nirgendwohin«, flüsterte Dokescha erstickt. »Sie haben sie alle erschlagen.«

Die Häscher teilten Brot an ihre Gefangenen aus, einen harten, handtellergroßen Fladen für jeden. Dazu ließen sie einen Wasserschlauch herumgehen. Ob sein Inhalt gerecht aufgeteilt wurde, kümmerte sie nicht, und als der Schlauch schließlich zu Teriasch und Dokescha kam, war er bereits recht schlaff. Der ältere Krieger trank nur einen kleinen Schluck. »Deine Lippen sind rissiger als meine«, sagte er und reichte den Schlauch an Teriasch weiter.

Der nickte dankbar. Er quetschte noch den letzten Tropfen in seine trockene Kehle.

Dokescha, der ihn dabei mit seiner freien Hand unterstützte, warf die ausgesaugte Hülle danach in Richtung eines der Wächter. »Du musst stark bleiben«, erklärte er. »Wenn du schwach wirst, können wir nicht fliehen.«

»Du willst fliehen? Wohin?«

»Unsere Sippen werden nach uns suchen.« Dokeschas Blick schweifte über den Horizont. »Sie lassen uns nicht im Stich. Wir müssen nur weg von hier.«

»Denk an die Geschichte von Itukala, der Maus«, sagte Teriasch. »Wie sie in die Fänge von Wabili, dem Adler, geraten ist. Je mehr sie sich gewunden hat, desto tiefer haben sich seine Fänge in sie hineingebohrt.«

»Ja, ja«, erwiderte Dokescha mürrisch. »Und erst als sie ganz ruhig und still geblieben ist, ist sie von selbst aus seinem Griff geschlüpft. Ich kenne die Geschichte. Aber wir sind keine Mäuse, und diese Menschen sind keine Adler. Bist du denn überhaupt nicht zornig, dass sie dich gefangen haben?«

Teriasch horchte in sich hinein. »Ich bin zornig, aber was nützt mir mein Zorn? Er wird diese Ketten nicht sprengen, er wird mir meine Kleider nicht wiedergeben, und er wird auch nicht meine Sippe hierherführen.« Er sah unsicher zur Rüsselschnauze. »Und glaub mir, es würde dir nicht gefallen, wenn mein Zorn sich Bahn bricht.«

»Wieso nicht?«

Teriasch schwieg einen Augenblick. *Das geht ihn nichts an. Und wenn ich ihm erzähle, wie es um mich und meinen Zorn bestellt ist, wecke ich nur sein Misstrauen.* »Die Welt ist, wie sie ist.« Das war eine von Pukemasus liebsten Weisheiten, mit der sie seinen vielen bohrenden Fragen über die Ordnung der Dinge begegnet war. Warum widerfuhr guten Menschen Böses? Warum blieb manchmal der Regen aus und die Herden verdursteten? Warum fiel er zu anderen Zeiten so heftig, dass er die Zelte des Lagers fortzuspülen drohte? »Auch wenn wir ihr alles schulden, schuldet die Welt uns nichts. Wir sind wie der Wind. Wir ziehen über die Welt hinweg, ohne sie je zu verändern.«

Dokescha ächzte verdrossen. »Dann spielt es auch keine Rolle, ob die Harten Menschen uns erst verschleppen und dann töten, oder ob wir dabei sterben, wenn wir vor ihnen fliehen.«

»Ich glaube nicht, dass sie uns töten wollen«, sagte Teriasch. »Sonst würden sie uns nichts zu essen und zu trinken geben.«

»Vielleicht führen sie uns nur zu einem Opferstein, wo sie uns den bösen Geistern opfern wollen, die sie anbeten«, entgegnete Dokescha düster. »Und bis dahin müssen wir bei Kräften sein.«

»Unsinn.«

»Du kannst mir nicht beweisen, dass ich falsch liege.«

»Stimmt. Ich kann das nicht. *Er* schon.« Teriasch zeigte auf den Harten Menschen, der gerade den leeren Wasserschlauch aufsammelte. »Wo bringt ihr uns hin?«

Die sperrigen Laute der fremden Sprache kratzten in Teriaschs Hals, doch sie verfehlten ihre Wirkung nicht. Der Kopf des Harten Menschen ruckte herum, und der Mann hätte beinahe den Schlauch fallen lassen. Seine Helmmaske verbarg seine Züge, doch er nahm die leicht vornübergebeugte Haltung von jemandem an, der Zeuge eines unglaublichen Ereignisses wurde. »Was?«

»Wo bringt ihr uns hin?«, wiederholte Teriasch. Er spürte Dokescha neben sich zusammenzucken, und unter den anderen Gefangenen setzte ein heftiges Getuschel ein.

Der Harte Mensch machte einen Schritt auf Teriasch zu. »Du bist der aus der Hütte, oder? Der, der mich fast ertränkt hat?«

Teriasch antwortete nicht. *Wir sehen für ihn alle gleich aus. So wie sie für uns alle gleich aussehen.* Er erwartete einen Tritt, einen Schlag oder irgendeine andere Vergeltung seitens des Harten Menschen. Stattdessen lachte der Mann. »Du wirst einen besonders guten Preis bringen. Ich sollte Spuo sagen, dass ich mir eine kleine Belohnung verdient habe.« Er schüttelte den Kopf und wandte sich ab. »So was hat man noch nie gesehen ...«

Enttäuscht ließ Teriasch den Kopf hängen. *Jetzt bin ich so schlau wie vorher ... Obwohl ... Das hörte sich an, als ob sie uns irgendwo gegen etwas anderes eintauschen wollen.*

»Du sprichst ihre Sprache.« Dokeschas Stimme war brüchig wie das Flüstern einer Vettel, die glaubte, einen bösen Geist gesehen zu haben. »Wieso sprichst du ihre Sprache?«

»Ich habe mit einem von ihnen in einem Zelt gelebt«, gestand Teriasch.

»Mit einem Harten Menschen?« Dokescha wollte ein Stück von ihm fortrücken und zog ihn wegen der Ketten doch nur näher an sich heran. »Du Verräter!«

»Es ist nicht das, was du denkst«, beteuerte Teriasch.

»Was ist es dann?«

»Vor sechs Sommern haben wir einen Harten Menschen auf der Steppe gefunden«, begann er zu erzählen. »Nach einem Sturm, bei dem alle schon dachten, die Geister des Winds, des Donners, der Blitze und der Wolken würden nie mehr Frieden schließen. Der Harte Mensch lag unter einer der fliegenden Echsen, die sie gezähmt haben. Sie war tot, ihr langer Hals zerknickt wie ein dürrer Ast. Er lebte. Die meisten von uns waren dafür, ihn zu töten. Pukemasu, meine Lehrmeisterin, war es nicht. Sie meinte, die Geister hätten ihn nicht ohne Grund zu uns geschickt. Und er war ja nicht gefährlich. Seine Beine waren zerquetscht, und er hatte kein Gefühl mehr darin. Kokipe dachte, der Harte Mensch würde das nur spielen, und deshalb hat er ihn mit einem Messer ins Bein gestochen.«

»Dieser Kokipe scheint mir schlauer zu sein als deine Lehrmeisterin«, merkte Dokescha an.

»Ist er aber nicht«, sagte Teriasch. »Der Harte Mensch hat nicht geschrien. Seine Beine waren wirklich tot.« Er tippte sich an die Hüfte. »Nur von hier an aufwärts hat er noch gelebt. Pukemasu hat ihn in unser Zelt geholt. Wir haben seine Wunden versorgt und ihn gewaschen. Zwei Sommer war er bei uns. Am Anfang war es nicht leicht, ihn zu verstehen. Und er hatte Angst vor uns und hat nur wenig gesprochen. Vielleicht hat er gehofft, seine Leute würden kommen und ihn heimholen. Oder er fürchtete sich vor den Häuten, die in unserem Zelt aufgespannt waren. Ich glaube, die Harten Menschen verstehen nicht, warum wir sie aufhängen. Dass sie uns dabei helfen, nichts zu vergessen. Nach einer Weile hat er mehr geredet. Pukemasu hat ihm die Bilder auf den Häuten gezeigt und ihn gefragt, was sie in seiner Sprache zeigen. Im ersten Winter war er so weit, dass wir mit ihm reden konnten wie mit einem kleinen Kind. Und dass wir uns in seiner Sprache für ihn anhörten wie kleine Kinder. Je mehr die Sonne wieder an Kraft gewann, desto mehr Worte lernte er von uns und wir von ihm.«

»Was hat er euch erzählt?«, wollte Dokescha wissen, dessen Furcht einer sichtlichen Neugier gewichen war.

»Von den großen Lagern, in denen die Harten Menschen leben und die sie Städte nennen«, sagte Teriasch. »Dass sie Hütten und Häuser aus Stein bauen. Dass sie immer wieder Samen an denselben Stellen ausstreuen und warten, bis auf diesen Feldern neue Pflanzen gewachsen sind, deren Samen sie dann wieder ausstreuen. Dass ...«

»Hat er gesagt, dass sie Frauen haben?«, unterbrach ihn Dokescha, den offenbar die Vorstellung plagte, tatsächlich zur Braut eines der Fremden auserkoren zu werden.

»Sie haben zumindest ein Wort für Frauen und eins für Mädchen und eins für Vetteln«, beruhigte ihn Teriasch. »Und kannst du dir ein Lager ohne Frauen ausmalen?«

Dokescha schüttelte den Kopf.

»Siehst du wohl.« Teriasch seufzte. »Ich sollte es dir eigentlich nicht sagen, aber wir wussten nie, ob er die Wahrheit erzählt oder lügt. Manches von dem, was er mir und Pukemasu berichtet hat, kann nicht stimmen. Es gibt keine Dächer aus Gold und keine Menschen mit Hauern wie ein Eber und keine Werkzeuge, um den Lauf der Gestirne vorherzusehen.« Er senkte die Stimme. »Es könnte auch sein, dass er einfach nicht mehr richtig im Kopf war. Immerhin ist er vom Himmel gefallen.«

»Was ist aus dem Mann geworden?«

»Er ...« *So viel Blut so nutzlos vergossen ...* Teriasch war überrascht, wie sehr ihn die Erinnerung immer noch schmerzte. »Er hat sich eines Nachts die Arme aufgeschnitten. Am Abend vorher war er noch ganz fröhlich gewesen und hat viel gelacht und mit Pukemasu herumgealbert.«

»Hat er sie gekränkt?«

»Was?«

»Hat er an diesem Abend etwas gesagt oder getan, was sie gekränkt haben könnte?«

»So ist Pukemasu nicht«, sagte Teriasch, als er begriff, worauf der Krieger hinauswollte. »Sie hätte ihn nicht getötet. Wir wollten doch von ihm lernen.«

»Du kennst sie besser als ich.« Dokescha wiegte den Kopf hin und her. »Aber unser Schamane ist sehr reizbar. Ein falsches Wort genügt, und er …«

»Er hat sich selbst umgebracht«, fiel ihm Teriasch ins Wort. »Verstanden?«

»Von mir aus.« Dokescha zwang Teriasch zu einem gemeinsamen Schulterzucken. »Denk, was du willst.« Er versuchte, einen Finger unter den eisernen Ring um sein Handgelenk zu schieben, und scheiterte daran. Er rüttelte an dem kleinen Schloss, das seine Ketten mit denen Teriaschs verband. »Aber eines weiß ich: Der Harte Mensch hat keinen schlechten Weg gewählt, um zu seinen Ahnen zu gehen. Ein besserer Weg, als für immer in eurem Zelt gefangen zu sein.«

Als die Sonne ihren höchsten Punkt lange überschritten hatte, trieben die Harten Menschen ihre Gefangenen zum Aufbruch an. Die Rüsselschnauze setzte sich an die Spitze des Zuges. Ein Mann saß in einem mit Troddeln geschmückten Holzsattel im gedrungenen Nacken des Tiers, das er durch eine Abfolge von Zungenschnalzern, sachten Hieben mit einem Hakenstock und zarten Zupfern an den Ohren lenkte. Je sechs weitere Männer ritten in den Kisten, die links und rechts am tonnenförmigen Leib der Kreatur festgeschnallt waren. Ihre Aufgabe war einfach zu durchschauen: Sie behielten zum einen die Gefangenen im Auge, die der von der Rüsselschnauze ins Steppengras getrampelten Schneise folgten. Zum anderen spähten sie in die Weite hinaus, um für unliebsame Überraschungen gewappnet zu sein und um nach neuer Beute Ausschau zu halten. Der Rest der Harten Menschen eskortierte die Gefangenen in einigem Abstand und ohne allzu viel Mühe.

Denn ganz gleich, wie sehr Teriasch und Dokescha auch darauf achteten, ihre Bewegungen aufeinander abzustimmen, staksten sie mehr ungelenk, als dass sie zügig gingen, und den anderen Paaren erging es ebenso. Teriasch fühlte sich wie ein armes Pferd, das sich den Lauf in einem Erdhörnchenbau gebrochen hatte. Für gewöhnlich erlöste man ein solches Pferd so schnell wie möglich von seinen Qualen. Eine Gnade, die Teriasch nicht vergönnt war. Nach einer Weile begannen ihn Krämpfe in den Waden zu plagen, und ein ums andere Mal wäre er gestürzt, wenn nicht Dokescha kräftig genug gewesen wäre, sie beide auf den Beinen zu halten.

Unter den Harten Menschen hatte es inzwischen die Runde gemacht, dass einer der Gefangenen ihre Sprache verstand. Aus bösartiger Langeweile heraus spornten sie Teriasch gelegentlich mit spöttisch-aufmunternden Zurufen an oder forderten ihn auf, ihnen doch etwas Unterhaltsames darüber zu erzählen, wie die Steppenbewohner es mit ihren Pferden trieben. Teriasch ignorierte die meisten der Schmähungen, bis es einer der Harten Menschen schließlich übertrieb.

»Merken die Stuten überhaupt etwas von euch, wenn ihr mit euren Stöckchen bei ihnen ankommt?«, höhnte er.

Zorn durchflutete ihn wie eine brennende Woge. Er ballte die Fäuste und schrie: »Genug! Genug!«

»Ah!«, sagte der Spötter. »Sie merken also genug!«

Das einsetzende Gelächter der Männer brach ab, abgelöst vom lauten Klirren eines Kettenpanzers, als die Rüsselschnauze unvermittelt stehen blieb und sich schüttelte. Ihr Lenker verlor seinen Hakenstock und klammerte sich an seinen Sattel, während die Männer in den Kisten schreiend übereinander fielen. Das schnaubende Tier nahm seinen Kopf zur Seite und funkelte den Kerl, der Teriasch gereizt hatte, aus seinen kleinen schwarzen Augen an.

»Es dreht durch. Es dreht durch.« Dokescha riss Teriasch einige Schritte mit sich fort, weg von der Bestie.

Der Fremde mit dem Löwenhelm brüllte eine Reihe scharfer Befehle, die seine Untergebenen geflissentlich überhörten.

»Genug ...«, flüsterte Teriasch weiter. *Es kann mich hören. Es teilt meinen Zorn.* »Genug ...«

Die Rüsselschnauze senkte das Haupt wie zu einem Stoß mit ihren fingerlangen mit Metalldornen gespickten Hauern.

Der Spötter richtete seine Axtlanze auf das Tier, eine verzweifelte Geste, wie sie hilfloser nicht hätte ausfallen können.

Der Lenker zerrte nun wie wild an einem Ohr der Rüsselschnauze. »Ruhig! Ruhig!«

»Nimm deine verbockte Hasta runter, Soldat!«, fluchte der Löwenhelmträger und sprang nach vorn. Er bückte sich, verschwand halb im Gras und tauchte mit dem Hakenstock in der Hand wieder auf. Furchtlos bohrte er die Spitze in die Flanke der Rüsselschnauze. Sie durchdrang zwar nicht die Panzerung, doch das Tier gab dennoch einen erschrockenen Laut von sich und stampfte schwerfällig seitwärts. Sein Kopf pendelte in der Bewegung mit, und nun war an seinem Hals etwas zu sehen, das zuvor zwischen wulstigen Hautfalten versteckt gewesen war: ein armdicker Reif aus einem schwarzen Material, in dem weiße Einschlüsse schillerten. Der nächste Hieb des Löwenhelmträgers zielte genau auf dieses sonderbare Schmuckstück.

Ein Blitz ohne Donner blendete Teriasch, und er starrte einen flüchtigen Moment in eine gleißende Leere. Wie von fern vernahm er einen lang gezogenen, heiseren Schrei, der unmöglich aus der Kehle eines Menschen stammen konnte. Der Zorn, der eben noch unbändig in ihm getobt hatte, kroch verängstigt in sein tiefstes Innerstes zurück. Teriasch stolperte, kam jedoch nicht zu Fall. Der Schrei verklang, das Gleißen erlosch. Er blinzelte.

»Was hast du?«, fragte Dokescha.

»Der Blitz ...«, stammelte Teriasch. »Der Schrei ...«

»Welcher Blitz? Welcher Schrei?«

Hat er es nicht gesehen? Hat er es nicht gehört? Teriasch riss die Augen auf, sah sich um. Niemand außer ihm – keiner von den Steppenbewohnern und auch keiner von den Harten Menschen – erweckte den Anschein, als hätte er den Blitz und den Schrei bemerkt. Alle Blicke waren nach wie vor auf die Rüsselschnauze gerichtet, in die Teriaschs Zorn für eine kurze Zeit eingefahren war. Das Tier hatte sich nach dem Hieb gegen sein metallenes Halsband, dessen Einschlüsse zu glühen schienen, merklich beruhigt. Beinahe verschämt hielt es den Kopf gesenkt und zupfte mit seinem Rüssel am Gras.

»Was war das denn?«, rief der Löwenhelmträger zum Lenker hinauf, der nun wieder fest in seinem Sattel saß.

»Keine Ahnung, Spuo.« Geschickt fing der Mann den Hakenstock auf, den ihm sein Befehlshaber nach oben warf wie einen Speer. »Das hat sie noch nie gemacht. Aber am Kollare kann es nicht liegen, wie du uns ja selbst gezeigt hast. Das Band ist nicht gebrochen.« Er beugte sich nach vorn, um die Rüsselschnauze in dem Borstenbüschel auf ihrem Scheitel zu kraulen. »Könnte sein, dass sie sich vor einem Erdhörnchen erschreckt hat. Probaskas mögen keine kleinen pelzigen Dinge, die sich schnell bewegen.«

»Genug Kraft, um ein Haus einzureißen, aber panische Angst vor Mäusen.« Spuo schüttelte den Kopf und gab seinen Männern ein Zeichen, den Marsch fortzusetzen. »Fast wie meine Mutter.«

Dokescha stieß Teriasch mit dem Ellenbogen an. »Auf drei, ja?«

Teriasch nickte, während Dokescha den nächsten Schritt auf ihrer gemeinsamen Reise vorzuzählen begann. *Was ist hier gerade geschehen? Was hat meinen Zorn zurückgedrängt?* Er blickte von seinen Füßen auf in die Weite der Steppe. Am Horizont glaubte er die Silhouette eines einsamen Mannes zu erkennen – nur ein länglicher, schemenhafter Fleck auf verwaschenem Grund –, doch als er die Augen zusammenkniff, um näher hinzusehen, war die Gestalt verschwunden.

Mit dem Einsetzen der Dämmerung endete der Marsch für diesen Tag. Auf Spuos Geheiß bauten die Harten Menschen drei von ihren eckigen Zelten auf: zwei größere, von denen eines für die Soldaten und das andere für die Gefangenen bestimmt war, sowie ein kleineres, dessen Spitze mit einem bronzenen Löwenkopf geschmückt war und das Spuo allein bezog.

Bevor sie das Zelt betreten durften, wurden die Gefangenen gestenreich und voll bitterem Spott aufgefordert, sich noch einmal zu erleichtern. Da sowohl Teriasch als auch Dokescha lediglich den Drang verspürten, ihr Wasser abzuschlagen, boten sie ihren Häschern wenigstens nicht das unwürdige Schauspiel, aneinandergekettet ihren Darm zu leeren. Danach gab es wieder Brot und Wasser für die Gefangenen, gereicht von dem Soldaten, der dazu abkommandiert worden war, vor dem Eingang ihres Zelts Wache zu halten.

Das Zelt selbst war einigermaßen geräumig, wenn auch völlig schmucklos – keine Felle, keine Häute, keine Schnitzereien an den Stangen, keine Malereien an den Planen. Bald staute sich der scharfe Geruch von Schweiß, wie ihn nur eine Mischung aus Angst und überstandener Anstrengung zu erzeugen vermochte. Dokescha wählte für sich und Teriasch einen Ruheplatz dicht am Eingang, den ihnen niemand streitig machte.

Teriaschs Kettenbruder genoss unter seinen Freunden ein hohes Ansehen, und er stellte Teriasch all seine Begleiter vor, die mit ihm in Gefangenschaft geraten waren. Teriasch lächelte viel und nickte oft, behielt aber nicht einen einzigen Namen, weil sein Verstand immer noch darum rang, einen Sinn in dem unheimlichen Vorgang mit der Rüsselschnauze zu erkennen.

Das Einschlafen erwies sich als doppelt schwierig. Zu seinen rasenden Gedanken kam der Umstand, dass Dokescha sich lange unruhig hin und her wälzte. Mal schlug er Teriasch versehentlich den Arm ins Gesicht, mal stieß er ihm das spitze Knie in den Schenkel. In der Hoffnung, Pukemasu könnte inzwischen auf eine Traumsuche nach ihm gegangen sein und er würde seiner Lehrmeisterin irgendwie verraten können, wohin ihn die Harten Menschen verschleppt hatten, dämmerte Teriasch endlich weg.

Er wurde davon geweckt, dass jemand seinen Namen sagte. Zumindest schlug er deshalb die Augen auf, denn er war sich bei dem Anblick, der ihn erwartete, nicht mehr sicher, ob er nicht doch noch träumte.

Im mondbeschienenen Eingang des Zelts – eine Armlänge vom Wächter entfernt, der niedergesunken an einer der Stangen leise schnarchte – saß der feige Geist, dem er vor der Schwitzhütte begegnet war. Er hatte die Beine überkreuz und das, was Teriasch bisher für eine Keule gehalten hatte, auf dem Schoß. Die langen Finger seiner linken Hand pressten die glänzenden Schnüre am Griff gegen das feingemaserte Material, aus dem der Gegenstand gefertigt war, während die nicht minder langen Finger seiner rechten Hand ein Stück weiter unten an den Schnüren zupften, wo diese über ein rundes Loch im bauchigen Teil der Keule liefen. Dabei entstanden zauberhafte Klänge – ein hell schwingendes Summen, als ob der Geist Bogensehnen das Singen beigebracht hätte.

Teriasch fuhr hoch, um sich auf die Ellenbogen zu stützen, und zerrte Dokescha dabei mit sich. Erstaunlicherweise schlief der Krieger ungerührt weiter.

»Was machst du hier?«, entfuhr es Teriasch.

Der Geist lächelte und spielte weiter sein Musikinstrument, denn nichts anderes konnte dieses Ding sein, das er da hatte. »Ich schaue nach, wie es dir geht.«

Er spricht so laut! Teriaschs Blicke huschten durch das Zelt. Die Leiber der Schlafenden waren wenig mehr als kleine Schattenhügel, die sich an einigen Stellen in ruhigem Takt hoben und senkten.

»Mach dir um sie keine Sorgen«, sagte der Geist. »Sie können uns nicht hören. Niemand kann uns hören.«

»Träume ich?«

»Tun wir das nicht alle?« In der Melodie lag mit einem Mal ein Hauch von Wehmut, den der Geist mit einem Seufzer noch verstärkte. »Du musst vorsichtiger werden, mein nackter Freund, sonst werden sie dir auf die Schliche kommen. Und was du kannst und was du bist, wird ihnen nicht gefallen.«

Er spricht schon wieder in Rätseln. Doch dieses Mal lasse ich mir das nicht gefallen. Hat Pukemasu nicht gesagt, dass es auch Geister gibt, denen man forsch begegnen muss, damit sie einem nicht auf der Nase herumtanzen? »Kannst du mich befreien?«

Die Augen des Geists funkelten. »Deine Zielstrebigkeit in allen Ehren, aber ich werde mich nicht einmischen. Es kostet mich auch so schon einiges an Überwindung, dir diesen kleinen Besuch abzustatten. So etwas tut man eigentlich nicht.«

»Warum tust du es dann trotzdem?«

»Ich sammle Geschichten über euch Menschen«, erklärte der Geist. »Deine Geschichte scheint mir eine vielversprechende zu werden, und es wäre schade, wenn du sie nicht zu einem passenden Ende führst.« Er neigte den Kopf in Richtung des schlafenden Wächters. »Ich fände es jedenfalls nicht passend, wenn sie damit endet, dass dir einer von diesen schrecklichen Leuten aus purer Angst mit seiner Hasta den Kopf von den Schultern schlägt. Das wäre die reinste Verschwendung.«

»Du bist also ein Geist der Geschichten?«, fragte Teriasch. Von einem solchen Geist hatte er zwar noch nie gehört, aber Pukemasu hatte ihn noch längst nicht in alle Geheimnisse eingeweiht, die sie unter ihrem Schopf aus grauen Zöpfen verwahrte.

»Wenn du zwingend darauf bestehst, dass ich ein Geist bin ...« Er zuckte mit den Achseln, und seine Kapuze rutschte ihm ein Stück vom Kopf. »Ja, dann bin ich wohl am ehesten ein Geist der Geschichten. Zufrieden?«

Nicht ganz. Obwohl der Geist angekündigt hatte, ihn nicht zu befreien, wollte sich Teriasch noch nicht geschlagen geben. Verhandlungen mit Geistern waren immer mühsam. Teriasch hatte in seiner Zeit bei Pukemasu so manches Beispiel dafür gesehen, welchen Aufwand man bisweilen treiben musste, um einen Geist für sich zu gewinnen. *Ich werde nie vergessen, wie Pukemasu einen Viertelmond lang nur rückwärts durchs Lager gelaufen ist, um einen Geist der entgangenen Gelegenheiten gnädig zu stimmen.* Und hatte seine Lehrmeisterin ihm nicht ein großes Geschick im Umgang mit anderen bestätigt? Hatte er sich nicht bei Awasaka, der ein berüchtigter Geizhals war, drei schöne Pfeilspitzen gegen einen Beutel Schwarzholzperlen ertauscht? Und nach dem letzten Jagdfest von Iputake, deren Lippen weich und kühl wie frisch gefallener Schnee gewesen waren, einen Kuss erbettelt? Obwohl sie nur drei Tage vorher noch überall erzählt hatte, sie würde lieber einem Schakal den Hintern lecken, als sich je mit einem Schamanen einzulassen. *Ich bin noch nicht fertig mit dir, Geist der Geschichten.* »Hast du einen Namen?«

Zwei Herzschläge lang stockten die Finger des Geistes, und der Wächter neben ihm gab ein schmatzendes Geräusch von sich und kratzte sich träge am Hals. Dann setzte der Geist rasch sein Spiel fort. »Wenn ich wegen deiner albernen Fragen vergesse, die Saiten zu schlagen, stecken wir in einer misslichen Lage. Selbstverständlich habe ich einen Namen. Du kannst mich Fulmar nennen.«

»Fulmar …« Teriasch setzte seine freundlichste Miene auf. »Du hast gesagt, ich müsste vorsichtiger werden. Womit denn?«

»Wie du deinen Zorn walten lässt. Du hast offenkundig nicht sehr viel Übung darin. Um genau zu sein, bist du der plumpste Tendra Megun Romur, dem ich je begegnet bin.« Fulmar zupfte drei Saiten, deren Töne in Teriaschs Ohren irgendwie schief klangen. »Und ich bin schon so einigen begegnet.«

Wann hat er meinen Zorn gesehen? Teriasch stockte der Atem. »Das warst du! Der Mann am Horizont, der erst da und dann wieder weg war! Als die Rüsselschnauze wütend geworden ist, weil ich wütend geworden bin.«

Fulmar schürzte die Lippen. Seine Melodie vollführte einen heiteren Sprung. »Das kann schon sein. Ich hoffe, du hast gelernt, die Probaskas in Ruhe zu lassen. Sie stehen unter einem starken Einfluss, den du nicht so einfach brechen kannst.«

»Du folgst mir«, stellte Teriasch fest.

»Nimm dich bitte nicht so wichtig.« Fulmar entlockte seinem Instrument eine Schar düsterer Klänge. »Wir sind nur zufällig in die gleiche Richtung unterwegs.«

»Du willst dorthin, wo die Harten Menschen hingehen?«, fragte Teriasch.

»Ich habe genug von der Steppe.« Fulmar ahmte das Geräusch des Windes nach, wenn er über die Weite strich. »Zu viel Gras und zu wenig Leute, verstehst du?«

»Du hast recht. Ich kann meinen Zorn nicht lenken, und wenn die Harten Menschen herausfinden, dass ich ihre Rüsselschnauze zum Ungehorsam angestachelt habe, bringen sie mich um.« Teriasch atmete tief durch. *Jetzt muss er anbeißen!* »Aber könntest du mir nicht dabei helfen, meinen Zorn besser zu beherrschen?«

»Hör auf, mir Honig ums Maul zu schmieren!« Fulmar grinste. »Du bist kein so großer Verführer, wie du denkst. Ich werde dich nicht befreien, und dabei bleibt es.«

Teriasch ließ die Schultern hängen. *Er ist zu schlau für mich … oder zu verrückt.*

»Das ist kein Grund, Trübsal zu blasen«, meinte Fulmar aufmunternd zu ein paar frohgemuten Noten. »Ich habe nicht gesagt, dass ich nicht den einen oder anderen Rat für dich hätte.« Er schlug alle Saiten auf einmal an. »Hier ist der erste. Reiz die Soldaten aus dem Dominum nicht. Du bist für sie wertvoller, als du dir vorstellst. Für sie bist du das, was ein gutes Pferd für deine Leute ist. Ein kleiner Schatz.«

»Ich bin kein Tier«, protestierte Teriasch.

»Das kommt ganz darauf an, wer dich gerade betrachtet«, erwiderte Fulmar schnippisch. »Die einen sagen so, die anderen so.« Erneut griff er beherzt in die Saiten. »Das ist mein zweiter Ratschlag. Du kannst deine Freiheit zurückerlangen, aber du musst den richtigen Augenblick abwarten. Nicht zu früh und nicht zu spät. Du brauchst nicht ewig Sklave zu sein, wenn du deine Gabe klug einsetzt. Übe dich vorsichtig darin, und sie wird der Schlüssel sein, der alle Schlösser öffnet.« Ohne seine Melodie zu unterbrechen, erhob sich Fulmar. »Gib mir eine Geschichte, die sich zu erzählen lohnt.« Er wandte sich um.

»Halt!« Teriasch griff nach dem Saum von Fulmars Umhang und bekam den verblüffend kühlen, harten Stoff zu fassen. »Was ist mit dem dritten Ratschlag?«

Mit einer barschen Drehung der Schulter riss Fulmar seinen Umhang frei. »Wovon redest du da?«

»Alle wichtigen Dinge kommen immer zu dritt, die guten wie die schlechten«, sagte Teriasch.

»Dridd.« Dieses Wort, das Fulmar ausspie, klang verdächtig nach einem üblen Fluch. »Wer erzählt denn so einen Unfug?«

»Pukemasu.« *Wieso Unfug?*

»Das alte Weib, das mit dir und deiner Gabe nichts anzufangen wusste?«

»Ja.«

Fulmar beugte sich ein wenig zu Teriasch herunter und flüsterte: »Gut, mein nackter Freund. Dann sollst du noch einen dritten Ratschlag kriegen. Er lautet: Glaube nur an die Regeln in der Welt, die du eigenhändig durchsetzen kannst. Und jetzt schlaf.« Die Abfolge der Töne von Fulmars Instrument wurde langsamer und langsamer. »Du hast noch einen langen Marsch vor dir.«

Teriaschs Lider flatterten. Das Letzte, was er sah, bevor ihm die Augen zufielen, war das Glitzern von Fulmars Mantel im Mondlicht.

3

Geister der Hoffnung erscheinen den Unwissenden ekelhaft,
denn sie zeigen sich uns Menschen in der Gestalt von Würmern.
Dabei verraten sie damit ihre größte Macht:
Ganz gleich, in wie viele Stücke sie zerschnitten werden,
fand noch keiner einen Weg, sie endgültig zu töten.

Aus den Weisheiten einer Geisterseherin der Steppenvölker

Zwei Tagesmärsche später – immer in die Richtung, in der die Sonne unterging – gelangte der Zug an ein unumstößliches Zeugnis dafür, wie weit die Arme des Dominums bereits in die Steppe hineinreichten. Zwei Tage, in denen Teriasch sich die Haut unter den Ketten um sein Handgelenk und seinen Knöchel wundgescheuert hatte. Zwei Tage, in denen die Soldaten nach und nach das Interesse an ihm und der Tatsache verloren, dass er ihre Sprache sprach. Zwei Tage, in denen Dokescha an seiner Seite unablässig »Sie werden kommen, sie werden kommen« vor sich hingemurmelt hatte wie eine Beschwörungsformel, die durch unablässige Wiederholung an Kraft gewann.

Selbst in den Nächten hatte Dokescha kaum geschwiegen. Er führte gewisperte Unterhaltungen mit den Freunden aus seiner eigenen Sippe, in die er irgendwann auch die Krallendaumen einband. Er schmiedete verzweifelte Pläne, wie die Gefangenen ihre Retter wohl unterstützen konnten, sobald diese auftauchten, um die Harten Menschen anzugreifen – Pläne, denen Teriasch keine Beachtung schenkte. Er zerbrach sich vielmehr den Kopf über die Ratschläge, die ihm Fulmar, der Geist der Geschichten, gegeben hatte. Und er zweifelte daran, dass der Zeitpunkt seiner Befreiung so nahe lag, wie es sich Dokescha für sie alle erhoffte.

Beim Anblick der Festung, die die Harten Menschen errichtet hatten, wurden diese Zweifel zur Gewissheit. Woher das Holz für die Palisaden und das Tor stammten, war Teriasch zunächst ein Rätsel. Zwar gab es hier und da auf der Steppe kleinere Gehölze – versprengte Gruppen dürrer Bäume –, doch die Harten Menschen hätten Dutzende von ihnen roden müssen, um auch nur eine Seite der Festung zu schützen. Das Zittern des Bodens unter den Schritten der Rüsselschnauze erinnerte ihn schließlich daran, wie kräftig diese Bestien waren. Und nach allem, was er über die Harten Menschen wusste, waren sie zielstrebig genug, sich diese Kraft zunutze zu machen, um Holz aus fernen Wäldern in die Steppe zu schaffen. Auf dieselbe Weise mussten auch die grauen Steine hierhergekommen sein, aus denen die vier Ecktürme der Festung gebaut worden waren. Teriasch verstand sich darauf, Zeichen zu deuten, und er begriff sofort, was die Harten Menschen mit dieser Festung sagen wollten: *Wir gehen hier nicht mehr weg.*

Nachdem sich das Tor knarrend geöffnet hatte und den Blick auf den staubigen Innenhof der Festung freigab, brauchte Teriasch nicht lange, um zu erkennen, welches der flachen Steinhäuser dort für ihn und die anderen Gefangenen bestimmt war: der Bau mit den eisernen Gittern vor den schmalen Fenstern. Spuo wies eine Handvoll seiner Männer an, die Steppenbewohner an einem überdachten Brunnen trinken zu lassen. Aus einem anderen Steinhaus kam derweil ruhigen Schrittes eine Gestalt auf Spuo zu, deren bloße Existenz Dokescha zu einem erleichterten Aufatmen verleitete.

»Das ist eine Frau, oder?«

Teriasch nickte und wartete darauf, dass einer der Krüge, mit denen die Soldaten Wasser aus dem Brunnen schöpften, zu ihm wanderte. »Siehst du? Sie wollen dir kein Kind machen, du Schwarzseher.«

»Kustoda Amaris.« Spuo verneigte sich vor der hageren Frau, die wie alle Harten Menschen einen Panzer trug. Ihr roter Umhang wurde von zwei goldenen Fibeln gehalten, die die Form von Löwenpranken besaßen.

»Aukeps Spuo.« Amaris erwiderte die Verbeugung. »Wie ich sehe, hast du einen beachtlichen Fang gemacht. Verluste?«

»Keine.« Teriaschs Herz setzte einen Schlag aus, als Spuo mit dem Daumen in seine Richtung zeigte. »Aber der Barbar da drüben hätte um ein Haar Gurdus ertränkt.« Er klopfte grinsend auf die Waffe, die an seinen Oberschenkel geschnallt war. »Doch da waren ich und mein Rohr davor.«

»Dass du nie müde wirst, dein Rohr zu loben«, sagte Amaris kopfschüttelnd.

»Hier draußen hat ein Mann sonst nur wenig Freude«, verteidigte sich Spuo.

Amaris musterte Teriasch misstrauisch. »Ist er aufsässig?«

»Nein, nein. Er ist ganz folgsam.« Spuo beugte den Oberkörper vor, als würde er seiner Vorgesetzten einen unanständigen Witz erzählen. »Stell dir vor, er spricht unsere Sprache.«

»So? Wo hat er sie gelernt?«

Spuos Miene und die Art, wie er nun seinen Helm absetzte, um sich am Kopf zu kratzen, zeigten, dass er sich diese Frage selbst noch nicht gestellt hatte. »Von einem wagemutigen Völkerkundler? Es gibt bestimmt einige Verrückte, die sich zu den Barbaren aufgemacht haben, um ihre Gebräuche zu studieren. Ich könnte mir vorstellen, dass manche Wilde gerissen genug sind, diese verbockten Holzköpfe ordentlich über uns auszuhorchen, bevor sie ihnen die Haut abziehen.«

»Abziehen …« Amaris' Blick glitt von Teriaschs Gesicht hinüber zu dem Unterstand, wo die Kisten der Rüsselschnauze entladen wurden. »Ein gutes Stichwort. Hast du mir Schöpfe mitgebracht?«

»Achtzehn«, antwortete Spuo stolz.

»Das macht vierhundertfünfzig Rota für dich und vierhundertfünfzig Rota für mich.« Amaris nickte zufrieden. »Nicht schlecht. Das wird die Huren freuen, die sich um dein Rohr kümmern, sobald du wieder daheim bist.«

»Zweifellos. Willst du die Ware inspizieren?«

»Warum nicht?«

Spuo und Amaris spazierten scherzend zur Rüsselschnauze.

»Worüber reden sie?«, fragte Dokescha, als er Teriasch den sehnlich erwarteten Krug reichte.

»Über Haare«, sagte Teriasch, dessen Mund mit einem Mal noch trockener war.

»Die Haare …« Dokescha sah rasch zur Seite, doch Teriasch war nicht entgangen, dass dem Krieger Tränen in den Augen standen.

Teriasch setzte den Krug an und lugte über den Rand zu den beiden Anführern der Harten Menschen. Das, was sie inzwischen aus einer der Kisten geholt und vor sich auf dem Boden ausgebreitet hatten, löste keinen Zorn in ihm aus, nur bodenloses Entsetzen. Das Wasser, das ihm die Kehle hinunterrann, kam ihm kalt wie Eis vor. *Sie töten unsere Frauen nicht nur. Sie ziehen ihnen als Trophäe die Haut vom Kopf.*

Auch in ihrer neuen Unterkunft behielten die Gefangenen ihre Ketten. In dem niedrigen Raum, in dem dunkle Holzbalken den Himmel aussperrten, gab es jedoch zwei Dinge, die ihnen ihre Lage etwas erträglicher machten: einen großen Eimer in einer Ecke, in den sie ihre Notdurft verrichten konnten, und einen Kessel mit einer lauwarmen Brühe, in der faserige Wurzelstücke schwammen. Ein wahres Festmahl nach all dem trockenen Brot, und es störte auch niemanden, dass man nur die eigenen Hände als Schüsseln hatte.

Nicht satt, aber auch nicht mehr hungrig hockten Teriasch und Dokescha auf der festgestampften Erde nebeneinander, die Rücken an die raue Steinwand gelehnt.

Dokescha warf einen Blick auf die von außen verriegelte Tür, dann brachte er seinen Mund dicht an Teriaschs Ohr. »Du musst mir etwas verraten.«

»Was?« *Ihr Geister, bitte lasst ihn nicht schon wieder von Bräuten und vom Kindermachen anfangen!*

»Ein Wort aus ihrer Sprache.«

Teriasch ächzte dankbar. »Welches Wort?«

Als Dokescha es ihm verriet, ahnte Teriasch, dass sein Kettenbruder selbst jetzt die Hoffnung auf eine baldige Rettung noch nicht aufgegeben hatte.

»Alarm! Alarm!«, schrie ein Mann zum schnellen Läuten einer Glocke. »Alarm!«

»Sie sind da!«, sagte Dokescha, ein triumphierendes Grinsen auf dem Gesicht.

Teriasch und er sprangen so schnell auf die Füße, wie es ihre Ketten eben zuließen, und der Krieger bahnte ihnen den Weg durch die anderen sich hochkämpfenden Gefangenenpaare zu einem der vergitterten Fenster.

Sie sind wirklich da! Anders war die Unruhe, die unter den Harten Menschen ausgebrochen war, nicht zu erklären. Soldaten hasteten in wilder Eile über den Hof, kletterten über Leitern hinauf zu den Türmen und den Wehrgängen an den Palisaden.

Inmitten des Tumults tauchte Amaris auf, einen Löwenhelm unter den Arm geklemmt. »Was ist da los?«, rief sie zu einem der Wachtürme hinauf.

»Die Barbaren!«, kam die kurze Antwort, in der Furcht und Anspannung lagen.

»Wie viele?«

»Es sind Dutzende! Sie kommen von allen Seiten!«

Teriasch stellte fest, dass er seine freie Hand unbewusst um einen der Gitterstäbe geschlossen hatte. *Das müssen sämtliche Krieger sein, die die Milchbäuche aufbieten können.* Er glaubte Hufschlag und grelles Geheul zu hören.

Draußen spurtete Spuo an Amaris' Seite. »Das sind zu viele.«

»Jammer nicht. Was willst du machen? Verhandeln?«, höhnte Amaris. Sie drehte sich um und herrschte den Soldaten an, der immer noch die an einem Pfosten neben dem Brunnen befestigte Glocke läutete. »Lass das sein! Ich bin nicht taub.« Der Soldat ließ das Glockenseil fallen, als wäre es glühend heiß. »Auf einen der Türme mit dir.« Sie setzte ihren Helm auf. »Alle Mann die Arkakrux raus und Schussreihen bilden!«

»Sie fürchten unsere Krieger. Sollen sie ruhig. Bald können sie sich von ihren Ahnen trösten lassen«, freute sich Dokescha.

»Jetzt?«, fragte ihn einer seiner Freunde von hinten, ungeduldige Vorfreude in der Stimme.

»Nein«, antwortete Dokescha, den Blick fest auf die Vorgänge im Hof gerichtet. »Noch nicht.«

Teriasch presste das Gesicht zwischen zwei Stäbe und schielte nach links. Vor der Tür zum Gefängnis stand nach wie vor der Wächter, den Oberkörper leicht von dem Treiben auf dem Hof abgewandt, als versuchte er, möglichst keine Aufmerksamkeit zu erregen.

Seine Kameraden waren inzwischen größtenteils der Anordnung ihrer Befehlshaberin gefolgt. In Dreierreihen standen sie auf den Türmen und entlang der Wehrgänge hintereinander, ihre absonderlichen Bögen in der Hand. Die vorderste Reihe hielt ihre Waffen schussbereit vor sich, die Pfeilspitzen der mittleren zeigten zum Himmel, die der hinteren zu Boden.

»Nicht zu früh schießen!«, mahnte Amaris. »Bolzen sparen!«

»Wir schaffen das nie im Leben allein. Sie werden uns überrennen«, redete Spuo weiter auf die Kustoda ein. »Spiel hier nicht die Heldin. Sei doch vernünftig. Wie weit ist der nächste Turris Migra von hier weg?«

»Von hier? Fünfzehn, zwanzig Meilen«, entgegnete Amaris widerwillig.

»Das reicht.« Spuo legte ihr eine Hand auf die Schulter. »So lange halten wir durch.«

»Verbockte Scheiße!« Sie schlug seinen Arm beiseite, nestelte an ihrem Gürtel und drückte ihm einen kleinen Beutel aus schwarzem Stoff an die Brust. »Dann mach eben, wenn du nicht anders kannst, du Feigling!«

»Der Dominex wird es uns allen danken«, erwiderte Spuo, verbeugte sich und hielt den Beutel dabei umklammert wie ein kostbares Kleinod. Er richtete sich auf. »Arka! Lenitas! Holt mir den Rufer!«

Zwei Soldaten lösten sich aus ihrer Schussreihe und rannten eine Treppe in den Hof hinunter. Sie schleppten gemeinsam ein bronzenes Dreibein aus einem der Unterstände, auf das eine flache Schale aus demselben Metall aufgesetzt war. Über den Rand der Schale ragte trockenes Gras und Reisig.

Amaris schaute mit verbitterter Miene zu, wie Spuo mit Stahl und Flintstein Funken schlug. Die Nahrung für das Feuer in der Schale musste mit einem brennbaren Öl getränkt worden sein, denn schon nach wenigen Augenblicken loderten Flammen auf, vor denen Spuo einen Schritt zurückwich. Er öffnete den Beutel und schüttete etwas daraus in seine Hand. Nach einer wegwerfenden Geste in Richtung des Feuers veränderte der Rauch, der von ihm aufstieg, von einem zum anderen Moment Farbe und Dichte. Dick und leuchtend rot quoll er in einer imposanten Säule nach oben, schneller und wirbelnder, als Rauch es je hätte tun dürfen.

Was machen sie da? Der Rauch, dem der Wind der Steppe nichts anzuhaben schien, bereitete Teriasch Sorgen. *Es sieht aus wie ein Ritual. Beschwören sie einen Geist?* Er gewann Zuversicht aus dem Umstand, dass das Kriegsgeheul der Milchbäuche lauter und lauter geworden war.

»Sechzig Schritte, Kustoda«, wurde von einem der Türme gemeldet.

»Dann schießt diese Schreihälse endlich von ihren Gäulen!«, rief Amaris.

Die vorderste Reihe der Schützen setzte den Befehl sofort in die Tat um. Die Sehnen der Arkakrux schnarrten, als sie ihre Spannung verloren und die Geschosse auf eine todbringende Reise schickten. Die Soldaten warteten jedoch offenkundig nicht darauf, mit eigenen Augen zu sehen, ob sie ihre Ziele trafen. Noch im gleichen Wimpernschlag traten sie in die hinterste Reihe, um nachzuladen und ihre Waffen mithilfe kurzer Hebel neu zu spannen. Die Reihe, die eben noch die mittlere gewesen war, war nun die vordere, und so schnell, wie sie jetzt schossen, war davon auszugehen, dass sie ihre Wartezeit genutzt hatten, um eigene Ziele auszuwählen. Kaum hatten sie ihre Salve abgegeben, taten sie es ihren Vorgängern gleich und begaben sich zügig nach hinten, um Platz für die nächste Reihe zu machen.

Bei den Geistern! Sie handeln wie ein Mann! Bei allem Unheil, das dieser Pfeilregen über seine nahenden Retter brachte, konnte sich Teriasch nicht dagegen wehren, von der kühlen Vorgehensweise der Fremden beeindruckt zu sein. Sogar als die ersten von ihnen wankten und zusammensackten, weil die Milchbäuche nun ihrerseits in Schussreichweite gelangt waren, vollzogen die Soldaten unerschüttert jeden einzelnen Schritt ihres grausamen Tanzes. *Als würden sie nicht sehen, wie ihre Freunde bluten. Als würden sie nicht hören, wie sie schreien.*

Während Spuo immer mehr roten Rauch schuf, forderte Amaris beständig neue Meldungen von den Spähern auf den Türmen ein.

»Neun Treffer!«, hallte es über den Hof.

»Sieben Treffer!«

»Zwölf Treffer!«

»Zwölf Treffer!«

»Gut, Männer! Weiter so!«, feuerte sie ihre Truppen an.

»Vergesst nicht, auf die Pferde zu schießen!«, empfahl Spuo. »Langsame Ziele sind tote Ziele!«

In die Schreie der Verwundeten und Sterbenden auf beiden Seiten mischte sich das panische Wiehern von Pferden. Die Rüsselschnauze der Fremden antwortete darauf mit einem ihrer eigenen Laute, der nicht minder furchterfüllt war. Das Tier war merklich unruhig, obwohl die verirrten Pfeile, die über die Palisaden flogen, seinen Kettenpanzer nicht durchschlagen konnten. Der Lenker, der beim ersten Alarm scheinbar geistesgegenwärtig genug gewesen war, seinem Schützling die Rüstung anlegen zu lassen, konnte sich wohl nicht entscheiden, womit er den Probaska dazu bringen sollte, das Stampfen und Rüsselschwingen einzustellen. Derzeit versuchte er es mit einer widersprüchlichen Mischung aus heftigen Schlägen mit seinem Hakenstock und gutem Zureden.

»Sie kämpfen ohne Ehre«, knurrte Dokescha. »Wer von uns würde sich rühmen wollen, ein Pferd getötet zu haben?«

Teriasch teilte diese Empörung, doch sie ging mit einer ernüchternden Erkenntnis einher: *Sie kämpfen nicht für die Ehre. Sie kämpfen für den Sieg.* Es wunderte ihn nicht, dass die Soldaten den Beschuss bald einstellten. Verhaltener Jubel kam unter ihnen auf. Es wurden geballte Fäuste in den Himmel gestreckt, auf Schultern geklopft und erleichtert aufgelacht. Die Milchbäuche heulten nicht mehr, und der Hufschlag wurde leiser.

»Sie ziehen sich zurück!« Die Stimme des Spähers überschlug sich schier vor Begeisterung. »Sie kneifen den Schwanz ein!«

»Gut gemacht, Männer!«, rief Amaris. »Der Dominex kann stolz auf uns sein.«

Die Gefangenen brauchten die Sprache der Harten Menschen nicht zu sprechen, um zu verstehen, dass der Angriff zurückgeschlagen worden war. Das Raunen, das durch den Raum ging, war von enttäuschter Kraftlosigkeit.

Dokescha wandte sich halb um. »Seid ihr solche Memmen, dass ihr schon vergessen habt, wie unsere Sippen in den Krieg ziehen? Das waren doch nur die jüngsten Krieger. Die, die sich beweisen wollen. Sie reiten bei jedem Überfall voran, um zu prüfen, wie stark der Feind ist.«

Auch draußen hatte sich jemand Vorhaltungen zu stellen, nachdem die Lage sich für die Verteidiger entspannt hatte: Amaris entriss Spuo den Beutel, mit dessen Inhalt er den Rauch nährte. »Gib das her! Was für eine Verschwendung von teurem Skaldat! Ich sollte dafür sorgen, dass man dir das von deinem Sold abzieht, du Hund. Und lass dir eines gesagt sein: Du erklärst den Volitares, weshalb wir sie wegen so einer Nichtigkeit gerufen haben. Ich bin schon sehr gespannt, wie du dich da rauswinden wirst.«

Spuo ließ den Kopf hängen und händigte ihr den Beutel aus.

»Kustoda!« Ein Ausguck, der sich weit über die Brüstung seines Turms gebeugt hatte, winkte aufgeregt. »Sie kommen zurück! Die Barbaren kommen zurück! Und es sind noch mehr als vorher!«

»Schussreihen schließen!« Amaris warf Spuo den Beutel zu. »Meine Ausbilder an der Akademia hatten recht: Ich rüge zu früh und lobe zu spät.«

Dokescha gluckste in sich hinein und stieß seine Schulter gegen Teriaschs Schulter. »Ist es das, was ich denke?«

»Ja.« Teriasch lächelte, denn die Begeisterung seines Kettenbruders war ansteckend. *Vielleicht war es ein Fehler von mir, auf den Geist zu hören. Vielleicht bin ich schneller frei, als selbst er es dachte.*

Die Soldaten nahmen ihren Tanz auf den Wehrgängen wieder auf und ließen ihre Bögen sprechen. Nach den ersten drei Salven begannen die Männer auf den Türmen, die Treffer zu vermelden.

»Zwei Treffer!«

»Vier Treffer!«

»Zwei Treffer!«

»Ein Treffer!«

»Was ist los, ihr Krummnasen?«, ereiferte sich Amaris. »Schielt ihr jetzt plötzlich, oder wie?«

Einer der Späher fühlte sich wohl angehalten, seine Kameraden in Schutz zu nehmen. »Ihre Gäule schlagen Haken wie die Hasen, Kustoda, und sie halten mehr Abstand. Moment …« Er hielt sich ein kurzes Rohr vor ein Auge. »Und … da ist Rauch!« Er riss den Kopf hoch. »Verdammt!«

Über den Palisaden sah Teriasch einen Schwarm winziger, brennender Sterne aufsteigen. *Brandpfeile!* Die flammenden Geschosse erreichten den höchsten Punkt auf ihrer Bahn und rasten dann der Erde entgegen. Der Großteil bohrte sich nur in den Staub im Innenhof der Festung, doch einige schlugen in die Dächer der Ecktürme und der Unterstände ein. Das trockene Holz fing sofort Feuer, und die nächste Salve war bereits unterwegs.

»Zwei Mann aus jeder Reihe zum Löschdienst!«, ordnete Amaris an, während Spuo umso eifriger neuen Zauberrauch schuf. Die Kustoda führte ihren Untergebenen vor, wie sie die ausbrechenden Brände zu bekämpfen hatten: Ohne auf die Pfeile zu achten, die nun um sie herum niedergingen, rannte sie zum Brunnen. Sie riss sich den Umhang von den Schultern, tränkte den Stoff im Wasser und machte sich dann daran, die Flammen auszuschlagen, die an einer nahen Treppe zu den Wehrgängen leckten.

Die ohnehin aufgebrachte Rüsselschnauze witterte die Rauchschwaden, die über den Hof zogen. Sie gab Laute von sich, die wie schriller Donner waren, schüttelte den Kopf und schlug ihre Hauer links und rechts gegen die Stützpfeiler eines Unterstands. Ihr Lenker hob seinen Hakenstock zu einem Stoß gegen den Nacken des Ungetüms.

Nein! Teriasch schloss die Augen, um sich vor dem grellen Blitz zu schützen, den der Schlag gegen das Halsband der Bestie auslösen würde. Doch das Licht kam nicht. Stattdessen hörte er eine Reihe irrer Schreie, und er riss die Augen wieder auf. Im Oberarm des Lenkers steckte ein Pfeil, und das Feuer aus dem Klumpen Pech unmittelbar hinter der Spitze des Geschosses hatte sich bereits in sein Gewand gefressen. Er taumelte umher und schlug sich selbst wieder und wieder auf den Arm, den Hakenstock weiter fest umklammert. Dann geriet er zu nah an den Probaska. Das Tier schreckte vor dem brennenden Menschen zurück, trat mit einem Hinterlauf auf einen im Boden steckenden Brandpfeil und war von da an nur noch ein Spielball seiner urtümlichsten Instinkte. Es hob den Rüssel, öffnete das Maul und raste mit klirrendem und rasselndem Panzer quer über den Hof. Nur ein Sprung im letzten Augenblick rettete Spuo davor, von den baumstammdicken Beinen des Ungeheuers zertrampelt zu werden. Das Dreibein hatte weniger Glück: Die Rüsselschnauze erkannte das Hindernis zu spät und warf es bei seinem plötzlichen Kurswechsel mit der Hinterbacke um. Die Schale rollte noch ein Stück und zog eine Spur aus brennendem Gras und Reisig hinter sich her, dann kippte sie zur Seite und erstickte das Feuer, das sie eben noch in ihrer Wölbung geborgen hatte.

»Jetzt, Dokescha?«, fragte eine heisere Stimme aus dem hinteren Teil der großen Gefängniszelle.

»Ja«, knurrte Dokescha. »Jetzt.« Er trat einen Schritt vom Fenster weg, Teriasch folgte ihm gezwungenermaßen. »Feuer! Feuer!«, brüllte er dann das einzige Wort heraus, das ihm von der Sprache der Harten Menschen bekannt war.

Ein anderes Gefangenenpärchen humpelte zur Tür und schlug die Fäuste in einem wilden Wirbel dagegen. »Feuer! Feuer!«, riefen auch sie beide, und nach und nach schlossen sich ihnen immer mehr der eingesperrten Männer an.

Nun kam letztlich alles darauf an, ob Fulmar gelogen hatte, was die Art und Weise anging, wie die Harten Menschen die

Steppenbewohner betrachteten. *Wir sind nur Tiere für sie, aber wir sind wertvolle Tiere. Und wir würden unsere Pferde nie verbrennen lassen …*

Bange Momente vergingen.

Die Tür schwang nach innen auf. Dem Wächter blieb nicht die Zeit zu bemerken, dass dieses Feuer, worüber da so lauthals geschrien wurde, weder Flammen noch Rauch erzeugte, sondern nur in den Herzen der Gefangenen brannte. Der Soldat hatte zwar seinen Stoßdolch gezogen, gegen die Flut an Leibern, die sich ihm nun aus dem Halbdunkel entgegenwälzte, nutzte ihm die Klinge jedoch nichts. Zahllose Arme packten ihn, zerrten ihn in die Zelle hinein. Es dauerte keine drei Wimpernschläge, bis er zu Boden gerungen war, begraben unter einem Berg von Körpern. Die Steppenbewohner fielen über ihn her wie ein Rudel Löwen über ein lahmendes Gazellenjunges. Sie richteten ihre groben Angriffe auf die ungeschützten Stellen in seiner Panzerung. Ein Krieger der Krallendaumen bohrte den langen Nagel, der seiner Sippe ihren Namen gab, in einen der Augenschlitze der Helmmaske. Zwei Milchbäuche hielten den leeren Brühentopf an den Henkeln und zerschmetterten dem Mann mit der Kante des Gefäßes die Hand. Dokescha selbst, der Teriasch mit in das Gewimmel hineinriss, rammte dem zappelnden Wächter einen langen Splitter, den er aus einem der Deckenbalken gebrochen hatte, in die Achselhöhle. Der Fremde fand einen grausigen, aber immerhin schnellen Tod.

Als er sich nicht mehr rührte, nahm Dokescha seinen Dolch an sich und schlich mit Teriasch zur Tür. Er schloss sie bis auf einen schmalen Spalt, durch den sie beide hinausspähten. Anscheinend hatte noch niemand der Harten Menschen bemerkt, dass der Wächter nicht mehr auf seinem Posten war. Eine verständliche Nachlässigkeit, denn im Hof herrschte blankes Chaos. Die Brände hatten sich ausgebreitet, und in der kurzen Zeit, in der die Gefangenen den Wächter überwältigt hatten, war die Vorstellung hinter ihrer List Wirklichkeit geworden: Auch das Dach des Gefängnisses war nun von Pfeilen gespickt, die Feuer in die Bohlen getragen hatten. Von einem der Türme sprangen die Soldaten herab, weil auf der Treppe zu dem Bollwerk eine undurchdringliche Flammenwand emporgewachsen war, die sich bis zu seiner Spitze vorgefressen hatte. Es stellte sich heraus, dass die Knochen der Harten Menschen ebenso leicht brachen wie die aller anderen Menschen, wenn sie nur tief genug fielen und hart genug landeten. Die Löschmannschaften hatten ihre Arbeit eingestellt und nur ihre nassen, dampfenden Umhänge zurückgelassen. Amaris stand auf dem Rand des Brunnens und brüllte Durchhalteparolen. Die Rüsselschnauze rannte blind gegen das Tor an, stemmte die Stirn gegen die Barriere, die unter dem gewaltigen Druck zu bersten begann.

»Was jetzt?«, fragte Teriasch. Er spürte den heißen Atem eines anderen Gefangenen im Nacken, hörte das ungeduldige Scharren vieler Sohlen.

»Jetzt kämpfen wir«, erwiderte Dokescha. »Und wenn wir dabei sterben, sterben wir frei.«

»Warte«, sagte Teriasch und zwängte sich so in den Türspalt, dass es für Dokescha kein leichtes Durchkommen gab.

»Geh mir aus dem Weg«, verlangte Dokescha.

»Da drüben! Am Tor!«, sagte Teriasch hastig. »Lass die Bestie erst ihre Arbeit für uns machen!«

»Wenn wir hier drinbleiben, fällt uns das Feuer auf den Kopf.« Dokescha schob Teriasch über die Schwelle. Die Männer hinter ihnen drückten sie ganz auf den Hof hinaus.

»Die Wilden brechen aus!«, kam es von irgendwoher.

Das war der Augenblick, in dem die Rüsselschnauze das Tor aufsprengte. Sie presste sich zwischen den zersplitterten Resten der beiden Flügel hindurch und preschte hinaus auf die Steppe.

»Da lang!«, rief Teriasch und wollte dem Tier schon hinterherstürmen.

Dokescha hatte andere Pläne und zog den Stoßdolch voran in die entgegengesetzte Richtung. »Ich will die Haut von diesem Weib in meinem Zelt!«

»Sei kein Narr«, flehte Teriasch.

Was ihn davor bewahrte, sich Dokeschas irrwitzigem Blutdurst beugen zu müssen, war ein Pärchen aneinandergeketteter Krallendaumen, die sich über ihr weiteres Vorgehen wesentlich einiger waren. Sie humpelten zügig an ihnen vorbei auf die Kustoda zu.

»Kommt nur, ihr Schweine!« Amaris sprang vom Brunnenrand, zog ihr Schwert und stach es dem einen Krieger in einem blitzschnellen Ausfallschritt in den Bauch. Der andere rückte unbeirrt vor, auch wenn er dadurch dafür sorgte, dass die Klinge blutverschmiert aus dem Rücken seines Freundes auftauchte. Er fasste nach Amaris' Gesicht, doch sie nahm den Oberkörper zurück, sodass er nur die Kante ihres Brustpanzers zu greifen bekam. Amaris stolperte einen Schritt zurück, stieß mit den Kniekehlen gegen die Einfassung des Brunnens und verlor das Gleichgewicht. Sie kippte nach hinten weg, ohne dass der Krieger seinen Griff gelockert hätte. Einen Augenblick schien es, als könnte sich Amaris doch auf den Beinen halten. Dann nahm der Krallendaumen den Arm hoch, an dem der tödlich getroffene Kettenbruder hing. Das Voranwanken des Verletzten versetzte der Kustoda den entscheidenden Stoß. Alle drei – die Befehlshaberin und ihre beiden Angreifer – stürzten in einer makabren Umarmung in den Brunnen.

»Komm!«, verlangte Teriasch. »Sie ist tot.«

Dokescha grunzte eine Verwünschung und ließ sich endlich darauf ein, die Flucht anzutreten. Einige der anderen Gefangenen waren ihnen bereits vorausgeeilt, und als Teriasch durch das Tor trat und vielleicht zwanzig Schritte zwischen sich und die Festung gebracht hatte, sah er in der Ferne Reiter, die er schon jetzt stumm für ihren Mut pries. Junge Krieger der Milchbäuche, die den ersten Ansturm auf das unverrückbare Symbol der Harten Menschen überlebt hatten und nun auf die Flüchtenden zugeritten kamen, um sie möglichst schnell aus der Reichweite der Arkakrux zu bringen.

»Ich habe gesagt, dass sie kommen«, keuchte Dokescha. »Und du hast mir nicht geglaubt.« Er lachte. »Schamanen …«

Teriasch lachte mit ihm. *Und selbst wenn mich jetzt noch einer dieser Bolzen trifft, die die Fremden verschießen, gehe ich gern zu meinen Ahnen. Sie sind nicht unbesiegbar. Man kann ihnen entkommen. Die Steppe gehört uns! Das Gras unter meinen Füßen ist unser Gras. Der Wind in meinem Haar ist unser Wind. Die Wolken am Himmel sind unsere Wolken. Wir werden noch durch diese Weiten ziehen, wenn all ihre steinernen Häuser zu Staub zerfallen sind!*

Die Vorhut der tapferen Jungkrieger war höchstens noch einen guten Bogenschuss von den flinksten Kettenbrüdern entfernt, als etwas geschah, dass die Freude in Teriasch erstickte und Dokescha einen wilden Aufschrei entlockte: Die Krieger machten kehrt und trieben ihre Pferde dabei zu noch größerer Eile an. Aus den vermeintlichen Rettern wurden selbst Flüchtende, die immer wieder über ihre Schultern Blicke nach hinten warfen.

»Halt!«, rief Dokescha. »Halt!«

Wovor fliehen sie? Die Harten Menschen haben keine Pferde! Sie können sie doch nie einholen!

Als wären die Geister des Feuers darüber erzürnt, dass Menschen es gewagt hatten, Feuer vom Himmel regnen zu lassen, stürzte ein gleißender Ball aus Flammen auf die Steppe herab, mitten in eine Gruppe der fliehenden Reiter. Der Ball zerplatzte beim Aufschlag und übergoss Menschen und Pferde mit einem Schwall flüssigen Feuers.

Teriasch und Dokescha strauchelten, fingen sich und blieben wie angewurzelt stehen. Teriasch schaute zum Himmel. Eine verwaschene Erinnerung aus den düstersten Tiefen seines Verstands strich durch sein Denken. Ein beißender Schmerz fuhr in seine rechte Schulter. Hoch droben kreiste ein Schatten wie von einem gewaltigen Raubvogel. Doch es gab keine Vögel auf der Steppe, deren Schwingen so spitz und schmal zuliefen. Die ihre Fänge im Flug so nach hinten streckten, dass sie über ihren Schwanz hinausragten. Die entlang ihres Leibes Ausstülpungen und Beulen aufwiesen. Teriasch lief ein Schauer über den Rücken, als er verstand, was Spuo mit dem dichten roten Rauch bezweckt hatte.

Er hat die Echsenreiter gerufen!

Die Erkenntnis war noch frisch und entsetzlich, da rauschte es hinter Teriasch, wie wenn ein wütender Sturm durchs Gras fauchte. Im nächsten Moment wurde er in die Luft gerissen. Dokescha schrie auf und gurgelte. Blut spritzte Teriasch in die Augen, und ihm war, als würde sein Arm ausgerissen, an dem er an den Milchbauch-Krieger gekettet war. Ein trockener, scharfer Geruch ließ ihn würgen. Jemand lachte. Ein Geräusch wie von nassem, reißendem Stoff. Dann sackte ihm der Magen weg, und er rollte durchs Gras, schnitt sich daran, schürfte sich Knie und Hüfte auf, blieb auf dem Bauch liegen. Er wälzte sich mühelos auf den Rücken, ohne jede Gegenwehr von Dokescha.

Über ihm glitt eine Echse höher und höher in den Himmel hinauf; ihr braungrün gesprenkeltes Schuppenkleid glänzte in der Sonne, als wäre sie mit Edelsteinen überzogen. Sie trug ein kleines Stück Beute im Schnabel, einen merkwürdigen Wurm.

Teriasch setzte sich auf. Dokescha rührte sich nicht, und Dokescha würde sich auch nie wieder rühren. Sein Kopf war in einem schrägen Winkel abgeknickt, und die Haut in seinem Nacken war an mehreren Stellen straff gespannt, weil von innen zerschmetterte Knochen dagegendrückten. Es war dennoch auf grässliche Weise tröstlich, dass der Krieger sich den Hals gebrochen hatte. So blieb es ihm erspart, dabei zusehen zu müssen, wie das Leben aus einer riesigen Wunde aus ihm herausfloss: Ihm fehlte ein Arm, und seine Seite war von der Brust bis hinunter zur Hüfte aufgerissen.

Teriasch weinte nicht, als ihn die Harten Menschen fanden, nachdem die Echsen und ihre Feuerkugeln die Milchbäuche endgültig vertrieben hatten und Rauch den Himmel über der Steppe verdunkelte. Er sang das lange Lied, das man für einen tapferen Krieger sang, der heim zu seinen Ahnen ging, um ihnen von seinen Heldentaten zu berichten. Er sang es noch, als die Fremden ihn von seinem Kettenbruder lösten. Er sang es so lange, bis sie ihm einen Dolchknauf über den Schädel zogen und ihn an den Füßen zurück in ihre Festung schleiften.

4

Geh und sag: Ich war stark.
Geh und sag: Ich war tapfer.
Geh und sag: Ich war schwach.
Geh und sag: Ich war feige.
Geh und sag: Ich war ich.

Aus dem Lied der Schwarzen Pfeile
für gefallene Krieger

Die Festung der Harten Menschen hatte dem Feuer getrotzt. Sie mochte Narben tragen – Rußflecken an den Steinen, die eingestürzten Turmtreppen, verbrannte Balken und eingeäscherte Unterstände –, doch sie war nicht zerstört. Nachdem die Flugechsen die Angreifer in die Flucht geschlagen hatten, war es den Soldaten gelungen, die Brände zu löschen, ehe sie alles Holz verschlingen konnten.

Wenig später rumpelte ein gewaltiges Gefährt über die Steppe. An Dutzenden von Achsen drehten sich Dutzende von Rädern, jedes einzelne höher als zwei Mannslängen. Gezogen wurde es von einer wahren Herde von Rüsselschnauzen, die sich trotz ihrer unvorstellbaren Kraft schwer in ihre Geschirre legen mussten, um die Last zu bewegen, die da befördert wurde. Auf den ersten Blick erschien sie wie ein gigantischer liegender Baum, dem man nach dem Fällen Laub und Krone geraubt und von seinen dicksten Ästen nur gestutzte Stummel gelassen hatte.

Die Flugechsen, die inzwischen gelandet waren, wurden von ihren Reitern auf das Gefährt zugelenkt. Sämtliche Anmut, die diesen Geschöpfen beim Dahingleiten in der Luft zu eigen war, ging ihnen am Boden verloren. Sie krochen so mühsam wie Verdurstende auf dem Weg zum Wasserloch voran, indem sie erst die sichelförmigen Krallen an ihren Flügeln in die Erde bohrten, um den Rest ihres Leibes danach unter krächzenden Schreien und viel Schnabelgeklapper weiterzuwuchten. Dennoch sah sich keiner ihrer Reiter gezwungen, sie mit Schlägen auf ihre Halsbänder anzutreiben. Das Gefährt und seine sonderbare Fracht schienen eine magische Anziehungskraft auf die Echsen auszuüben.

Dort herrschte emsiges Treiben: Die Räder wurden mit Bremskeilen gesichert, das Zuggeschirr der Probaskas kurz ausgehängt, um es sofort wieder mittels armdicker Taue mit der Spitze der hölzernen Fracht zu verbinden. Die Seitenwände des bizarren Fuhrwerks klappten nach außen und bildeten zwei breite Rampen zur Ladefläche. Die Probaskas setzten sich in Bewegung, die Taue strafften sich, und der Baum, der kein Baum war, richtete sich Stück für Stück auf. Als er schließlich senkrecht in den Himmel ragte, schleppten sich die Echsen die Rampen hinauf und begannen geschickt, an dem riesigen Pfahl hinaufzuklettern. Sobald alle einen Platz gefunden hatten, an dem sie sich mit den Krallen an den Querstangen einhaken konnten, lösten ihre Reiter die Bänder, die sie in den Sätteln hielten. Wesentlich gewandter und flinker, als es den Echsen möglich gewesen wäre, machten sie sich an den Abstieg. Unten angekommen, schlossen sie sich den Soldaten an, die dabei waren, die verstreuten Pferdekadaver in Stücke zu hacken. Die Echsen würden nicht hungern müssen.

Als Spuo in das Gefängnis trat und die Gefangenen musterte, senkte Teriasch den Blick von den Sternen, zu denen er durch die Brandlöcher in der Decke hinaufgestarrt hatte. Auf dem Gesicht des Harten Menschen zeichnete sich zu seiner Überraschung ein feines Lächeln ab. Außer Teriasch hatten nur sechs weitere Männer den Fluchtversuch überlebt – fünf Milchbäuche und ein Krallendaumen. Alle hatten blutige Schrammen und Platzwunden davongetragen, und alle hatten die leeren Augen von Geschöpfen, deren Wille endgültig gebrochen war.

»Warum habt ihr uns nicht getötet?«, fragte Teriasch.

Spuo, der den rechten Arm in einer Schlinge trug, drehte sich langsam in seine Richtung. »Ah, unser Wunderkind ... Wenn du so schlau bist, unsere Sprache zu lernen, warum muss ich dir dann erklären, weshalb du noch am Leben bist?«

»Eure Sprache ist nicht so schwer, wie du denkst«, antwortete Teriasch.

»Ist das so?« Spuo verzog die Lippen, als hätte er auf einen Bitterkern gebissen.

Teriasch schwieg. *Es ist die Wahrheit, aber sie gefällt ihm nicht. Ihre Sprache ist wie sie: hart. Ein Laut bedeutet immer dasselbe. Nicht wie bei uns, wo ein Laut seinen Sinn dadurch erhält, wie man ihn ausstößt. Hell oder dunkel, lang oder kurz. Wir sind nicht wie sie. Wir legen unsere Laute nicht in Ketten.*

»Du hättest es verdient, dass ich dir für deine Aufmüpfigkeit ein paar Zähne ausschlage«, sagte Spuo, winkte jedoch ab. »Aber nur ein schlechter Händler beschädigt seine Ware. Schlimm genug, dass mir ein Teil davon verloren gegangen ist.«

Teriasch schluckte. *Ich habe mich nicht geirrt. Er will uns irgendwo gegen etwas anderes eintauschen. Aber was?*

»Andererseits hat die ganze Angelegenheit auch etwas Gutes für mich«, fuhr Spuo fort, der allem Anschein nach einer jener Menschen war, die sich in den Klang der eigenen Stimme verliebt hatten. »Ich bin euch für eure kleine Aufführung gewissermaßen sogar zu Dank verpflichtet. Ihr Affen habt mir unter Umständen eine große Möglichkeit eröffnet.« Er zeigte zu einem der Löcher in der Decke. »Die Instandsetzung dieser Arx braucht jemanden, der sie anleitet und überwacht. Und jetzt, wo die Kustoda leider tot aus dem Brunnen gefischt wurde, stehen die Chancen gut, dass man ihre Position an den Mann überträgt, der weise genug war, die Unterstützung vom nächsten Turris Migra anzufordern. Kustodes Spuo … das hat doch einen schönen Klang, findest du nicht?«

Teriasch sagte nichts.

»Verstehst du?«, drängte Spuo. »Ich kann dank euch so etwas wie ein Häuptling werden.« Er nickte zufrieden. »Aber zuerst, zuerst liefere ich euch in Kalvakorum ab. Wenn nur genügend Rota in den richtigen Taschen landen, bevor über Amaris' Nachfolge entschieden wird, ist mein Aufstieg eine sichere Sache. Und du, mein sprechender Wilder, wirst einen ganz besonders guten Preis erzielen. Und sei es auch nur als ungewöhnliches Sammlerstück …«

Der Tross aus Soldaten und Gefangenen zog weiter durch die Steppe, von einer Arx der Harten Menschen zur nächsten, immer Richtung Süden. Je tiefer sie in Gebiete vordrangen, in denen vor Teriasch noch kein Schwarzer Pfeil gewesen war, desto mehr schmolzen die Abstände zwischen den Festungen und desto größer wurden die Anlagen – und desto mehr Stein war in ihnen verbaut.

Teriasch erhielt keinen neuen Kettenbruder. Er stapfte allerdings auch nicht allein hinter der Rüsselschnauze her: Spuo hatte einen seiner Männer dazu abkommandiert, auf ihrem Marsch stets an Teriaschs Seite zu bleiben. Nur nachts ließ Arka, so der Name des Fremden, Teriasch mit seinesgleichen allein. Anfangs wechselten sie kaum ein Wort miteinander, doch nach einer Spanne, in der der Mond einmal von einer Sichel zu einer Scheibe angewachsen war, kam es immer häufiger vor, dass sie längere Unterhaltungen führten. Teriasch gab sich keinen hoffnungsfrohen Träumen hin, der Harte Mensch könnte ihn als gleichwertigen Weggefährten zu schätzen gelernt haben. *Er spricht mit mir, weil es ihm gegen die Langeweile hilft. Wie ein Jäger, der mit seinen Hunden spricht, wenn er zu einer Stelle zieht, von der er weiß, dass die großen Herden dort vorüberziehen oder die großen Vogelschwärme dort Rast machen.* Selbst dann, als Arka damit begann, ab und an einen schmalen Streifen Dörrfleisch von seinen Rationen abzugeben, vermutete Teriasch dahinter den gleichen Grund.

Arka stellte nie Fragen nach Teriaschs Herkunft und dem Leben, das die Pferdestämme auf der Steppe führten. Dafür erzählte er bereitwillig und mit einem Hang zur Prahlerei von seinen eigenen Leuten. So erfuhr Teriasch auch, was es mit den Turris Migra auf sich hatte. »Es ist ein grandioser Einfall des Pollox gewesen, dem engsten Berater unseres Dominex, gepriesen seien sein Name und seine Göttlichkeit! Damals war er noch als Lexis unterwegs, als Abgesandter unseres weisen Herrschers, der losgeschickt wird, um mit den niederen Völkern die Bedingungen auszuhandeln, zu denen sie sich uns unterwerfen. Wir wären schon ein paar Jahrzehnte früher in die Steppe gekommen, wenn damals jemand so gerissen gewesen wäre wie unser späterer Pollox.«

»Was meinst du?«, fragte Teriasch.

»Siehst du, wir standen vor einer Herausforderung: Unsere Echsen sind von unschätzbarem Wert, wenn es darum geht, Wilden wie euch die Segnungen der Zivilisation zu bringen.« Er hob warnend einen Finger, auf dem borstige schwarze Haare wuchsen. »Aber wehe, du plapperst an einen dieser aufgeblasenen Kerle von den Volitares weiter, dass ich so etwas gesagt habe. Sie sind auch so schon unausstehlich genug. Man könnte glatt meinen, sie pissen Gold. Aber wir brauchen sie eben, und lange Zeit wusste niemand, wie wir sie in die Steppe kriegen.« Er setzte den Helm ab, um sich den Schweiß von seinem runden, bärtigen Gesicht zu wischen. »Die Echsen stammen eigentlich von der Küste. Sie nisten in Klippen, und von denen können sie sich mühelos in die Lüfte stürzen. Vom Boden aus hingegen kommen sie ungefähr so gut hoch wie ein besoffener Greis auf eine zickige Jungfer. Als der Vater unseres jetzigen Dominex – der Subveheros, der Aufgefahrene, der Große Zimmermann, der das Haus baute, in dem alle Häuser sind – als er die Elemente zähmte und den Echsenfürsten unter seine Knute zwang, begannen wir überall Türme zu errichten, von denen aus die Echsen in die Schlacht fliegen konnten.«

»Und warum konntet ihr solche Türme nicht auch auf der Steppe bauen?«, fragte Teriasch.

»Hast du eine Vorstellung, wie riesig eure verbockte Steppe ist?« Er setzte sich brummelnd den Helm auf den Kopf. »Und außerdem: Denkst du, wir hätten es nicht versucht? Alles, was das brachte, war, dass ihr sie angezündet habt, und …«

»Meine Sippe hat gar nichts angezündet«, warf Teriasch ein. »Wir wussten nicht einmal, dass es diese Türme gibt.«

»Widersprich mir nicht!«, rügte ihn Arka. »Ihr habt diese Türme immer wieder angezündet. Bis zu dem Tag, als unser Pollox beschlossen hat, dass ihr nur anzünden könnt, was ihr auch findet. Und dann hat er Türme bauen lassen, die man verschieben kann. So einfach war das. Und so schrecklich unnütz.«

»Wieso?«

»Hast du dich mal umgesehen?« Arka wirkte regelrecht beleidigt. »Hier gibt es nichts, was es sich zu holen lohnt. Wenn man aus Gras Seide machen könnte, dann vielleicht, ja. Aber so … Unsere Späher sagen, diese Steppe reicht im Osten bis zu den Bergen des Weltenwalls, im Norden bis zur Weißen Öde und im Südosten bis zum Trägen Meer. Wir hätten nie einen Fuß über den Margo setzen sollen, wenn du mich fragst. Weder seid ihr eine ernst zu nehmende Bedrohung, noch kann man lohnenden Handel mit euch treiben.« Er seufzte. »Kein Wunder, dass wir es bei dem einen Fuß belassen haben. Wir haben euch bei ein, zwei kleinen Überfällen an euren merkwürdigen Versammlungsorten ordentlich eins über die Rübe gegeben und dabei hier und da ein paar von euch eingefangen, damit ihr wisst, dass ihr euch nicht mit uns anlegt und die reichsten Völkersammler zufrieden sind. Danach haben wir euch hübsch Wilde sein lassen. Und bis vor drei Jahren sah es so aus, als ob das alles auch so bleiben würde.«

»Und dann?«

»Dann hat unser Dominex – gepriesen sei er! – beschlossen, euch in das Haus zu holen, in dem alle Häuser sind. Weiß die Krähenfrau warum. Ich vermute, irgendein gelangweilter Numates in seiner Prunkvilla oder irgendein Manufakturverwalter mit zu viel Zeit zum Rechnen fand es schön oder nützlich oder beides, die Zahl der Sklaven mächtig hochzuschrauben.«

»Was sind Numates? Was sind Sklaven?« Teriasch schwirrte der Kopf. »Was sind Manu… Manufa…«

»Was?« Arka war aus dem Tritt geraten und danach stehen geblieben, den Kopf schief gelegt. »Du weißt nicht, was ein Sklave ist?«

»Nein.«

Arka ächzte und schloss wieder zu Teriasch auf. »Pass auf. Ein Sklave ist jemand wie du.«

Treibt er Scherze mit mir? »Ist Sklave ein Wort für jemanden, der auf der Steppe geboren ist?«

Arkas Antwort fiel ebenso rätselhaft wie erschreckend aus. »Es ist ein Wort für jemanden, der nicht sich selbst, sondern einem anderen gehört.«

Teriasch rätselte noch über das Unbegreifliche, was Arka ihm über Sklaven berichtet hatte, als der Zug am Rand der Welt anlangte. Es kündigte sich dadurch an, dass das Gras einem nun bis fast an die Schultern reichte und ein immer satteres Grün annahm. Ein weiterer Hinweis darauf, dass der Fluss, der für die Pferdestämme die Grenze ihrer ewigen Wanderungen über das Antlitz der Welt markierte, nicht mehr fern war, bestand aus der wachsenden Zahl an Gehölzen. Hier waren die Bäume keine dürren Zwerge mehr, die ihre Wurzeln trotzig tief in den Boden trieben, um im dunklen Bauch der Erde nach Wasser zu suchen. Nein, das hier waren feiste Riesen, die stolz ihre Häupter in den Himmel reckten und in ihrer Eitelkeit die Blätter groß und dicht sprießen ließen.

Immer, wenn Pukemasu ihrem Schüler gegenüber den Aglala erwähnt hatte, waren ihre Erzählungen über diesen Fluss zugleich deutliche Warnungen gewesen: »Es ist der Fluss, dessen fernes Ufer man nie betritt.«

»Weil er so tief und so breit ist, dass man in seinen Wassern ertrinkt?«, hatte Teriasch einmal nachgehakt.

Da war in Pukemasus Augen etwas vorbeigehuscht, das er nur selten darin gesehen hatte: Furcht. »Nein, Starna hat uns aus einem anderen Grund verboten, diese Grenze zu überschreiten. Dahinter wohnen keine ehrlichen Geister mehr, die es gut mit uns Menschen meinen. Nur noch verlogene, niederträchtige Geschöpfe, die uns mit ihren Einflüsterungen dazu bringen wollen, alles aufzugeben, was wir sind. Deshalb ist der Aglala der Rand der Welt, und deshalb achten wir die Gebote der Ewigen Wanderin.«

Starnas Gebote wurden auch von den anderen Sippen hochgehalten, nicht nur von den Schwarzen Pfeilen. Dementsprechend große Unruhe löste der Anblick des Flusses bei den Gefangenen aus. Mehr Wasser, als Teriasch je gesehen hatte, glitzerte als breites Band in der Sonne. Es floss ruhig, fast schon träge dahin, braun von der vielen Erde, die es mit sich führte.

Der Zug folgte dem Lauf des Flusses eine Weile nach Norden, und während die Steppenbewohner furchtsame Blicke ans andere Ufer warfen, breitete sich unter den Harten Menschen eine spürbare Gelassenheit aus, weil sie ihrer Heimat nahe waren. Wie es dort aussah, war allerdings nicht zu erkennen: Am anderen Ufer erstreckte sich eine gewaltige Barriere in Form eines aufgeschütteten Erdwalls, den eine hohe Mauer aus knochenbleichem Stein krönte. In einem Abstand von so vielen Schritten, dass Teriasch sie nicht zu zählen vermochte, erhoben sich wuchtige Türme, und auf jedem dritten oder vierten von ihnen war ein gigantischer Pfahl aufgepflanzt, an den sich Flugechsen krallten. Gelegentlich zog ein kleiner Schwarm der Tiere krächzend seine Kreise am Himmel, und Teriasch meinte auch ab und zu, ganz schwach einen der Donnerlaute zu hören, wie ihn die Rüsselschnauzen von sich gaben. Hin und wieder waren auf der Mauer größere Gruppen von Soldaten zu erkennen, verwaschene Punkte in der Ferne, die man nur bemerkte, weil Sonnenstrahlen die Klingen ihrer Axtlanzen zum Gleißen brachten.

»Was ist das?«, fragte Teriasch und hob die aneinandergeketteten Hände ein Stück in Richtung der Mauer. »Warum habt ihr das gebaut?«

»Diese Mauer ist das, was euch dort hält, wo ihr hingehört«, antwortete Arka, der den Sinn der Frage nicht so recht zu verstehen schien. »Und es ist eines von den Dingen, die man für die Ewigkeit baut. Zum Ruhm seines Volkes.«

»Diese Mauer wird nicht bis in alle Ewigkeit stehen.« Teriasch spannte die Rückenmuskeln an, um sich gegen einen barschen Stoß von Arkas Axtlanze zu wappnen. Doch der blieb aus.

»Wieso nicht?«, wollte Arka stattdessen wissen.

»Die Zeit ist wie eine große Herde«, zitierte Teriasch die Lehren der Ewigen Wanderin. »Sie zermalmt unter ihren Hufen alles, was ihr bei ihrem Lauf im Weg steht, und ihr Vorüberziehen lässt nur Staub zurück.«

»Und wenn schon ...« Arka zuckte mit den Schultern. »Was spielt das für eine Rolle, ob die Mauer in tausend Jahren nicht vielleicht doch niedergerissen wurde oder eingestürzt und zu Staub zerfallen ist? Wir beide – du und ich – sind doch bis dahin lange tot.«

Als Teriasch schließlich die Brücke sah, die sich über den Aglala spannte, zweifelte er selbst an seinen Worten. Der Strom umspülte das Fundament von zwei Dutzend flachen Bögen, zu denen die Harten Menschen behauene Steine quer über das Flussbett aufgeschichtet hatten. *Nein, nicht die Harten Menschen selbst. Wenn ich Arka richtig verstanden habe, sind es Sklaven, die solche Arbeiten verrichten.* Löwenstatuen säumten die Brücke zu beiden Seiten. Sitzende Löwen, die klaffenden Mäuler zu einem stummen Brüllen aufgerissen. Zum Sprung geduckte Löwen, die fingerlangen Reißzähne in einem nicht minder stummen Knurren gefletscht. Ruhende Löwen, die die Häupter auf die vornehm übereinandergeschlagenen Pranken gelegt hatten. Alle waren derart lebensecht, dass Teriasch nicht ausschließen wollte, vor dem Ergebnis eines beeindruckenden Zaubers zu stehen. *Kann es sein, dass die Harten Menschen eigene Geisterseher haben? Und dass sich einer von ihnen mit den verlogenen Geistern jenseits des Flusses verbündet hat, um diese Löwen allesamt von einem Augenblick zum anderen in Stein zu verwandeln?*

Als die Rüsselschnauze den Stein der Brücke unter sich spürte, schlug sie einen schnelleren Gang an, und ihr Lenker hinderte sie nicht daran. Beide – Mensch und Tier – konnten es wohl nicht mehr erwarten, in vertraute Gefilde zurückzukehren. Die Gefangenen hingegen setzten ihre Schritte wesentlich zögerlicher, und nicht nur Teriasch warf einen sehnsüchtigen Blick zurück.

»Was ist los?«, fragte Arka.

Teriasch blieb stehen. Ein eigentümliches Gefühl beschlich ihn: Das Band, das ihn mit seiner Sippe verknüpfte, war auf dem langen Marsch an den äußersten Rand der Steppe zu einem einzelnen dünnen Faden geworden. Jeder Schritt bis an diese eine Stelle auf der Brücke hatte die Hoffnung auf eine baldige Heimkehr weiter geschwächt. Und nun, nun befürchtete er, das Band könnte reißen und die Hoffnung endgültig sterben, wenn er auch nur einen Schritt weiter auf das Tor zuging, das sich dort zwischen zwei hohen Türmen für sie öffnete. »Ich habe Angst«, sagte er ehrlich.

»Daran lässt sich nichts ändern«, erwiderte Arka überraschend sanft. »Aber du kommst mir eigentlich nicht wie ein Feigling vor, und ich will dich wirklich nicht an den Haaren durch das Tor schleifen müssen. Also komm.«

Trotz der Ratschläge, die ihm der Geist der Geschichten erteilt hatte und in denen ihm ein Wiedererlangen seiner Freiheit in Aussicht gestellt worden war, stellte sich Teriasch eine traurige Frage. *Kann es sein, dass Dokescha das gnädigere Schicksal ereilt hat? Kann es sein, dass ich besser von einer der Echsen zerrissen worden wäre, als in die Heimat der Harten Menschen verschleppt zu werden?*

Das Land hinter der Mauer entsprach nicht den aus seiner Angst geborenen Vorstellungen. Es war keine leere Ödnis aus verbrannter Erde, auf der böse Geister für aller Augen sichtbar umgingen, um die, die ihren Stimmen lauschten, zu unvorstellbaren Ausschweifungen und Gräueltaten anzutreiben. Es glich eher dem Land am anderen Ufer des Aglala: Auf feuchten Wiesen spross saftiges Gras, an dem sich Probaskas, Rinder und Schafe satt fraßen, und wohin man auch blickte, sah man kleinere und größere Waldstücke am Horizont. Es war ein Jagdgrund, auf den jede Sippe stolz gewesen wäre.

Zu den Wunderlichkeiten dieses fremden Reiches zählte der Weg, auf dem der Zug seinen Marsch fortsetzte. Arka nannte ihn eine Straße, und sie zeichnete sich dadurch aus, dass auch sie – ganz wie die Mauer – für die Ewigkeit gebaut war: Reihe um Reihe waren Steine hintereinander auf die Erde gelegt, und auf diesen Steinen schritt man voran, als wäre es verboten, von ihnen herunterzutreten.

Die erste Nacht im Reich der Harten Menschen verbrachten die Gefangenen in einem Gebäude, das denen in den Festungen auf der Steppe ähnelte. Es war aus Stein und Holz errichtet, und auch hier waren die Fenster vergittert. Die drei Häuser der Wegstation waren nicht von Palisaden und Wachtürmen geschützt. Dafür sah eines vollkommen anders aus als die anderen: Sein Dach lief in einem flachen Winkel spitz zu und wurde von Säulen aus glatt geschliffenem, rötlichem Stein getragen. Es gab keine Wände zwischen diesen Säulen, und im Innern brannten viele Kerzen, die vor unheimlichen Statuen aufgestellt waren.

Teriasch hatte Glück, dass er seine Neugier umgehend stillen konnte, weil Arka an diesem Abend für die erste Nachtwache eingeteilt war. »Was sind das für Geister, denen ihr huldigt?«

»Das sind keine Geister«, sagte Arka ungehalten. »Das sind unsere Götter.«

Es folgte ein längerer Wortwechsel, an dessen Ende Teriasch schließlich so tat, als würde er Arkas Erklärungen begreifen. Der Soldat kam ihm nämlich zunehmend reizbarer vor, je öfter er nachbohrte, woran man als Sterblicher zweifelsfrei erkennen konnte, ob man denn nun einen Gott oder nur einen mächtigen Geist vor sich hatte. Er fand letztlich eine eigene Einsicht, die ihn zufriedenstellte. *Wahrscheinlich ist es so: Manche der verlogenen Geister dieses Landes wollen nicht, dass man sie als verlogene Geister erkennt, und haben sich deshalb ausgedacht, dass die Harten Menschen sie Götter nennen sollen.*

Immerhin war Arka gern bereit, Teriasch die Namen der Götter zu nennen, deren Statuen durch das Fenster des Gefängnisses zu sehen waren. »Die Frau mit dem Kopf einer Krähe ist Karoka. Sie ist es, die alles weiß und nichts verrät. Der mit den sechs roten Händen und der harten Rute ist Rovillus. Er gebietet über den Drang, neues Leben in die Welt zu bringen, und seine Hände sind blutig, weil kein neues Leben in die Welt kommt, ohne dass dabei Blut fließt. Wenn Bhagarion da drüben seine Hasta schwingt, erbebt die Erde und reißt auf. Er ist der Gebieter des Zorns und der, der Kämpfern starke Arme schenkt. Die, die die Krone aus Tang trägt, das ist Ostrea, mit der man sich besser nicht anlegt, wenn man weiß, was gut für einen ist. Wer vergisst, ein Kalb für sie zu ertränken, bevor er sich auf eine lange Reise zur See macht, den belegt sie mit einem schlimmen Fluch, dass alles, was er isst und trinkt, im Mund zu Salz wird. Und der …«

»Warum ist der eine dort, der den Hammer hält, so viel größer als die anderen? Und warum steht er in der Mitte?«, fragte Teriasch.

»Weil er der mächtigste von allen ist.« Arka senkte demütig das Haupt und schlug die Faust gegen seine Brustplatte. »Der Subveheros.«

Ich kenne diesen Namen. Teriasch durchforstete sein Gedächtnis. »War er der, der alles in eurem Reich gebaut hat?«

»Er hat alle Elemente gebändigt. Er hat aus vielem eins gemacht«, sagte Arka. »Ein Haus, in dem alle Häuser sind.«

»Ist er nicht der Vater eures jetzigen Häuptlings?«

»Doch.«

Teriasch kratzte sich am Ohr. *Das ist alles sehr verwirrend.* »Dann sind eure Häuptlinge Götter? Götter, die unter euch leben?«

»Sie werden als Menschen geboren, damit wir nicht blind werden von ihrem wahren Glanz«, flüsterte Arka ergriffen. »So war es zumindest beim Subveheros. Bis er in einer Wolke aus Rauch und Feuer in den Himmel aufgefahren ist, um seinen alten Platz am Kopf der Tafel der Götter einzunehmen. Und auch sein Sohn, der Dominex – gepriesen sei er! –, wird uns eines Tages auf diese Weise verlassen, um zur Rechten seines Vaters zu sitzen. Ich hoffe, dieser Tag lässt noch lange auf sich warten.«

»Warum? Wäre es nicht schöner für den Dominex, bei seinem Vater zu sein?«

»Vielleicht.« Arka seufzte. »Doch was wird dann aus uns? Wer sorgt dann dafür, dass das Haus nicht einstürzt?«

»Sein Sohn?«, vermutete Teriasch.

»Das ist es ja.« Arka schaute Teriasch traurig an. »Unser Dominex – gepriesen sei er! – hat keinen einzigen Sohn gezeugt. Weißt du, was das heißt?«

»Dass er nur Töchter hat«, sagte Teriasch.

»Nein.« Arka winkte ab. »Dass die Elemente, die sein Vater gebändigt hat, uns vernichten werden, sobald er zum Himmel auffährt. An dem Tag, da die Zeit des Dominex – gepriesen sei sein Name! – in der Welt endet, endet auch die Welt.«

Der Echsenreiter mit den toten Beinen hatte damals nicht gelogen: Die Harten Menschen hatten sogar einen Weg gefunden, den Pflanzen ihren Willen aufzuzwingen. Einen Tag später veränderte sich die Landschaft grundlegend. Die Waldstücke und die Wiesen schrumpften, und die grasenden Tiere wurden durch Zäune daran gehindert, irgendwo anders zu fressen als dort, wo man sie eingepfercht hatte. Noch verstörender waren die großen Flächen, auf denen immer nur eine Sorte Pflanzen wuchs – oftmals in engen Reihen hintereinander. Sie erinnerten Teriasch an die Art und Weise, wie die Soldaten in der Arx sich aufgestellt hatten, um ihre Bögen einzusetzen. Arka wurde nicht müde, die fruchtbare Erde dieser Felder zu loben, die für reiche Ernten sorgte. Was er hingegen mit keinem Wort erwähnte, waren die Menschen, die auf den Feldern arbeiteten. Manche sangen, um die vor Pflüge gespannten Ochsen und hauerlosen Probaskas anzutreiben, andere schwangen stumm die Hacken oder pflückten Beeren und Blätter von in Reih und Glied wachsenden Sträuchern. Viele von ihnen hatten Hauttöne, wie sie Teriasch noch an keinem anderen Menschen gesehen hatte. Blasses Rot, wie wenn man einige Tropfen Blut in Milch verrührte. Helles Ocker wie von der Sonne ausgetrockneter Lehm. Tiefdunkles Braun wie altes Holz. Ein schwaches Gelb mit einem eigentümlichen Stich ins Goldene. Auch von ihrem Wuchs und ihren Zügen her wiesen diese Menschen eine Vielfalt auf, die Teriasch nicht für möglich gehalten hätte.

Unter ihnen waren Hünen, die weitaus größer als jeder Mensch aus der Steppe waren, aber auch Angehörige von Völkern, die um einige Haupteslängen kleiner als Teriasch waren. Breite und schmale Schultern, lange und gedrungene Hälse, kräftige und dürre Beine, große Augen und kleine Augen, vorspringende und flache Mundpartien, spitze und platte Nasen, bärtige und glatte Wangen – ein Muster in all dem zu suchen, war mindestens so schwierig, wie einen Sinn hinter dem Haufen Knochen, Steine, Samen und Federn zu sehen, wenn Pukemasu daheim den Inhalt ihres Weissagesäckchens ausschüttete. Es gab einige Arbeiter, die Teriasch regelrecht anstarren musste, weil ihre Fremdartigkeit so faszinierend war. Der gedrungene Mann, dessen untere Eckzähne aus dem Mund vorstanden und beinahe bis hinauf zu seinen Nasenlöchern reichten. Die schlanke Frau, deren Haut geschuppt wie die einer Echse war. Der feingliedrige Junge mit einem Schopf aus hellem Haar, das in winzig kleinen Löckchen ineinander verdreht war.

Als Teriasch bemerkte, dass all diese Menschen doch etwas gemein hatten, fröstelte ihn: Jeder der Arbeiter trug einen fingerdicken Reif um den Hals, aus demselben schwarzen Material mit schillernden weißen Einschlüssen, aus dem auch der Ring um den Hals der Rüsselschnauze gefertigt war.

»Warum haben sie das an?«

»Was?« Arka, der beim Gehen vor sich hingepfiffen hatte, klang unerwartet barsch, wie jemand, der aus einem schönen Tagtraum gerissen wurde.

»Den Ring um den Hals.«

»Das Kollare ...« Die Stimme des Soldaten wurde deutlich freundlicher, auch wenn ein leichtes Bedauern in ihr mitschwang. »Dadurch sieht jeder, dass sie Sklaven sind. Und damit sie nicht weglaufen.«

Teriasch fasste sich unwillkürlich an den Hals. »Wie geht das? Sie haben keine Ketten? Wieso können sie nicht weglaufen?«

»Das findest du noch heraus.« Arka seufzte. »Allerdings hoffentlich nicht am eigenen Leib.«

Er will es mir nicht verraten. Ist es ein Geheimnis? Teriasch entschied, die Sache auf sich beruhen zu lassen. »Du hast gesagt, Sklaven würden jemand anderem gehören als sich selbst. Wem gehören diese Sklaven?«

»Den freien Bürgern, die das Land hier besitzen, schätze ich mal.«

»Und wem gehöre ich, wenn ich nicht mehr mir selbst gehöre?«

»Im Augenblick gehörst du noch Spuo.«

»Noch?«

»Stell nicht so viele Fragen, ja?«

Teriasch hielt den Mund. Nicht, weil ihm die Fragen ausgegangen wären. Er hatte das ungute Gefühl, dass Arka darum bemüht war, ihm eine bittere Wahrheit zu ersparen.

Der Zug erreichte schließlich eines jener festen Lager, in denen die Harten Menschen lebten. Es konnte keine Stadt sein, denn dafür war es zu klein und es lebten zu wenig Menschen in ihm. So viel wusste Teriasch, denn er hatte immer genau zugehört, wenn Pukemasu von der grauen Vorzeit berichtete, in der die Sippen noch nicht nach den Geboten der Ewigen Wanderin gelebt hatten und frei durch die Steppe gestreift waren. Da Arka ihm verboten hatte, zu viele Fragen zu stellen, bediente sich Teriasch einer List, um seine Neugier zu befriedigen und eine Bestätigung für seine Vermutung zu erhalten. »Das ist keine Stadt«, sagte er mit Nachdruck.

»Stimmt«, brummte Arka. »Es ist nur ein verbocktes Dorf. Aber weißt du was?«

»Nein, weiß ich nicht.«

Arka lachte. »Nach der Steppe kommt mir diese armselige Ansammlung von Hütten glatt wie Kalvakorum vor.«

Kalvakorum? Das habe ich schon einmal gehört. Aber von wem? Von Arka? Teriasch erhielt nicht die Gelegenheit, sich lange Gedanken über dieses Rätsel zu machen.

Was ihn daran hinderte, waren die Bewohner des Dorfes. Nicht diejenigen, die Kollare um den Hals hatten – diese Leute schauten kaum auf, als der Tross vorüberzog. Sie schleppten weiter ihre Lasten, setzten weiter Stein auf Stein beim Bau einer Mauer, misteten Stallungen aus oder wuschen Wäsche in großen Zubern. Und wenn sie denn doch aufschauten, dann nur, um Teriasch und den anderen Gefangenen mitleidige Blicke zuzuwerfen. Die, die keine Sklaven waren, zeigten sich hingegen wesentlich interessierter an den Neuankömmlingen – genau genommen an den Soldaten. Frauen steckten ihnen Blumen an die Helme oder reichten ihnen Brot und Käse. Männer klopften ihnen auf die Schultern und hielten ihnen Becher mit Wein hin. Kinder sprangen neben ihnen her und sangen Loblieder auf ihre Tapferkeit oder neckten sie durch freches Zupfen an ihren Umhängen. Selbst für die Rüsselschnauze hatten sie Nüsse als Leckerei bereit. Nur den Gefangenen schenkten sie keinerlei Aufmerksamkeit.

Es ist, als wären wir unsichtbar. Es ist, als wären wir tot. Teriasch war froh, als sie das Dorf hinter sich ließen, doch seine Freude währte nur kurz. Der schier unerträgliche Gestank von Harn brannte ihm plötzlich in der Nase. Er stammte aus flachen Becken am Straßenrand, die Teil einer größeren Anlage waren. Vor einem langen, flachen Haus waren Tierhäute in Gestellen aufgespannt, von denen Sklaven die Fleischreste schabten. Andere stocherten mit Stangen in den Becken, um die aufgequollenen Häute darin zu wenden.

Es war der Werkstoff der Ledermacher, der Teriasch die Tränen in die Augen trieb – Tränen, die er trotzig fortwischte, um danach den Blick fest nach vorn zu richten. *Meine Haut und alles, was auf ihr geschrieben steht, wird verloren gehen. Es wird so sein, als hätte es mich nie gegeben. Meine Sippe wird mich ver-*

gessen. Sein scharfer Verstand rief ihm unerbittlich ins Gedächtnis, wie viele Tage verstrichen waren, seit er in die Fänge der Harten Menschen geraten war. Erneut rang er um Fassung und unterdrückte ein Schluchzen, indem er leise knurrend die Zähne zusammenbiss.

»He, lass das!« Arka hatte den Helm abgesetzt und aß eine rote Frucht, die ihm eine Frau im Dorf geschenkt hatte. »Was soll das?«

»Ich bin tot«, sagte Teriasch.

Arka stutzte. »Nun übertreib mal nicht. Für mich siehst du ziemlich lebendig aus.«

»Für meine Sippe«, erklärte Teriasch und spürte mit einem Mal jeden Schmerz, den ihm die Behandlung durch die Harten Menschen bereitete, um ein Vielfaches verstärkt. Die Blasen an seinen Füßen. Die wunden Stellen an seinen Handgelenken und seinen Fußknöcheln. Den Sonnenbrand auf seinen Schultern. Den nagenden Hunger in seinem Bauch. Und in seinem Herzen das Sehnen nach seinem Zelt und seinem Lager. »Für meine Sippe bin ich schon tot.«

»Wie?«

»Sie haben mich einen Mond nicht gesehen, und das heißt für sie, dass ich zu meinen Ahnen gegangen bin.«

»Oh.« Arka biss in seine Frucht. »Aber das kann dir doch gleichgültig sein, ob sie dich für tot halten oder nicht. Du bist jetzt im Dominum, und da wirst du auch bleiben.«

»Für immer?«

»Komm mal her.« Arka packte ihn am Ellenbogen, um ihn zum Stehen zu bringen. Dann wartete der Soldat, bis der Rest des Zuges an ihnen vorbeimarschiert war. »Ich mag dich«, flüsterte er, während er nach vorn lugte, als befürchtete er, von seinen Kameraden bei einer Peinlichkeit ertappt zu werden. »Komm bloß nicht auf dumme Gedanken wegen deiner verbockten Sippe. Ich will dir was sagen: Mein eigener Vater wurde noch als Sklave geboren, und jetzt schau mich an: ein freier

Mann mit einer ruhmreichen Aufgabe. Dem die jungen Dinger nach seinen Feldzügen Äpfel schenken, weil sie hoffen, dass er sie bei Gelegenheit einmal ordentlich beglückt.« Er schubste Teriasch, ein Signal zum Weitergehen, damit sie nicht den Anschluss an den Zug verloren. »Ist das etwa nichts?«

Teriasch schwieg.

»Reiß dich zusammen«, fuhr Arka fort. »Mach die Arbeit, die dir dein Herr aufträgt. Ohne Murren, ohne Aufbegehren. Sei recht freundlich zu ihm, lach über seine Scherze, und er wird dich nicht allzu oft schlagen. Und wer weiß, eines schönen Tages schenkt er dir vielleicht sogar die Freiheit, weil er dich lieb gewonnen hat. So wie es bei meinem Vater war.«

»Und dann hat dein Vater wieder sich selbst gehört? Einfach so?«

»Einfach so«, bestätigte Arka. »Nun ja, ich will ehrlich zu dir sein. Es hatte sicher auch etwas damit zu tun, dass mein Vater den Sohn seines Herrn davor bewahrt hat, am Biss einer giftigen Viper zu krepieren. Er war Gärtner. Mein Vater, nicht der Sohn. Der Sohn hat im Garten gespielt, die Schlange kam auf ihn zugekrochen, und mein Vater hat das Vieh mit seiner Harke erschlagen. Und ich will nicht leugnen, dass die Frau seines Herrn womöglich ein gutes Wort für ihn eingelegt hat. Aber frei ist frei, und wer sich darüber beklagt, wie er zu seiner Freiheit gekommen ist, der findet auch die feinste Seide noch zu rau und den wärmsten Schoß zu kalt.«

Teriasch dachte daran, was ihm der Geist der Geschichten verheißen hatte. *Er meinte auch, ich könnte wieder frei sein.* »Was ist ein Gärtner?«

Arka kaute auf einem Stück Apfel. »Jemand, der sich um einen Garten kümmert.«

»Was ist ein Garten?«

»Ein Garten? Du kannst Fragen stellen …« Er zuckte mit den Schultern. »Ein Hof mit schönen Pflanzen drin.«

»Werde ich auch ein Gärtner sein?«

»Du?« Arka schürzte die Lippen. »Ich weiß es nicht. Doch du hast auf jeden Fall Glück, dass du unsere Sprache sprichst.«

»Wieso?«

»Weil du dann nicht auf den Feldern und auch nicht in den Minen landest.«

»Wo lande ich dann?«

»Sehe ich aus wie ein Eingeweideleser?«, blaffte Arka. Er drückte Teriasch den Rest seines Apfels in die Hand. »Hier. Zum Maulstopfen. Und dass du mir bis Kalvakorum nicht mehr die Ohren vollheulst, verstanden?«

5

Wer nie einen schönen Sklaven besessen hat,
hat nicht gelebt.

Empfehlung einer unbekannten edlen Dame
aus Kalvakorum

Als er Kalvakorum zum ersten Mal von einer Anhöhe aus sah, bestand für Teriasch nicht der geringste Zweifel: Er hatte eine Stadt vor sich, gegen die sich das größte der Verbotenen Lager der Vorfahren aller Sippen wie ein kleines Dorf ausnehmen musste.

Bis zum Horizont erstreckten sich die Häuser, errichtet in geraden Reihen, weil die Harten Menschen offenbar nichts zu schaffen vermochten, was nicht einer klaren Ordnung unterworfen war. Hier und da wölbte sich im Meer aus roten Ziegeln eine goldene Kuppel, und an anderen Stellen umspülte es sonderbare Bauwerke ohne Dächer, die an lang gezogene Schüsseln gemahnten. Überall dort, wo zwei Straßen einander kreuzten, waren Säulen aufgestellt, gekrönt von steinernen Löwen. Die Tiere blickten allesamt zum Mittelpunkt der Stadt, auf ein Areal, das von einer hohen Mauer geschützt war und in Teriasch die Erinnerung an die Arx weckte, aus der ihm beinahe die Flucht gelungen wäre. Doch wo die Arx auf der Steppe ein Kiesel gewesen war, war diese Festung ein wahrer Berg. An ihren Eckpunkten erhoben sich Türme, die mit dem Himmel selbst zu wetteifern schienen. Teriaschs Blick blieb an ihren Spitzen hängen, von denen jede auf ihre Weise ein eigenes Wunder bereithielt. Eine war von grünen Dornenranken überwuchert, auf denen gigantische Blüten ihre bunten Blätter entfaltet hatten. Eine andere spie beständig dichten schwarzen Rauch aus, als loderte im Fuß des Turms ein unersättliches Feuer. Von der dritten stürzten zu allen Seiten aus großen Löchern breite Wasserströme in die Tiefe, in die der Wind fuhr, um sie zu feinem Nebel und unzähligen Regenbögen zu zerstäuben, noch ehe sie den Boden erreichen konnten. Die vierte Spitze war zugleich die merkwürdigste, denn sie war nicht mehr als ein großer, gläserner Ring, an dem flatternde Girlanden befestigt waren.

Teriasch sah zu Arka.

»Was?«, knurrte der Soldat.

»Darf ich eine Frage stellen?«

»Von mir aus …«

»Wozu sind diese Türme da?«

»In ihnen hat der Subveheros die …«

Der Rest seiner Antwort ging in aufgeregtem Geschrei von vorn unter.

»Scheiße«, fluchte der Soldat.

Teriasch reckte den Kopf, um zu erkennen, um wen drei von Arkas Kameraden da herumstanden. Einer von ihnen machte einen raschen Schritt nach hinten, um einer wachsenden Blutlache auszuweichen, die auf seine Stiefelspitzen zukroch. Durch die Lücke sah Teriasch den letzten Krallendaumen-Krieger, der die Schlacht um die Arx überlebt hatte, auf dem Boden liegen. Seine Beine zuckten noch einmal schwach, dann verloren sie jegliche Kraft.

»Verbockte Scheiße«, murmelte Arka.

Der Gefangene hatte sich den langen Nagel seines rechten Daumens durch das Auge in den Schädel gestoßen.

Teriasch wollte schon zum Lied für gefallene Krieger ansetzen. Dann fiel ihm wieder ein, wo er war. *Das ist das Land der verlogenen Geister. Hier gibt es keinen Geist, der mein Lied zu den Ahnen dieses Mannes tragen würde.* Er wandte den Blick zu den Türmen Kalvakorums. *Nur Geister, die den Harten Menschen einreden, sie könnten der Ewigkeit trotzen.*

Schon bei seinen ersten Schritten durch die Randbezirke Kalvakorums lernte Teriasch zwei Dinge. Diese Stadt war laut, und sie stank.

Das Lärmen um ihn herum war ein Chor aus vielen Stimmen. Vor manchen Häusern saßen Menschen auf langen Bänken, lachten grell und stießen Becher aneinander. Andere standen klatschend und johlend um tanzende Männer und Frauen, die außer schellenbehängten, halb durchsichtigen Tüchern um die Hüften keinen Faden am Leib trugen. Probaskas schnaubten und gaben Donnerlaute von sich. In Käfige eingesperrte Vögel gackerten und kreischten. Greise, die in lange zurückliegenden Schlachten Arme oder Beine eingebüßt hatten, schüttelten Schalen, in denen winzige Metallscheiben klirrten. Eisenbeschlagene Räder von Fuhrwerken kratzten und schabten über das Straßenpflaster. Peitschenknallen. Der Hufschlag großer Pferde. Laute Rufe, die saftige Früchte und kühles Wasser anpriesen. Gongschläge und das Grunzen und Quieken von Opfertieren aus den Tempeln.

Der Geruch der Stadt setzte sich aus einer nicht minder großen Zahl von Duftnoten zusammen. Da war das würzige Aroma von gebratenem Fleisch. Süßliche Rauchschleier aus Häusern, in denen ausgezehrte Menschen an Schläuchen sogen, die in bauchigen Flaschen mit blubberndem Wasser endeten. Düfte wie von Blumen und frischen Beeren aus der Kleidung und den Haaren von faulen Städtern, die von anderen Städtern in aufwendig verzierten Kisten umhergetragen wurden. Schweiß in allen erdenklichen Noten von bitter über scharf bis hin zu sauer. Mist von allerlei Vieh.

Teriasch war von diesem Ansturm auf seine Sinne derart überwältigt, dass er einen Augenblick brauchte, ehe er begriff, dass der Zug angehalten hatte. Sie standen auf einem großen

Platz neben einem Brunnen von verschwenderischer Pracht. In einem kreisrunden Becken hielt eine Löwenstatue die Pranken auf die Köpfe eines nackten Jünglings und einer nackten jungen Frau gelegt. Sowohl aus dem aufgerissenen Maul der Bestie als auch aus den lächelnden Mündern der Menschen floss Wasser.

Man gab den Gefangenen zu verstehen, dass sie sich waschen sollten. Es war eine echte Wohltat, auch wenn Teriasch nicht der Einzige war, der Schwierigkeiten hatte, sich mit gefesselten Händen die dicke Schicht aus Staub und Schweiß von der Haut und aus den Haaren zu spülen. Arka trat schließlich heran und half ihm dabei, indem er den Helm als Schöpfkelle benutzte.

Teriasch spürte verwundert, dass sein Mund sich wie von selbst zu einem Lächeln verzog. Ein schmales nur, aber immerhin ein Lächeln. Arkas Gesicht dagegen zeigte tiefe Sorgenfalten.

»Hör zu«, sagte er und zeigte auf die andere Seite des Platzes. Menschen drängten sich dort vor einem Podest, und in der Menge herrschte eine Unruhe, wie Teriasch sie nur von den aufregenden Momenten kannte, bevor ein Brautpaar sich nach seiner ersten Nacht dem Rest des Lagers zeigte. »Da drüben entscheidet sich dein weiteres Schicksal. Sieh also zu, dass du einen guten Eindruck machst. Dann findest du auch einen guten Käufer.«

»Käufer?«

»Der, der bereit ist, genügend Rotas springen zu lassen, damit du ihm gehörst.«

Teriasch streckte die Hände ins Brunnenwasser, um seine wunden Handgelenke zu kühlen. *Das ist ein Abschied …* »Kannst du nicht mein Käufer sein?«

»Ha!« Ein flüchtiges Grinsen spaltete Arkas Bart. »Schön wär's. Aber erstens wüsste ich nicht, was ich mit dir anfangen soll, und zweitens kann ich mir keinen Sklaven leisten. Du würdest mir nur die Haare vom Kopf fressen, und dann müsste ich dich selbst verkaufen, ohne einen einzigen Radius Gewinn zu machen. Nein, mein Junge …« Arka tätschelte Teriasch die Schulter. »Nein, nein. Aus uns beiden wird nichts.« Er wandte sich ab, ging ein paar Schritte davon und drehte sich dann noch einmal um. »Kopf hoch, ja? Du wirst deine verbockte Steppe schon noch vergessen, und das ist gut so, glaub mir.«

Vor dem Podest wurden die Gefangenen in die Obhut von Harten Menschen übergeben, die keine Soldaten, aber dennoch unübersehbar Krieger waren. Die, die keine Handschuhe mit Metalldornen auf den Knöcheln trugen, hatten Knüppel aus glänzendem schwarzem Holz hinter die breiten Gürtel gesteckt. Männer wie Frauen hatten die Haare geschoren, muskelbepackte Oberarme und Gesichter ohne jede Spur von Mitgefühl oder sonst einer nennenswerten Regung.

Die Frau, mit der Spuo in Teriaschs Hörweite eine angeregte Unterhaltung führte, war da etwas ganz anderes. Grün, blau, schwarz, rot, weiß – jede ihrer Locken schien eine andere Farbe zu besitzen. Ihr schmaler Leib steckte in einem wallenden Gewand aus silbrigen Rüschen. Sie gestikulierte beim Reden wild mit ihren langen Fingern, sodass die Ringe daran klackend gegeneinanderschlugen. Auf ihrem Gesicht wurde ein regelrechter Reigen aus Stirnrunzeln, Lächeln, Augenaufreißen und Lippenspitzen aufgeführt.

»Spuo, du bist ein grausamer Hund«, krähte sie gerade. »Willst du etwa sehen, wie ich mich demnächst selbst da oben versteigere? Wie kannst du nur so einen hohen Anteil von mir verlangen?«

»Du kannst schreien, so viel du willst, Varia.« Spuo hatte eine lässige Haltung angenommen und klopfte sich beiläufig ein wenig Staub aus dem Umhang. »Akzeptier meine Bedingungen oder lass es bleiben. Du bist nicht die Einzige, bei der ich diese Wilden loswerden kann. Und ich hätte da noch ein kleines Vermögen in Haarschöpfen, das ich heute noch machen will. Halt mich dabei bitte nicht unnötig auf.«

»So, so.« Varia verschränkte die Arme vor der Brust. »Nicht die Einzige, bei der man Wilde loswerden kann, wie? Gut, das sehe ich ein. Aber ich bin doch hoffentlich die Schönste, oder?«

»Zweifelsohne.«

»Sag es«, verlangte sie.

Spuo verdrehte die Augen. »Muss das sein?«

»Sag es, und es soll dein Schaden nicht sein.« Sie hielt ihm eine flache Hand hin. »Und vergiss den Kuss nicht.«

Spuo blies die Backen auf, doch er neigte den Kopf und küsste Varia einzeln die Fingerspitzen. »Du bist die schönste Frau, mit der man in ganz Kalvakorum Geschäfte machen kann«, sagte er dann laut. »Zufrieden?«

»Sehr.« Varia nickte eifrig. »Siehst du? Es hat überhaupt nicht wehgetan. Im Gegensatz zu dem Loch, dass der Hunger in meinen Bauch fressen wird, sobald sich herumspricht, zu welchen Konditionen ich dir deine Ware abgenommen habe.« Sie winkte mit den Fingern. »Die Schlüssel bitte.«

Aus einer Ledertasche an seinem Gürtel holte Spuo einen dicken Ring, an dem gut und gerne drei Dutzend Schlüssel hingen. Er gab ihn Varia, die ihn sofort zu einem ihrer Krieger weiterwarf, als handelte es sich um ein Stück glühende Kohle.

»Schön.« Varia strahlte Spuo an und wedelte mit der Hand in die Richtung der gefangenen Steppenbewohner. »Ich würde vorschlagen, ich biete die alle auf einmal an. Das beschleunigt die Angelegenheit, und du kommst früher dazu, dein kleines Vermögen einzutreiben, nachdem du mir eben schon ein großes aus den Rippen geschnitten hast.«

»Nicht so hastig.« Spuo deutete mit dem Daumen auf Teriasch. »Der da drüben, der so lustig die Lauscher aufsperrt, den würde ich als Einzelstück verhökern.«

»So?« Varia hob die Augenbrauen. »Er sieht mir überhaupt nicht anders aus als die anderen.« Sie lächelte und tippte Spuo auf den Brustpanzer. »Oder kann der Kleine etwas ganz Besonderes, womit er dich in den kalten Nächten auf der Steppe warm gehalten hat?«

»Er spricht unsere Sprache«, sagte Spuo knapp.

»Nein!«

»Doch.«

»Was für eine wunderbare Überraschung!« Varia klatschte in die Hände. »Ich liebe meine Arbeit …«

»Edle Damen, werte Herren«, wandte sich Varia mit einer tiefen Verbeugung an die Menge, die vor dem Podest versammelt war. »Ich sehe die Spannung auf euren Gesichtern, und ihr tragt sie zu Recht. Euch erwartet Ware, wie sie frischer nicht sein könnte. Eben noch auf der Steppe, jetzt schon hier in Kalvakorum. Und ihr habt noch größeren Anlass zur Freude. Ich habe einen Wilden im Angebot, wie man ihn nur selten findet.«

Einer von Varias Helfern stieß Teriasch die vier Stufen zur Bühne hinauf. Er erkannte die Art der Blicke wieder, die auf ihn fielen. *Der Fette mit dem kleinen Hund unter dem Arm schaut mich an wie jemand, der sich fragt, ob ich die richtige Sorte Holzperle bin, die er auf seine Satteldecke sticken kann. Für die Kriegerin da in dem rosenverzierten Panzer bin ich das Pferd, bei dem man sich nicht sicher ist, ob es wirklich so schnell läuft, wie man denkt. Der Alte, dem der Bart weiß wird, meint, ich wäre nichts, was ihm nicht schon einmal untergekommen wäre, weil er sogar schon Schlangen mit zwei Hälsen Eier hat legen sehen.*

Varia zog unter den Rüschen ihres Kleids einen dünnen Stab hervor, der die Farbe und Beschaffenheit von ausgebleichtem Gebein hatte. Sie klopfte mit seiner Spitze auf Teriaschs Brustkorb. »Achtet besonders auf die ungewöhnlichen Hautbilder. Kreise über dem Herzen. Unter den Wilden ein stolzes Zeichen für unerschütterliche Mannbarkeit.«

»Pah, feuchter Dung!«, murrte der bärtige Alte. »Mentiros hat neulich einen Kerl mit solchen Kreisen verkauft. Bei ihm waren sie ein Symbol für einen guten Bogenschützen.«

»Ach ja?« Varia stemmte die Arme in die Hüften. »Mentiros würde dir aber auch erzählen, zu viele Hände seien bei der Arbeit hinderlich, wenn er dir einen Einarmigen andrehen will.«

Zwei, drei Leute lachten, und selbst der Alte konnte sich ein mürrisches Grinsen nicht verkneifen.

»Was schert mich das Gekritzel auf seiner Haut?«, rief die Rosenkriegerin. »Ich will wissen, wie gehorsam er ist. Ich kann keinen Knecht brauchen, der mir heimlich Glasscherben in die Stiefel steckt.«

»Er ist sehr gehorsam«, sagte Varia hastig. »Äußerst gehorsam sogar.« Ihr Stab vollführte einen kurzen Wirbel vor Teriaschs Gesicht. »Dreh dich, mein Junge! Komm, dreh dich!«

Teriaschs lange verdrängter Zorn regte sich zaghaft, und er grub die Nägel in seine Handballen. *Drehen? Ich kann dir gerne die Gurgel umdrehen, du irres Weib!* Was ihn davon abhielt, waren die vielen Mahnungen, die Arka an ihn gerichtet hatte. Er knirschte mit den Zähnen, aber er drehte sich einmal um die eigene Achse.

»Seht ihr?«, jauchzte Varia. »Ein wahres Sinnbild der Folgsamkeit. Und was für stramme Waden!« Sie zwinkerte dem Fetten zu, dessen Hündchen ihm unablässig die schweißigen Falten am Hals leckte. »Wäre das nicht etwas für dich, Sudatrix? So einen hast du doch bestimmt noch nicht in deiner Sammlung?«

»Er ist nicht makellos«, quengelte Sudatrix. Ein puderüberzogener Wurstfinger richtete sich auf Teriasch. »Da. An seiner Schulter. Das ist eine Narbe, oder? Oder ist es ein Muttermal? Auf jeden Fall ist es hässlich.«

»Natürlich ist er nicht makellos«, entgegnete Varia entrüstet. »Er ist ja immer noch ein Wilder.« Sie schüttelte den Kopf.

»Und dass ihr immer alles an Äußerlichkeiten festmachen müsst. Habt ihr euch mal eine Auster näher betrachtet? Nicht unbedingt eine Schönheit, doch das, was man bisweilen darin findet, ist unvorstellbar kostbar.«

»Willst du etwa sagen, wir müssen ihn aufschneiden, damit wir begreifen, was er wert ist?«, spottete die Rosenkriegerin, und diesmal war sie es, die die Lacher auf ihrer Seite hatte.

Varia wartete geduldig, bis das Gelächter verklungen war. »Dieser Wilde«, sagte sie dann so ernst, dass ihr Publikum ihr plötzlich in gespannter Erwartung an den Lippen hing. »Dieser Wilde spricht unsere Sprache.«

Die Menge verfiel in ein unruhiges Gemurmel.

Die Spitze des Knochenstabs huschte vor Teriaschs Lippen auf und ab. »Komm, mein Junge, sag was.«

Ich bin kein Tier, das Kunststücke vorführt! Einen Augenblick nur flammte der Zorn in Teriasch auf. Das einzige Geschöpf, auf das seine Hitze übersprang, war das Hündchen in Sudatrix' Achselhöhle. Es zwickte seinem Besitzer kräftig in den speckigen Kehlsack. Dafür fing es sich einen Klaps auf den Kopf ein, der von einem erschrockenen Aufschrei untermalt war.

»Willst du uns für dumm verkaufen?«, kam es irgendwo aus der Menge zurück.

Varia sah zur Treppe hinunter und schenkte Spuo einen vernichtenden Blick. Der Löwenhelmträger hatte vor Verblüffung den Mund offen stehen. »Er redet. Wenn ich es dir sage, er kann reden, so wie wir reden.«

Teriaschs Wut schlug in bittere Belustigung um. *Das sind sie also. Die Harten Menschen, die glauben, die ganze Welt gehört ihnen. Alles, was man tun muss, um sie aus der Fassung zu bringen, ist einmal nicht das zu tun, was sie von einem verlangen. Wer hätte gedacht, dass sie so leicht zu erschüttern sind?* Er hob den Kopf. »Ich bin Teriasch von den Schwarzen Pfeilen, und ihr, ihr seid gar keine Harten Menschen.« Laut und klar hallte seine Stimme über den Platz und versetzte die Menge in ein neuerliches Raunen. »Unter euren Panzern seid ihr weicher und schlaffer als der Schweif eines alten Hengstes.«

Teriaschs grobe Beleidigung prallte am Unglauben seiner Zuhörer ab. Sie starrten ihn an, die Augen und Münder weit aufgerissen. Manchen wich sämtliches Blut aus dem Gesicht, andere schlugen die Hände über dem Kopf zusammen.

»Da habt ihr's, da habt ihr's«, jubelte Varia. »Habe ich euch zu viel versprochen? Er spricht. Er spricht wie ein richtiger Mensch!«

Sudatrix rieb sich eine rote Stelle an seinem Hals. »Ich würde ihn nehmen!«, rief er. »Aber ich will erst sehen, dass er mir keine Würmer ins Haus schleppt. Er soll sich umdrehen und die Backen spreizen.«

»Untersteh dich, Varia!«, brüllte jemand von ganz hinten. »Hier braucht niemand was zu sehen, was er nicht sehen will!«

Ein Mann bahnte sich den Weg durch die Menge. Schwankend durchbrach er Reihe um Reihe mit ungelenker Kraft. Auf seinem kantigen Schädel sprossen nur an den Schläfen und im Nacken graue Borsten. Über seine massige Brust und seinen noch massigeren Bauch spannte sich ein schwarzes Hemd, dessen oberste Knöpfe aufgesprungen waren. Er zerrte einen Umhang aus klirrenden Kettengliedern hinter sich her, der nur noch von einer Fibel gehalten wurde. Auf seinem Weg schloss er mal das eine, mal das andere Auge, und er wäre mehrfach gestürzt, wenn er nicht Rücken und Schultern der anderen als Stütze missbraucht hätte.

Varia trippelte ein paar Schritte hin und her wie eine fluglahme Taube. »Der hat mir gerade noch gefehlt.«

»Ich nehme ihn!« Sudatrix wuchtete einen seiner fleischigen Arme in die Höhe. »Ich nehme ihn. Ich biete fünfzig Rota.«

»Sechzig!«, überbot ihn die Rosenkriegerin sofort.

»Vergesst es!«, grölte der Betrunkene. »Heute habe ich den dicksten Sack!«

Ein prall gefüllter Beutel von der Größe einer Rübe landete auf dem Podest. Er platzte auf, und kleine Metallscheiben rollten daraus hervor. Varia eilte zum Rand der Bühne und schlug mit ihrem Stab nach einigen Händen, die versuchten, nach den Scheiben zu greifen. »Bietet jemand mehr?«

»Bin ich vom blinden Probaska gestoßen?«, ereiferte sich die Rosenkriegerin. »Dafür kriege ich für jedes Paar Stiefel in der Rüstkammer einen eigenen Knecht.«

Sudatrix schob die Unterlippe vor und kraulte sein Hündchen. »Das ist so ungerecht. Dieser grobe Klotz wird ihn nur umbringen.«

»Blasloch zu, du Bleichwal!« Der Betrunkene grinste breit, was kein sonderlich schöner Anblick war, weil seine Schneidezähne aus spitz zugefeiltem, grauem Stein bestanden. »Wenn Onkel Silicis einen Häuptling braucht, braucht Onkel Silicis einen Häuptling.«

»Wenn das ein Häuptling ist, bist du der Dominex – gepriesen sei er!«, meckerte die Rosenkriegerin.

»Was noch nicht ist, kann ja noch werden.« Der Mann mit den Steinzähnen lachte, rülpste und lachte weiter. »Das mit dem Häuptlingsein geht bei mir jedenfalls schneller als auf der Steppe. Worauf du einen lassen kannst!«

Teriasch stand in der Ecke des kleinen Hauses am Rande des großen Platzes, in den Varia ihn geführt hatte. Durch ein schmales Fenster konnte er sehen, wie Varias Helfer draußen die Milchbäuche auf das Podest zerrten. Die Menschenmenge davor war um einiges geschrumpft.

Varia saß an einem Tisch und sortierte die Metallscheiben aus Silicis' Beutel zu Türmchen von gleicher Höhe. Der Mann, dem Teriasch nun gehörte, hatte ihr gegenüber Platz genommen und rieb sich den Schädel.

»Es sind zweihundertfünfzig«, sagte er. »Auf die Münze genau, du misstrauisches Stück.«

»Ja, ja«, summte Varia.

»Mir rollen die Würfel immer gut von der Hand, wenn ich mehr Wein als Blut in den Adern habe.«

»Ja, ja.«

»Heute Abend hat sich hoher Besuch angekündigt. Hoher Besuch macht mich unruhig, und das Spielen hilft gegen die Unruhe.«

»Ja, ja.«

»Ich versuche, hier Konversation zu betreiben, wie es die Höflichkeit gebietet, wenn man Geschäfte macht.«

»Ja, ja.« Varia legte die letzte Münze auf das letzte Türmchen. »Zweihundertfünfzig.«

»Wer hätte das gedacht?«

Ich bin schon wieder unsichtbar, stellte Teriasch fest, doch noch im gleichen Atemzug änderte sich sein Zustand. Varia sah zu ihm auf, ein schiefes Lächeln im Gesicht. »Du hast dich wirklich für mich gelohnt. So was wie dich kriege ich nicht alle Tage. Gibt es irgendwo auf der Steppe noch mehr wie dich?«

Die Worte waren freundlich, doch Teriasch erkannte das Gift, das sie verbargen. »Nein«, log er. »Ich kenne keinen anderen, der eure Sprache spricht.« *Du wirst Spuo nicht losschicken, um nach meiner Sippe zu suchen, du falsche Schlange.*

»Wo hast du unsere Sprache gelernt?«

»Von einem Geist.«

»Ein Geist?« Varias Hand fuhr an ihre Brust, die Finger weit gespreizt. »Im Ernst?«

»Hör auf, mit dem Wilden zu schäkern, und verpass ihm ein Kollare«, verlangte Silicis. Statt den Kopf rieb er sich nun den Wanst. »Da will was raus, und ich spucke nicht gern in der Öffentlichkeit.«

»Natürlich nicht.« Varia stand auf. »Du bist ja bekanntermaßen ein Hüter der guten Sitten.«

Es raschelte, als sie in den Ausschnitt ihres Kleids griff und einen kleinen Schlüssel zutage beförderte, der an einer dünnen

Kette um ihren Hals hing. Sie öffnete einen schwarzen Holzschrank hinter sich, fasste in rascher Folge in einige Fächer und breitete danach vier Gegenstände vor Silicis aus: eine Nadel, ein mit einer gelblichen Flüssigkeit gefülltes Glasfläschchen, ein rotes Kügelchen und einen Halsring, wie ihn alle Sklaven trugen, die Teriasch bisher im Reich der Harten Menschen gesehen hatte.

»Komm her«, forderte Varia ihn auf.

Er ging zum Tisch und schaute unschlüssig auf das Kollare. *Es ist aus einem Stück, und es gibt daran kein Schloss. Wie wollen sie es mir anlegen? Wollen sie es mir über den Kopf streifen? Dafür ist es doch viel zu eng.*

»Dann mach ich mich mal nützlich«, murmelte Silicis. Er nahm das Kügelchen und begann, es zwischen seinen Handflächen zu kneten.

»Keine Eile.« Varia pflückte mit Daumen und Zeigefinger die Nadel von der Tischplatte. »Man sollte hierbei nichts überstürzen, wie du weißt.« Sie lächelte Teriasch an. »Streck deine Hände vor, mein Goldstück.«

Teriaschs Ketten klirrten. Varia sog Luft durch die Zähne. »Jetzt schau dir nur deine Handgelenke an, du armes Ding. Ich hoffe, du hast Salbe daheim, Silicis.«

»Salbe!«, schnaubte der. »Wozu das denn?«

»Es geht mich ja eigentlich nichts an«, sagte Varia. »Er gehört dir. Aber bei der Summe, die du für ihn hast springen lassen, wäre es doch jammerschade, wenn ihm die Hände abfallen, findest du nicht?«

»Stimmt, es geht dich eigentlich nichts an«, erwiderte Silicis. »Aber ich habe den Burschen nicht gekauft, um ihn zu verzärteln. Ich habe ihn gekauft, weil meine Kundschaft einen Steppenhäuptling sehen will, und dann bekommt sie eben einen Steppenhäuptling, auch wenn er mich ein paar Rotas mehr kostet. Er hat heute noch einen großen Auftritt, und bei diesem Auftritt werden die paar Schrammen da seine kleinste Sorge sein.«

»Wie du meinst.« Varia zog Teriaschs rechte Hand zu sich. »Schön stillhalten, ja?«

Teriasch zuckte, als die Nadelspitze in seine Fingerkuppe stach. Varia hielt seinen Finger fest und gab einige beruhigende Laute von sich wie eine Mutter, die ein gestürztes Kind tröstete. »Leg das Wachs weg. Ich brauche die Flasche«, raunte sie Silicis zu.

Das Wachs rollte als dünner Wurm über den Tisch. Silicis löste den Pfropf, mit dem die Flasche verschlossen war. Ein unangenehmer, modriger Geruch stieg aus dem kleinen Gefäß auf.

Das trinke ich nicht! Teriasch presste die Lippen zusammen.

Varia ließ die Nadel auf den Tisch fallen und nahm die Flasche entgegen. Sie führte sie nicht an Teriaschs Mund, sondern zu seinem Finger, den sie kurz drückte, bis ein Tropfen Blut aus der kleinen Wunde quoll und von dort in die Flasche tropfte. Danach gab sie das Behältnis rasch an Silicis zurück. Er verschloss es, barg es in seiner Faust und schüttelte es.

»Das reicht wahrscheinlich schon«, sagte Varia. »Zeig her!«

Silicis präsentierte ihr die Flasche.

Magie! Teriasch stockte der Atem. Ihm war, als wehte ein feuchter, kalter Hauch durch den Raum. Die Flüssigkeit in der Flasche war trotz des Schüttelns nicht einmal von den kleinsten Luftbläschen durchsetzt. Sie schien die Zähigkeit von Honig zu besitzen, und der Blutstropfen hatte sich nicht mit ihr vermischt. Stattdessen war er in die Masse hinabgesunken, ohne seine Form zu verlieren, und schwebte nun scheinbar in der Mitte der Flasche, zu allen Seiten von dem gelblichen, durchsichtigen Schleim umgeben.

»Hervorragend«, sagte Varia.

Während Silicis den Wurm aus Siegelwachs um den Pfropf herum festdrückte, zog sie Teriasch näher an den Tisch heran, sodass seine Beine gegen die Kante stießen. Sie legte ihm eine Hand in den Nacken und brachte ihn dazu, sich ein Stück vorzubeugen, dann nahm sie das Kollare und strich damit langsam über Teriaschs Fingerkuppe. Er ächzte erschrocken. Es war nicht die unerwartete Kälte des fremdartigen Metalls, die ihn mit Grauen erfüllte. Es war das leise Schmatzen, das er hörte, und das kräftige Saugen an seiner Haut. *Es trinkt mein Blut!*

»Gleich ist es satt«, flüsterte Varia. »Nur noch ein bisschen …«

»Pass auf, dass er mir nicht umkippt«, warnte Silicis.

Teriaschs Schrecken wuchs, als ein Zittern durch den Ring lief. Auf der schimmernden Oberfläche zeichneten sich Wellen ab, wie auf dem Schuppenkleid einer kriechenden Schlange. Sie gingen von einem Punkt aus, an dem sich das Kollare immer weiter verdünnte. Eben war es noch so dick wie ein Finger gewesen, und jetzt war es an dieser Stelle nur noch ein schmales Band, dann ein einzelner Faden …

Varias Hand, die den verfluchten Gegenstand hielt, schoss auf Teriasch zu. Er glaubte noch zu sehen, wie sich das Kollare im Griff der Frau wand und ganz auseinanderriss. Binnen eines einzigen Wimpernschlags glitten die beiden Enden über seine Kehle und zu seinem Nacken hin, wo sie sich vereinten. Das Kollare schmiegte sich in einer grausigen Liebkosung eng um seinen Hals und erstarrte. Es blieb kalt, nahm nichts von der Wärme seiner Haut auf. Kühles Blut stieg ihm in den Schädel. Seine Ohren waren mit einem Mal von einem Wispern erfüllt, wie von unzähligen Stimmen, die doch alle die gleichen Worte sprachen. Drängend, flehend. »Wir lieben dich. Bleib bei uns. Geh nie fort.« Wieder und wieder, bis das Wispern wie Donnerhall war.

Teriasch sank auf die Knie, schlug die Hände vors Gesicht, schloss die Augen. Er sah schwarze Wasser vor sich, die unter einem stahlgrauen Himmel spiegelglatt in eine unendliche Ferne reichten. Tief drunten in der Düsternis glomm ein blauer Schein auf, der die schemenhaften Umrisse einer Kreatur preisgab. Ein runder, aufgedunsener Leib, prall wie der Bauch eines toten Pferdes, der von der Fäulnis gebläht war. Die Gliedmaßen, die überall aus ihm wuchsen, waren Schläuche aus Muskeln, die sich unablässig durch das Dunkel nach oben tasteten.

»Nein«, flüsterte Teriasch. »Nein.« Eine grauenhafte Erkenntnis packte ihn. *Sie haben mich belogen. Alle beide. Der Geist der Geschichten und Arka. Im Land der Harten Menschen gibt es keine Freiheit für mich. Wenn dieses Ding da unten einen erst berührt hat, wie soll man danach je wieder frei sein?* Es war eine Kränkung, auf die Teriaschs Fühlen nur eine Antwort fand: All sein aufgestauter Zorn, den er selbst dann noch im Zaum gehalten hatte, als er vorhin auf dem Podest vorgeführt worden war wie ein Stück Vieh, entlud sich in einem wilden Aufbegehren. Glühend heiß brannte er in jeder Faser seines Körpers, und er brüllte ihn aus vollem Hals in die Welt hinaus. Er brüllte und brüllte, um das Wispern zu übertönen. Um die vielarmige Kreatur, die ihn packen und verschlingen wollte, in die Dunkelheit zurückzutreiben. Und um einer bruchstückhaften Erinnerung nachzugeben. Daran, wie er schon einmal so gebrüllt hatte. Wie sein Zorn, das Feuer um ihn herum und das Feuer in ihm eins geworden waren.

»Du wirst uns lieben!«, kreischten die vielen Stimmen. In ihrem Flehen lag keine Verlockung mehr, nur die nackte Furcht vor etwas Unbegreiflichem. »Du musst uns lieben!«

Dann zog die Kreatur all ihre Arme an, als schrecke sie vor dem zurück, was sie sich eben noch hatte einverleiben wollen.

Teriasch spürte einen Schlag gegen seinen Hinterkopf und riss die Augen auf. Er lag auf dem Rücken, die Hände auf der Brust. Sein Mund stand offen, Schweiß rann ihm von Stirn und Wangen.

Silicis und Varia standen beide über ihn gebeugt.

»Hast du das gesehen?« Es war die Frage eines Betrunkenen, der nicht wusste, ob er seinen Sinnen trauen konnte.

»Was soll ich gesehen haben?«

»Sein Mund ... Sein Mund hat gebrannt.«

Varia runzelte die Stirn. »Du hast nicht zufällig einen Abstecher ins Rauchhaus gemacht, nachdem die Würfel dir hold waren?«

Silicis fasste sich in den Schritt und packte, was er dort fand. »Ich schwör's. Wie wenn er eine Fackel verschluckt und mit Öl nachgespült hätte.«

»Aha. Weißt du, wann ich mir darüber Gedanken mache? Wenn ich nachher auf meiner Ziege nach Hause fliege.« Sie strich Teriasch vorsichtig übers Haar. »Du bist ganz heiß. Hat Spuo auf dem Marsch wieder am Wasser gespart?«

Teriasch schüttelte den Kopf. *Er hat es gesehen! Er hat gesehen, was ich kann. Und er ist kräftig genug, mich mit bloßen Händen totzuschlagen, wenn er sich zu sehr davor fürchtet!*

»Kannst du aufstehen?«, fragte Varia.

Teriasch fühlte sich matt und leer, doch er schaffte es mit Varias Unterstützung und dank der Tischkante, sich auf die Beine zu quälen.

»Ich hoffe sehr, du hast mir keinen Kranken angedreht«, knurrte Silicis. »Oder einen Hexer.«

»Und wenn schon.« Varia winkte ab. »Hast du mir nicht gerade erzählt, du hättest ihn nur für einen großen Auftritt angeschafft?« Sie drückte Silicis die Flasche in die Hand. »Hier! Vergiss die nicht! Sobald ihr da über diese Schwelle seid, übernehme ich nämlich keinerlei Haftung mehr für ihn.«

Silicis grummelte etwas, das verdächtig nach einem Fluch klang, und verstaute die Flasche in einer Tasche an seinem Gürtel, die dick mit Wolle gefüttert war. »Du bist eine echte Halsabschneiderin.«

»Und das ausgerechnet aus deinem Mund.« Varia befühlte Teriaschs Kollare. »Bekommst du genügend Luft?«

Teriasch nickte. Der Ring war nach wie vor kühl und fühlte sich auf seiner Haut ungewohnt an, aber er behinderte ihn weder beim Atmen noch beim Schlucken. »Was habt ihr mit mir gemacht?«, wollte er fragen, aber er brachte nicht mehr über die Lippen als ein raues Stöhnen.

»Das hast du nun von deiner Schreierei, Feuermund«, knurrte Silicis.

Varia gab Teriasch einen Klaps auf die Hinterbacken. »Raus mit dir. Es wird Zeit, dass du deine Ketten verlierst und ich diesen Trunkenbold loswerde.«

Im ersten Augenblick, in dem er seine Arme und Beine nach endlos langer Zeit wieder frei bewegen konnte, war er zu verblüfft, um irgendetwas anderes zu tun, als stocksteif dazustehen und auf seine Handgelenke zu starren. Zu verblüfft und zu erschöpft.

Es war eine Ankündigung von Silicis, die der kurzen Lähmung ein Ende bereitete. Eine Ankündigung, die so unglaublich und so sonderbar war, dass sich Teriasch ernsthaft fragte, ob er beim Anlegen des Kollare nicht einfach den Verstand verloren hatte.

»Wenn du brav mitkommst«, sagte sein neuer Besitzer gutgelaunt, »hast du noch heute Abend wieder Gras unter den Füßen, mein Häuptling.«

6

Ich komme nicht in die Arena wegen all der Dinge,
die man sonst so sagt. Ich komme nur
wegen des Blutvergießens und der Schmerzensschreie.

Geständnis eines unbekannten Arenabesuchers

Teriasch blickte an sich herunter. *Ich habe mich nicht geirrt. Die Harten Menschen sind tatsächlich dumm. Ich sehe nicht aus wie ein Häuptling. Ich sehe aus wie ein Dieb, der bei allen Sippen der Steppe klebrige Finger hatte.*

Der Brustschmuck aus gelben Tonkügelchen, die auf ein Ledergeflecht aufgefädelt waren, war ohne jeden Zweifel von den Wurzelessern für eine Frau gefertigt, die allein in ihrem Zelt schlief.

Die Troddeln und Fransen an seinem Lendenschurz waren auf eine Weise zu kleinen Figürchen geknotet, wie es die Lachenden Lippen taten, um auf den Ursprung allen Lebens im Vorgang der Vereinigung hinzuweisen.

Die Beinlinge, die ihm Silicis gegeben hatte, waren nur hinten an den Waden offen und an den Knien mit Schildpatt verstärkt – und konnten damit nur von den Dornensätteln stammen, deren Pferde für ihre außerordentliche Wildheit berühmt waren.

Seine Schuhe hatten eine Ausstülpung für jede einzelne Zehe, um so den Eindruck zu erwecken, man ginge barfuß wie die Ewige Wanderin selbst – sie hatten einmal unverkennbar zu einem Vertreter der Ernsten Mienen gehört, einer Sippe, die einerseits behauptete, Starnas Gebote besonders streng zu befolgen, und andererseits immer neue Mittel und Wege ersann, diese Gebote zu umgehen.

Nicht einmal die Keule war eine Waffe, mit der ein Krieger von den Schwarzen Pfeilen gekämpft hätte. Es gab lediglich eine Sippe, die den Keulenschaft mit Dornen spickte, und das waren die Knurrenden Schakale.

Ebenso unpassend war der Kopfputz, den Teriasch hatte aufsetzen müssen – das Stirnband war aus Hornschlangenleder, und die zu einem Rad aufgerichteten Federn hatten einmal die Schwingen von Schreifalken und Nackthalsadlern geziert. Und das waren alles Tiere, die ausschließlich in den Jagdgründen der Vollen Zelte vorkamen.

»Sie haben dich wirklich hübsch gemacht. Ich wünschte, wir könnten tauschen«, sagte der kleine Mann, der neben Teriasch stand.

Wenn der Mann denn überhaupt ein Mann war und nicht ein untersetzter Knabe, denn in dieser Hinsicht war sich Teriasch alles andere als sicher. Es mochte an seiner Verkleidung als Pferd liegen. Ein hoher Hut aus braunem Leinenstoff, der mit Stroh ausgestopft war, stellte Kopf und Hals dar, mit Knöpfen als Augen und Wollfäden als Mähne. Die Hose war am Hintern dick gepolstert und mit einem Schweif versehen. Die großen, haarigen Füße waren nackt, doch dafür steckten die Hände in hölzernen Nachbildungen von Hufen.

»Warum bist du als Pferd angezogen?«, fragte Teriasch.

»Weil ich für ein Probaska zwei Fingerbreit zu klein bin und nicht die richtige Nase habe«, kam die mürrische Antwort in einer Stimme, die um einiges zu dunkel für einen Jungen war.

»Du bist aber auch für ein Pferd zu klein«, sagte Teriasch. *Ohne seinen Hut geht er mir doch höchstens bis zum Bauchnabel.*

»Dir kann man nicht so leicht etwas vormachen, was?« Der Verkleidete breitete die Arme aus. »Schau mich an. Sehe ich so aus, als würde es eine Rolle spielen, wie nah ich an einem echten Pferd dran bin? Nein, tue ich nicht. Sehe ich ausgesprochen albern aus? Ja, tue ich. Was sagt uns das also? Es sagt uns, dass die Leute was zum Lachen und keine Lektion in Tierkunde haben sollen.« Über seiner breiten, von Sommersprossen übersäten Nase funkelten zwei zornige Augen – eines in hellem Grün, das andere in dunklem Blau. »Was glotzt du so?«

»Du hast merkwürdige Augen.«

»Ich?« Er stellte sich auf die Zehenspitzen und musterte Teriaschs Gesicht. »Und du nicht, oder was? Braun mit roten Sprenkeln. Wann hat man denn so was schon mal gesehen? Aber ist klar, ja. Ich bin von uns beiden der mit den merkwürdigen Augen. Als ob ich das nicht selbst wüsste. Als ob ich ausgerechnet dich falschen Häuptling dafür bräuchte, um mir das zu erzählen. Was kommt als Nächstes? Dass du mir erklärst, dass ich ein Halbling bin? Oder dass der Dominex ein prächtiges Gehänge hat?« Er schnaubte und wirkte dadurch einen winzigen Augenblick glaubwürdiger in seiner Verkleidung. »Was rege ich mich überhaupt auf? Ich hab mir das alles ja selbst eingebrockt. Ich hätte auf Trifurax hören sollen. Der hat es mir noch gesagt.« Er verstellte die Stimme zu einem tiefen Brummen. »Ich würde mir das mit dieser Villa wirklich gut überlegen, Rukabo. Bis jetzt haben sie jeden geschnappt, der da eingestiegen ist.« Rukabo seufzte. »Ich hätte es fast geschafft. Ich war schon beinahe wieder raus.« Ein neuerliches Seufzen. »Fast und Beinahe. Die hässlichen, eifersüchtigen Schwestern von Gutgemacht und Glattgelaufen.«

Während der Halbling weiter vor sich hin plapperte, warf Teriasch einen sehnsüchtigen Blick zu der Tür, durch die er in diese kleine Kammer gelangt war. Sie befanden sich irgendwo im Bauch eines der großen Gebäude, die aussahen wie riesige Schüsseln. Silicis hatte ihn hierhergebracht.

Sie hatten das sonderbare Bauwerk nicht durch das breite Tor betreten, vor dem sich eine beachtliche Zahl an Menschen eingefunden hatte. Silicis hatte einen kleineren Eingang gewählt, und dann waren sie so viele Treppen hinuntergestiegen und um so viele Ecken gegangen, dass Teriasch nie im Leben auf eigene Faust den Rückweg gefunden hätte. Sie hatten in einem Raum haltgemacht, in dem ein klobiger Schrank neben dem anderen stand. Silicis war zielstrebig auf einen davon zugegangen, um die Kleidungsstücke und die Keule daraus hervorzuholen, von denen er offenbar und fälschlicherweise davon ausging, sie wären einem Häuptling der Pferdestämme würdig. Für Teriaschs behutsame Versuche, den Irrtum aufzuklären, war Silicis vollkommen taub geblieben. Er hatte ihm nur immer wieder gesagt, er solle sich gefälligst beeilen. Als Teriasch alles angezogen hatte, hatte Silicis zufrieden genickt, ehe er seinen Sklaven noch tiefer in das Gebäude hineinführte – zu der Kammer, in der bereits Rukabo wartete. Silicis' Verabschiedung war ein knappes »Bald geht es los!« gewesen. Dann hatte er die Tür zugeschlagen und verriegelt.

Die Kammer selbst bot neben Rukabos ungewöhnlicher Erscheinung noch ein weiteres Rätsel. Drei ihrer vier Wände waren aus gemauertem Stein. Die vierte jedoch bestand aus senkrechten Holzbohlen und einigen dünneren Querlatten. Von jenseits der Wand war ein stetes Raunen und Summen zu hören, durchbrochen von gelegentlichem Rufen und Lachen.

Es war allerdings ein Geräusch aus einer anderen Quelle, das die Aufmerksamkeit Rukabos weckte: Teriasch knurrte laut der Magen, weil er seit dem Morgen, als er von den Soldaten mit Brühe und Brot versorgt worden war, nichts mehr gegessen hatte.

Der Halbling grinste. »Hast du Schiss?«

»Schiss?« Teriasch runzelte die Stirn. »Ich weiß nicht, was das ist. Schiss …«

»Sehr witzig«, sagte Rukabo. »Das haben schon viele gesagt. Und bitter bereut. Du bist ein ganz schöner Aufschneider.« Der Pferdekopfhut wackelte bedenklich, als er den Kopf schüttelte. »Was soll's? Da draußen zählen große Worte eh nichts.«

»Was ist da draußen?«

»Still jetzt!« Rukabo wuselte erstaunlich schnell auf die Holzwand zu und lauschte daran. »Da war was!«

Das Raunen schwoll zu einem Tosen an. Da waren Pfiffe, Klatschen – und das Klirren von Metall. Teriasch spürte den Boden unter seinen Füßen beben. Er sah zur Decke, weil er Angst hatte, sie könnte einstürzen und ihn und den Halbling unter sich zermalmen. Mit zwei Schritten war er bei Rukabo, packte ihn an den Schultern und drehte ihn zu sich um. »Was ist das? Was geschieht da?«

»He, Pfoten weg!« Rukabos Miene verfinsterte sich kurz, um sich sogleich wieder aufzuhellen. »Oh, verstehe, du bist neu.« Mit einer schnellen Drehung befreite er sich aus Teriaschs Griff. »Ich meine, ich bin auch neu, aber wie neu bist du denn bitteschön?«

»Ich bin erst seit heute in dieser Stadt.«

»Tatsache? Und wo hast du dich vorher rumgetrieben? Unter einem Stein? Mit dem Kopf im Arsch?«

»Auf der Steppe.«

»Auf der Steppe?« Rukabo kniff ein Auge zu und kaute auf seiner Unterlippe. »Das hört sich für mich nach einer dreisten Lüge an, weil jeder weiß, dass die Wilden von dort nicht genügend Hirn im Schädel haben, um eine zivilisierte Unterhaltung zu führen. Aber wenn du unbedingt darauf bestehst, die menschenfressende Unschuld vom Lande zu spielen, sei mein Gast.« Er klopfte mit dem Huf gegen die Holzwand. »Dahinter, mein Häuptling, geht es zur Arena. Schon mal was davon gehört?«

»Nein.«

»Aha. Gut. Klar.« Er nickte. »Lass es mich so kurz machen, wie ich kann: Wenn den Leuten in Kalvakorum zu langweilig wird, kommen sie in die Arena. Warum? Weil es da immer was Nettes zu sehen gibt. Zum Beispiel nichtsnutziges Gesindel wie dich und mich, das zur allgemeinen Belustigung von erfahrenen Kämpfern in Stücke gehauen oder von ausgehungerten Bestien zerfleischt wird. Ein herrlicher Zeitvertreib für die ganze Familie.«

Das kann nicht sein! »Du lügst!«, zischte Teriasch. »Silicis hat mir versprochen, dass ich heute Abend wieder Gras unter den Füßen habe.«

»Das hat er gesagt?«

»Ja.«

»Und du hast dich nicht verhört?«

»Nein.«

Rukabo zuckte mit den rundlichen Schultern. »Dann wird er wohl die Wahrheit gesprochen haben. Oder er hat sich etwas ganz Besonderes für uns beide ausgedacht.«

Wenige Augenblicke später hob sich die Holzwand rumpelnd und schien Stück für Stück in der Decke zu verschwinden. Das Rufen und Schreien der Menschen wurde lauter, und Teriasch hätte sich am liebsten die Ohren zugehalten. Doch durch den größer werdenden Spalt krochen auch Gerüche – nach Blut, nach Schweiß und nach etwas, das ihm ungemein vertraut war.

Gras! Das ist Gras! Er bückte sich, um durch den wachsenden Spalt hindurchzuspähen. Er sah einen schmalen Streifen staubiger Erde unmittelbar vor dem Tor. Und dahinter Gras. Grüne, kräftige Halme. Dicht an dicht wie auf der Steppe, aber höher als in der Gegend, durch die die Schwarzen Pfeile zogen. Wenn er darin auf die Knie ging, würden höchstens noch die Federn seines Kopfputzes über die Spitzen schauen. Ihm dämmerte, dass Silicis ihn zwar nicht belogen, aber zumindest mutwillig getäuscht hatte. *Er hat nicht behauptet, dass ich auf die Steppe zurückkehren darf.*

»Na los!« Rukabo schob ihn von hinten an. »Zeigen wir uns doch unserem verehrten Publikum.«

Teriasch stolperte hinaus auf die falsche Steppe, die die Harten Menschen am Boden des Schüsselhauses geschaffen hatten.

Das Areal wurde durch eine blanke Mauer begrenzt, hinter deren Zinnen rings um das gesamte Rund schmale Stufen nach oben führten. Auf ihnen hockten die Zuschauer, die sich zahlreich eingefunden hatten – Männer wie Frauen, aber auch viele Kinder, die besonders aufgeregt mit den Fingern auf Teriasch und Rukabo zeigten. Teile des Publikums schwangen Rasseln und Klappern, es wurde mit Tüchern gewunken, Fahnen wurden geschwenkt. Männer, die sich große Schläuche auf den Rücken geschnallt hatten, gingen durch die Reihen und schenkten Wein und Wasser aus. Andere verkauften Früchte und Nüsse, Würste und Dörrfleisch.

Doch auch dieser Ort war einer klaren Ordnung unterworfen, wie Teriasch rasch bemerkte: Direkt hinter den Zinnen der Mauer stand alle zehn oder fünfzehn Schritt ein Wächter mit einer gespannten Arkakrux im Anschlag. Ihre Helme, deren Masken fröhlich lachende Gesichter zeigten, und ihre Brustpanzer waren bunt bemalt, ihre Umhänge wirkten wie Flickenteppiche aus unterschiedlichsten Stoffresten.

Die untersten Ränge waren von Besuchern besetzt, deren Erscheinung wahrhaft prächtig war. An ihren Fingern blitzten edelsteinverkrustete Ringe, manche Wange schien mit Goldstaub gepudert, die Haare waren, von silbernen Spangen gehalten, zu kunstvollen Frisuren aufgetürmt, die Gewänder geschmeidig an wohlgenährten Leibern dahinfließende Bahnen aus Samt und Seide.

Je weiter man jedoch in den Rängen nach oben kam, desto mehr ging von all diesem Glanz verloren, bis der einzige Schmuck, der noch getragen wurde, das Kollare von Sklaven war. Hier waren die Gesichter schmutzig, die Haare geschoren und die Kleidung schlichte Tuniken und Hosen aus Leinen und Wolle.

In einem waren diese Schichten allerdings trotz aller äußeren Unterschiede vereint: in ihrer ausgelassenen Vorfreude auf den nächsten Kampf, der zu ihrer Belustigung ausgetragen wurde.

»Liebe Freunde der gehobenen Unterhaltung, wenn ich um eure Aufmerksamkeit bitten dürfte!«, donnerte eine Stimme über die falsche Steppe, und der Trubel auf den Rängen legte sich nach und nach ein wenig. Teriasch schaute dorthin, wo die meisten Menschen im Publikum hinsahen: zu einer Plattform, die am anderen Ende der Arena leicht über die Mauer hinausragte.

Ist das …? Teriasch schirmte die Augen gegen die Strahlen der Abendsonne ab. *Ja, das ist er!*

Silicis hatte Kettenumhang und offenes Hemd gegen eine bunte Robe und eine straff sitzende, blutrote Schärpe getauscht. Er sprach in einen Trichter aus blauem Metall, den er sich vor den Mund hielt und der seinen Worten einen durchdringenden Klang verlieh. »Liebe Freunde, ich kann euch versichern, dass Dropaxvir euch nicht enttäuschen wird. Der Pechmann ist schon ganz versessen darauf, ein paar Schädel für euch zu spalten. Ich habe eben gerade noch persönlich seine Axt geschärft. Doch bevor wir zu diesem Höhepunkt des heutigen Abends kommen, will ich eure Sinne zunächst noch mit einem etwas anderen Spektakel reizen, damit auch sie geschärft sind und Dropaxvirs Künsten gerecht werden. So, wie es sich manchmal empfiehlt, selbst noch kurz Hand an sich zu legen, um die Erregung ordentlich zu steigern, bevor man zu einem schönen Menschen zwischen die Laken kriecht.«

Das Publikum lachte und spendete verhaltenen Beifall.

Silicis machte einen Schritt zur Seite und wandte sich halb zu einer jungen Frau um. »Verzeiht mir meine Zoten, Hoheit. Doch ihr wisst ja, wie es mit schlechten Scherzen ist. Sie sind wie Darmwinde. Manche kann man einfach nicht für sich behalten.«

Die Frau saß auf einem Stuhl, dessen Lehne mit Blattgold überzogen war, und hielt die Hände vornehm im Schoß gefaltet. Ihr hochgeschlossenes Kleid war von einem glänzenden Schwarz, als wäre es aus der finstersten Nacht selbst gewoben.

Feuerrotes Haar fiel ihr lang und glatt bis zu den Hüften. Sie blickte aus mandelförmigen Augen, die wie die einer Raubkatze waren, zu Silicis und neigte huldvoll den Kopf. Doch was Teriasch den Atem verschlug, war das helle Braun ihrer Haut, das ihm von so vielen anderen Gesichtern, die er in seinem Leben gesehen hatte, vertraut war.

Ist sie auf der Steppe geboren? Er legte Rukabo eine Hand auf die Schulter und zeigte hinauf zu der Frau. »Wer ist sie? Sie ist wundersch…«

»Schlag sie dir aus dem Kopf, du Trottel!«, giftete Rukabo. »Bevor die dich ranlässt, wächst mir ein zweites Paar Nüsse.«

»Wer ist das?«, wiederholte Teriasch seine Frage.

»Was weiß denn ich? Irgendeins von den verzogenen Blagen des Dominex, schätze ich mal.« Er trat Teriasch auf den Fuß. »Sieh zu, dass dein Blut da bleibt, wo es uns was nützt!«

Die kleine Auseinandersetzung zwischen Häuptling und Pferd war nicht unbemerkt geblieben. Sie ernteten Gelächter und aufmunternde Zurufe, ihren Streit fortzusetzen.

»Liebe Freunde, liebe Freunde«, griff Silicis ein. »Verteilt eure Zuneigung nicht zu früh. Noch wisst ihr doch gar nicht, wer den Wilden und sein stattliches Schlachtross zur Strecke bringen soll. Wem wird die Ehre zuteilwerden, es unserem Pollox gleichzutun und die Steppe zum Erzittern zu bringen?« Er legte eine dramatische Pause ein. »Nicht ohne Stolz präsentiere ich euch einen der besten – ach, was sage ich! – den besten Kämpfer, den die Akademia Arma in ihrem letzten Jahrgang hervorgebracht hat. Begrüßt mit mir den jüngsten Helden unseres Heeres: Demeto Karis!«

Zwei Männer im hinteren Bereich der Plattform schlugen mit gepolsterten Klöppeln auf einen gewaltigen Gong, während vier andere in metallene Rohre hineinbliesen, um Laute zu erzeugen, die denen der Rüsselschnauzen ähnelten.

Jubel brandete auf, und unterhalb der Plattform öffnete sich ein Tor. Der Mann, der daraus hervortrat, hatte aufgrund seiner

Rüstung große Ähnlichkeit mit einem der Krebse, die Teriasch mit Pukemasu einmal im Spiegelsee gefangen hatte. Wie der Panzer dieser Tiere war auch seiner rotgolden und von garstigen Stacheln überzogen. Wo aber die Krebse ihre Scheren gehabt hatten, führte Demeto Karis zwei Langschwerter, deren Klingen so breit wie Teriaschs Hand waren. Man brauchte eine unvorstellbare Kraft, um diese Waffen zu führen und eine solch schwere Rüstung zu tragen, die einen von Kopf bis Fuß in Stahl hüllte. Doch Demeto Karis war alles andere als ein Kümmerling. *Jetzt weiß ich ungefähr, wie sich Rukabo neben mir fühlen muss ...*

»Nur ein schäbiger Gegner?« Rukabos Stimme überschlug sich vor Empörung. »Was für eine Beleidigung für den Kater von Kalvakorum! Komm!«

Rukabo spurtete los, mitten ins Gras hinein, aus dem sofort nur noch der Pferdekopf hervorwippte.

Teriasch packte unschlüssig seine Keule fester. *Wo will er hin?*

Der Pferdekopf drehte sich in seine Richtung. »Wartest du auf jemanden?«

Demeto Karis genoss derweil die lautstarke Begeisterung, mit der ihn das Publikum empfing. Er hob die Schwerter und vollführte mehrere Drehungen, während er ins Zentrum der Arena voranstapfte und eine breite Schneise ins Gras zog.

Teriaschs Beine waren schwer vor Furcht. Er wusste, was von ihm erwartet wurde und dass der Kampf ein ungleicher werden würde, doch wenn er schon heute zu seinen Ahnen ging, dann wollte er es wenigstens nicht wie ein Narr tun. »Warum laufen wir zu ihm?«, rief er Rukabo zu. »Wäre es nicht besser, wenn er uns erst hetzen muss, bevor er uns stellt? Vielleicht wird er müde davon.«

»Der Kater von Kalvakorum ist noch nie vor irgendjemandem davongelaufen.« Die Stimme des Halblings sprühte vor Eifer. »Bleib nur dicht hinter mir, dann kann dir nichts geschehen.«

»Aber du hast nicht einmal eine Waffe!«

»Stimmt!« Rukabo reckte die Hufe. »Die hier bringen mich nicht weiter. Ich brauche Krallen, und ich werde Krallen kriegen!«

Er ist verrückt! Teriasch folgte Rukabo weiter, obwohl ihm ein schrecklicher Verdacht kam. *Was, wenn er nur nicht lange leiden will? Was, wenn er sich freiwillig in das Schwert dieses Krebskriegers stürzen möchte, damit seine Angst ein Ende hat?*

Erste Zurufe aus dem Publikum – darunter auch einige ungläubige – wiesen Demeto Karis darauf hin, dass sich ihm seine Gegner näherten. Er breitete die Arme aus und winkte mit den Klingen, als wollte er das Pferd und den Häuptling auffordern, sich doch bitte ein wenig zu beeilen. Die Zuschauer dankten es ihm mit Beifall und Gelächter.

Zehn, fünfzehn Schritte trennten Teriasch noch von dem Aufeinandertreffen mit dem stachelbewehrten Koloss, da tauchte Rukabos Pferdekopfhut plötzlich ganz im Gras unter. Ein paar Halmbüschel wackelten noch einmal, dann sah Teriasch keine Spur mehr von seinem Leidensgenossen. Er blieb stehen. »Rukabo!«, rief er. »Rukabo!«

»Oh, hast du etwa dein Pferdchen verloren?«, höhnte Demeto Karis. »Keine Sorge, Wilder, du musst nicht lange traurig sein.«

Der Krebskrieger bewegte sich mit einer flinken Geschmeidigkeit, die seiner massiven Erscheinung spottete. Binnen vier Herzschlägen hatte er die Distanz zu Teriasch überbrückt, und das Publikum jauchzte förmlich auf.

Demeto Karis' Attacke setzte mit einem seitlich geführten Hieb ein, der zwar auf Teriaschs Hals zielte, aber von einer geradezu spielerischen Langsamkeit war. Teriasch hatte keine Mühe, die Keule hochzureißen und den Schlag abzufangen. Als er aus dem Augenwinkel eine huschende Bewegung von der anderen Seite bemerkte, ahnte er jedoch, dass er einer plumpen Finte aufgesessen war. Demetos zweites Schwert erwischte ihn am Knöchel, und die Wucht des Treffers fegte ihn von den Beinen.

Teriasch krachte auf den Rücken, und der Aufprall drückte die Luft aus seinen Lungen. Einen Moment lang sah er nur Gras, Himmel und seinen drohend aufragenden Gegner. *Mein Fuß! Mein Fuß!* Er schaute an sich herunter, hob das Bein und versuchte sich verzweifelt gegen den Anblick zu wappnen, der ihn wohl erwartete: Blut, das aus einem Stumpf hervorschoss. *Was?* Seine grausige Erwartung erfüllte sich nicht. Sein Fuß war noch da. In seinem Knöchel pochte ein dumpfer Schmerz, aber an diesem Knöchel war nach wie vor ein Fuß. Und da war nicht einmal Blut. *Er hat mit der flachen Seite zugeschlagen!*, durchzuckte ihn eine erleichternde Erkenntnis. *Aber wieso?*

»Steh auf!«, knurrte Demeto und tippte ihm mit der Schwertspitze auf den Brustschmuck. Seine Helmmaske verbarg sein Gesicht, doch die Augen in den schmalen Schlitzen funkelten amüsiert, als würde er unter dem stacheligen Stahl breit lächeln. »Die Leute wollen doch was zu sehen kriegen, nicht wahr?«

Ein unruhiges Murmeln kam von den Rängen.

»Steh endlich auf!«

Ein Teil Teriaschs flehte und bettelte, er möge einfach liegen bleiben und sich in sein unausweichliches Schicksal fügen. Es war der erschöpfte, gedemütigte Teil seiner selbst, der auf ein rasches Ende seines Elends hoffte. Doch es war nicht der Teil, der Teriasch zu dem machte, was er war. Er biss die Zähne zusammen und wuchtete sich in die Höhe. Das dumpfe Pochen in seinem Knöchel wurde zu einem scharfen Beißen, als er den Fuß belastete.

Die Zuschauer jubelten und heulten vor Blutdurst.

»Geht doch«, lautete Demetos spöttisches Lob. Er machte zwei Schritte zurück und hob die Klingen. »Hast du auf der Steppe noch etwas anderes gelernt als Pferdebocken und faul herumzuliegen, du blöder Affe?«

»Ja.« Teriasch humpelte nach vorn und schwang die Keule. »Wie man die Schalen von Krebsen knackt!«

Es war ein törichter Angriff, ungezielt und aus Bitterkeit geboren. Demeto parierte ihn mit der einen Klinge und hieb mit der anderen erneut seitlich zu, nur dass er diesmal keinen Bogen nach unten beschrieb, sondern sein Schwert waagerecht durch die Luft schnitt. Teriasch hörte den scharfen Stahl über seinen Kopf hinwegpfeifen. Sacht rieselten die Spitzen von Federn auf seine Schultern.

Demeto brach in heiteres Gelächter aus, und die anderen Harten Menschen in der Arena stimmten darin ein. »Ich kann dir gerne noch die Zöpfe schneiden, wenn du magst.«

Dieser feige Hund spielt nur mit mir! Teriasch hätte sich am liebsten den gestutzten Kopfputz heruntergerissen. Stattdessen ging er trotzig zu einem neuerlichen Angriff über, die Keule mit beiden Händen gepackt und hoch über den Kopf gehoben. Er geriet ins Straucheln, als sein verletzter Knöchel unter seinem Gewicht wegknickte, und taumelte auf seinen Gegner zu.

Demeto wich ihm mit einer Drehung aus, die er mit einem weiteren Doppelhieb verband. Ein sanfter Ruck ging durch den Schaft der Keule, dann spürte Teriasch seine Waffe leichter werden. Womit er nun auf das Gras eindrosch, war nur noch ein nutzloses Stück Knochen, gerade halb so lang wie sein Unterarm. Er keuchte und fiel auf die Knie, starrte ungläubig auf den zersplitterten Schaft.

Verzückte Schreie hallten durch die Arena, wie von jungen Jägern, die nicht an sich halten konnten, wenn der Leitbulle einer Büffelherde zur Strecke gebracht wurde.

Teriasch fuhr halb herum. Demetos Tritt erwischte ihn an der Brust und schleuderte ihn ganz zu Boden. Der Keulengriff glitt ihm aus den Fingern. Etwas Spitzes presste sich ihm in den Rücken. Er wälzte sich davon herunter, tastete instinktiv danach, fühlte Holz unter seinen Fingerspitzen. Er griff nach dem Gegenstand und hob ihn auf. Es war einer der Hufe, die Rukabo an den Händen getragen hatte. Er kam nicht dazu, sich Gedanken darüber zu machen, warum der Halbling den Huf abgestreift hatte. Sirrend bohrte sich eine breite Klinge neben seiner Hüfte in den Boden.

»Es wird Zeit für das große Finale, findest du nicht?«

Demeto bückte sich, packte Teriasch an den Zöpfen und zog ihn daran hoch wie eine Lumpenpuppe. Teriasch versuchte, den Griff des Kriegers zu lösen, aber er bohrte sich dabei nur die Stacheln von Demetos Panzerhandschuh in die Finger. Das Publikum – arm wie reich, jung wie alt – war nun aufgesprungen, schüttelte die Fäuste, ahmte Schwertstiche nach.

Demeto drehte sich breitbeinig einmal um die eigene Achse, als wollte er allen noch einmal zeigen, wie ohnmächtig sein Opfer war. Die Spitze seines Schwerts wippte dicht vor Teriaschs Bauch auf und ab. Teriasch wand sich, auch wenn er das Gefühl hatte, seine Kopfhaut würde ihm jeden Moment vom Schädel abreißen.

»Halt doch still«, raunte Demeto. »Dann ist es schnell vorbei. Dann …« Demeto ächzte und erstarrte, die Augen in den Schlitzen seiner Maske so weit aufgerissen, dass sie nur aus Weiß zu bestehen schienen. Er krümmte sich. Die Schwertspitze stieß gegen Teriaschs Bauch, ritzte die Haut. Er hörte ein nasses Schmatzen und Kratzen, ein helles Keckern. Plötzlich hatte er wieder Boden unter den Füßen. Er warf sich mit aller Kraft nach hinten. Seine Zöpfe rutschten einer nach dem anderen durch Demetos Finger, dann war er frei. Er plumpste auf den Hintern, roch Blut.

Das Publikum war in ein Schweigen verfallen, das lauter wirkte als all sein vorheriges Lärmen.

Teriasch saß im Gras und blickte erschrocken auf das, was sich zwischen Demetos Beinen abspielte. Dort hockte Rukabo und bohrte dem Krebskrieger den Stumpf von Teriaschs Keule in einen Spalt in der Rüstung zwischen Oberschenkel und Leiste. Blut schoss schwallweise daraus hervor, tränkte Rukabos Pferdekopfhut, umspülte seine Hände, spritzte ihm ins feiste Gesicht, das zu einem bösen Grinsen verzerrt war.

Demetos Schwert fiel ins Gras. Er grunzte gurgelnd und presste schwach beide Hände in seinen Schritt, wo der Halbling ihn aufgespießt hatte. Rukabo fletschte die Zähne, stieß noch kräftiger zu und rüttelte sein Mordwerkzeug dann so wild hin und her, wie es der Spalt, durch das es gedrungen war, zuließ.

Teriasch krabbelte rücklings nach hinten. Keinen Augenblick zu spät, denn Demeto sackte vornüber. Seine Rüstung schepperte, als er aufschlug, und er hob noch einmal den Unterleib, dann lag er still.

»Haha!« Rukabo streckte die blutigen Hände zum Himmel. »Sieg! Sieg!« Er kletterte auf den Gefallenen, indem er die Stacheln in dessen Rüstung wie Sprossen einer Leiter benutzte. »Sieg!« Er beugte sich vornüber, wackelte mit dem Schweif an seinem Hintern und sah frech über seine Schulter zum Publikum hinauf. »Na, wie schmeckt euch das, hm? Wie schmeckt euch das? Dicker Pferdearsch, nur hier und heute. Greift zu! Beißt ruhig hinein!«

»Feles!«, schrie eine einzelne Stimme von den Rängen. »Feles!«

»Was?« Rukabo stellte das Schweifwackeln ein, richtete sich auf und suchte mit seinen Blicken das Rund nach dem Rufer ab. »Das kann doch wohl nicht dein Ernst sein! Ich habe ihn ehrlich bezwungen!«

»Feles! Feles! Feles!« Immer mehr Zuschauer schlossen sich der rätselhaften Forderung an, bis sie aus unzähligen Kehlen rhythmisch wiederholt wurde. »Feles! Feles! Feles!«

Rukabo setzte den blutverschmierten Pferdekopfhut ab und begann, verzweifelt damit in Richtung der Plattform zu winken, auf der Silicis stand. »Und was ist da dran?«, kreischte er wie ein ungezogenes Kind. »Mein Saft oder seiner? Ihr habt doch nicht mehr alle Speichen am Rad!«

Die tobende Menge auf den Rängen schleuderte angebissenes Obst, Sitzkissen und leere Weinschläuche in die Arena hinunter. »Feles! Feles! Feles!«

Teriasch schützte seinen Kopf vor dem weichen Hagel, der auf ihn, Rukabo und Demetos Leiche niederging. »Was wollen sie?«, rief er.

»Bist du taub? Die Feles wollen sie! Sie meinen, wir hätten betrogen!« Der Halbling brüllte aus vollem Hals, um das schier rasende Publikum zu übertönen. »Silicis, du alter Schlappschwanz! Sag ihnen, dass wir gewonnen haben! Sofort! Was ist denn daran Betrug, wenn man weiß, in welches Loch man stoßen muss? Nur weil man in der Akademia Soma die Ohren spitzt, wenn die Körperkundler einem erklären, wo man am besten hinsticht, ist man noch lange kein Betrüger!«

»Was sind die Feles?«, fragte Teriasch.

Rukabo achtete nicht mehr auf ihn. Der Halbling war verstummt und sein Blick starr auf die Plattform gerichtet.

Silicis hielt sich den blauen Trichter vor den Mund. »Feles!«, rief er. »Feles!«

Der Boden unter Teriasch bebte vor dem Begeisterungssturm, der unter den wankelmütigen Zuschauern losbrach. Teriasch stand auf und humpelte zu Rukabo, der von Demeto heruntergehüpft war, um das eine Schwert des toten Kriegers aufzuheben. Der Halbling brachte die Spitze der Waffe, die viel zu groß für ihn war, kaum auf Kniehöhe. »Nimm dir das andere Schwert«, ranzte er Teriasch an, die blutige Miene düster. »Wir sollten wenigstens versuchen, Silicis ein bisschen ärmer zu machen, findest du nicht?«

Teriasch zog das andere Schwert aus dem Boden und wog es in der Hand. *Schwer und für meinen Geschmack nicht krumm genug, aber es wird irgendwie gehen. Es muss gehen.* Er vergewisserte sich mit zwei Stößen in die Luft, dass seine kleine Schnittwunde am Bauch ihn nicht in seinen Bewegungen behinderte. Das tat sie nicht. *Ich wünschte, ich könnte das Gleiche von meinem Knöchel sagen.*

»Sie kommen!«, rief Rukabo warnend.

Aus dem Tor, durch das Demeto die Arena betreten hatte, huschten die Feles: vier Löwen, weiß wie Schnee und groß genug, dass sie mit ihren rubinroten Augen über das hohe Gras der falschen Steppe nach ihrer Beute Ausschau halten konnten. Eines der Tiere zog die weit herabhängenden Lefzen hoch und hob den Kopf, um Witterung aufzunehmen. Dabei entblößte es gebogene Reißzähne, die länger waren als die Stoßdolche, die die Soldaten der Harten Menschen an ihren Gürteln trugen.

Teriasch begriff, warum Rukabo eben noch auf Silicis eingeschrien hatte, die Feles nicht in die Arena zu lassen. Sein ermatteter Zorn, den er nach dem Anlegen des Sklavenhalsreifs für völlig erschöpft gehalten hatte, gewann beim Anblick der vier Raubkatzen neue Kraft. Die lässige, brutale Zielstrebigkeit, mit der die weißen Löwen durchs Gras auf ihn zutrotteten, fachte die erloschen geglaubte Glut in ihm an. Nach allem, was er erlitten hatte, seit er von den Harten Menschen gestohlen und verschleppt worden war, sollte er jetzt als Fraß für diese Bestien enden? Damit sich andere Bestien, die auf zwei Beinen gingen, daran erfreuen konnten, wie er in Stücke gerissen wurde? Nach einem Kampf, den er und sein tapferer, verschlagener Gefährte noch weniger gewinnen konnten als den gegen den Krebskrieger?

Nein! Er ließ sein Schwert fallen. *Nein!*

»Bist du irre?«, kreischte Rukabo.

Nein! Er riss sich den Brustschmuck vom Leib.

»Was machst du da?«, jammerte der Halbling.

Er streifte den Kopfputz ab. *Nein!*

Er konnte die Feles riechen, so nah waren sie heran. Ihre rubinroten Augen fixierten ihn.

»Nein!«, brüllte er in der Sprache der Steppe und entfesselte seinen Zorn. Er brach aus ihm hervor. Roh, ungebändigt. Das Kollare um seinen Hals brannte wie Feuer. »Nein!«

Die Feles fauchten, legten die Ohren an, schlugen mit den Pranken nach der unsichtbaren Macht, die in sie drang wie Flammen, die sich durch verdorrtes Gras fraßen.

Und dann spürte Teriasch, was diese Tiere spürten. Hunger. Angriffslust. Sein Magen krampfte sich zusammen, er ballte die Fäuste. »Nein!«

Er sah, was die Feles sahen. Sich selbst, und wie in seinem Mund ein gleißendes Feuer loderte. Den blutbesudelten Rukabo. Und Demetos Leichnam in seiner stacheligen, harten Schale.

»Nehmt ihn!« Teriasch wusste nicht, ob er die Worte schrie oder ob sie sich nur in seinem Verstand formten. »Nehmt ihn!«

Es machte keinen Unterschied. Die Feles sprangen in hohen Sätzen an Teriasch und Rukabo vorbei und stürzten sich auf die Leiche. Sie zeigten sich kurz von den Stacheln der Rüstung verwirrt, doch als das erste Tier Blut von der Wunde in Demetos Schritt geleckt hatte, verstanden sie, dass es sich für sie lohnte, an der Beute zu zerren und zu schütteln. Bald hatten sie es geschafft, das weiche Fleisch freizulegen. Knochen knirschten, von kräftigen Kiefern zermalmt. Muskeln und Sehnen rissen mit feuchten, schnalzenden Geräuschen.

Teriasch kniete sich ins Gras, schloss die Augen, legte den Kopf in den Nacken und lachte. Sein gesamter Leib war schweißnass, und auch nach diesem Ausbruch seines Zorns fühlte er sich schwach und ausgelaugt, doch es war die zufriedene Erschöpfung nach einem großen Triumph.

Das Publikum war angesichts des Festmahls, das die Feles hielten, uneins: Viele schlugen die Hände vors Gesicht oder wandten sich ab, doch beinahe ebenso viele hielten ihre Blicke gebannt darauf gerichtet, wie die Löwen das Fleisch verschlangen, das eben noch Demeto Karis gewesen war.

Es raschelte neben Teriasch, und er schlug die Augen auf.

Rukabos Wangen waren unter all dem Blut kreidebleich. »Du Wahnsinniger! Was hast du getan?«

Teriasch lächelte. »Ich habe den Harten Menschen gegeben, was sie sehen wollen. Blut. Blut, Zorn und Hass.«

»Du hast uns umgebracht«, heulte Rukabo auf.

Was meint er? »Wir haben den Kampf gewonnen.«

»Und was nützt uns das?« Der Halbling zeigte zur Krone der Mauer, die den Kampfplatz begrenzte. Die Wachen hinter den niedrigen Zinnen hatten ihre Waffen im Anschlag und schienen nur auf ein Zeichen von Silicis zu warten, ehe sie schossen. »Besten Dank, du Barbar! Du hast aus mir ein schönes Rätsel für die Leichenwäscher gemacht. Die werden sich fragen, ob sie ein Pferd oder einen Igel vor sich haben, sobald man mich bei ihnen im Tempel abliefert.« Er drehte sich zu den Wachen um und schlug sich auf die Brust. »Kommt schon, ihr nusslosen Buntfinken. Wer von euch Strichern will seinem Zuhälter erzählen, dass er den Kater von Kalvakorum erlegt hat?«

Einen Wimpernschlag später flogen die Bolzen.

7

»Ist es nicht verwunderlich, dass die Schwarze Sternenblüte, deren Rauch den Geist öffnet, nur an den Hängen des Weltenwalls gedeiht?«, fragte der Zögling.
»Erkläre dich«, forderte ihn sein Meister auf.
»Der Weltenwall ist eine Grenze, wie sie unüberwindbarer nicht sein könnte«, sagte der Zögling.
»Weshalb wächst auf der einen Seite einer solchen Grenze eine Pflanze, die dem Geist jede Grenze nimmt?«
Da lächelte der Meister milde. »Damit Kinder wie du lernen, nicht an unüberwindbare Grenzen zu glauben.«

Aus dem Leben und den Lehren eines Meisters der Beinernen Zitadellen

»Ich sage es dir jetzt zum hundertsten Mal, du störrischer Esel.« Rukabo hielt gebührenden Abstand zu der Schubkarre mit Mist, die Teriasch schob, und seine Stimme klang noch tadelnder als zuvor, da der Halbling sich beim Sprechen die Nase zuhielt. »Diese feine Prinzessin hat nicht das Geringste damit zu tun, dass wir noch am Leben sind. Sie war nur auf Blut aus, wie alle anderen in der verbockten Arena. Punktum.«

»Glaub du, was du willst, und ich glaube, was ich will.« Teriasch steuerte den Misthaufen an, der in einer Ecke des gepflasterten Innenhofs zwischen den Stallungen aufgeschichtet war. »Ich glaube, sie hat Silicis im entscheidenden Augenblick ein Zeichen gegeben. Und daher mussten nicht wir, sondern die Feles sterben.«

»Das mit dem Glauben ist ja gemeinhin nicht so leicht«, sagte Rukabo. »Ich meine, es gibt natürlich Dinge, die leicht zu glauben sind. An die Götter zum Beispiel, an die kann man sehr leicht glauben. Warum würde man ihnen sonst so viele Tempel bauen und alle Naselang etwas opfern? Das sind sichtbare Zeichen ihrer Existenz. Aber du und deine feste Überzeugung, was diese Prinzessin anbelangt, das ist doch wohl völlig aus der Luft gegriffen. Es sei denn, du hast Beweise!«

Teriasch kippte wortlos die Schubkarre um und lud die feuchten Kugeln ab, die den Rüsselschnauzen in der vergangenen Nacht aus den Hintern gefallen waren.

Rukabo bequemte sich, seinen Teil der Arbeit anzugehen, und kratzte einhändig mit einer kleinen Schaufel die klebrigen Reste der Probaskaäpfel aus der Karre. »Versteh mich nicht falsch. Ich bin kein Klotz. Ich kann deine Vernarrtheit gut nachempfinden. Sie sieht ja auch fast so aus, als würde sie aus deinem Volk stammen, und in der Fremde klammert man sich eben an alles, was einem vertraut erscheint.«

»Warst du schon einmal in der Fremde?«, fragte Teriasch.

»Nein.« Rukabo beschleunigte sein Scharren. »Man wird nicht zum Kater von Kalvakorum, indem man sich überall in der Weltgeschichte herumtreibt. Aber einige entferntere Verwandte von mir aus der alten Heimat sind als fahrende Händler unterwegs, und die kennen sich in der Fremde und allem, was damit zu tun hat, bestens aus. Einer ist angeblich sogar schon am Weltenwall gewesen, und ...«

Teriasch stellte die Schubkarre ab. »Du hast also keine Ahnung, wie es in der Fremde ist.«

»Unerhört!« Rukabo warf seine Schaufel in die Karre.

»Ich meine es nicht böse.« Sie schlenderten zu einer schattigen Stelle, wo unter den Ästen einer Zierzeder zwei Bänke und ein Tisch aufgestellt waren. Teriasch goss aus einem Tonkrug zwei Becher Wasser voll und reichte einen davon an Rukabo weiter, ehe er sich setzte. »Du sprichst nur die ganze Zeit von

Beweisen, und ich frage mich, ob du Beweise dafür hast, dass sie es *nicht* gewesen ist, die uns das Leben gerettet hat.«

Rukabo nahm einen tiefen Zug aus seinem Becher und schüttete sich den Rest in den Ausschnitt seiner grauen Tunika, über deren Kragen dichtes schwarzes Haar wucherte. Er klopfte auf die nasse Stelle und stöhnte auf. »Ganz schöne Hitze so früh am Morgen, was? Glaubst du, es hilft, wenn ich mir die Brust schere?«

»Lenk nicht ab.«

Rukabo legte die behaarten Füße auf den Tisch. »Na gut. Dann möchte ich dir gern erklären, nach welcher Methode ich zu meiner Ansicht gelangt bin. Nach der bewährten *Hundemethode*. Wenn man nachts in einen fremden Garten einsteigt und plötzlich einen schwarzen Schemen vor sich hat, der riecht wie ein Hund und knurrt wie ein Hund und bellend auf einen zurennt wie ein Hund, dann ist der schwarze Schemen auch ein Hund.«

»Lenkst du immer noch ab?«

»Pass auf.« Rukabo füllte seinen Becher auf. »Wenn wir es jemandem zu verdanken haben, dass man unsere Leichen nicht schon längst im Turm des Feuers verschürt hat, dann ist es einzig und allein Silicis. Er sieht etwas in uns beiden, mit dem er Geld verdienen kann. Gib dich bitte keinen Illusionen hin, er würde uns wegen unserer ausdrucksstarken Persönlichkeiten schätzen oder so. Silicis tanzt nur zum Klang von klimpernden Münzen. Aber er ist auch ein wenig verunsichert, was genau er mit uns anfangen soll.«

»Wieso?«

»Na, weil wir zwei uns völlig anders entwickelt haben, als er es erwartet hat.« Rukabo grinste. »Du und ich, wir waren für ihn doch am Anfang eigentlich nur Folgendes: Ich ein Dieb, der doof genug war, sich schnappen und zur Sklaverei verurteilen zu lassen. Ein echtes Schnäppchen, weil man nur die Gerichtskosten übernehmen muss, um es abzugreifen. Und Diebe werden im Schnellverfahren abgeurteilt. Du warst ein hübsches, exotisches Sammlerstück, das ihm genau im richtigen Moment unterkam, weil er ja dringend nach einem Häuptling für sein dickes Pferdchen suchte. So weit, so gut.«

»Und dann?«

»Dann mache ich den ach so grandiosen Demeto Karis kalt und du bringst die Feles irgendwie dazu, sich nicht an uns, sondern an Demeto den Bauch vollzuschlagen.« Rukabos Grinsen wurde breiter. »Damit konnte keiner rechnen, und am wenigsten Silicis. Sein Hirn mag inzwischen aussehen wie eine in Branntwein eingelegte Zwetschge, aber nicht mal er kann so viel saufen, um nicht sofort zu verstehen, dass wir beide etwas ganz Besonderes sind. So ungefähr in der Größenordnung einer schönen Villa am Meer als Altersruhesitz. Er wäre doch bescheuert gewesen, uns abschießen zu lassen.«

Da ist was dran, aber … Teriasch schaute zum Misthaufen. Das Schwirren der Fliegen dort war weniger heftig als das Schwirren der vielen Gedanken in seinem Kopf. »Warum macht er dann nichts mit uns? Warum lässt er uns die ganze Zeit nur hier in den Stallungen arbeiten?«

»Willst du dich ernsthaft darüber beschweren, dass er uns nicht jeden Abend in die Arena schickt?«, fragte Rukabo. »Also ich schaufle lieber den ganzen Tag Mist.«

Teriasch musste eingestehen, dass die Arbeit in den Stallungen einem neuen Auftritt in der Arena vorzuziehen war. Noch dazu bereitete es ihm Freude, sich um die Tiere zu kümmern. Mehr noch: Es spendete ihm Trost, weil er dazu übergegangen war, die Tiere als seine eigene Herde zu betrachten, obwohl nur ein einziges Pferd darunter war, ein stattlicher Schimmel von äußerst reizbarem Wesen. Viele der Kreaturen, die Silicis in den Anbauten rings um die Arena hielt, waren in Kalvakorum ebenso fremd wie Teriasch selbst. Gewaltige Marder mit Flughäuten, die aus Wäldern stammten, wo die Bäume Nadeln anstelle von Blättern trugen. Fleischfressende Hirsche aus dem

Tiefen Süden, deren Geweihenden spitz wie Dolche waren. Auf zwei Beinen gehende Raubechsen aus dem Wispernden Dschungel, die die Farbe ihres Schuppenkleids an ihre Umgebung anpassen konnten.

»Und da ist noch was, das du nicht vergessen solltest.« Wie in jeder ihrer Pausen – und in den Zeiten dazwischen – war Rukabo bester Plauderlaune. »Diese Stallungen sind nicht für irgendwelche Viecher da. Das Kroppzeug, das Silicis für die billigen Nummern bei den Karawanen kauft, wandert ohne Umschweife in die Arena. Spart ihm wahrscheinlich eine Menge Rotas an Futter. Wir haben die Ehre, uns um Geschöpfe kümmern zu dürfen, die ihr Leben lassen werden, um den Dominex höchstselbst zu preisen.«

»Das hast du mir schon erzählt.«

»Hab ich das?« Rukabo runzelte kurz die Stirn und plapperte dann unbekümmert weiter. »Das wird jedenfalls ein Anblick, bei dem dir die Augen übergehen werden, mein Freund. Wilde Tiere aus allen Ecken und Enden des Dominums, die in der ersten Runde über allerlei fragwürdiges Gesindel herfallen, ehe sie in der zweiten von den berühmtesten Kämpfern des Landes stilvoll abgemurkst werden. Und ein Feuerwerk gibt es auch noch obendrein. Alles nur, damit wir braven Untertanen nie den Tag vergessen, an dem der Vater unseres Herrschers zum Himmel aufgestiegen ist, um den Platz auf dem Thron des großen Erbauers zu räumen. Das wird ein Spaß!« Rukabo seufzte. »Und danach wird sich Silicis etwas einfallen lassen, wie er uns beide am ehesten dazu benutzen kann, seine Hütte vollzukriegen. Ich hoffe mal, er setzt nicht auf eine bloße Wiederholung unseres ersten Auftritts. Der Häuptling und sein Pferd. Nein, er wird auf die große Pauke hauen. Der gefürchtete Kater und der Löwenbändiger. So was in der Art. Wie hast du das eigentlich gemacht?«

»Was?« Teriasch hatte nicht mehr viel von Rukabos letzten Sätzen gehört.

Ein ungleiches Paar, das aus Richtung der Voliere mit den Kronenadlern quer über den Hof auf sie zukam, hatte ihn abgelenkt. Es war nicht allein der Größenunterschied, der Gigas und Paetus zu einer interessanten Erscheinung machte. Der schmächtige Paetus war vom Alter gebeugt, krumm und buckelig, während Gigas breit wie ein Ochse war und so groß, dass er in den meisten Räumen das vorspringende Kinn auf die Tonnenbrust legen musste. Und während Paetus sein langes graues Haar zu einem kunstvollen Zopf flocht, war Gigas' Schädel kahl und von einer Narbe verunziert, die sich von seiner gedrungenen Stirn über den Scheitel bis hinunter in den Nacken zog. Paetus' Tunika schien im Gegensatz zu seinem schmalen Runzelgesicht nie auch nur eine einzige Falte aufzuweisen; bei Gigas konnte man dahingegen schon von Glück reden, wenn er es morgens nicht versäumte, seine beeindruckende Blöße mit einem Lendentuch zu bedecken. Paetus' Haut war goldbraun, seine Augen schmal; Gigas sah aus wie ein grauer Fels, dem zwei riesige, runde Augen aus schwarzem Glas gewachsen waren. An all das konnte man sich jedoch rasch gewöhnen, wenn man regelmäßigen Umgang mit ihnen hatte. Was einen aber stets wieder aufs Neue in Erstaunen versetzte, war der Umstand, dass der kleine Paetus seinen großen Freund fast immer an der Hand hielt und ihn umherführte wie eine gefügige Rüsselschnauze.

»Wie hast du das mit den Feles gemacht?«, fragte Rukabo ungeduldig.

»Warum reden wir immer nur über die gleichen Dinge?«, fragte Teriasch zurück. *Wann wirst du lästige Mücke endlich einsehen, dass ich nicht über etwas reden will, was ich selbst nicht verstehe?*

»Oho«, machte Rukabo und spitzte die Lippen, als er den nächsten Schluck Wasser trank. »Dem feinen Herrn ist nach gepflegter Konversation. Worum soll es gehen? Um Mist und wie man ihn am besten schippt? Wie ordentlich das Pflaster hier verlegt ist? Über Grauzopf und Spaltschädel da drüben?

Ich weiß nicht, ob es dir schon aufgefallen ist, aber hier in unserem kleinen Reich überschlagen sich die spannenden Geschehnisse nicht gerade.«

»Ich bin nicht blind.«

Rukabo richtete anklagend einen Finger auf ihn. »Oder willst du es mir am Ende nur deshalb nicht sagen, weil es ein Geheimnis ist und du denkst, ich könnte es nicht für mich behalten? Ich kann schweigen wie ein Grab.«

»Wie ein geschändetes Grab vielleicht.«

»Was soll das denn heißen?«, ereiferte sich Rukabo.

»Sie sind in Streit geraten«, stellte Paetus fest, als er mit Gigas im Gefolge an den Tisch unter der Zeder trat. Der Alte, den es von den unüberwindbaren Hängen des Weltenwalls weit nach Westen verschlagen hatte, pflegte eine Wortwahl, die es Teriasch ab und zu schwer machte, den Sinn dahinter zu erfassen, weil Paetus offensichtlich durchgängig darauf verzichtete, andere unverhohlen anzusprechen. »Sie schnattern wie Erpel im Zank.«

»Du mich auch«, knurrte Rukabo, um sogleich erschrocken zu quieken, da sich die Bank, auf der er saß, unter Gigas' Gewicht bedenklich durchbog.

Gigas lachte – ein tiefes Summen und Brummen, als hätte er einen ganzen Schwarm Hornissen im Bauch – und tätschelte Rukabo zart die Füße. »Borsten«, gluckste er. »Schwein.«

»Er behauptet, ein Kater zu sein«, merkte Teriasch an.

»Der Grund für diesen Streit muss ein ernster sein«, sagte Paetus und griff ohne zu fragen nach Teriaschs Becher, um ihn sich aufzufüllen. »Es ist unklug für Sklaven, untereinander Streit zu führen.«

»Ja, ja«, maulte Rukabo und zog die Beine an. »Als ob du und dein schwachsinniger Kumpan kein Kollare um den Hals hättet …«

»Wir tragen es in Würde«, erwiderte Paetus ungerührt. »Wie wir alle Dinge ertragen, die durch unser Klagen nicht zu ändern sind.«

Teriasch lächelte, obwohl er einen feinen Stich des Heimwehs in seinem Herzen spürte. *Er klingt wie Pukemasu …*

»Nicht streiten«, sagte Gigas. Seine dicken Finger strichen über den Metallreif, der ihn als Sklaven auswies. »Streiten macht nicht frei.«

»Das brauchst du mir nicht zu erzählen.« Rukabo verschränkte die Arme vor der Brust. »Sag das unserem Häuptling. Er muss ja nicht mehr tun, als zumindest zuzugeben, dass er weiß, wie er das mit den Feles angestellt hat.«

»Ah.« Paetus nickte. »Davon habe ich viel gehört. Das ist einfach.«

»Einfach?«, sagten Teriasch und Rukabo wie aus einem Mund.

»Ja, einfach.« Paetus sah Teriasch an. Da die Augen des Greises so schmal waren und in dem Gewirr aus Falten auf seinem Gesicht nahezu untergingen, hatte sein Blick etwas zutiefst Beunruhigendes – fast so, als könnte er jedem Menschen, den er fixierte, bis auf den Grund der Seele schauen.

Es war nicht ganz von der Hand zu weisen, dass dem womöglich wirklich so war. Sofern man der Geschichte Glauben schenken konnte, die Rukabo und Teriasch in der Speisehalle von einem der Sklaven aufgeschnappt hatten, die regelmäßig zu Kämpfen in der Arena antraten. Paetus, so hatte der Arenistus ihnen zugeflüstert, war angeblich von Silicis schon vor Ewigkeiten in den Stallungsdienst versetzt worden, weil der Alte aus dem Osten nie verstanden hatte, worum es in der Arena ging. Ja, es hieß zwar, Paetus könne Bolzen im Flug fangen und mit bloßen Händen Rüstungen durchschlagen. Doch was nutzten diese schrecklichen und zugleich wunderbaren Fertigkeiten, wenn man sie nicht im Sinne einer gelungenen Unterhaltung des Publikums einzusetzen vermochte? Paetus hatte dem Vernehmen nach all seine Gegner immer auf die gleiche Weise bezwungen, ungeachtet dessen, ob er gegen Tiere, verurteilte Verbrecher oder hervorragend ausgebildete Recken aus Silicis' eigenem oder einem fremden Stall antrat – so schnell, dass man als Zuschauer alles verpasste, wenn man auch nur einmal blinzelte.

»Er ist ein Mensch, durch den das Feuer spricht«, sagte Paetus jetzt.

»Klar. Ganz einfach.« Rukabo verdrehte die Augen. »Das Feuer spricht durch ihn.«

»Ruhe«, ermahnte Teriasch den Halbling. »Was meinst du damit, Paetus?«

»Alles in der Welt ist ein Ausdruck des ewigen Zusammenspiels der Elemente, in dem sie zueinander finden und voneinander scheiden.« Paetus breitete die Arme aus. »Dieser Tisch. Der Baum. Der Krug. Der Misthaufen. Jeder Mensch. Auch wir. Unsere Eigenschaften, die guten wie die schlechten, sind ein Spiegel der Elemente in uns. Der Wankelmut und die Zielstrebigkeit des Windes. Die Sturheit und die Standhaftigkeit der Erde. Die Heiterkeit und die Flüchtigkeit des Wassers. Die Wärme und der Zorn des Feuers. In vielen von uns sind die Elemente niemals ganz im Einklang, niemals ganz im Gleichgewicht. Bei einigen …« Er wies auf Teriasch. »Bei einigen verdrängt eines der Elemente die anderen und durchdringt den Kern dieser Menschen, bis das Element durch sie sprechen kann. Es leitet sie und wird von ihnen geleitet. Es nährt sie und wird von ihnen genährt. Es erfüllt sie mit Macht und wird von ihnen mit Macht erfüllt.«

Gigas streckte einen Finger nach Teriaschs Gesicht aus, langsam und ehrfürchtig, doch er hielt im letzten Moment inne, bevor er die Haut berührte. »Heiß. Warum?«

Teriasch rutschte ein Stück von dem schartigen Fingernagel des Riesen weg. *Ob er wirklich verstanden hat, was Paetus meinte?*

Paetus fasste sanft nach der Hand seines großen Freundes und drückte sie ebenso sanft zur Tischplatte hinunter. »Lass gut sein. Wenn die Zeit reif dafür ist, wird er wissen, warum er so viel Zorn in sich hat, dass das Feuer durch ihn sprechen will«, sagte der Alte. »Bis dahin müssen wir alle warten.«

»So ein Humbug!«, schnarrte Rukabo und hüpfte von der Bank. »Mich führst du nicht hinters Licht, Paetus! Dir geht es wie mir. Du kannst vor dich hin salbadern, so viel du willst: Du weißt auch nicht, wie er das mit den Feles gemacht hat.« Äußerst geschickt ahmte der Halbling den ungewöhnlichen Zungenschlag und den gelassenen Tonfall fester Überzeugung nach, mit denen Paetus seine Ansichten vorgebracht hatte. »Wenn die Elemente müde oder gelangweilt sind, suchen sie sich manchmal einen Menschen, in den sie einfahren können. Leider müssen sie oft feststellen, dass schon etwas anderes durch diesen Menschen spricht. Wein, Einfältigkeit, Altersstarrsinn.«

»Menschen sind nicht das Einzige in dieser Welt, durch das die Elemente sprechen können, wenn man sie lässt«, erwiderte Paetus ruhig. »Das Metall, das man in diesem Land Skaldat nennt, birgt ebenfalls die Macht der Elemente in sich. Mal ist es rot wie Feuer, mal blau wie Wasser«

»Skaldat? Das ist etwas völlig anderes«, sagte Rukabo und zwinkerte Teriasch schelmisch zu. »Wir hatten es vorhin doch schon davon, wie es mit dem Glauben und dem Wissen ist. Dass du so eine Art lebendiges Sprachrohr für Feuer bist, das müsste ich der alten Gelbhaut hier glauben. Dass man mit Skaldat der Welt seinen Willen aufzwingen kann, wenn man darin eingeweiht ist, wie man es zu schmelzen und zu schmieden hat, das weiß ich eben. Das weiß jeder, und deshalb ist es wahr. Und überhaupt? Was ist mit den Formen des Skaldats, die nicht so hübsch zu den Elementen passen? Mit dem grünen etwa? Oder habt ihr am Weltenwall noch mehr Elemente, von denen wir hier noch nie etwas gehört haben?«

Paetus' Mundwinkel zuckten. »Ich nehme an, der kurze Mann hat sich viele Jahre in seine Gedanken versenkt, um das wahre Wesen der Dinge zu ergründen.«

»Nein.« Rukabo schüttelte den Kopf und zupfte sich eine Fluse von der Hose. »Der kurze Mann hat einfach nur die Augen und die Ohren aufgemacht, sobald es etwas Wichtiges zu hören und zu sehen gab. Und dabei ist ihm aufgefallen, wie man mit Elementen umspringt.« Er kletterte zurück auf die Bank und zeigte auf einen der vier Türme, die den Himmel über Kalvakorum herausforderten. »So nämlich. Man bezwingt sie und macht sich ihre Kraft zunutze, um sein eigenes Reich unbesiegbar zu machen. Wie es der Vater des Dominex vor langer Zeit getan hat. Man geht mit ein paar Tausend Mann los und sucht einige Jahre in der Wildnis nach gigantischen Kreaturen, die der Sage nach die körperlich fassbaren Manifestationen der Elemente sind, fängt sie ein und sperrt sie in die Türme, die man eigens zu diesem Zweck erbaut hat. Einen Behemoth nach dem anderen. Erst einen für das Wasser, dann einen für die Erde, dann einen für die Luft und zu guter Letzt einen für das Feuer. Und schon hat man genügend Macht, um das Haus zu bauen, in dem alle Häuser sind. Ende der Geschichte.«

»Dann war der Vater des Dominex also ein Schamane, der sich gleich vier mächtige Geister Untertan gemacht hat?«, fragte Teriasch erschüttert.

»Du hörst mir nicht zu«, beschwerte sich Rukabo. »Die Behemoth sind keine Geister. Sie sind Geschöpfe aus Fleisch und Blut. Sie leben bis heute als Sklaven in diesen Türmen, und weil sie Sklaven sind, sind auch all ihre Kinder Sklaven. Was glaubst du, warum jedes Probaska und jede Flugechse einen Kollare trägt wie wir? Und warum diese Kollare aus Skaldat sind? Der Vater des Dominex hat etwas vollbracht, was vor ihm noch niemandem gelungen ist. Indem er die Behemoth mit Skaldat zähmte, zähmte er auch die Elemente, und sie verliehen ihm die Macht, in den Himmel aufzufahren und zum Gott der Götter zu werden. Und nun ist es an seinem Sohn, die Elemente gebändigt zu halten, bis er eines fernen Tages selbst zum Himmel auffährt.«

»Das sind die Lügen, die euer Herrscher verbreitet, damit niemand an seiner Macht zweifelt.« Zum ersten Mal schwang in Paetus' Worten eine innere Regung mit, die verdächtig nahe an bitterster Verachtung lag. »Kein Mensch kann die Elemente zähmen.«

»So?« Rukabo zeigte sich unbeeindruckt von dem Einwand. »Und das alljährliche Ritual anlässlich des Thronbesteigungstages des Dominex? Bei dem das Los darüber entscheidet, welcher Bürger und welche zehn Sklaven an welchen Behemoth verfüttert werden, um ihn gefügig zu halten, was ist mit dem? Das veranstaltet der Dominex wohl auch nur zum Spaß, hm?«

Paetus knackte wieder mit den Knöcheln und zischelte ein harsches Wort in seiner Muttersprache.

Gigas ballte die Fäuste. »Kampf?«

»Halt, halt!« Teriasch stand auf. Sein Blick pendelte zwischen Paetus und Rukabo hin und her. »Meinetwegen muss sich niemand die Köpfe einschlagen.«

Paetus erhob sich und nahm Gigas an die Hand. »Ich habe gesagt, was zu sagen ist.« Er führte den Riesen vom Tisch weg und drehte sich noch einmal um. »Vielleicht denkt er darüber nach und kommt zu eigenen Schlüssen.«

»Ja, ja, verzieh dich bloß, nur weil dir niemand recht gibt, du eitler Großvater«, murmelte Rukabo, während er von der Bank stieg und sein Schippchen aus der Schubkarre nahm. »Bereit für die nächste Runde?«, fragte er Teriasch.

Teriasch ging zur Schubkarre. »Woher weißt du so viel über den Dominex und über die Türme und über diese Kreaturen, die er darin gefangen hält?«

»Weil ich im Gegensatz zu dir und diesen beiden Kerlen da drüben aus Kalvakorum komme«, sagte Rukabo. Er richtete die Schippe auf Teriasch, als wäre sie eine Stichwaffe, mit der er zu einem Angriff ansetzte. »Und den Rest, den ich noch zu erzählen hätte, erzähle ich dir, sobald du mir verrätst, wie du die Feles gebändigt hast.«

Teriasch bückte sich nach den Griffen der Schubkarre. »Es tut mir leid, aber das, was Paetus gesagt hat, könnte am Ende die Wahrheit sein.«

»Dass das Feuer durch dich spricht?«

Teriasch nickte.

»Gut.« Rukabo seufzte und ließ die Schippe sinken. »Schon verstanden. Wenn du meinst ... es ist ja nicht so, dass wir Freunde wären. Oder dass ich dir gegen Demeto Karis das Leben gerettet hätte. Mit mir kann man es ja machen ...« Der Halbling wandte sich ab und stapfte beleidigt davon.

Am Abend fasste sich Teriasch ein Herz und eröffnete Rukabo, weshalb er die Geschichte vom Feuersprechen glaubte. In knappen Worten schilderte er dem Halbling die Umstände, unter denen er zu seiner Sippe gekommen war. *Er schaut mich an, als ob ich noch mehr zu erzählen hätte. Aber da ist nicht mehr.*

»Ich kann dir nur das sagen, was mir Pukemasu dazu gesagt hat«, verteidigte er sich. »Ich war damals noch zu klein, als dass ich mich genau daran erinnern könnte.«

Sie lagen in dem kleinen Quartier, das sie sich teilten, auf ihren flachen Betten. Die einzigen anderen Möbelstücke waren ein wackliger Schemel und eine schmucklose Kleiderkiste. Silicis gestand nur seinen gewinnbringendsten Kämpfern eine eigene Unterkunft zu, und diese waren auch wesentlich komfortabler eingerichtet. Dropaxvir, der Axtkämpfer mit der pechschwarzen Haut etwa, bewohnte am Ende des Gangs gleich drei miteinander verbundene Zimmer. Rukabo behauptete steif und fest, er hätte sich eines Nachts dort hineingeschlichen, während alles schlief. Ihm zufolge konnte man in Dropaxvirs Gemächern keinen Schritt machen, ohne über einen gepolsterten Diwan zu stolpern, eine zarte Kristallvase mit duftenden Blüten umzustoßen oder sich in einem Spiegel vor seinem eigenen Schatten zu erschrecken.

Während er Teriaschs Worten lauschte, ging Rukabo einer seiner Lieblingsbeschäftigungen nach: Er pulte sich mithilfe eines Holzsplitters Dreck unter den Fußnägeln hervor. Erstaunlicherweise zielte seine erste Frage nach Teriaschs Eröffnungen nicht auf die Sache mit den Feles ab. »Du bist also ein Schamane?«

»Ja.«

»Und Schamanen sprechen mit Geistern?«

»Ja.«

»Um sie dazu zu bringen, ihnen einen Gefallen zu tun?«

»Unter anderem.«

»Sehr gut.« Rukabo begutachtete kurz den Dreck an seinem Holzsplitter, dann schnippte er ihn von sich, stand auf und vergewisserte sich, dass die Tür zu ihrer Kammer ganz geschlossen war. »Könntest du dann nicht einen Geist beschwören und ihn bitten, mal nachzusehen, ob er dir das Kollare abnehmen kann? Oder mir?«

Daher weht der Wind. Teriasch lächelte müde. »Was ist daraus geworden, dass es sich für dich nicht lohnt, von hier zu fliehen? Dass es nicht lange dauern wird, bis Silicis auf deine Künste als Dieb zurückgreifen möchte und du dann mit ihm über deine Freiheit verhandeln kannst? Von Ehrenmann zu Ehrenmann?«

»Die Geduld des Katers von Kalvakorum ist leider nicht von so beeindruckender Länge wie sein Schwanz«, sagte Rukabo und ließ sich auf sein Bett fallen.

Zumindest reicht sie offenbar nicht länger als drei Monde. Bei dem Gedanken daran, wie lange er nun schon unter den Harten Menschen war, war ihm nicht mehr nach Lächeln zumute. »Ich kann nirgendwohin zurück«, sagte er leise. »Für meine Leute bin ich tot. Aber du ...« Er zeigte auf die Tür. »Ich habe immer noch nicht verstanden, warum du nicht einfach gehst.«

»Nicht schon wieder«, maulte Rukabo. »Nur weil es hier keine Ketten und keine Schlösser und keine Riegel gibt, heißt das nicht, dass wir keine Sklaven wären. Wie oft soll ich dir das noch erklären?« Er tippte sich vorsichtig gegen seinen Halsreif. »Solange wir das da um haben, können wir bis ans Ende der Welt fliehen und Silicis könnte uns trotzdem töten. Er müsste sich nicht einmal die Mühe machen, uns nachzulaufen. Das Kollare erledigt diese Drecksarbeit ganz von allein.«

»Aber wie?« Teriasch ließ nicht locker, weil das Rätsel um den Reif ihn davon ablenkte, an die Steppe und seine Sippe zu denken. *Bewegt sich das Kollare plötzlich von allein, so wie wenn man es umgelegt bekommt? Zieht es sich zu und schnürt einem die Luft ab?* »Wie kann es uns töten? Und sag jetzt nicht, dass es Unglück bringt, darüber zu reden.«

»Es bringt Unglück, darüber zu reden.« Rukabo senkte die Stimme. »So lockt man den Tod nur an.« Er legte eine Hand an die Wand und sprach noch leiser weiter. »Und sei es nur, weil da nebenan jemand lauschen und bei Silicis petzen könnte, dass wir uns über Fluchtmöglichkeiten unterhalten.«

»Haben wir das eben nicht auch schon getan?« Teriasch sah keinerlei Veranlassung zu flüstern. »Als du mich nach den Geistern gefragt hast?«

»Das ist etwas anderes«, protestierte Rukabo zwar, doch er schien dankbar für die Gelegenheit, das Gespräch vom Kollare wegzulenken. »Warum habe ich dich in all der Zeit eigentlich noch kein einziges Mal einen Geist beschwören gesehen?«

»Weil das nicht so einfach ist, wie du anscheinend denkst.« Teriasch drehte sich zur Wand. »Diese Rituale sind aufwendig. Man braucht viel Zeit dafür und eine Menge andere Dinge, je nachdem, nach welcher Art Geist man ruft. Knochen. Kräuter. Ganz bestimmte Steine. Die Innereien von Tieren. Pilze. Federn. Bl…«

»Hör mal, Junge«, unterbrach Rukabo. »Wir hocken hier mitten im pulsierenden Herzen des gesamten Dominums. Das hier ist Kalvakorum. Hier lässt sich alles besorgen, hier kann man sich jeden Wunsch erfüllen. *Jeden* Wunsch. Ich weiß sogar von einer Schänke für die Reichen, wo man in Duftöl eingelegte Pflaumen in Hüten serviert. Da brauchst du dir wegen deines Krimskrams keine Sorgen zu machen. Und selbst wenn wider Erwarten mal etwas nicht vorrätig sein sollte, findest du jemanden, den du dafür bezahlen kannst, dass er in die Welt hinauszieht und es für dich holt. Die Mönche Nundinors haben sogar einen eigenen Orden dafür, weil der Meister der vollen Säcke sich daran ergötzt, wenn mit ungewöhnlichen Waren Handel getrieben wird. Mit deiner Ausrede, du bräuchtest irgendwelche Paraphernalien für deine Beschwörungen, kommst du bei mir jedenfalls nicht durch, klar?«

»Spar dir deine Worte«, sagte Teriasch. »Ich werde hier keine Geister rufen.«

»Und warum nicht?« Rukabo hörte sich an wie ein zurückgewiesener Liebhaber, der bereits blank gezogen hatte, ehe man sich ihm doch noch verweigerte.

»Weil alle Geister hier Lügner sind, die einen auf verbotene Wege führen wollen.« Teriasch wälzte sich herum und blies die Kerze aus, die zwischen ihren Betten auf dem Schemel brannte. »Schlaf jetzt!«

Gerade als Teriasch hoffte, Rukabo würde sich fügen, und die Atemzüge des Halblings ruhig und gleichmäßig geworden waren, wisperte es in die Stille: »Und wie bitteschön willst du wissen, dass die Geister hier Lügner sind, wenn du noch nie einen beschworen hast?«

Ich weiß es nicht. Ich kann mich nur auf das verlassen, was mich Pukemasu gelehrt hat, aber das werde ich dieser haarigen Kröte nicht auf die breite Nase binden. Teriasch beschloss, Rukabo mit seinen eigenen Waffen zu schlagen. »Es bringt Unglück, darüber zu reden«, murmelte er und drückte den Kopf fester in sein Kissen.

Sie stand am anderen Ende des Saals, winzig klein und verloren zwischen den wuchtigen Säulen, die die spitzen Bögen des Deckengewölbes trugen. Ihr Kleid schien aus dem schwarzen Marmorboden emporzuwachsen und ihre schlanke Statur zu umschmeicheln wie Stein, der das Fließen gelernt hatte. Ihr feuerrotes Haar leuchtete im Dämmerlicht.

Er ging auf sie zu, glatte Kälte unter den nackten Sohlen, und mit jedem Schritt fühlte er sich leichter und freier.

Sie lächelte, breitete die Arme aus, lud ihn ein, sich in ihr zu verlieren.

Als er sie erreichte, hielt er sie umschlungen, und sie hielt ihn umschlungen, Wange an Wange. Ihre Haut war kühl. Er roch an ihrem Haar, weil er hoffte, dort den Duft der Steppe wiederzufinden, und schreckte zurück. Sie stank nach Moder und Fäulnis. Er wollte sich ihrer Umarmung entziehen, doch sie ließ es nicht zu.

»Liebe uns«, raunte sie an seinem Ohr mit einer Stimme, als würde das Mahlen und Knirschen unzähliger Zähne mühsam Worte formen. »Lösch dein Feuer und liebe uns.«

Er spürte nasse Würmer über seine Haut kriechen und den Boden unter sich nachgeben, als wäre er in Treibsand geraten. Als er bis zu den Knöcheln darin versank, begann er zu schreien.

Das Kollare um seinen Hals glühte.

Sie packte ihn fester, drückte ihn nach unten. Ihr Kleid platzte entlang ihres gesamten Rumpfs auf, und aus den Rissen wanden sich Arme um seinen Leib, die wie gehäutete Schlangen waren.

Er roch verbranntes Fleisch, dann stimmte sie in seinen Schrei ein.

Ihr panisches Gebrüll klang Teriasch noch in den Ohren, als Rukabo ihn längst wachgerüttelt hatte.

8

Die kluge Mischerin sollte eines nie vergessen: Das Gebot der Reinheit aller Stoffe beschränkt sich nicht nur auf die Ebene des Tatsächlichen. Es gilt umso mehr für die Ebene des Übertragenen. Wer sich zwielichtiger Gesellen bedient, um in den Besitz seltener Stoffe zu gelangen, läuft deshalb stets Gefahr, am Ende mit leeren Händen da zu stehen. Denn ich zumindest bin noch keinem Dieb begegnet, dessen Finger es verdient hätten, allen Ernstes als rein bezeichnet zu werden.

Aus den Betrachtungen der Alchimistin Admirabilia Nomosofus über die Eigenheiten der Sorgsamen Kunst

An einem gewöhnlichen Morgen wäre Rukabo schnell die Treppen hinuntergestiegen, um zur Quelle des verlockenden Dufts von frischem Brot, sauer eingelegten Eiern und Zwiebelkäse zu gelangen. Er wäre Teriasch fröhlich pfeifend vorangeeilt, um als Erster in den Saal zu kommen, in dem Silicis' Sklaven gemeinsam ihre Mahlzeiten einnahmen. *Aber heute pfeift er nicht. Und er geht noch langsamer als ich, damit er in meinem Rücken bleiben kann.*

Teriasch blieb stehen, eine Hand am Geländer. Rukabo hielt zwei Stufen Abstand zu ihm. Teriasch schaute über die Schulter zu dem Halbling, der nun fast auf Augenhöhe mit ihm war. In Rukabos Blick lag etwas Misstrauisches, wie bei einem Schakal, der auf den unversehrten Kadaver eines Büffels gestoßen war und sich darüber wunderte, dass kein größerer Räuber in Sicht war, der Anspruch auf das Aas erhob. »Was stimmt mit mir nicht?«, fragte Teriasch.

»Das hier.« Rukabo zeigte ihm seine linke Handfläche, auf der zwischen Daumen und Zeigefinger eine große Brandblase prangte. »Die habe ich mir an dir geholt. Letzte Nacht, als ich dich gerüttelt habe.«

»An mir?« Teriasch drehte sich um. *Er sieht nicht so aus, als ob er einen seiner albernen Scherze macht.*

»An deinem Kollare, um genau zu sein. Und ich habe vorhin, während du austreten warst, dein Kissen kontrolliert.« Rukabo wich eine Stufe vor Teriasch zurück. »Der Stoff war angesengt. Wie erklärst du dir das?«

»Ich hatte einen Albtraum«, sagte Teriasch. »In dem hat mein Kollare auch geglüht.«

Rukabo stutzte. »Und?«

»Mein Traum muss in die wache Welt hineingereicht haben.« Teriasch fiel ein, dass Rukabo ein Harter Mensch war – ein *kleiner* Harter Mensch, aber eben immer noch ein Harter Mensch, und die Harten Menschen zogen gern feste Grenzen, wo keine festen Grenzen waren. »Geschieht so etwas unter euch nicht?«

»Was?«

»Dass jemand träumt, er könne fliegen, und findet dann am Morgen Federn auf seinem Nachtlager? Oder dass jemand im Schlaf in einer fremden Sprache spricht und von einer Reise in ein unbekanntes Land erzählt, sobald er wieder aufgewacht ist?«

»Bei meinen Nüssen!«, entfuhr es Rukabo entsetzt. »Ihr Wilden zaubert im Schlaf?«

»Das ist keine Zauberei«, gab Teriasch überrascht zurück. »Das ist nur der Weg der Welt.«

»Der Neunfingrige steh mir bei!« Rukabo wurde blass. »Sagst du mir gerade, dass du am Ende zu brennen angefangen hättest, wenn ich dich nicht rechtzeitig geweckt hätte?«

Da Teriasch keine Antwort auf diese Frage hatte, die seinen Zellengenossen beruhigt hätte, schwieg er einfach.

»Was hast du denn überhaupt geträumt?«, wollte Rukabo wissen.

Teriasch erzählte es ihm.

»Sie ist aufgeplatzt?«, flüsterte Rukabo und wirkte dabei wie eine eingeschüchterte Vettel, die zu viele Sommer gesehen hatte und befürchtete, sie könnte einen Geist des Todes auf sich aufmerksam machen, wenn sie die Stimme hob. »Ihr sind Tentakel gewachsen?«

Teriasch nickte. »Hast du nie so etwas geträumt, seit man dir das Kollare angelegt hat?«

»Nein.« Rukabo schüttelte sich. »Zum Glück nicht.« Er legte den Kopf schief. »Ich schlafe bestens. Ganz ohne Träume.« Er ging um Teriasch herum die Treppe nach unten. »Komm jetzt. Du machst mir Angst mit deinem Gerede über vielarmige Prinzessinnen, die dein Kollare zum Glühen bringen. Und das beste Mittel gegen Angst ist Essen.«

Silicis aß an diesem Morgen mit seinen Kämpfern, wie er es gelegentlich tat, um sich, wie er meinte, die Zeit seines Lebens ins Gedächtnis zu rufen, als er selbst noch ein Arenistus gewesen war. Selbstverständlich gehörte der Platz am Kopf der Tafel ihm. Sein Leibsklave hatte sich offenbar alle Mühe gegeben, die Morgentoilette seines Herrn nach besten Kräften zu unterstützen: Silicis' ansonsten oft so störrisches Haar war glatt gekämmt, die geplatzten Äderchen auf seiner Nase großzügig überpudert.

Doch es war nicht die unerwartet gepflegte Erscheinung seines Besitzers, die Teriasch an der der Schwelle zum Speisesaal innehalten ließ. Es war der Mann, der zu Silicis' Rechter saß. Fulmar, der Geist der Geschichten. Er lachte gerade lauthals und dreckig, als hätte Silicis eine garstige Zote von sich gegeben. Er hatte seine Kapuze aus dem merkwürdigen, von hellen Metallfäden durchwirkten Stoff zurückgeschlagen, über seine Schulter ragte der Griff seiner Laute. Als er Teriasch bemerkte, weiteten sich seine ohnehin schon viel zu großen Augen. Er beugte sich zu Silicis hinüber und wechselte ein paar rasche Worte mit ihm.

»Ah, mein Häuptling«, rief Silicis dann und bedeutete Teriasch mit einem Wink näher zu treten. »Hier möchte jemand deine Geschichte hören.«

Teriasch rührte sich nicht von der Stelle. »Er kennt meine Geschichte schon.«

»Was machst du da?« Rukabo stieß ihm den Ellbogen in die Hüfte. »Geh hin, anstatt Silicis unnötig zu reizen.«

»Willst du behaupten, du bist da draußen auf der Steppe schon einmal einem Chronisten von der Akademia Fabula begegnet, ja?« Die heitere Wärme in Silicis' Ton war einer kalten Schärfe gewichen. »Schaff dich hierher.«

»Ich will niemanden zu etwas zwingen«, sagte Fulmar großmütig.

»Ich schon«, knurrte Silicis.

Rukabo versetzte Teriasch einen kräftigen Schubs. »Lass die Faxen, du Esel!«

Fulmar erhob sich seufzend und klopfte Silicis beruhigend auf die Schulter. »Kein Grund zum Peitschenknallen. Bei manchen Geschichten lohnt es sich, ihnen hinterherzugehen.«

Die anderen Sklaven, die die Szene schweigend verfolgt hatten, warteten ab, wie ihr Besitzer darauf reagierte, dass Fulmar auf Teriasch zueilte und ihn am Arm zu einem freien Tisch in der hintersten Ecke des Saales führte. Als Silicis nach mehr Honig für seinen Wein verlangte, beschlossen sie offensichtlich, dass die Gefahr eines Wutausbruchs vorüber war, und widmeten sich wieder ihrem morgendlichen Mahl und ihren eigenen leisen Gesprächen.

Fulmar setzte sich und zeigte auf die Bank auf der anderen Seite des Tisches. »Lass uns reden.«

Teriasch dachte weder an das eine noch an das andere. Er blieb stehen und schwieg.

Fulmar rieb sich den roten Bart. »Könnte es sein, dass ich dich irgendwie gekränkt habe?«

»Du bist ein Lügner«, zischte Teriasch in der Sprache der Steppe. »Ein dreckiger Lügner.«

»Ich? Wann genau habe ich dich angelogen?«, erwiderte Fulmar in der gleichen Zunge.

Er wagt es, den Unschuldigen zu spielen! Teriasch stützte die Hände auf den Tisch und bückte sich zu dem Geist herunter. »Du hast damals im Zelt der Harten Menschen zu mir gesagt, ich müsse nur auf den richtigen Augenblick warten, um meine Freiheit zurückzugewinnen. Das war gelogen. Ich habe gewartet und gewartet. Bis sie mich hinter die große Mauer verschleppt und mir diesen Ring um den Hals gelegt haben. Ich warte seit drei langen Monden, und der Augenblick ist nie gekommen.«

»Drei Monde, ja?« Fulmar schüttelte den Kopf. »Ich vergesse das immer wieder.«

»Was?«

»Wie lang euch eine Zeit vorkommen kann, die für mich sehr kurz ist.«

Teriasch hätte seinem Ärger gern noch weiter Luft gemacht, doch er ahnte, wie wenig das genutzt hätte. *Er ist ein Geist. Das hat er selbst gesagt. Und für Geister hat Zeit nicht die gleiche Bedeutung. Sie wissen nicht, was Zeit ist.* Er setzte sich. »Dann kommt der richtige Augenblick erst noch?«

»O ja.« Fulmar nickte. »Zudem hast du die andere Hälfte meines Ratschlags nicht bedacht. Du musst lernen, damit umzugehen, was es heißt, ein Tendra Megun Romur zu sein. Dann wirst du den Augenblick erkennen, sobald er gekommen ist. Du wirst …«

»Was ist das nur für ein scheußliches Gesinge, in dem ihr euch da unterhaltet?« Rukabo war unvermittelt am Tisch aufgetaucht, eine Schüssel Zwiebelkäse in der Hand. »Das pfeift einem ja richtig in den Ohren.«

»Wer ist das?«, fragte Fulmar irritiert.

»Mein Zellengenosse«, antwortete Teriasch.

»Und Lebensretter«, ergänzte Rukabo und biss genüsslich in ein Bällchen Käse, das er aus der Schüssel fischte. »Zweimalig, wenn wir heute Nacht mitzählen.« Er sprach mit vollem Mund weiter. »Und außerdem bin ich schlau genug, um zu wissen, dass du kein Chronist bist.«

»So?« Fulmar verschränkte die Arme vor der Brust, lächelte aber dabei.

»Ich verzeihe dir die Laute«, sagte Rukabo und quetschte sich neben Teriasch auf die Bank. »Ich will ja nicht ausschließen, dass es Chronisten gibt, die nebenbei musizieren oder zu ihren Versen singen, wie es früher Sitte war. Aber ich sehe an dir keine Bücher, keine Tafeln, keine Federn, keine Griffel. Und vor allem …« An Rukabos winkenden Fingern klebten kleine weiße Bröckchen. »Vor allem sehe ich auf deinen Fingern keinen einzigen Tintenfleck. Also bist du ungefähr so viel Chronist, wie ich ein ehrlicher Kaufmann bin.«

»Ich könnte beim Schreiben Handschuhe tragen«, wandte Fulmar ein. »Oder ich brauche nicht aufzuschreiben, was mir die Leute so erzählen, weil ich mir jedes einzelne Wort einpräge.«

»Eine Chronik, die man im Kopf spazieren trägt, ist keine echte Chronik«, entgegnete Rukabo und verspeiste den nächsten Happen Käse. »Echte Chroniken sind für die Ewigkeit. Die in deinem Kopf geht verloren, sobald du verloren gehst, wenn die Bleiche Dame dich küsst.«

»Dazu wird es so schnell nicht kommen«, versicherte Fulmar dem Halbling. »Sie und ich haben unsere eigenen Abmachungen getroffen, wenn man so will.«

»Er ist ein Geist«, ließ Teriasch seinen Freund wissen. Während der röchelnd hustete, weil er sich an seinem Käse verschluckte, fragte Teriasch den unerwarteten Besucher, der ihm gegenübersaß: »Warum bist du hier?«

»Um Geschichten zu sammeln«, antwortete Fulmar frei heraus. »Und ich habe hier schon ein paar erstaunliche gefunden.«

Er drehte den Kopf zu einem sehnigen Mann mit schwarzer Haut ein paar Tische weiter, der seinen Teller von sich geschoben hatte und in einem ledergebundenen Büchlein blätterte. »Wusstest du, dass es Dropaxvirs größter Wunsch ist, eines Tages die Rolle des Helden in einem Königsdrama des Stummen Barden zu spielen?« Er deutete auf eine untersetzte Frau, in deren Hauer im Unterkiefer funkelnde Rubinsplitter eingelassen waren. »Dass bei Kutifulvas Volk die Heiler den höchsten Respekt genießen, obwohl man den Norgern für gewöhnlich nachsagt, sie liebten nur das Leid und die Verwüstung? Und dass sie eine Heilerin war, bevor sie ein Sklavenjäger in Orkistan gefangen und Silicis sie gekauft hat?« Sein Blick schweifte zu einem weiteren Arenistus in der Nähe, der in ein gemurmeltes Gebet an seine fernen Götter versunken war. »Oder dass Stellio sich die Narben, die ihn wie eine Echse aussehen lassen, tatsächlich mit den Zähnen einer seiner Ahninnen geritzt hat, wie es bei seinem Stamm Brauch ist?«

»Du bist nicht ihretwegen hier«, sagte Teriasch ruhig. *Wir wissen beide, was dich hierhergebracht hat, nicht wahr?*

Rukabo hielt sich erschöpft vom Husten den Bauch. »Du bist nicht wirklich ein Geist, oder?«

»Nein, bin ich nicht.« Fulmar griff über den Tisch nach der Käseschüssel. »Auch wenn unser gemeinsamer Freund Teriasch das nicht einsehen will. Ich bin nur ein Mann, der Geschichten sammelt.«

»Willst du eine wirklich traurige Geschichte hören?« Rukabo richtete sich ächzend auf und gab Fulmar gar nicht erst die Gelegenheit, sein Angebot abzulehnen. »Pass auf. Sie handelt von einem zu Unrecht Verstoßenen, und sie hat alles, um einem die Tränen in die Augen zu treiben.« Er räusperte sich. »Ein Knabe war einmal sehr verliebt. Es war seine erste Liebe, und du weißt sicher, wie das für Knaben ist. Sie werden unausstehlich und glauben, sie müssten sterben, wenn sich ihre Sehnsucht nicht erfüllt, weil niemand sonst vor ihnen so sehr geliebt hat wie sie.

Sie fangen an, Gedichte zu schreiben, in denen sie viel zu viele Worte über Haare, Lippen und Augen verlieren. In unserem Fall hatte die Angebetete Haar wie feine Luftwurzeln, auf denen der Morgentau glitzert, Rosenblätter als Lippen und Augen wie Kornblumen.« Warnend hob Rukabo den Finger. »Und bevor hier einer zu flachsen anfängt: Unser Knabe war bei der Wahl seiner Vergleiche stark befangen, weil er in eine Familie von Gärtnern hineingeboren wurde und tagein, tagaus mit schönen Gewächsen zu tun hatte. Und das waren nicht irgendwelche Gärtner. Es waren die Gärtner, denen seit Generationen die Ehre zuteilwurde, den Lustgarten des Dominex hier in Kalvakorum zu hegen und zu pflegen. Die Leute, die die kostbaren Früchte reifen lassen, an denen sich unser Herrscher labt und deren Saft es ihm erlaubt, der Zeit zu trotzen. Sie waren freie Leute, wohlgemerkt, keine Sklaven. Stolz und blind ehrwürdigen Traditionen verhaftet. Wie beispielsweise der Tradition, ihre Haine nur mit dem Wasser aus jenem Turm zu bewässern, der diesem Element geweiht ist. Das reinste, klarste Wasser, das die Welt zu bieten hat.«

»Wolltest du mir nicht eine Geschichte über einen verliebten Knaben erzählen?«, fragte Fulmar. »Ich habe nämlich eher die Befürchtung, du willst mich für die Gartenbaukunst gewinnen.«

»Fällst du allen so ins Wort, von denen du deine Geschichten sammelst, du lausiger Chronist?«, ereiferte sich Rukabo.

»Nur denen, die zu sehr abschweifen«, verriet ihm Fulmar.

»Gut. Dann also gleich zurück zum verliebten Knaben, wenn du unbedingt eine Geschichte ohne jedes Fleisch auf den Knochen hören willst.« Rukabo schüttelte beleidigt den Kopf wie ein Gaukler, der seinen atemberaubendsten Trick nicht vorführen durfte. »Es gelang ihm tatsächlich, Gehör bei seiner Schönen zu finden, und damit hatte er den meisten anderen verliebten Knaben schon etwas voraus. Zu seinem Unglück genügten ihr seine heißen Schwüre jedoch nicht, sondern sie verlangte einen greifbaren Beweis für seine Behauptung, er würde alles für sie tun. Der Knabe richtete sich im Geiste bereits auf eine gefahrvolle Reise in ferne Lande ein, um ihr eine Strähne aus dem Schweif eines Einhorns oder einen Elfenspiegel zu besorgen, in dem sie für immer jung und schön war. Es stellte sich allerdings heraus, dass der Beweis, den sie von ihm forderte, gewissermaßen vor seiner Haustür lag. Sie wollte die Blüte einer Jungferngunst. Das hört sich nicht nach viel an, aber man darf da ein paar Dinge nicht vergessen.« Rukabo zählte die Punkte an seinen Fingern ab. »Erstens ist die Jungferngunst ein Schmarotzer und schlingt ihre Ranken nur um die höchsten Bäume. Zweitens erblüht sie nur einmal alle hundert Jahre und dann ausschließlich aus einer einzigen Knospe an der Ranke, die der Sonne am nächsten ist. Und drittens ist sie ganz von Stacheln überzogen, länger als ein Arm, aber dabei so fein, dass man sie leicht übersieht, und so biegsam, dass man meinen könnte, sie bewegten sich auch bei Windstille von allein. Doch der Knabe hatte auch einige Vorteile auf seiner Seite.« Rukabo klappte seine ausgestreckten Finger einen nach dem anderen wieder ein. »Erstens gab es im Lustgarten des Dominex eine Jungferngunst, die sich um eine Zeder rankte. Zweitens blühte sie gerade. Und drittens war er trotz seines stämmigen Wuchses ein derart geschickter Kletterer, dass er die heimtückischen Stacheln nicht zu fürchten brauchte. Habe ich erwähnt, dass sie giftig sind? Dass das Blut nicht mehr gerinnt, wo sie einem in die Haut gedrungen sind?« Er faltete die Hände über dem Bauch. »Aber du wolltest die kurze Variante hören, dann sollst du auch die kurze Variante kriegen. Unser Knabe schlich sich noch in derselben Nacht, in der ihm seine Liebste ihre Forderung genannt hatte, in den Garten und erklomm die Zeder, von der sich die Jungferngunst nähren ließ. Ganz bis nach oben zur Blüte, deren Blätter im Dunkeln in einem zarten Rot leuchteten wie von sinnlicher Erregung errötete Wangen. Ohne dass er auch nur einen einzigen Stich spürte. Als er die Blüte pflückte, meinte er, ein trauriges

Seufzen zu hören, und ihm standen die Haare zu Berge. Er beeilte sich, von der Zeder herunterzukommen, rannte zum Haus seiner Liebsten, nahm die Leiter zu ihrem Fenster, die sie für ihn bereitgestellt hatte, und betrat bebenden Herzens ihr Schlafgemach. Da erblickte sie ihn, wie er da stand, die Blüte in der Hand, trunken vor Glück, heiße Tränen im Gesicht.« Rukabo riss die Arme in die Höhe. »Und was macht diese undankbare Kuh? Sie schreit das ganze Haus zusammen. ›Blut! Blut! Blut!‹ Das war es nämlich in Wahrheit, was der einfältige Knabe für Tränen hielt, die ihm über die Wangen rannen. Blut. Aus seinem Auge. Dort, wo ihn einer der feinen Stacheln gestochen hatte. Die Brüder der holden Maid kamen hereingestürmt, prügelten unseren Knaben windelweich und schleppten ihn zurück zu seiner Familie.« Rukabo ließ die Arme sinken. »Und weißt du, was ihn dort erwartete? Keine tröstenden Worte, keine Salbe für seine Wunden. Vorwürfe und Verwünschungen, Tritte und Schläge, das bekam er. Er hatte etwas aus dem Garten des Dominex gestohlen, und dafür konnte es nur eine Strafe geben: Sie verstießen ihn. Sie steckten ihn in einen Sack und luden ihn in der finstersten Gasse ab, die sie finden konnten. Und so begab es sich, dass der arme Knabe sein Zuhause, seine Familie und seine Liebste verlor. Doch damit nicht genug: Das Auge, in das ihn der Stachel getroffen hatte, änderte seine Farbe. Aus dem Grün der Hoffnung, mit dem der Knabe in die Welt geblickt hatte, wurde das kalte Blau eines steinernen Herzens, dem es fortan unmöglich war, sich für einen anderen in Zuneigung und Hingabe zu öffnen.« Rukabo klimperte mit den Wimpern, um Fulmar auf die Farbe seiner Augen aufmerksam zu machen. »Hast du so etwas Ergreifendes schon einmal gehört, *Chronist*?«

Fulmar drehte ein Bällchen Käse zwischen seinen Fingern, roch daran und warf es mit angewidertem Gesichtsausdruck zurück in die Schüssel. »Was ich schon einmal gehört habe, ist, dass es vor einigen Jahren große Aufregung um einen Vorfall im Lustgarten des Dominex gab. Mir wurde zugetragen, ein junger Angehöriger der Halblingsfamilie, die als Herrschaftliche Gärtner angestellt sind, habe sich von einer Alchimistin anheuern lassen, ihr eine seltene Blume zu stehlen. Besagter Gärtnergeselle soll sich zuvor hauptsächlich durch einen Hang zur Faulheit und eine Vorliebe für teure fleischliche Genüsse jedweder Art ausgezeichnet haben. Besagte Alchimistin wiederum habe ihn verführt mit dem Angebot, bei erfolgreicher Erledigung einen ganzen Topf Pfefferhonig aus der Stadt der Schleier von ihren Brüsten lecken zu dürfen. Bedauerlicherweise verunreinigte der Dieb die Beute mit seinem Blut, weil er sich bei seinem nächtlichen Gang einen Ast ins Auge rammte, und die Alchimistin sah sich gezwungen, ihren Helfer gegenüber dessen Familie als verirrten Liebenden auszugeben, der ihr ungefragt ein Geschenk machen wollte. Um größeren Schaden von sich abzuwenden, blieb der Familie nichts anderes, als den Nichtsnutz auf die Straße zu setzen. Auch und gerade als Abschreckung für mögliche Nachahmer. Was aus ihm geworden ist? Nun, in den entsprechenden Kreisen zeigt man sich seitdem über einen umtriebigen Dieb mal begeistert, mal beunruhigt. Begeistert, wenn er dank seiner guten Kenntnisse der Lebensweise der Reichen und Schönen und seiner Nähe zu einstigen Freunden im Palast eine räuberische Großtat vollbringt, die man ihm wegen seiner ungewöhnlichen Statur nicht zugetraut hätte. Beunruhigt, sobald infolge dieser Großtat die empörten Numates in Sorge um ihr Hab und Gut Druck auf den Pollox und den Primigladius der Stadtwache ausüben, dringend ein paar dreiste Diebe einzusammeln und in die Arena zu schicken.«

»Ich weiß nicht, wovon du redest«, sagte Rukabo und erweckte den Eindruck, als versuchte er, möglichst klein und unauffällig zu wirken.

»Am liebsten rede ich über wichtige Dinge.« Fulmar suchte Teriaschs Blick. »Und das, dem du dich widersetzt, wie nur du und wenige andere es können, ist wichtig. Ich nehme an, du schläfst schlecht, seit du das Kollare trägst, hm?«

Teriasch, der mit den Gedanken noch bei Rukabos Erzählung war, zuckte zusammen. »Woher weißt du das?«

»Er macht mir Angst, Teriasch«, flüsterte Rukabo.

Ein klirrendes Krachen ließ alle drei herumfahren. Silicis war aufgestanden, den Henkel des Krugs, den er an der Tischkante zerschlagen hatte, noch in der Hand. »Genug nutzlos herumgesessen, ihr faulen Schweine!«, rief er. »Denkt ihr etwa, euer Essen bezahlt sich von allein? Dropaxvir, hör sofort auf, deine Nase in dieses dämliche Buch zu stecken. Oder bist du auf der Suche nach einem Reim, mit dem man Schädel spalten kann? Solange du keinen findest, der diese Aufgabe zuverlässiger erledigt als deine Axt, tätest du gut daran, deine Muskeln gestählt zu halten! Es gibt da eine Hantel draußen im Übungshof, auf der dein Name steht!« Er schleuderte den Krughenkel vor Kutifulva auf den Tisch. »Und du siehst mal lieber zu, dass du für die Wasserspiele mit dem Hakennetz umzugehen lernst, anstatt dir hier einen Fladen Brot nach dem anderen in dein hässliches Orkmaul zu stopfen!«

Der Speisesaal begann sich rasch zu leeren, als immer mehr Sklaven die Flucht vor Silicis' Wutausbruch antraten.

»Wir sollten verduften«, schlug Rukabo vor, der ebenfalls schon von der Bank gerutscht war und drei Schritte zum nächsten Ausgang gemacht hatte.

»Du, Häuptling!« Da er nichts mehr in der Hand hatte, was er hätte werfen können, begnügte sich Silicis offenbar damit, drohend die Faust zu schütteln. »Du hast dem Chronisten genug die Ohren vollgeheult, wie sehr du dich nach der Steppe und dem Arsch deiner Lieblingsstute sehnst. Geh und füttere die Tiere! Für das große Schlachten am Thronbesteigungstag müssen sie voll im Saft stehen. Das Publikum macht uns alle einen Kopf kürzer, wenn die Viecher nicht ordentlich wild werden.« Er hatte sich bereits halb abgewandt, um nach einem neuen Opfer Ausschau zu halten, ehe er noch einmal Teriasch anbellte. »Und danach will ich dich sehen. Allein. In meiner Schreibstube.«

Silicis' Schreibstube war ein heller, offener Raum im obersten Stockwerk des höchsten Gebäudes der gesamten Anlage. Zu einer Seite ging er in einen überdachten Balkon über, von dem man einen ausgezeichneten Blick auf den Übungshof hatte. Unten auf der sandigen Freifläche verfeinerten Kämpfer ihr Geschick im Umgang mit den unterschiedlichsten Waffen: Manche hieben und stachen mit Speeren und Schwertern auf Puppen ein, die auf drehbaren Achsen standen und auf denen die verwundbarsten Punkte des menschlichen Körpers rot gekennzeichnet waren. Andere warfen Äxte und Messer nach hölzernen Zielen, deren Umrisse die Silhouetten von Feles und Probaskas nachzeichneten. Wieder andere fochten auf durch kniehohe Mäuerchen begrenzten Kampfbahnen Duelle mit stumpfen Waffen aus, eingepackt in mit Leder und Watte gepolsterten Rüstungen.

Silicis hatte seinen Schreibtisch so aufgestellt, dass er nur aufzustehen brauchte, um nachzusehen, was seine Arenistas gerade trieben. Ihre Geräusche – angestrengtes Ächzen, vereinzelte Schmerzenslaute und Gelächter, das Scharren von Sandalensohlen, das Klirren von Metall auf Metall – begleiteten ihn ohnehin durch den Tag.

Bei Teriaschs Ankunft klackerte Silicis mit den Kugeln eines Rechenschiebers, die unter den Fingerspitzen seiner Linken auf ihren Führungsstreben hin und her flogen. Die aufgeschlagene Kladde vor ihm wartete allerdings vergebens auf Eintragungen, denn er war zu sehr damit beschäftigt, sich mit dem Handballen seiner Rechten den Bauch zu massieren. Sein Gesicht war merkwürdig verzerrt, weil er die Augen zusammengekniffen hatte und auf seiner Unterlippe kaute.

Denkt er nur nach, oder hat er einen Schmerz im Leib? Teriasch klopfte gegen den Türrahmen, eine rituelle Geste beim Eintreten in ein Zimmer, die er sich bei Rukabo abgeschaut hatte. »Du wolltest mich sehen.«

»Ja, ja.« Silicis ließ den Rechenschieber Rechenschieber sein, ohne damit aufzuhören, seinen Wanst zu bearbeiten. »Es ist die Galle.« Er nahm einen kleinen Schluck aus einem Zinnbecher, schluckte und zog eine angeekelte Grimasse. »Perlen in Essig. Ich saufe seit Tagen kaum was anderes. Nützt nichts. Fühlt sich immer noch an, als würde mich eine Ratte von innen auffressen.«

»Das tut mir leid.« *Und das ist keine Lüge.*

»Pass auf, Häuptling.« Silicis wuchtete sich von seinem Stuhl hoch. »Ich mag dich. Und weil ich dich so mag – die Zöpfe, die Hautbilder und sogar deine Art, wie du mit meinen Feles fertig geworden bist –, ist es an der Zeit, dass wir ein ernstes Wörtchen miteinander reden.« Er richtete sich zu seiner vollen Größe auf und stemmte die Arme in die Hüften. »Du gehörst mir, und daran wird sich so schnell nichts ändern. Schlag dir aus dem Kopf, dass du je vor mir fliehen könntest und dafür nicht mit deinem Leben bezahlen würdest.«

Der Vorwurf traf Teriasch völlig unerwartet. »Wie kommst du darauf, dass ich vor dir fliehen will?«

»Weil das alle Neuen irgendwann wollen«, sagte Silicis und trat näher an ihn heran. »Und dann hole ich sie zu mir und führe mit ihnen dieselbe kleine Unterhaltung, die wir beide gerade miteinander führen. So pünktlich wie ein Räderwerk, bevor es zu spät ist. Manchmal komme ich mir vor wie ein Priester, für den man noch keinen passenden Gott erfunden hat.« Erstaunlich sanft legte er Teriasch eine seiner von unzähligen kleinen Narben überzogenen Hände auf die Schultern. »Es ist nichts Ungewöhnliches, dass du den Drang verspürst, gegen mich aufzubegehren. Es wäre eher ungewöhnlich, wenn er dir völlig abginge. Noch dazu bist du ein Wilder, auch wenn du unsere Sprache sprichst, und ich habe die Erfahrung gemacht, dass ihr Barbaren euch besonders schwer damit tut, zu akzeptieren, auf welchen Säulen das Dominum ruht. Pflicht, Gehorsam und Ehre. Ihr seid Kreaturen, die etwas mit eigenen Augen sehen müssen, um es zu begreifen.« Er hielt Teriasch die andere Hand vor die Nase, an der er einen schlichten Ring aus einem rot schimmernden Metall trug. »Weißt du, was Skaldat ist?«

Teriasch nickte.

»Gut.« Silicis schob ihn zum anderen Ende der Stube, weg vom Balkon und hin zu einer schmalen Tür aus schwarzem Glas, die weder eine Klinke noch ein Schloss oder einen Riegel besaß. Ungefähr in Augenhöhe war eine Art Wappen eingraviert, das ineinander verschlungene Ketten zeigte. Inmitten dieses Wappens schimmerte ein Plättchen rotes Skaldat, kaum größer als ein Fingernagel, und auf diese Stelle legte Silicis seinen Ring. Geräuschlos schwang die Tür nach innen auf.

Dahinter befand sich eine enge Kammer, deren karge Einrichtung Teriasch Rätsel aufgab. Auf dem Boden ruhte ein grauer, quadratisch gehauener Felsblock, hüfthoch und glatt geschmirgelt. Auf ihm waren in kleinen Vertiefungen Phiolen aufgereiht – Dutzende winziger Flaschen, gefüllt mit einer gelblichen Flüssigkeit, die einen Blutstropfen umschloss, und mit Wachs versiegelt.

Teriasch trocknete der Mund aus. *Welche davon ist die mit meinem Blut?*

Unmittelbar über dem ersten Block hing ein zweiter, und der Abstand zwischen ihnen betrug vielleicht eine Armlänge. Gehalten wurde der zweite Stein von straff gespannten Tauen aus Stahl, die in einem Ring unter der Decke zusammenliefen. Er war ebenfalls aus rotem Skaldat und nicht größer als eine Rotamünze. Bei seinem Anblick brach Teriasch der Schweiß aus, auch wenn er um die besondere Belastbarkeit des zaubermächtigen Metalls wusste. Falls es nämlich je dem immensen Gewicht des Felsblocks nachgab, würde dieser unweigerlich herabfallen und die Phiolen unter sich zermalmen.

Silicis trat hinter Teriasch und setzte zu einer Erklärung an. »Als der Subveheros die Elemente zähmte, machte er uns noch ein anderes Geschenk. Eines, das den Freien den Gehorsam ihrer Sklaven sicherte. Alles, was ich tun muss, um dich zu töten, falls du dich zu widerspenstig zeigst, ist, deine Flasche zu zerbrechen. Es geht ganz leicht. Ich nehme sie, werfe sie zu Boden, und wenn sie dann noch heil sein sollte, zertrete ich sie. Dein Tod würde kein leichter sein. Er ist qualvoll und langsam, um dich davon abzuschrecken, den einfachsten Weg aus deiner Knechtschaft zu wählen. Du fällst nicht um, als hätte dich der Blitz getroffen, mein Häuptling. Nein, du windest und krümmst dich wie ein Wurm, den ein grausames Kind als Spielzeug auserkoren und auf einen heißen Stein in der Sonne gelegt hat. Oh, ich weiß genau, was du jetzt denkst.« Er beugte sich so dicht an Teriasch heran, dass es nach saurem Essigatem roch. »Was, wenn ich ihn töte und meine Flasche stehle, bevor ich davonlaufe?«

Er weiß wirklich, was ich denke! Einen schrecklichen Moment lang befürchtete Teriasch, sein Besitzer könnte tatsächlich jeden seiner Gedanken klar und deutlich vor sich sehen. Dann fiel ihm ein, dass er beileibe nicht Silicis' erster und einziger Sklave war. *Er spielt nur mit mir, um mich einzuschüchtern.*

»Ich habe den einen oder anderen Schlag auf den Schädel bekommen, als ich noch selbst in der Arena gekämpft habe«, sagte Silicis. »Aber ich bin kein tumber Krüppel wie Gigas.« Er hielt Teriasch die Hand vors Gesicht und drehte sie hin und her. »Dafür habe ich den Ring, und dafür gibt es den Ring an der Decke. Sie sind aus einem Stück Skaldat geschnitten, und sie haben beide mein Blut getrunken. Blut, das man mir mit einer hohlen Nadel aus dem Herzen gezogen hat. Wenn es aufhört zu schlagen, zerspringen die Ringe.« Unvermittelt schlug er Teriasch mit der flachen Hand in den Nacken. Teriasch sprang erschrocken einen Schritt nach vorn und wirbelte dann zu Silicis herum.

»Klatsch.« Silicis grinste. »Wünsch mir besser ein langes Leben und dass sich meine Galle bald wieder beruhigt.«

Hätte Teriasch seine Keule noch gehabt, wäre er der Versuchung vielleicht erlegen. Womöglich hätte er Silicis an Ort und Stelle erschlagen, trotz der Aussicht auf einen grausigen Tod, um erhobenen Hauptes zu seinen Ahnen zu gehen. So jedoch ballte er nur die Fäuste und knurrte: »Und wie wird man frei?«

Silicis stutzte, dann lachte er auf. »Frei?«

»Einer der Soldaten, die mich aus der Steppe geholt haben, hat gesagt, sein Vater wäre auch Sklave gewesen, bis sein Besitzer ihm die Freiheit zurückgegeben hat.« Teriasch zeigte auf die Phiolen. »Wie geht das, wenn die Flasche nie zerbrechen darf? Wie kann man dann richtig frei sein und nicht doch nur ein Sklave, dessen Herr aus Glas ist?«

»Oh.« Silicis nickte anerkennend. »Du bist wirklich so schlau, wie Varia dich angepriesen hat, hm?« Er lachte wieder. »Natürlich kann man frei sein, wenn man es sich verdient. Dann nimmt man die Flasche und wirft sie ins Feuer. Sobald das Wachs schmilzt und dein Blut zusammen mit dem Mukus verdampft, fällt das Kollare von dir ab. Aber mach dir nicht zu viele Hoffnungen, Häuptling. Ich habe noch Großes mit dir vor.«

Feuer … Feuer macht mich frei. Die Hoffnung, die in ihm keimte, brachte Teriasch zum Lächeln – die Hoffnung und ein Einfall, wie er Silicis das Grinsen aus dem Gesicht wischen konnte. »Hast du keine Angst davor, dass jemand dieses Haus in Brand stecken könnte? Und dass all deine Sklaven dann auf einen Schlag frei sind?«

»Nein.« Silicis grinste unvermindert weiter. »Schau dich nur gut in dieser Kammer um. Siehst du darin irgendetwas, das brennen könnte?«

»Nein, tue ich nicht.« Seinen nächsten Gedanken behielt Teriasch ganz für sich, doch er legte die Hand an sein Kollare und lächelte.

9

Wir können uns glücklich schätzen, dass die
Drachen untereinander stets zur Zwietracht neigten.
Die Geschichte der Welt hätte einen anderen Verlauf genommen,
wenn die Schreckensechsen ihre Zwiste je begraben hätten –
dann wüsste ein jeder von uns, was es heißt, der Sklave
eines wankelmütigen Herrn zu sein.

Aus der ersten Lektion
für neue Schüler der Akademia Fabula

»Wer bist du?« Die Stimme, die zu Teriasch sprach, war wie das rauschende Flüstern des Steppenwinds.

Teriasch antwortete ihr nicht sofort, da er erst die Antwort auf eine andere Frage finden wollte: *Wo bin ich?*

Er stand auf einem zerklüfteten Felsen, der so gewaltig war, dass er zu begreifen glaubte, wie sich eine Ameise fühlen musste, wenn sie ganz nach oben auf die Spitze ihres heimatlichen Haufens geklettert war und die Blicke schweifen ließ. Er meinte, die ganze Welt auf einmal um sich herum ausgebreitet zu sehen. Aus der unvorstellbaren Höhe betrachtet, in der er sich befand, wirkte sie jedoch wie eine besonders lebensechte Karte, die in einen großen Teppich gewebt war. Breite Ströme waren zu schmalen Rinnsalen geschrumpft, tiefe Täler waren flache Furchen, Meere nur Pfützen, Gebirgszüge wenig mehr als zaghaft angedeutete Verwerfungen. Selbst die Steppe, die ihm immer so weit erschienen war, war nun nichts als ein kleiner braungrüner Fleck. Er wusste nicht, warum er so sicher war, dass es sich ausgerechnet bei diesem einen Fleck um *seine* Steppe handelte. Er wusste es einfach und dachte nicht weiter darüber nach. Er nahm es ebenso gleichmütig zur Kenntnis wie die Tatsache, dass er auf etwas stand, was er eigentlich nur aus Legenden kannte: dem Gipfel eines Berges.

Rings um ihn fielen schroffe Hänge steil ab. Zu steil, als dass ein ungeübter Bergwanderer sie hätte bezwingen können. Teriasch spürte ob der Leere zwischen sich und der winzigen Welt dort unten plötzlich einen Schwindel. *Ich muss hier heraufgeflogen sein!*

»Wer bist du?«, fragte ihn die Windstimme ein weiteres Mal.

Er horchte nach dem Ursprung der Stimme. Der lag irgendwo hinter ihm, also drehte er sich um – und verstand, dass er sich in einem Traum aufhielt. Er wollte sich nur noch kein Urteil erlauben, ob es sein Traum oder der Traum jener Kreatur war, die dort auf einem Felsvorsprung ruhte, wo eben noch kein Felsvorsprung gewesen war.

Das schwarz geschuppte Wesen hatte einen massigen Kopf, der allein ungefähr so groß wie eine ganze Rüsselschnauze war. Er war ähnlich lang gezogen, wenn auch nicht ganz so spitz wie der einer der Echsen, auf denen die Harten Menschen ritten. Zudem hatten die Flugechsen keine geschwungenen Hörner, die ihnen aus dem Schädel wuchsen, und auch nicht Reihe um Reihe Zähne im Kiefer – menschenlange spitze Stäbe, dicht an dicht wie die Palisaden um eine Arx auf der Steppe. Hörner und Zähne waren aus Glas, aber Teriasch ging nicht davon aus, dass sie sonderlich zerbrechlich waren. Das Wesen besaß den Kopf eines Raubtiers, und Teriasch wusste von keinem Räuber, dessen Zähne zersplitterten, wenn er sie ins Fleisch seiner Beute schlug.

Trotzdem spürte er keine Angst. Bis auf den Kopf war nämlich der gesamte restliche Leib des Wesens von einem absonderlichen Material überwuchert und schloss ihn regelrecht ein. Die Oberfläche besaß die Beschaffenheit von frischem Schorf, war jedoch von einem Gelbton, der Teriasch merkwürdig vertraut vorkam. Außerdem stank das Material bestialisch, und ihm drängte sich eine unangenehme Vorstellung auf: Was, wenn dieses echsenartige Wesen in einem getrockneten Eiterklumpen feststeckte, der einem zweiten, noch viel größeren Wesen aus einer schwärenden Wunde getropft war?

»Wer bist du?«, kam die Frage ein drittes Mal, und Teriasch konnte im Maul des Wesens eine gespaltene Zunge sehen, die den Wind dazu anpeitschte, Worte zu formen.

Teriasch hatte sein Leben lang Demut vor den Geistern gezeigt, wie Pukemasu es ihm eingebläut hatte. *Und was hat es mir genützt? Es ist mir gleich, ob ich in seinem Traum bin oder er in meinem. Wir sind beide im selben Traum, also gehört er auch uns beiden und er hat mir gar nichts zu befehlen.* »Vielleicht verrate ich dir, wer ich bin, wenn du mir erst verrätst, wer du bist.«

In den blauen Augen des Geschöpfs zogen sich die geschlitzten Pupillen zu winzigen Spalten zusammen. »Du bist dreist, Menschlein.«

»Mag sein.« Teriasch schlug sich mit dem Keulenknauf gegen die Brustzier aus Hengstzähnen und Geierklauen, denn hier hatte er seine Keule und seine Kleider zurück, die er in der wachen Welt an der Schwitzhütte verloren hatte. »Ich nenne es tapfer.«

Das Wesen lachte – ein hoher, pfeifender Laut, wie er entstand, wenn sich Wind durch enge Ritzen zwängte. »Ich beginne zu verstehen, wie du dem Kala Hantumanas die Stirn bietest. Er wird nicht viel Freude an dir haben. Zumindest weniger als an mir. Gut so.« Es hob den Kopf so weit, wie es das verkrustete Material um seinen Hals es zuließ. »Ich bin Ziyamapaksa«, sagte es stolz.

Teriasch zuckte mit den Schultern. »Ich habe diesen Namen noch nie gehört.«

»Noch nie?« Der Kopf des Wesens sackte nach unten. »Und Schwarzschwinge? Wie ist es damit?«

»Tut mir leid«, sagte Teriasch. »Nie gehört.«

Schwarzschwinge ächzte. »Ihr Menschen habt so viel vergessen. Wer wir sind, wo ihr herkommt, wohin wir gegangen sind, was ihr uns alles versprochen habt. Warum konnte der, der mich gefangen hat, das nicht auch alles vergessen?«

»Was bist du? Und wer war es, der dich gefangen hat?«

»Wolltest du mir nicht erst sagen, wer du bist?«

»Ich bin Teriasch von den Schwarzen Pfeilen.«

»Ich habe diesen Namen noch nie gehört«, sagte Schwarzschwinge nicht ohne Genugtuung. »Und wenn der Kala Hantumanas und seine widerlichen Absonderungen nicht wären, würdest du mich nicht fragen, was ich bin. *So* viel könnt ihr Menschen dann doch nicht vergessen haben. Ich bin ein Drache.«

»Wo sind deine Flügel?«, fragte Teriasch misstrauisch.

Schwarzschwinge schielte zu dem ekligen Schorf, unter dem er begraben war. »Hier drunter natürlich, wo sonst? Denkst du, ich hätte sie verlegt?« Er schaute wieder zu Teriasch. »Könntest du ein paar Schritte näher kommen, damit ich dich besser sehen kann?«

Teriasch grinste. »Eine weise alte Frau hat mir beigebracht, dass Drachen missmutige Geister sind, denen man nur mit Vorsicht begegnen sollte, wenn man nicht in ihrem Bauch landen will.«

»Zwei Dinge«, schnaubte Schwarzschwinge. »Erstens sind wir keine Geister, und zweitens ist das hier nur ein Traum. Angenommen, ich würde dich fressen wollen, was sollte dir in meinem Bauch schon geschehen?«

»Ist das mein Traum oder dein Traum?«, wollte Teriasch wissen.

»Macht das einen Unterschied? Aber ich würde sagen, es ist meiner, weil ich nach dir gesucht habe.«

»Wieso?«

»Weil ich einen Handel mit dir eingehen möchte.« Schwarzschwinge legte den Kopf schief. »Kommst du jetzt ein bisschen näher? Ich kann dich kaum sehen.«

Teriasch dachte nicht daran. »Diese alte weise Frau hat mir noch etwas anderes beigebracht. Sie meinte, im Land der Harten Menschen würde es nur verlogene Geister geben.«

»Das Land der Harten Menschen?«

»Das Land, wo ich jetzt bin, wenn ich nicht träume.«

»Oh.« Schwarzschwinges Atemlöcher weiteten sich – er hatte insgesamt vier davon, zwei ganz vorne an seiner Schnauze und zwei, die dichter an seinen Augen lagen. Dampf stieg aus ihnen allen hervor. »Wie gut, dass ich nicht aus diesem Land komme. Ganz abgesehen davon, du Widerborst, dass ich *kein* Geist bin.«

Teriasch blieb, wo er war. »Warum bist du dann hier?«

»Bist du taub?«, fauchte Schwarzschwinge. »Ich wurde eingefangen, so wie du.«

»Von diesem Kala …?«

»Nein, in dessen Schleim bin ich erst später geraten.« Der Drache schloss beschämt die Augen. »Es war ein Mensch, der mich überlistet hat. Der Kala Hantumanas hat diesem Mann nur verraten, wie man mich überlistet.«

Teriasch ahnte, wer dieser Mann gewesen war. *Er redet vom Vater des Dominex, vom Subveheros.*

»Der Mann ist mit einer Armee gekommen, zu dem Berg weit im Osten, für den ihr Menschen keinen Namen habt, weil ihr befürchtet, ihr könntet ihn damit beleidigen, ihm einen Namen zu geben, und so den Himmel selbst zum Einsturz bringen, wenn der Berg vor Zorn über euren mangelnden Respekt vergeht. Wir Drachen teilen eure kümmerlichen Ängste nicht. Wir nennen diesen Berg nach dem, was er ist. Parvata, was in unserer Zunge Berg bedeutet.« Schwarzschwinge ächzte wieder, und dünne Dampfschwaden umwaberten seinen Schädel. »Genug von der Heimat, nach der ich mich sehne, und mehr darüber, wie ich aus ihr geraubt wurde. Der Mann schickte einen Teil seiner Kämpfer, um gegen mich anzutreten. Ich fegte durch sie hindurch wie ein tobender Sturm, und sie stieben vor mir auseinander wie Herbstlaub. Ergötzt an meiner Überlegenheit und meiner Macht, bemerkte ich nicht einmal, wie sie vereinzelt nach mir hieben und wie es einer Handvoll von ihnen gelang, ihre Klingen von meinem Blut glänzend zu machen. Als sie davonrannten, lachte ich nur und hieß die Winde an, Sand aufzuwirbeln, um sie zu ersticken. Und ich kann sagen, dass von den vielen Kriegern, die der Mann gegen mich sandte, es nur ein einziger zurück zu ihm schaffte. Ein einziger nur, doch es war einer von denen, an dessen Schwert mein Blut klebte. Und das war genug.«

»Er hat einen Tropfen dieses Bluts in eine Phiole mit dem gelben Schleim getan und den Rest auf ein Kollare gestrichen«, sagte Teriasch in jener erkenntnisreichen Klarheit, wie sie einem nur im Traum bisweilen gestattet ist. Und als er die Worte aussprach, wurde er sich bewusst, dass er selbst in diesem Traum noch immer den Reif aus Skaldat um den Hals trug, der ihn als Sklaven auswies. »Der Schleim hat den Tropfen umschlossen, und das Kollare hat dein Blut in sich aufgesogen, ich verstehe. Doch wie haben sie das Kollare um deinen Hals gelegt?«

»Das brauchten sie nicht.« Schwarzschwinges ohnehin nicht sehr laute Stimme wurde noch leiser. »Ich habe es selbst getan.«

»Der Mann hat dich überlistet«, stellte Teriasch fest, und er machte einen winzigen Schritt auf den Drachen zu. *Er kann wohl nicht sehr verschlagen sein, wenn ihn der Subveheros dazu verleiten konnte, aus freien Stücken ein Kollare zu tragen.* »Hat er dir gesagt, er würde dir ein kostbares Schmuckstück schenken, um deinen Groll zu lindern?«

Schwarzschwinge schüttelte den Kopf. »Ganz so leicht bin ich nicht hinters Licht zu führen.«

Teriasch bereute es umgehend, sich dem Drachen genähert zu haben.

»Obwohl …«, fuhr Schwarzschwinge fort. »Ich denke, man kann schon sagen, dass mir meine Gier zum Verhängnis wurde.

Nur dass es nicht die Gier nach glitzernden Dingen gewesen ist, sondern die nach Fleisch.«

»Fleisch?«

»Natürlich.« Schwarzschwinge klappte kurz das Maul auf und stellte Teriasch seine Zähne zur Schau. »Die habe ich nicht nur, weil sie so hübsch aussehen.« Er schnaubte. »Der Mann hatte eigens viele Hundert Menschen mitgebracht – Sklaven aus seinem eigenen Besitz waren es –, die einem ganz besonderen Zweck dienten. Er ließ sie umbringen und ihre Leiber zu einem großen Haufen aufschichten. Dann versteckte er sich und wartete ab. Mehr musste er nicht tun. Der Wind trug den köstlichen Duft bald zu mir, und mir knurrte der Magen. Ich verlor mich in meinem Hunger, denn es war verflucht lange her, dass mir jemand ein schmackhaftes Opfer dargebracht hatte. So flog ich los, und als ich den Haufen erspähte – dieses unvergleichliche Festmahl! –, stieß ich aus dem Himmel herab, hinein in die Verlockung, den Schlund weit aufgerissen. Ich fraß mich voran, tiefer und tiefer zwischen die Leckerbissen. Als ich spürte, wie sich das Kollare, das in dem Leichenhügel verborgen lag, bewegte, war es längst zu spät. Schon hatte es sich um meinen Hals geschlungen, und ich hörte den Kala Hantumanas seine süßen Liebesschwüre murmeln. Und weil ich ihnen nur einen Augenblick zu lange lauschte, war ich ihm verfallen, und der Mann brachte mich in den Turm, den er für mich gebaut hatte.« Erneut schloss der Drache die Augen, als schämte er sich für das Eingeständnis seiner Schwäche. »Sie demütigten mich noch weiter, und sie demütigen mich bis zum heutigen Tag. Sie rauben mir meine Kraft und lenken sie in die Kollare, die sie meinen niedersten Abkömmlingen umlegen, um sie so im Zaum zu halten.«

Da der Drache die Augen geschlossen hielt, wagte sich Teriasch ein wenig dichter an ihn heran. »Die Flugechsen sind deine Kinder?«

»Vor langer Zeit, als die Tiere noch wie Menschen sprachen, bin ich einer Schlange begegnet, die vom Fliegen träumte«, sagte

Schwarzschwinge versonnen. »Ihr konnte ich diesen Wunsch nicht erfüllen, aber ich bot ihr an, meinen Samen über einem ihrer Gelege zu verspritzen, damit zumindest ihren Jungen Flügel wachsen konnten. Ich war damals noch jung und ungestüm. Heute würde ich da mehr Zurückhaltung üben. Es gibt Träume, die besser niemals wahr werden sollten.«

Die Geschichte von der Schlange leuchtete Teriasch ein. *Es ist wie mit Kimilila, dem ersten Schmetterling, der entstanden ist, als eine Blume und eine Fliege zueinanderfanden und miteinander verschmolzen sind.* Etwas anderes verblüffte ihn weitaus mehr. »Habe ich dich richtig verstanden? Du bist ein Sklave wie ich. Und deine Macht wird benutzt, um auch die Flugechsen zu Sklaven zu machen. Heißt das, die Harten Menschen würden nicht mehr auf den Echsen reiten können, sobald du frei bist?«

»Sobald ich frei bin und mich wieder in die Lüfte erhebe«, antwortete Schwarzschwinge, »sind auch die Echsen frei. Ganz recht.« Er hob den Kopf ein Stück. »Du bist noch kleiner, als ich gedacht hatte. Selbst aus der Nähe.« Teriasch schwangen die Zöpfe nach vorn, als der Drache Luft in seine Atemlöcher sog, um Witterung aufzunehmen. »Und du riechst merkwürdig, Menschlein. Nach Rauch und Asche. Gut. Sehr gut.«

Teriasch roch an sich herunter, ohne dabei etwas Auffälliges wahrzunehmen. Sein Kinn streifte sein Kollare, und er stutzte. »Was ist mit den Probaskas? Sie tragen auch Halsreifen. Woher bekommen sie ihre Macht? Auch von dir?«

»Natürlich nicht.« Schwarzschwinges Augen funkelten amüsiert. »Oder meinst du vielleicht, ich hätte einen Rüssel anstelle eines Schwanzes? Da muss ich dich enttäuschen. Der Mann, der mich gefangen hat, ist vieles. Grausam, selbstsüchtig und dümmer, als er sich selbst je eingestehen würde. Aber Faulheit kann man ihm nicht vorwerfen. Nachdem er mich eingesperrt hat, ist er bald wieder mit seiner Armee losgezogen, in den Tiefen Süden. In die Nassen Wälder, wo die Karini Yoni lebte, die Mutter aller Rüssel. Ein Probaska, vor dem selbst die größten

Exemplare im Dominum aussehen wie ein Kalb neben seinem Alttier. Ich habe keine Ahnung, wie er sie eingefangen hat.«

»Mit einem riesigen Berg aus Heu, in dem er ein Kollare versteckt hat?«, schlug Teriasch vor.

Der Drache lachte. »Ja, das kann schon sein. Auch wenn der Mann sich mit seiner List wahrscheinlich nicht so viel Mühe hätte geben müssen. Die Karini Yoni ist ...« Er atmete einmal tief ein und wieder aus. »Sie ist eine einfache Seele. Wenn ich sie in ihren Träumen besuche, versteht sie mich nie. Sie steht dann nur in einem schlammigen Tümpel herum und kaut auf einem Batzen Wasserlinsen. Das ist anscheinend ihre Vorstellung von wahrer Glückseligkeit.«

»Und wenn sie frei wäre, wären auch alle Rüsselschnauzen frei?«

»Ja. Aber mach dir keine Hoffnungen.« Schwarzschwinge seufzte. »Wir werden sie nicht für unseren Plan gewinnen können. Sie wird ihn nicht begreifen.«

»Nicht so schnell.« Mutig machte Teriasch einen Schritt nach vorn, die Keule locker auf der Schulter. »Welcher Plan? Noch haben wir keine Abmachung getroffen, Drache.«

»Erzähle mir nicht, du wärst dem Kala Hantumanas noch nicht begegnet, Menschlein«, sagte Schwarzschwinge. »Oder dass du es nicht geschafft hättest, dich seinen Verheißungen zu widersetzen. Warum sonst sollten wir diese Unterhaltung führen?«

Teriasch legte die Stirn in Falten. »Du sprichst von dem Ding mit den vielen Armen, das mich zu sich in die Finsternis hinabziehen will.«

»So ist es.« Schwarzschwinge nickte. »Der Kala Hantumanas. Die Wurzel unserer beiden Knechtschaft. Der, der von Liebe flüstert und doch nur Unterwerfung meint.«

Ein kalter Schauer lief Teriasch über den Rücken. »Was ist er?«

»Es gibt Geschöpfe in dieser Welt, die waren schon alt, als selbst wir Drachen noch jung waren«, erklärte Schwarzschwinge.

»Der Kala Hantumanas ist nur eines davon. Unter meinesgleichen heißt es, er sei entstanden, als zum ersten Mal das Herz eines fühlenden Wesens von Eifersucht erfüllt war, weil es zugunsten eines anderen zurückgewiesen wurde. Er verkörpert den Wunsch, Liebe zu erzwingen, wo keine Liebe ist. Die Sehnsucht, willenlose Gefügigkeit zu erschaffen, weil der wahre Wille keine Gefügigkeit zulässt. Er lauert tief im Innern der Erde, wie alle anderen aus seiner Brut, weil sie nur im Dunkeln gedeihen. Doch manchmal lockt sie etwas nach oben. Wenn sie spüren, dass es dort droben im Licht jemanden gibt, der ihre Wünsche und Sehnsüchte teilt. Dann wühlen sie sich empor, getragen von vergifteten, süßen Wassern, in die sie ihren verderbten Laich abgesondert haben, und sie wispern ihre Geheimnisse demjenigen zu, der sie gerufen hat. Sie umschmeicheln ihn und verführen ihn, all die Dinge zu tun, zu denen ihm bis dahin der Mut oder der Wahnsinn fehlte. Und so war es auch beim Kala Hantumanas, dem Wurm der alles umschlingenden Liebe. Er fand einen Mann, der nicht nur von *einem* anderen Menschen geliebt werden wollte und verschmäht worden war. Er fand einen, der um die Liebe *eines ganzen Volkes* buhlte und keine Erfüllung erfuhr. Und er lehrte diesen Mann die verderbten Wege, sich einen Gehorsam zu sichern, den man nur als Verblendeter für Liebe halten kann.«

»Dann ist der Kala Hantumanas das urmächtige Geschöpf des Wassers, das der Subveheros knechtete und über das der Dominex nun gebietet?«, fragte Teriasch.

»Du verwechselst Ross und Reiter. Ausgerechnet du als Steppenkind.« Der Drache lachte. »Ganz gleich, was der Mann und sein Sohn sich auch eingeredet haben, und ganz gleich, welche Lügen sie unter ihren Untertanen verbreiten lassen, ist der Kala Hantumanas nicht ihr Sklave. Es verhält sich genau umgekehrt. Er hat *sie* in Besitz genommen. Wie nannte der Mann sein ehrgeiziges Werk? Das Haus, in dem alle Häuser sind? Alles Unfug, alles Tand. Alles, was er zustande gebracht hat und was sein

Sohn bis heute aufrechterhält, ist, dem Kala Hantumanas ein ganzes Reich voller Spielzeuge zu geben. Jeder Mensch, der ein Kollare trägt, gehört am Ende ihm.« Schwarzschwinge senkte traurig den Blick. »Doch was verspotte ich dich? Ich habe auch so ein verfluchtes Ding um den Hals. Ich bin nicht besser als die Mutter aller Rüssel. Ich bin nicht einmal besser als du, Menschlein. Deshalb brauche ich dich ja ...«

Die Niedergeschlagenheit des Drachen schien Teriasch aufrecht genug, um noch einen Schritt auf ihn zuzugehen. »Wofür?«, fragte er. »Wofür brauchst du mich?«

»Um den Kala Hantumanas dorthin zurückzuschicken, wo er hingehört«, antwortete Schwarzschwinge. »Unter die Erde.«

»Ich soll dir dabei helfen, diese Kreatur zu besiegen?« Teriasch kam die Keule in seiner Hand mit einem Mal sehr lächerlich vor. »Wie soll das gehen?«

»Ich kann dir eine Waffe geben, mit der du gegen ihn antreten kannst.« Schwarzschwinge öffnete und schloss das Maul in einem spielerischen Biss. Klirrend wie tausend Klingen schlugen seine Zähne aufeinander. »Du musst sie dir nur bei mir holen.«

Obwohl die angriffslustige Geste des Drachen nicht ihm gegolten hatte, wich Teriasch dennoch einen Schritt zurück. »Und wo finde ich dich?«

»Wo würdest du denn nach mir suchen?« Wieder lachte der Drache. »Im Turm der Erde, wo die Mutter aller Rüssel ihren tumben Träumen nachhängt? Im Turm des Wassers, in dem unser Feind seine Listen ersinnt?«

»Im Turm des Windes«, sagte Teriasch leise. »Du bist im Turm des Windes gefangen.«

»Natürlich. Wo sonst?«

»Warte!« Teriasch hob die Keule. »Du verschweigst mir etwas. In Kalvakorum stehen vier Türme, einer für jedes Element. Wer haust im Turm des Feuers?«

»O Menschlein.« Der Drache betrachtete Teriasch einen Moment lang wie eine Stute ihr neugeborenes Fohlen, das bei seinen ersten, ungelenken Schritten umherstolperte. »Da fürchtest du dich so sehr vor Lügen und fällst trotzdem auf die Geschichten herein, die der Mann und sein Sohn erzählen. Von Türmen, in denen man Elemente einsperrt. Von einer Ordnung, die festen Regeln folgt. Von unermesslicher Macht, die dem gehört, der alle Elemente zähmt. Du willst wissen, was du im Turm des Feuers findest? Ich will es dir sagen. Nichts. Da ist niemand. Es gibt nur mich, die Mutter aller Rüssel und den Kala Hantumanas. Und dich. Wenn du Feuer suchst, musst du nur in dich selbst blicken, Menschlein. Dein Zorn ist das einzige Feuer, das zählt. Selbst der Wurm der alles umschlingenden Liebe ist davor zurückgeschreckt. Daher weiß ich doch auch, dass du derjenige bist, auf den ich so lange gewartet habe. Der, der würdig ist, meine Waffe zu führen. Der, der den Sturm aus Feuer entfesseln kann.« Schwarzschwinge hob stolz den Kopf. »Das ist der Handel, den wir beide eingehen müssen, Menschlein. Komm zu mir, nimm meine Waffe und töte das Ungeheuer. Der Lohn wird für uns beide derselbe sein: Freiheit. Was sagst du?«

Als Teriasch aus seinem Traum erwachte, war das Kollare um seinen Hals so kalt, als wäre ein eisiger Wind darüber hinweggefahren.

10

Nicht aus Eitelkeit habe ich die Elemente bezwungen.
Ich zähmte sie, um uns allen ein Haus zu errichten, so wie
ich den Elementen selbst in ihren Türmen zu Kalvakorum eine
Behausung schenkte, die meiner und ihrer Macht würdig ist.
Solange die Türme der Elemente stehen,
wird unser Haus nie fallen.

Aus der Großen Verheißung des Subveheros an sein Volk
anlässlich der Gründung des Dominums

Ich werde diesen Turm niemals ohne fremde Hilfe betreten können.

Ernüchtert ließ Teriasch seinen Blick über den Turm des Windes schweifen, von oben nach unten, vom girlandengeschmückten, gläsernen Reif an der Spitze bis hinunter zur untersten Stufe des breiten Fußes. Das runde Tor gähnte als gewaltiges dunkles Loch in der Kalksteinfassade. Davor standen gewiss drei Dutzend Soldaten Spalier. Ihre Brustpanzer waren mit kristallenen Verzierungen verkrustet, ihre weißen Umhänge aus einem leichten Stoff, den offenbar selbst das leiseste Lüftchen noch gehörig aufzubauschen vermochte. Die Klingen ihrer Axtlanzen waren aus einem klaren, durchscheinenden Material, von dem Teriasch einfach nicht glauben wollte, dass es sich dabei um messerscharf geschliffenen Diamant handelte. Warum nur musste er bei ihrem Anblick an die Zähne in Schwarzschwinges Schlund denken?

»Bist du nun zufrieden?«, meckerte Rukabo, dem Teriasch nichts von seinem Traum mit dem Drachen erzählt hatte. »Jetzt habe ich dir den Gefallen getan, dir diesen verbockten Turm zu zeigen, also können wir weitergehen, oder?«

»Wieso war das ein Gefallen?« Teriasch eilte seinem kleinen Freund durch das Getümmel nach, das auf dem großen Platz vor dem Turm herrschte. »Als wir vorhin losgegangen sind, hast du noch gemeint, der Turm würde ohnehin auf unserem Weg liegen.«

»Du trägst deine Haare falsch.« Rukabo wich im letzten Moment einem Boten mit einer versiegelten Schriftrolle unter dem Arm aus, der ihn schier über den Haufen gerannt hätte. »Zöpfe sind eigentlich nichts für dich, wenn man dich so reden hört. Hast du mal darüber nachgedacht, dir lieber jedes einzelne Haar auf deinem Kopf zu spalten, wo du doch so geschickt dabei bist? Habe ich überhaupt schon ein Wort des Dankes aus deinem Mund gehört, dass ich uns diesen Freigang verschafft habe? Nein, habe ich nicht. Dabei würden wir heute zur Abwechslung mal wieder nur Scheiße schippen, wenn ich nicht zufällig diese Ahnung gehabt hätte, mich dringend in Silicis' Schreibstube umsehen zu müssen.«

Teriasch schloss zu Rukabo auf. *Ich muss an ihm dranbleiben. Wenn ich ihn verliere, finde ich nie im Leben zur Arena zurück.* »Ich weiß genau, was du dort wirklich wolltest, du Lügenmaul. Aber ich habe es dir doch gesagt: Es gibt keinen Schlüssel zu der Kammer, in der Silicis die Flaschen mit den Blutstropfen aufbewahrt. Man bekommt die Tür nur mit dem Ring an seinem Finger auf. Du kannst von Glück reden, dass er es wieder mit seiner Galle hatte, als er dich dort erwischt hat. Sonst hätte er uns nämlich nicht losgeschickt, um Perlen zu kaufen, und du würdest dann auch ganz sicher keinen Stall mehr ausmisten. Er hätte dir die klebrigen Finger abgehackt, das wäre passiert.« Bei dem Gedanken daran, dass sein Besitzer unter Umständen kränker war, als es den Anschein hatte, wurde Teriasch mulmig zumute. »Wie groß waren denn seine Schmerzen?«

»Bin ich ein Heiler?« Rukabo kniff im Vorbeigehen einem pausbäckigen Mädchen in die Wange, das sich hartnäckig dagegen sträubte, von ihrem Vater durch den umliegenden Wald aus Beinen vorangezogen zu werden. »Es war einerseits so schlimm, dass er nicht selbst gehen konnte, aber andererseits auch wieder nicht so furchtbar, als dass er nicht mehr bei sich gewesen wäre. So ist das eben, wenn einem die Galle keine Ruhe lässt.«

»Bist du vielleicht doch ein Heiler, wenn du dich so gut mit Gallen auskennst?«, fragte Teriasch.

»Sehr witzig.« Forsch klopfte sich Rukabo auf den Wanst. »Ich habe nur selbst eine im Bauch, das ist alles.«

Sie sahen sich gezwungen, kurz anzuhalten, um erst einer Sänfte und danach einem Eselskarren Platz zu machen, und Teriasch nutzte die Gelegenheit, den Knoten in der Kordel um seine Hüfte fester anzuziehen, die ihm als Gürtelersatz für seine knielange Leinenhose diente. »Weißt du, was im Turm des Feuers lebt?«

Rukabo wäre fast in einen Haufen Probaskaäpfel getreten. »Wo kommt das denn jetzt schon wieder her?«

»Aus einem Rüsselschnauzenhintern, nehme ich an.«

»Deine Frage, meine ich.«

»Das muss die Hitze sein«, log Teriasch. »Man fühlt sich ja, als würde man neben einem lodernden Feuer stehen.«

»Kalvakorum ist nichts für empfindsame Gemüter, schon gar nicht im Sommer.« Geschickt tänzelte Rukabo um eine dicke Frau herum, die schnaufend einen Korb Früchte auf dem Kopf trug, die noch stacheliger waren als ihre Waden. »Was im Turm des Feuers lebt, willst du wissen? Ein Behemoth. Der Subveheros ist eigens über das Meer gefahren und in einen Vulkankrater hinabgestiegen, um ihn zu fangen. Die einen sagen, es sei ein riesiger roter Vogel, der Feuer speien kann, die anderen schwören, es sei so eine Art Krabbe aus glühendem Stein oder etwas in der Art.«

»Dann weiß es also niemand genau?«

»Nein, und das ist auch ganz gut so. Mit Sicherheit wissen es nämlich leider nur die armen Würste, deren Los aus der Trommel gezogen wird, wenn es an der Zeit ist, den Behemoth ihre Opfer zu bringen. Also nicht sofort nach der Ziehung, sondern erst, sobald man sie den Biestern in den Türmen vorstellt, von denen sie dann geschwind gefressen werden.« Mit in die Seiten gestemmten Armen blieb Rukabo stehen und wandte sich zu Teriasch um. »Was bist du nur auf einmal so von den Türmen und ihren Bewohnern besessen? Was hast du vor? Einen Behemoth stehlen und auf ihm zurück in die Steppe reiten, oder wie?«

»Ich versuche nur, meine neue Heimat besser kennenzulernen«, verteidigte sich Teriasch. »Was ist daran verwerflich?«

»Du willst Kalvakorum kennenlernen?« Rukabo breitete grinsend die Arme aus. »Dann hast du Glück, dass du mit mir unterwegs bist. Diese ganze Stadt ist mein Revier.« Er zog am Saum von Teriaschs Tunika. »Los, komm. Ich will die Perlensache schnell hinter mich bringen.«

Sie kämpften sich aus dem ärgsten Trubel auf dem Platz und folgten dem Verlauf der hohen Mauer, die den Turm des Windes mit dem Turm der Erde verband. Sie passierten allerlei Bewohner der Stadt, die am Fuß der Mauer ihrem Tagwerk nachgingen: Propheten mit wild wuchernden Bärten und Weissagerinnen in zerschlissenen Roben, die den Passanten unablässig Schilderungen ihrer unheilschwangeren Visionen zuriefen; Gaukler und andere Schausteller, von denen Teriasch den fetten Mann am beeindruckendsten fand, der eine kleine Rotte Pinselohräffchen in recht aufwendige Kostüme gesteckt und den Tieren beigebracht hatte, bedeutende Szenen aus der Geschichte des Dominums nachzuspielen; Bettler und Versehrte, die die Hände – sofern sie noch welche hatten – den Vorbeigehenden in der Hoffnung auf Almosen entgegenreckten; Händler in begehbaren Holzbuden, die alles von Sonnenhüten aus Stroh und Sandalen mit Messingscheiben an den Riemen über Wasserpfeifen aus Rüsselschnauzenzähnen und Broschen in Form verschiedenster Götterantlitze bis hin zu salzigem Gebäck und Tee feilboten …

Auf der Hälfte der Strecke zwischen den beiden Türmen mussten Teriasch und Rukabo einen Bogen schlagen: Eine breite, säulengesäumte Prachtstraße führte schnurgerade auf ein haushohes Tor in der Mauer zu. Um die gewaltige Öffnung herum war ein nicht weniger gewaltiges Relief in den Stein gemeißelt, sodass der Eindruck entstand, das Tor wäre das weit aufgerissene Maul eines brüllenden Löwen. Es wurde schwer bewacht, und Teriasch fiel auf, dass die Soldaten den Weg durch das Tor nur denjenigen freimachten, die entweder aufgrund ihrer teuren Kleidung und ihres Gebarens als wohlhabende Freie zu erkennen waren oder die zusätzlich zu ihrem Kollare noch einen gut sichtbaren Reif aus Silber um das rechte Handgelenk trugen. Infolgedessen herrschte jenseits des Tores deutlich weniger Gedränge.

Ihm entging auch nicht, dass sein untersetzter Begleiter einen langen Blick auf das Tor warf, ehe Rukabo leise knurrte, den Kopf schüttelte und seine Schritte beschleunigte. »Was liegt hinter dieser Mauer?«, fragte Teriasch.

»Das eigentliche Herz von Kalvakorum und des gesamten Dominums.« Rukabo spuckte geräuschvoll aus. »Dahinter leben die Numates in ihren Villen. All die Bürger, die es damit zu Wohlstand gebracht haben, den Speichel des Dominex und seines Vaters zu lecken, als wäre es der süßeste Honig. Siehst du die große goldene Kuppel in der Mitte da?«

Teriasch nickte.

»Dort steht der Palast des Dominex«, sagte Rukabo. »Dort wacht er angeblich über das Haus, in dem alle Häuser sind. Von einer Kammer an der Spitze der Kuppel aus, die man nur betreten darf, wenn er einen zu sich ruft. Und diese Ehre, den

Dominex in all seiner Pracht zu erblicken, wird nur den allerwenigsten zuteil.« Er schürzte die Lippen. »Selbst ich habe ihn nie selbst gesehen. Und ich habe immerhin meine gesamte Jugend in seinen Gärten verbracht. Und glaubst du, ich hätte ihn dort je beim Lustwandeln ertappt? Nein. Meine Eltern fanden es nicht weiter schlimm, für einen Herrn zu arbeiten, der sich ihnen nie zeigte und sich anscheinend auch nichts aus den Blumen machte, die sie für ihn züchteten. Sie waren schon damit zufrieden, dass der Dominex wenigstens das Obst aus ihren Hainen zu schätzen wusste. Ihnen reichte es, wenn der Pollox vorbeischaute, um die Früchte abzuholen, von denen niemand außer dem Dominex kosten darf. Sie waren die eitelsten und einfältigsten Obstbauern der Welt, wenn du mich fragst, und …«

»Warum?«

»Warum was?«

»Warum darf nur der Dominex diese Früchte essen?«

»Weil er es eben so will«, sagte Rukabo scharf. »Genau wie er will, dass die Bäume, an denen diese Früchte wachsen, mit nichts anderem gegossen werden als mit Wasser, das eigens aus dem Turm des Wassers zu genau diesem Zweck herbeigeschafft wird. Er ist der Dominex. Er kann tun und lassen, was er will. Er könnte den lautesten Furz aller Zeiten lassen, und hinterher würden sich alle noch für die schöne Musik bedanken.«

Schweigend gingen sie eine Weile weiter, immer an der Mauer entlang. Als sie in den Schatten des Turms der Erde traten und Teriasch froh darüber war, endlich aus der Sonne herauszukommen, rieb Rukabo sich plötzlich die Hände und griff dann nach der Geldbörse, die um seinen Hals hing. »Ha! Wir sind gleich da! Mal schauen, wie gut ich Kaupodor um den Finger gewickelt kriege.«

Rukabo hielt zielstrebig auf ein Haus direkt gegenüber der Mauer zu. Die Läden eines breiten Fensters im Erdgeschoss waren aufgeklappt. Auf der samtgepolsterten Fensterbank lagen

Kleinodien und Geschmeide ausgebreitet. Zwei grobschlächtige Kerle mit dornengespickten Handschuhen, die links und rechts des Fensters lässig an der Wand lehnten, hatten offenbar die Aufgabe, diejenigen Kunden abzuschrecken, die es mit dem Bezahlen nicht sonderlich genau nahmen.

»Na, Kaupodor?« Fröhlich winkte Rukabo dem Mann zu, der auf der anderen Seite des Fensters saß und gelangweilt mit einem goldenen Stäbchen in den Lücken zwischen seinen schief stehenden Zähnen herumstocherte. »Lust auf ein gutes Geschäft?«

»Rukabo …« Kaupodor nahm das Stäbchen aus dem Mund und verzog das lange Gesicht. Er ließ keinen Zweifel daran aufkommen, dass er nicht so recht wusste, was er widerlicher fand: den gelblichen Batzen auf der Spitze seines Zahnstochers oder den Halbling vor ihm. »Wie ich sehe, hat dich endlich mal einer erwischt.«

»Das?« Rukabo fasste sich an sein Kollare. »Das ist nur eine vorübergehende Angelegenheit.« Er wedelte mit der Geldbörse. »Und tu bitte nicht so, als ob du keine Geschäfte mit Sklaven machen würdest.«

Das helle Klimpern aus dem Ledersäckchen weckte immerhin so viel von Kaupodors Interesse, dass der Händler eine Augenbraue hob. »Wenn du mir wieder Blech andrehen willst, lass ich dir von Perka und Asper die Nüsse pflücken, klar?«

Die Mietwächter grinsten voller Vorfreude.

»Ich bitte dich«, entrüstete sich Rukabo. »Das war nur ein einziges Mal und ein aufrichtiges Versehen.« Er schnürte die Börse auf und warf dem Händler eine Münze zu. »Hier. Überzeug dich selbst.«

Während Kaupodor den Rota penibel wog, sah sich Teriasch um. Drei Läden weiter wurde Schmuck angeboten, mit dem gut betuchte Probaskabesitzer ihre Tiere ausstaffieren konnten. Vor dem Laden war eine junge Rüsselschnauze von der Größe eines ausgewachsenen Pferdes an einen Pflock gekettet, die man gut und gerne für ein überreich verziertes Standbild hätte halten können. Über die flach gefeilten Spitzen seiner kurzen Stoßzähne hatte man ihm silberne Kugeln gestülpt, der Rüssel war bis hinunter zu den beiden Greiffingerchen von einem Netz aus roten Fäden und glitzernden Steinen bedeckt, um die Füße waren Bänder mit golddurchwirkten Troddeln und Fransen gebunden, der Rücken und die Flanken waren unter einem kunstvoll mit Ranken bemalten Tuch verborgen, und am Schwanz hing ein Glöckchen aus hellgrünem Glas. Das Tier sah alles andere als glücklich aus. Traurig erwiderte es aus einem seiner großen Augen Teriaschs Blick. *Die Harten Menschen haben diesem armen Ding das Gleiche angetan, was Silicis in der Arena mit mir angestellt hat. Sie machen etwas aus ihm, was es gar nicht ist.* Teriaschs Zorn meldete sich zurück, heimlich und verstohlen, weil er ihn so lange nur noch in seinen düsteren Träumen vom Wurm der alles umschlingenden Liebe zugelassen hatte. Doch er war beileibe auch in der wachen Welt nicht ausgelöscht, auch wenn Teriasch ihn jetzt eher als schwaches Prickeln denn als heißes Brennen in sich spürte.

»Zufrieden?« Rukabos triumphierender Ton lenkte Teriaschs Aufmerksamkeit zurück auf den Handel, der sie zu Kaupodors Laden geführt hatte. »Oder willst du alle Münzen prüfen, du misstrauisches Stück Dung?«

»Was willst du?«, blaffte Kaupodor.

»Einen Beutel deiner schlechtesten Perlen.« Rukabo keckerte vergnügt. »Ja, du hast schon richtig gehört. Sie kommen eh in Essig, da müssen sie nicht schön sein.«

»Fünfzehn Rota.« Der Preis schoss so schnell aus Kaupodors Mund wie ein Bolzen aus einer Arkakrux.

»Fünfzehn?« Rukabo krallte die Hand in seine Tunika, als wäre ihm das Herz stehen geblieben. »Willst du dafür sorgen, dass mein Besitzer mich nur noch Sand fressen lässt? Ich habe ein Kampfgewicht zu halten, du Trottel. Acht Rota kannst du haben, du Halsabschneider. Und keinen einzigen Radius mehr!«

»Acht?« Kaupodor begann sich zu winden, als würden ihm die Nähte seines feinen Hemds die Haut durchbohren. »Ich habe eine kranke Mutter, du herzloses Ungeheuer. Aber wenn dir ihr Leiden am haarigen Hintern vorbeigeht, bitte sehr. Dann sage ich dreizehn und kaufe eben keine Salbe für ihre Geschwüre.«

»Deine Mutter ist tot, du Hund«, keifte Rukabo. »Ich war es doch, der dir damals eine Alchimistin gesucht hat, an die du ihre Leiche verhökern konntest. Aber gut, sagen wir neun, damit du dir ein Büchlein für deine Lügen besorgen kannst, damit du sie in Zukunft nicht mehr so oft durcheinanderbringst.«

»Neun?« Kaupodor lachte verächtlich. »Für neun Rota kannst du von mir höchstens einen Sack braune Perlen kriegen, die ich mir für dich persönlich aus der Ritze kratze!«

Teriasch beobachtete die laufenden Verhandlungen mit schwindender Anteilnahme. *Das sieht aus, als könnte das noch eine ganze Weile so weitergehen.* Er schaute noch einmal hinüber zu der mit Schmuck behängten Rüsselschnauze.

Zwei Kinder näherten sich dem Tier, ein Junge und ein Mädchen, dem schwarz gelockten Haar und dem wieselhaften Gesichtsschnitt nach zu urteilen Geschwister, von denen das Mädchen das ältere war. Sie schlichen seitlich an das Probaska heran, das Mädchen die Arme hinter dem Rücken, der Junge die Hände auf den Mund gepresst, ohne dass es ihm damit gelang, ein kieksendes Lachen zu unterdrücken. »Mach doch, mach doch«, forderte er seine Schwester auf, als sie noch etwa fünf Schritte von der Rüsselschnauze entfernt waren.

Glucksend warf das Mädchen dem Probaska eine tote Ratte vor die Füße. An den nackten Schwanz der Nagerleiche war ein Faden gebunden, den das Mädchen in der geballten Faust hielt. Das Probaska senkte den Kopf, und sein Rüssel schwang nach vorn. Der Muskelschlauch blähte sich ein bisschen, als das Tier vorsichtig an der Ratte schnupperte.

»Jetzt! Jetzt!« Der Junge machte einen kleinen Luftsprung. »Jetzt!«

Das Mädchen zog an dem Faden, und die tote Ratte ruckte ein Stück über das Pflaster.

»He! Lasst das!« Teriasch lief los, doch es war zu spät.

Die Rüsselschnauze trompetete erschrocken und stieg auf die Hinterbeine. Die Kinder lachten, und das Mädchen zupfte noch einmal an dem Faden. Das Tier tapste zwei Schritte nach hinten, begleitet vom Klang des Glöckchens an seinem Schwanz, stolperte über die Kette, die es an den Pfosten fesselte, und ging mit einem jämmerlichen Laut zu Boden. Weiter klagend kämpfte es sich auf die Beine. Wo es auf dem Pflaster gelegen hatte, glänzte Blut. In einer der Hinterbacken steckte ein grüner Glassplitter. Das Probaska reckte den Kopf nach hinten und streckte den Rüssel nach dem Splitter aus, der aber nicht lang genug war, um ihn zu erreichen. In seiner Panik begann das Tier, sich im Kreis zu drehen, und verhedderte sich nur immer mehr in seine Kette.

Na wartet, ihr Quälgeister! Dafür werdet ihr bezahlen! Teriaschs Zorn brach aus ihm hervor, blind und unbeherrscht, eine heiße Woge der Wut. Sie fand ein anderes Ziel als das, was am nächsten lag. Statt von dem kleinen Probaska aufgesogen zu werden, wurde sie von einem anderen Geschöpf angezogen. Nur einen Herzschlag lang wähnte sich Teriasch an einem dunklen, warmen Ort, hörte das Mahlen großer Kiefer und schmeckte nasses Gras auf seiner Zunge. Dann erzitterte die Erde wie unter einem Donnerschlag, der sie in zwei Hälften spalten wollte. Teriasch verlor das Gleichgewicht, sackte in die Knie, sein Kollare glühend heiß. Die tote Ratte hüpfte einen halben Schritt in die Höhe, Pflastersteine knackten und waren mit einem Mal von Rissen überzogen. Die Kinder, die erst Teriaschs Zorn geweckt und dadurch eine noch mächtigere Kreatur in Rage versetzt hatten, wurden von der Wucht der Erschütterungen förmlich von den Beinen gerissen. Sie kreischten wild, schürften sich Stirn, Knie und Hände auf.

Während die Erde bebte und zitterte, erklangen weitere Schreie. »Der Turm! Der Turm!«

Teriasch sah zu dem Bauwerk, in dem die Mutter aller Rüssel gefangen war. Trotz seiner schier unermesslichen Masse schwankte der Turm der Erde wie ein Baum in einem heftigen Sturm. Das Bild drängte sich umso mehr auf, als sich von den Ranken an seiner Spitze zahllose Blätter und Blüten lösten und hinunter in die Tiefe wirbelten, den Straßen und Dächern Kalvakorums entgegen.

Überall um Teriasch herum ergriffen Menschen die Flucht, die nur einen Gedanken kannten – fort vom Turm, ehe er einstürzte und sie alle unter sich begrub! Stände wurden umgerissen, Karren mit teurer Ladung einfach stehen gelassen, Sänften höchst unsanft abgesetzt, Körbe und Krüge beiseite geschleudert. Einzig das gepeinigte Probaska stand nun ganz still, den Rüssel stolz erhoben, als wollte es den Zweibeinern spotten, die angesichts der Macht seiner Ahnin kopflos durcheinanderliefen.

Teriasch fletschte die Zähne. *Seht ihr jetzt, wie leicht eure Ordnung zu erschüttern ist, ihr Narren? Was macht es für einen Unterschied, ob man Herr oder Sklave ist, wenn die Erde bebt und man den Tod vor Augen hat?* Mit einem Mal verflog seine trotzige Freude über das Chaos unter den Harten Menschen, und die eisigen Finger der Furcht griffen auch nach seinem Herzen. Er sah die Kammer vor sich, in der Silicis die Sklavenflaschen aufbewahrte. Den Felsblock, der über einem anderen hing, an einem lächerlich kleinen Ring aus Skaldat. *Was, wenn selbst das Skaldat dieser Urgewalt nicht standhalten kann?*

Das Schwanken des Bodens ließ nach, zuerst kaum spürbar, dann immer deutlicher. Die tote Ratte hüpfte nicht mehr auf und ab, das blutende Geschwisterpaar schaffte es, schluchzend aufeinander zuzukriechen und sich fest zu umklammern.

Eine Hand fiel von hinten auf Teriaschs Schulter. »Hock da nicht rum, als hätten sie dir die Beine abgehackt! Wir müssen weg!« Rukabo tänzelte vor ihn, übers ganze runde Gesicht strahlend, *zwei* Lederbeutel in der Rechten. »Ich habe gerade ein sehr gutes Geschäft mit einer feigen Kröte gemacht!« Der Halbling half ihm beim Aufstehen. »Fünfzehn Rota, die wir auf den Kopf hauen können, *und* ein Sack Perlen für Silicis! Schnell jetzt, bevor Kaupodor merkt, dass der Turm noch steht!«

11

Es heißt, der Dominex schlafe nie. Die einen sagen, dem wäre so, weil er unermüdlich über das Haus wacht, in dem alle Häuser sind. Die anderen wissen, dass er tausend Töchter hat.

Aus einem Manuskript des verschollenen
Possenreißers Kavillatio Malujokus

»Da drüben fangen wir an.« Rukabo zeigte auf den Eingang eines Rauchhauses, in dem die Schwaden besonders dicht unter der Decke hingen. Halb nackte Tänzerinnen und Tänzer verrenkten zum Klang von Schellenkränzen und Flöten ihre Hüften und Gliedmaßen in nahezu unglaublichen Winkeln. »Du wirst sehen, es ist gar nicht so leicht, auf die Schnelle fünfzehn Rota zu verprassen, wenn wir vor Sonnenuntergang wieder in der Arena sein sollen.«

Einerseits war es für Teriasch verstörend, wie hartnäckig Rukabo das Beben des Turms der Erde ignorierte und sich stattdessen an der Aussicht erfreute, Silicis' Geld mit beiden Händen auszugeben. Andererseits half das Verhalten des Halblings ihm dabei, nicht zu viel darüber nachzudenken, was wohl geschehen wäre, wenn sein Zorn auf die beiden Kinder, die das Probaska geärgert hatten, noch größer ausgefallen wäre. *Hätte die Mutter aller Rüssel den Turm mit ihrem Wüten wirklich zum Einsturz gebracht? Wäre ich dann schon bei meinen Ahnen? Ich muss Rukabo am Ende sogar dankbar sein, dass er sich geweigert hat, mich zum Turm des Feuers zu führen. Wer weiß, wohin mein Zorn sich gewandt hätte, wenn der Drache aus meinem*

Traum die Wahrheit gesagt hat und in diesem Turm keine Kreatur gefangen ist. Oder schlimmer noch: Wenn Schwarzschwinge gelogen hat und ich ein noch viel gefährlicheres Wesen als die Mutter aller Rüssel mit meinem Zorn in Raserei versetzt hätte …

Auf dem Weg in eines der Vergnügungsviertel Kalvakorums war nicht zu überhören gewesen, wie besorgt die Bewohner über die unheimlichen Vorgänge am Turm der Erde tatsächlich waren.

Soldaten patrouillierten paarweise die größeren Straßen, und einmal hatte einer seinem Kameraden eine bedrückende Vermutung offenbart: »Kann es nicht sein, dass der Dominex – gepriesen sei er! – krank ist und deshalb den eingesperrten Behemoth nicht mehr richtig im Zaum halten kann? Oder was ist, wenn er schlicht zu alt ist und kurz davor, seinem Vater zu den Göttern nachzufolgen? Dann stürzt bald der gesamte Himmel über uns ein!«

Bevor sich Teriasch jedoch seine eigenen Gedanken zu dieser Vermutung machen konnte, hatte Rukabo ihn gefragt: »Bist du eigentlich schon einmal bei einem Muskelkneter gewesen, der dich so richtig durchgewalkt hat? Ich kenne da einen, der verschafft dem ganzen Drücken und Reiben und Pressen für ein paar kleine Münzen einen besonders glücklichen Ausgang, wenn du verstehst, was ich meine.«

Vor einem Brunnen, an dem eine Gruppe Sklaven beieinanderstand, hatte Teriasch eine andere Deutung der Ereignisse aufgeschnappt. »Vielleicht hat sich der Priesterrat dabei vertan, welchem Behemoth die Opfer aus der nächsten Losziehung zustehen. Dann grollt uns jetzt die Erde nur, weil sie meint, das Feuer wäre uns wichtiger als sie. Was für eine Schande!«

Rukabo hatte Teriaschs Sorgen durch einen Hinweis auf eine ungewöhnliche Köstlichkeit zerstreut: »Ich hoffe, wir finden einen Laden, der Weinäpfel im Angebot hat. Ich weiß, was du jetzt denkst. ›Warum nur ist er so in Wallung wegen ein paar eingelegter Früchte?‹ Aber du irrst, mein Freund, du irrst dich ganz gewaltig. Weinäpfel heißen Weinäpfel, weil sie so gezüchtet wurden, dass sie noch *am Ast* vergären. Fressen *und* Saufen in einem! Besser wird's nicht, das verspreche ich dir.«

Die Insassen zweier parallel am Straßenrand abgestellten Sänften hatten eine vollkommen andere Erklärung für das Beben und Schwanken des Turms gefunden: »Machen wir uns nichts vor. Da war Sprengpulver im Einsatz. Wir haben in letzter Zeit einfach zu vielen Sklaven die Freiheit geschenkt, die damit nicht umgehen können und sich nun daranmachen wollen, unsere ganze Ordnung auf den Kopf zu stellen. Man traut sich ja kaum noch aus der Villa vor lauter Angst, grundlos ermordet zu werden.«

Auch darüber hatte Teriasch nicht länger sinnieren können, weil Rukabo von einer weiteren Attraktion des Viertels geschwärmt hatte: »Ich weiß etwas, das ganz nach deinem Geschmack sein dürfte: Klangscheiben aus Skaldat. Wenn ein wahrer Meister sie spielt, löst jeder neue Ton eine andere Empfindung aus, je nachdem, welche Scheiben zusammen schwingen. Rot und blau machen einem ordentlich Feuer in der Hose, und bei schwarz und weiß würde nur ein Stein nicht das Heulen kriegen. Man kann richtig süchtig danach werden.«

Kaum hatte er das gesagt, fand er offenbar eine andere Zerstreuung verheißungsvoller. Er steuerte auf ein Rauchhaus zu.

»Moment!« Rukabo blieb wie angewurzelt stehen und blockierte mit seinem rechten Arm Teriasch den Weg. »Was haben wir denn da?«

Teriasch folgte den Blicken des Halblings. In einer dunklen Gasse neben dem Rauchhaus erspähte er zwei Menschen, die in ein hitziges Wortgefecht verwickelt waren. Eine kahl rasierte Frau in einem ärmellosen, knielangen Mantel aus schwarzem Echsenleder, dessen Nähte von Pailletten aus Rubinen kaschiert waren, redete heftig auf eine wesentlich kleinere Person ein, die trotz der Hitze dick in einen braunen Kapuzenmantel vermummt war. Vor Mund und Nase hatte sie sich ein Tuch gebunden, wie wenn sie sich vor den aufdringlichen Gerüchen des Viertels schützen wollte.

»Wo immer man auch schreit und zankt, sich bald ein schlauer Dieb bedankt«, murmelte Rukabo und vollzog eine erstaunliche Verwandlung, als er sich den beiden Streithähnen näherte. Er torkelte und schwankte ungelenk und drohte mehrfach über die eigenen Füße zu stolpern. Er ruderte schwach mit den Armen, ließ mal sein linkes, dann sein rechtes Augenlid hängen und gab ein schräges Krächzen von sich, das nur mit viel gutem Willen als Lied durchging. Soweit Teriasch das feuchte Lallen richtig verstand, handelte es von einer Katze, die einfach nicht auf dem Schoß eines Mannes stillsitzen wollte, um dessen Streicheln zu erdulden.

Wie auch immer Rukabos weiterer Plan ausgesehen haben mochte, er ging nicht auf. In dem Augenblick, da ihn die Kahlköpfige bemerkte, stellte sie ihr Gezeter ein und stellte sich schützend vor den Vermummten. »Wenn dir was an deinen fetten Fingern liegt, du haariger Wicht, dann behältst du sie besser bei dir und siehst zu, dass du Land gewinnst, klar?«, herrschte sie Rukabo an.

»Was? Wie? Isch?« Rukabo fiel nicht aus der Rolle, als hätte er die Hoffnung, sein neu gewonnenes kleines Vermögen zu vergrößern, noch nicht ganz aufgegeben. »Weischt du, wo hihier eine Lalatrine is'? Der leletzte Schlalauch Wein war schlescht.«

»Abmarsch, hab ich gesagt!«

Die ersten Passanten wurden von der putzigen Szene angezogen, nahmen aber nach einem wenig freundlichen »Das gilt auch für euch, ihr Dreckspack!« der Kahlköpfigen sogleich wieder Abstand und schlenderten weiter.

Ich würde mich nicht mit ihr anlegen. Nicht bei den sehnigen Armen und der Laune. Teriasch beschloss, seinen Freund aus der misslichen Lage zu retten, und eilte auf die Gasse zu. »He, Rukabo, hör sofort auf, diese Leute zu belästigen!«

»Und da kommt auch schon der Kumpan, der für die zweite Ablenkung sorgen soll, falls die erste scheitert!«, höhnte die Kahlköpfige. »Wann begegne ich endlich einmal Dieben, die nicht auf Schläge aus sind?«

»Wir sind keine Diebe«, sagte Teriasch schnell und hob die Hände. »Er ist nur betrunken.«

»Warum rieche ich dann keinen Fusel an ihm? Wenn der da betrunken ist«, sagte die Frau abschätzig, »bin ich eine Hure.«

»Was verlalalangst du denn so, mein Schaschatz?«, lallte Rukabo.

»Jetzt reicht's!« Die rechte Hand der Kahlköpfigen huschte unter ihren Mantel.

»Halt, Carda!« Der Vermummte hatte eine ungewöhnlich helle, aber keineswegs unangenehme Stimme, auch wenn sie ein wenig heiser klang. »Siehst du denn nicht, wer die beiden sind?« Er fasste die Kahlköpfige am Arm und zog sie drei, vier Schritte tiefer in die schattige Gasse hinein. »Das sind der Häuptling und sein Pferd.«

»Hörst du das?« Rukabo richtete sich kerzengerade auf und grinste Teriasch an. »Ich hab's dir doch gesagt. Wir sind berühmt.«

»Ich will ihn mir ansehen«, kam es aus der Gasse von dem Vermummten.

»Das kann ich leider nicht zulassen«, knurrte Carda, die die Hand noch immer nicht wieder unter dem Mantel hervorgenommen hatte.

»Und wenn ich es befehle?«, fragte der Vermummte.

»Wie Ihr meint.« Carda gab sich geschlagen, doch ihr Gesicht blieb eine Maske entnervten Misstrauens. »Gut, ihr zwei. Dann kommt mal her.«

»Was wollt ihr von uns?«, fragte Teriasch, der einen beunruhigenden Gedanken gefasst hatte. *Könnte es sein, dass wir gerade dabei sind, selbst auf ein Paar Diebe hereinzufallen? Ich habe nicht erst vorhin einen Turm ins Wanken gebracht, der angeblich für die Ewigkeit gebaut ist, um mir jetzt in dieser Gasse ein Messer zwischen die Rippen jagen zu lassen.*

»Sei doch nicht so bockig.« Rukabo schritt stolz in die Gasse hinein. »Es ist wichtig für einen guten Arenistus, sich Zeit für seine Bewunderer zu nehmen.« Er verbeugte sich. »Rukabo der Name. Auch bekannt als der Kater von Kalvakorum, wenn ich das bei aller Bescheidenheit anmerken darf.«

Der Vermummte ignorierte den Halbling. Sein Blick blieb starr auf Teriasch geheftet, als er sich das Tuch vom Gesicht schob und die Kapuze zurückschlug.

Nein! Sie! Teriasch öffnete den Mund, doch alles, was er zustande brachte, war ein verblüfftes Ächzen. Der Vermummte war kein Mann. Er war eine Frau. Noch dazu nicht irgendeine. Wer ihn da aus der Gasse heranwinkte, war niemand anderes als die rothaarige Frau, die Teriasch im Traum erschienen war. Die Tochter des Dominex aus der Arena, deren dunkle Haut und mandelförmige Augen ihr den Anschein einer Steppenbewohnerin verliehen.

Teriasch war nicht der Einzige, den diese Enthüllung überraschte. »Hoheit!«, entfuhr es Rukabo schrill. »Wenn ich das geahnt hätte! Verzeiht mein ungebührliches Betragen von eben.« Er verbeugte sich ein weiteres Mal, tief genug, dass er fast vornübergekippt wäre und sich nur durch einen flinken Griff nach Cardas Mantelsaum vor einem Sturz bewahren konnte. »Ihr seid noch liebreizender, als ich es schon aus der Ferne bestaunen durfte.«

»Finger weg!«, knurrte Carda.

Rukabo ließ seine Hand zurückzucken, als hätte er eine heiße Herdplatte angefasst. »Dann bist du …« Er griff sich an die Brust und starrte die Kahlköpfige ehrfürchtig an. »Dann musst du eine Scharlachrote Rose sein.«

»Genau.« Carda nickte. »Und alles, was man sich über uns erzählt, ist wahr. Wir kennen mehr Wege, einen Menschen vom Leben zum Tode zu befördern, als eine Rose Dornen hat. Also benimm dich gefälligst.«

»Ich schwöre, dass ich keine Gefahr für die Herrschaftliche Hoheit darstelle«, winselte Rukabo. »Ich schwöre es bei allem, was mir heilig ist. Und wenn dir das nicht genügt, schwöre ich es bei meinen Nüssen.«

»Warum weigert sich dein Freund, den Wünschen Ihrer Hoheit Folge zu leisten?«, fragte Carda kühl.

Rukabo wirbelte zu Teriasch herum. »Kommst du wohl her, du Trottel!«

Teriasch blieb, wo er war, zu erschüttert von der Begegnung, die er unmöglich als einfachen Zufall abtun konnte. Er sah die verlogenen, boshaften Schicksalsgeister dieses Landes förmlich vor sich, wie sie darüber kicherten, welche beiden Fäden sie gerade miteinander verwoben.

»Er ist eben stolz.« Die Tochter des Dominex lächelte. »Ein echter Häuptling der Steppe.«

Es war ihr Lächeln, das ihn letztlich dazu verleitete, ihrer Aufforderung nachzukommen und in die Gasse zu treten. Ein Lächeln auf einem Gesicht, das denen seiner liebsten Menschen so verlockend ähnlich war, auch wenn er sich fern der Heimat aufhielt. Noch dazu lag nichts Böses in ihrem Blick, nur Neugierde, wie man sie vielleicht empfand, wenn man etwas Schönem gegenüberstand, das einem zugleich unbegreiflich war. »Hast du einen Namen?«, fragte sie.

»Hast du denn einen?«, gab Teriasch zurück.

»Man sagt nicht Du zu ihr!«, flüsterte Rukabo entsetzt mit einem ängstlichen Seitenblick auf die Leibwächterin. »Man sagt Ihr und Euch und Euer, du Barbar!«

»Wieso?« *Was will er bloß von mir?* »Ich sehe da nur eine Frau, die vor mir steht, nicht zwei.«

Rukabo stöhnte gequält.

»Ich nehme dir deine aufrichtige Art nicht übel«, sagte die Tochter des Dominex. »Ich bin Julanesca Venustas Gramenita Ignissetta Nata Grandus.«

»Das ist ein sehr langer Name.«

»Du kannst mich Nesca nennen.«

Nun war es die Kahlköpfige, die ein gequältes Stöhnen von sich gab.

»Ich bin Teriasch von den Schwarzen Pfeilen. Du kannst mich Teriasch nennen.«

»Ich mag deine Zöpfe, Teriasch.« Nesca strich ihm mit einem Finger durch das Haar an seiner Schläfe, und er bekam eine Gänsehaut. Es war mehr als eine schlichte Regung seines Körpers ob der Berührung. Die Geste rief ihm seinen Traum, in dem sie sich als Trugbild des Kala Hantumanas entpuppt hatte, in aller Deutlichkeit ins Gedächtnis. *Aber ihr Finger ist ganz warm, und sie riecht nicht nach Moder. Sie riecht ... gut. Wie Blumen und Honig und Früchte.*

Ihr Finger wanderte über seine Wange zu den Lippen. »Und ich mag diese Linien um deinen Mund.«

»Es sind Flammen«, murmelte er, und obwohl er versuchte, seine Lippen dabei kaum zu bewegen, stellte er fest, dass ihre Haut noch besser schmeckte, als sie duftete.

»Du hast noch mehr Hautbilder, oder?«

Er nickte.

»Wo?«

»Auf der Brust.«

»Ah.« Sie griff nach dem Kragen seiner Tunika, zog den Stoff nach unten und stellte sich auf die Zehenspitzen, um seine Haut zu begutachten. »Kreise. Du bist ein Schamane.«

Teriasch stutzte und wollte fragen, woher sie das wusste.

Carda hinderte ihn daran, indem sie an Nescas Seite trat, sie sanft ein Stück von ihm wegschob und ihr die Kapuze wieder hochschlug. »Vergesst bitte nicht, wo Ihr seid, Hoheit. Wir sollten gehen. Wir sind schon zu lange hier.«

»Lasst Euch durch uns ja nicht aufhalten«, sagte Rukabo eilfertig und mit einer neuerlichen Verbeugung. »Womit ich auf keinen Fall sagen will, dass mir Eure strahlende Gegenwart nicht die Seele streichelt, Euer Hoheit.«

»Was macht ihr hier?«, fragte Teriasch.

Rukabo knuffte ihn gegen das Knie. »Nichts, was zwei jämmerliche Gestalten wie uns auch nur im Entferntesten etwas angeht. Was fällt dir ein, dich in die Angelegenheiten deiner Oberen einmischen zu wollen?«

Carda nickte in spöttischer Anerkennung. »So viel Weisheit hätte ich einem räudigen Dieb gar nicht zugetraut.« Dann wandte sie sich an ihre Schutzbefohlene und deutete auf die Mündung der Gasse. »Lasst uns doch bitte aufbrechen, Hoheit, ja?«

»Noch nicht.« Teriasch stellte sich ihnen in den Weg. »Ich muss erst noch etwas von dir wissen.«

Nesca machte erst ein überraschtes Gesicht, ehe sie erneut lächelte. Carda hingegen hatte in Windeseile einen Dolch mit einer blutroten, geflammten Skaldatklinge gezückt, den sie auf Teriasch richtete. »Mach Platz, Junge!«

»Er meint es nicht so, er meint es nicht so«, jammerte Rukabo, der bleich wie ein Schluck Milch war.

Nesca legte eine Hand auf Cardas Arm. »Was willst du mich fragen?«

»In der Arena, als du uns gegen den Krebskrieger kämpfen gesehen hast …« Teriasch versuchte sein Bestes, nicht darauf zu achten, wie spitz und scharf Cardas Dolch war. »Silicis wollte, dass wir sterben, als die Feles nicht das taten, was sie sollten, und statt uns den Krebskrieger gefressen haben. Du warst es, die das verhindert hat, oder?«

»Das ist nicht dein Ernst«, ächzte Rukabo. »Deswegen hältst du die edle Dame auf? Damit du mir gegenüber im Recht sein kannst? Ich fasse es nicht.«

Nesca sah Teriasch nachdenklich an. »Ich habe ihm nur einen Rat gegeben, mehr nicht. Dass es sich nicht schickt, Mut mit dem Tod zu belohnen.«

Teriasch erwiderte ihren langen Blick tapfer. »Danke.« Er machte den Weg für Nesca und ihre Begleiterin frei.

»Seid Ihr Euch wirklich ganz sicher, dass es so gewesen ist, Hoheit?« Rukabo, der die Vorstellung, sich geirrt zu haben, nun offenkundig doch nicht ertragen konnte, wuselte hinter den beiden Frauen her. Er zupfte an Cardas Mantel. »Ganz sicher? Ganz, ganz sicher?«

»Bei allen Göttern!« Carda fuhr zu ihm herum, packte ihn am Kragen und drückte ihn gegen die Außenwand des Rauchhauses. Die Münzen in der Börse um seinen Hals klimperten laut genug, um seinen erschrockenen Schrei zu übertönen. Carda hob die Augenbrauen. »Oh, du hast also bereits irgendwo Beute gemacht? Wie schön!«

Rukabo riss die Augen auf, als Cardas Dolch quer über seine Brust zuckte. Die Scharlachrote Rose fing das herunterfallende Ledersäckchen noch in der gleichen Bewegung auf, wog es kurz in der Hand und steckte es schließlich in ihren Mantel. »Freu dich, Halbling«, sagte sie gut gelaunt. »Dank dir werden heute viele Bettler nicht hungern müssen.« Sie ließ Rukabo los, der schlau genug war, sich nicht mehr zu rühren, und schritt zurück an Nescas Seite. »Wir wären dann so weit.«

Nesca stand bereits halb im hellen Licht der Straße, als sie sich noch einmal zu Teriasch umdrehte. »Ich bereue den Rat nicht, den ich Silicis gegeben habe. Nicht im Mindesten.« Dann verbarg sie das Gesicht hinter ihrem Tuch, wandte sich ab und mischte sich unter eine Gruppe vorbeiziehender Menschen, die auf der Suche nach körperlichen Genüssen waren.

Teriasch hatte Rukabo noch nie derart schweigsam erlebt wie auf dem Rückweg zur Arena. Der Halbling beschwerte sich nicht einmal darüber, dass ihm sein immenser Gewinn aus den Verhandlungen mit Kaupodor, dem Geschmeidehändler, entrissen worden war. Er stapfte einfach nur vor sich hin, die Arme vor der Brust verschränkt. Teriasch ließ ihn schmollen und nutzte die Gelegenheit, Kalvakorums Reize ohne die ständigen Kommentare seines Freundes zu bestaunen. Er ertappte sich allerdings wieder und wieder dabei, alles, was er sah, in irgendeine Beziehung zur Tochter des Dominex zu setzen. Die roten Dächer der Häuser erinnerten ihn an ihr Haar. Wenn ein Karren beim Vorbeifahren Staub aufwirbelte, dachte er sofort an das Tuch vor ihrem Gesicht. Passierte er einen Schrein, vor dem Blumenkränze als Opfergabe abgelegt waren, hatte er gleich den Duft ihrer Haut in der Nase.

Und als er sich auf einem Platz, der als Sklavenmarkt diente, einen Weg durch eine riesige Menschentraube bahnte, fragte er sich, wie viel leichter dies Nesca dank Cardas tatkräftiger Hilfe wohl gefallen wäre. Er war derart in Gedanken versunken, dass er erst Notiz von dem Anlass für den Trubel nahm, als er und Rukabo sich in der vordersten Reihe eines johlenden Publikums wiederfanden, das eine lautstarke Auseinandersetzung beobachtete.

»Ich habe für sie bezahlt!«, schrie ein schmächtiger Mann und versuchte, einem anderen Kerl, der ihn um zwei Köpfe überragte, etwas aus der Hand zu reißen.

»Und du schuldest mir noch weitaus mehr, als die da jemals wert ist!«, brüllte der Hüne zurück. »Also gehört sie mir!«

Der Streit drehte sich allem Anschein nach um ein fülliges Mädchen, das vielleicht fünfzehn oder sechzehn Sommer gesehen hatte und den Zwist mit bebenden Lippen und feuchten Augen verfolgte. Sie trug ein einfaches Kleid aus braunem Leinen – und ein Kollare um den Hals.

»Oh, das wird gut!«, brach Rukabo sein langes Schweigen und klatschte in die Hände. »Wart's nur ab!«

Teriasch war skeptisch. *Das sieht mir nach einer ausgemachten Sache aus. Der eine ist dem anderen doch klar überlegen. Da könnte ich genauso dabei zusehen, wie sich ein Schakal und ein Bär um ein totes Pferd balgen …*

Womit Teriasch nicht rechnete, war der Mut der Verzweiflung, der dem schmalbrüstigeren der beiden Kontrahenten gegeben war. Der Mann sprang nach vorn, packte den Arm seines Gegners und biss ihm kräftig in die Pranke.

Die Menge applaudierte eifrig wie bei einem Arenakampf, wenn endlich Blut zu sehen war.

Der Hüne hämmerte dem Schmächtigen zweimal die Faust auf den Kopf. Ohne nennenswertes Ergebnis: Der Hänfling biss nur umso kräftiger zu, und das Blut, das aus seiner aufgeplatzten Braue spritzte, vermischte sich mit dem des Hünen, das ihm zwischen den Lippen hervorquoll. Schließlich gab der Hüne nach. Er grunzte und öffnete die Faust, in die sich sein Feind verbissen hatte. Ein kleines Fläschlein rutschte heraus und klirrte auf das Pflaster zu Füßen der Streitenden.

Die Menge verstummte so plötzlich, als hätte ihr der Dominex höchstselbst das Schweigen befohlen.

»O nein. O nein. Verbockter Dung!«, fluchte Rukabo.

Der Hüne und der Hänfling traten einen Schritt voneinander zurück, starrten abwechselnd zwischen der kleinen gelben Pfütze, die sich langsam um das winzige Gefäß bildete, und dem Grund ihres Zanks hin und her. Das Mädchen heulte auf und krallte die Finger um sein Kollare. Der Reif zuckte in seinen Händen wie eine Schlange. Es warf sich zu Boden, rollte sich hin und her.

»Hat denn niemand ein Messer?«, rief Rukabo in die Menge. »Das arme Ding. Jemand muss es erlösen.«

Einige der Leute gingen nun plötzlich weiter, als fiele ihnen ein, dass sie noch etwas Dringendes zu erledigen hatten. Manche kopfschüttelnd, andere leise vor sich hinmurmelnd, aber alle mit gesenktem Blick.

Teriasch war wie gelähmt. Selbst der Teil in ihm, der sonst nichts als Zorn kannte, war von einem namenlosen Schrecken überwältigt.

Das Mädchen hatte sich inzwischen den Hals blutig gekratzt, doch dies war bei Weitem nicht das schlimmste an seinem Anblick. Gelber Schleim quoll ihm aus Mund und Nase und machte aus den Schreien, die er nicht vollkommen erstickte, ein blubberndes Röcheln. Es hustete und würgte, doch es erbrach immer nur noch mehr von der widerlichen Masse. Der Gestank, der von der jungen Frau ausging, war der von fauligem Moder, wie ihn die Leiber Ertrunkener verströmten, nachdem sie Tage und Wochen im Wasser gelegen hatten.

»Ein Messer! Ich bitte euch!«, kreischte Rukabo.

Die beiden Männer, die um das Mädchen gestritten hatten, suchten eilig das Weite wie geprügelte Hunde, zu feige, sich dem Grauen zu stellen, das sie zu verantworten hatten. Die Menge löste sich weiter und weiter auf, bis sie nur noch aus zwei Sorten von Menschen bestand: denen, die wie Teriasch nicht mehr Herr über ihren eigenen Körper waren, und denen, die sich am Todeskampf des Mädchens ergötzten und laut darüber lachten.

Als die Bewegungen des Mädchens schwächer und schwächer wurden, schoss Teriasch ein Gedanke durch den Kopf, der ihn endlich die Augen schließen ließ. Halb vor Scham, halb vor Empörung über sich selbst. *Die Frau, die mir nicht mehr aus dem Kopf will, ist die Tochter des Mannes, der all dies zulässt. Sie ist die Tochter eines Mörders. Sie ist die Tochter eines Monstrums.*

12

Oft hört man, die Unteren träumten sehnsüchtig davon,
ihr Leben gegen das ihrer Oberen zu tauschen,
weil es ihnen so viel leichter und unbeschwerter erscheint
als ihr eigenes. All diesen Träumern sei gesagt:
Ihr wisst nicht, wovon ihr da träumt.

Aus der Trauerrede der Edeldame Hostifizia Inanis
anlässlich des vorzeitigen
Dahinscheidens ihres dritten Gatten

Dropaxvir, der schwarzhäutige Pechmann, hatte sich in der ganzen Zeit, in der Teriasch in Silicis' Besitz war, noch nie in die Stallungen verirrt. Umso verwunderlicher war es, dass er am Morgen nach dem Beben des Turms der Erde unvermittelt die Türschwelle zur Geräte- und Vorratskammer ausfüllte. Teriasch und Rukabo waren gerade dabei, tote Küken in die Fresssäcke für die Reißhirsche zu füllen, als sein Schatten auf sie fiel.

»Hast du dich verlaufen?«, erkundigte sich der Halbling. »Oder hast du heute Morgen glatt vergessen, wo der Übungshof ist, weil du gestern Abend einen Schlag zu viel auf den Deckel gekriegt hast?«

»Silicis' Schritte sind im Begriff, ihn an diesen Ort zu führen«, sagte Dropaxvir ernst. »Und er wandelt nicht allein auf diesem Weg. Mich dünkt, wir haben hohen Besuch.«

»Wer ist es?«, fragte Rukabo, völlig ungerührt ob der gestelzten Ausdrucksweise, die Dropaxvir aus seiner Lieblingslektüre übernommen hatte.

»Es handelt sich um eine gar liebreizende Maid von edlem Geblüt.« Der Arenistus zuckte mit den breiten Schultern. »Ihr gewiss wohlklingender Name ist mir indes leider nicht bekannt. Unser Gebieter hat mich entsandt, euch aufzutragen, ein tadelloses Benehmen zu zeigen.« Dropaxvir nickte noch einmal knapp, dann war er auch schon wieder so rasch verschwunden wie ein Spuk, dem aufgefallen war, dass er am falschen Ort sein Unwesen trieb.

Es kann nicht sie *sein.* Teriasch stellte den Fresssack ab, während Rukabo bereits hinaus auf den Hof gehuscht war. *Es* darf *nicht sie sein.* Sein Herz schlug schneller und schneller, als er dem Halbling folgte.

Doch es war *sie*, die gemessenen Schrittes auf die Stallungen zukam. Nesca, deren wahrer Name so viel länger und deren Vater ein vieltausendfacher Mörder war. Auf eine Verkleidung wie bei ihrem Ausflug ins Vergnügungsviertel hatte sie verzichtet. Stattdessen trug sie ein eng am Körper anliegendes Kleid aus grünem Samt, dessen Ärmel dafür so weit und üppig geschnitten waren, dass die Saumzipfel bis zu ihren Knien herabbaumelten. Auf ihren hohen Wangen schimmerte Goldpuder, und ihr Haar wurde von zwei silbernen Spangen in der Form von Löwenpranken gehalten.

Auch Nescas Leibwächterin sah offensichtlich keinen Anlass, irgendjemandem etwas vorzuspielen: Ihr drahtiger Leib steckte in einem Plattenpanzer aus jenem glänzenden gelben Metall, aus dem die Harten Menschen ihre besten Rüstungen schmiedeten. In den Panzer waren feine Muster aus Blüten, Ranken und Dornen eingeätzt, ebenso wie in den Stiel des Streitkolbens mit dem Löwenkopf an ihrem Gürtel.

»Verzeiht, dass wir keine Vorbereitungen für Euren Besuch getroffen haben.« Silicis persönlich führte die Frauen durch sein kleines Reich. Er hielt sich mit einer Hand die Seite – wahrscheinlich weil ihm das jähe Erscheinen einer Tochter des Dominex auf die Galle schlug – und deutete mit der anderen auf den großen Misthaufen in der Ecke des Hofes. »Hätte ich davon gewusst, dass Ihr Euch ankündigt, wäre aller Unrat weggeschafft worden, damit er Euch nicht mit seinem Gestank belästigen kann.«

»Sorge dich nicht umsonst.« Nesca schenkte dem Arenabesitzer ein mildes Lächeln. »Wir haben uns nicht angekündigt. Ich habe die Erfahrung gemacht, dass mir das einfache Volk auf unverfälschtere Weise gegenübertritt, wenn ich mich ohne Gefolge und ohne großes Prozedere unter es mische. Oft wird mir nämlich viel zu viel Aufhebens um meine Person gemacht.«

»Deshalb haben wir auch die kleinste Sänfte genommen. Es reicht schon, wenn sechs Träger wissen, wo sich Ihre Hoheit aufhält, es müssen beileibe keine zwölf oder vierundzwanzig sein«, befand Carda nüchtern. »Das lockt nur Bittsteller und Schaulustige an.«

»Werden dort drüben die Tiere gehalten, die am Thronbesteigungstag kämpfen sollen?« Ihr Ton hatte nichts Spielerisches, sondern war von jener kühlen Distanz, mit der sich die Mächtigen gern an jene richteten, die weit unter ihnen standen.

»So ist es, Hoheit.«

»Ich will sie sehen«, verlangte Nesca.

»Selbstverständlich«, willigte Silicis ohne Umschweife ein. »Und es ist mir eine unvergleichliche Ehre, sie Euch zeigen zu dürfen.«

Nesca drehte den Kopf in Teriaschs Richtung. Sie schien erst jetzt von ihm Notiz zu nehmen, und obwohl er insgeheim und widerwillig auf ein Lächeln von ihr hoffte, blieb ihre Miene starr. »Er soll sie mir zeigen.«

Nur der Anflug eines Runzelns zeigte sich auf Silicis' Stirn, dann gewann er die Beherrschung zurück. »Natürlich. Euer Wunsch ist mir Befehl.«

Bei den ersten Tieren, die Teriasch Nesca zeigte, stellte sie nur solche Fragen, wie er sie von jedem anderen interessierten Besucher auch erwartet hätte. Wäre Carda nicht gewesen, die ihrer Schutzbefohlenen nie mehr als einen oder zwei Schritte von der Seite wich, und hätte Silicis nicht eine ungewohnte, unterwürfige Gefasstheit an den Tag gelegt, wäre Teriasch versucht gewesen, zu vergessen, wer Nesca war. So jedoch ging ihm das Mädchen nicht mehr aus dem Sinn, das an dem Schleim erstickt war, nachdem das Kollare seine grausige Zaubermacht entfesselt hatte. *Es ist nicht ihre Schuld. Sie hat die Flasche nicht zerbrochen, und sie ist auch nicht die Herrscherin der Harten Menschen,* bettelte die eine Stimme in ihm immerzu. Die andere, zornigere hielt unbeirrt dagegen: *Sie hat doch sicher das Ohr ihres Vaters. Wie kann sie es dann zulassen, dass so viele in Unfreiheit leben müssen? Warum bringt sie ihn nicht dazu, seine Wege der Herrschaft zu überdenken.* Eine dritte, ruhigere empfahl ihm: *Beantworte einfach ihre Fragen. Sie regt dich nur deshalb so auf, weil du in ihr etwas siehst, was sie nicht ist – ein Kind der grünen Weite, das es unter die Harten Menschen verschlagen hat.* Zu seinem eigenen Erstaunen gelang es ihm irgendwie, dieser Stimme das meiste Vertrauen zu schenken und sich auf das zu konzentrieren, was Nesca von ihm wissen wollte.

»Wie gefährlich ist das Gift, das er in seinem Stachel trägt?«, fragte sie, als sie vor der ummauerten Grube im großen Stall standen, an deren Grund der Tausendfußskorpion mit den Fangscheren klackte.

»Ein Stich reicht aus, um ein Probaska zu töten«, gab Teriasch wieder, was er von Paetus gelernt hatte, aus dessen ferner Heimat am Weltenwall das garstige Kriechtier stammte.

»Manchmal braucht es auch zwei«, ergänzte Silicis. »Wenn es ein besonders großes Probaska ist.«

»Und da soll noch mal einer sagen, es käme nicht auf die Größe an«, gluckste Rukabo und fing sich einen strafenden Blick von Carda ein.

Vor der Behausung des Klauenbärs angekommen, betrachtete Nesca lange den großen, pelzigen Ball, zu dem sich der

Räuber in einem Nest aus Stroh zusammengerollt hatte. »Ich habe bei Perkurio Venator gelesen, das sei eine der wildesten Kreaturen, auf die man in den Steinernen Forsten stoßen kann. Wie bekommt man sie so ruhig?«

»Man gibt ihnen Starkbier zu trinken«, sagte Teriasch.

»Beneidenswert«, seufzte Carda.

»Bereust du etwa deine Schwüre der Enthaltsamkeit?«, fragte Rukabo, ohne dass es ihm gelang, die Gehässigkeit dahinter ganz zu verbergen.

»Keiner meiner Schwüre verbietet es mir, aufmüpfige Sklaven zu züchtigen«, entgegnete die Scharlachrote Rose lapidar, und von da an hielt Rukabo gebührenden Abstand zu ihr.

Erst vor dem Verschlag, in dem das einzige Pferd in den gesamten Stallungen stand, tat Nesca eine Äußerung, die einem stillen Beobachter womöglich verraten hätte, dass Teriasch und sie einander schon einmal begegnet waren. Sie musterte erst den Schimmelhengst, der angesichts der vielen Besucher die Ohren anlegte und mit den Hufen zu scharren begann, dann Teriasch mit demselben prüfenden Blick. »Ein wunderschönes Geschöpf. Bist du ihn schon einmal geritten, Häuptling Teriasch von den Schwarzen Pfeilen?«, fragte sie schließlich.

»Nivalis duldet keinen Menschen auf seinem Rücken.« Für einen winzigen Moment gestattete Teriasch der zornigen Stimme in sich, die ruhige niederzuschreien. »Er hat nicht alle Freiheit aufgegeben, auch wenn er ein Sklave ist.«

»Ein Pferd, hm?« Carda schürzte die schmalen Lippen. »Ein Pferd scheint mir kein sehr gefährlicher Herausforderer für einen Arenistus zu sein, oder?«

»Nivalis wird einen Panzer tragen«, sagte Silicis rasch. »Mit langen Dornen daran, damit er seine Gegner aufspießen kann, wenn sie versuchen, seinem Ansturm standzuhalten. Und wir verpassen ihm scharf geschliffene Hufeisen. Dann wird jeder

Tritt von ihm mindestens so gefährlich wie ein Hieb von Dropaxvir.«

»Schön!«, hallte eine laute, tiefe Stimme plötzlich durch den Stall. »Schön!«

Nun war es also doch geschehen: Nesca hatte Schaulustige angelockt, wenn auch nur zwei. Paetus und Gigas standen nebeneinander im Tor zum Stall. Wie fast immer hielt der schmaläugige Greis seinen Brocken von einem Freund an der Hand. »Schön!«, rief der Riese weiter, ohne dass Teriasch einzuschätzen vermochte, ob er nun Nesca oder Nivalis pries.

»Er soll seine verbockte Fres…« Silicis unterbrach sich selbst, ehe ihm die unangebrachte Derbheit ganz über die Lippen kam. »Es wäre schön, wenn er ruhig sein könnte, solange wir Besuch haben.«

»Willst du Ihrer Hoheit die Komplimente Ihrer einfältigsten Untertanen verwehren?«, stichelte Rukabo.

»Er stört mich nicht.« Nesca lächelte huldvoll. »Ich bin Lobpreisungen gewöhnt.«

Paetus redete beruhigend auf den Riesen ein und brachte ihn immerhin dazu, aus dem Rufen ein Raunen zu machen, mit dem sich Silicis zufriedengab.

Nesca wandte sich dem nächsten Käfig zu und lugte durch die dicken Gitterstäbe. »Ist dieser hier leer?«

»Keineswegs«, antwortete Silicis an Teriaschs Stelle. »Tretet bitte nicht zu dicht heran. Darin halten wir eine unserer Täuscherechsen aus dem Wispernden Dschungel.«

»Oh.« Nesca wich durch eine leichte Drehung Carda aus, die schon die Hand nach ihr ausgestreckt hatte, um sie ein Stück zurückzuziehen. »Sind das die zweibeinigen Echsen, die die Farbe ihrer Schuppen der Umgebung anpassen und so beinahe unsichtbar werden können?«

»Ganz recht«, sagte Silicis voll Besitzerstolz. »Irgendwo da drinnen, Hoheit, hält sich vor unser aller Augen eine reißende

Bestie verborgen. Womöglich liegt sie in dieser Kuhle in den Spänen dort. Ja, ich glaube, das ist sie.«

Nesca beugte sich noch dichter an das Gitter. »Wo, sagst du?«

»Da. Neben dem Futternapf.«

Ich sehe sie nicht. Teriasch kniff die Augen zusammen; er hätte Stein und Bein schwören können, dass der Käfig leer war.

»Äh …« Rukabo hob einen Finger. »Silicis …«

»Jetzt nicht!«, blaffte Silicis. »Ich zeige Ihrer Hoheit gerade, wohin sie am besten Ihren Blick richtet, um die Echse zu sehen.«

»Das ist es doch, was ich meine.« Rukabo deutete auf das Schloss an der Seite des Gitters. »Siehst du die Kratzer da?«

Silicis wurde blass. »Bei Bhagarions blutiger Axt!«

»Was ist los?« Cardas Hand fuhr an den Griff ihres Streitkolbens.

»Ich will mich nicht zu weit aus dem Fenster lehnen, aber …« Rukabos Stimme klang belegt. »Wenn ich mich mit etwas auskenne, dann sind es geknackte Schlösser. Und dieses Schloss hier sieht mir so richtig geknackt aus. Will heißen: Ich glaube nicht, dass da noch eine Echse drin ist.«

Aber wo ist sie dann? Teriasch sträubten sich die Nackenhaare. Instinktiv nahm er eine geduckte Haltung an und sah sich nach allen Seiten um, die Fäuste geballt.

»Das Tier ist ausgebrochen?« Carda zog ihre Waffe.

»Nein … nein … ich …«, stammelte Silicis. »Jemand … muss es … irgendwer hat es … befreit.«

»Befreit, ausgebrochen. Armbrust, Arkakrux«, knurrte Carda. »Wie kann so etwas passieren, du fette Missgeburt?«

»Wir hätten das Vieh heute Morgen noch füttern sollen«, flüsterte Rukabo Teriasch zu. »Das halbe Schwein …«

Wenn der Halbling gehofft hatte, die Scharlachrote Rose würde ihn nicht hören, weil sie zu sehr damit beschäftigt war, Silicis Vorhaltung zu machen, hatte er sich getäuscht. Carda packte ihn am Kragen und schüttelte ihn. »Was hast du gerade gequakt, du Frosch?«

»Die Echse ist hungrig«, sagte Teriasch.

»Hungrig?« Carda ließ von Rukabo ab. »Verbockt! Wie jagt dieses Biest?«

Zum zweiten Mal überraschte Nesca Teriasch mit einem Wissen, das er ihr nicht zugetraut hätte. »Es kriecht am Boden auf seine Beute zu.« Sie wirkte völlig gefasst, als bräuchte es mehr als eine unsichtbare Raubechse, um sie aus ihrer herrschaftlichen Fassung zu bringen. »Sobald das Tier nah genug heran ist, setzt es zu einem Sprung an und benutzt neben seinen Biss auch seine Klauen, um sein Opfer zu töten. So viel Zeit es sich beim Heranpirschen lässt, so rasch und grausam schlägt es zu. Es jagt nämlich hauptsächlich trägere Echsen, die auf schnelle Bewegungen in ihrer Nähe mit Flucht reagieren.«

»Sie könnte also überall sein.« Carda stieß Silicis mit dem Streitkolben vor die Brust. »Wir brauchen einen sicheren Ort für Ihre Hoheit, bis diese Kreatur zur Strecke gebracht ist.«

»Ja. Ja.« Silicis zeigte der Leibwächterin den roten Ring an seiner Rechten. »Hier. In meiner Schreibstube gibt es eine gesicherte Kammer. Dort wird ihr nichts zustoßen. Mein Wort darauf.«

»Schwafel nicht! Bring uns hin!«

Silicis eilte schnaufend voran, Schweiß auf der Stirn, die Hand so tief in seine Seite vergraben, als wollte er sich die Galle eigenhändig herausreißen. Die anderen folgten ihm, Carda an Nescas Seite, Teriasch und Rukabo bildeten die Nachhut des kleinen Zuges.

»Platz da! Platz da, ihr Narren!«, rief Silicis auf dem Weg zum Tor.

Gigas raunte noch immer »Schön! Schön!«, ließ sich aber bereitwillig von Paetus beiseiteziehen. Schon war Silicis an dem Riesen vorbei, doch als Carda und Nesca an ihm vorüberschritten, verstummte Gigas, haschte nach einem der weiten

Ärmel von Nescas Kleid und zerrte sie daran dicht an seinen grauen Leib.

Wortlos schlug ihm Carda den Streitkolben auf die Finger, Gigas löste seinen Griff jedoch nicht. Er wankte nur rückwärts drei Schritte auf den Hof hinaus, und Nesca taumelte ihm gezwungenermaßen nach.

»Was hat er?«, fragte sie, die leiseste Spur Beunruhigung in der Stimme.

»Als ob wir jetzt auch noch einen schwachsinnigen Riesen bräuchten, dem die Nerven durchgehen«, keuchte Rukabo hinter Teriasch.

Carda holte zu einem weiteren Hieb aus. Paetus fiel ihr mit einer Geschmeidigkeit, die sein Alter Lügen strafte, in den Arm. »Schläge werden ihn nur wütend machen«, sagte der Greis.

»Pfeil!«, grunzte Gigas aufgeregt und legte den massigen Kopf in den noch massigeren Nacken, um irgendwo nach schräg oben zu blicken. »Pfeil!«

»Er sieht wohl einen Pfeil«, stellte Paetus unnötigerweise fest und sah dorthin, wohin der Riese schaute.

Carda nutzte die Ablenkung und wollte Paetus ihren Arm entreißen. Alles, was sie damit erreichte, war, dass der Alte einen halben Schritt vor ihr zurückwich und Nesca auf den Fuß trat.

»Au!« Nesca zeigte endlich eine Regung, die der Lage halbwegs angemessen war. Sie hüpfte kurz auf einem Bein, prallte gegen Gigas' Bauch und wäre gestürzt, wenn Teriasch nicht herbeigesprungen wäre, um sie zu stützen.

Warum mache ich das? Ich hasse sie!

»Pfeil!«, donnerte Gigas. »Pfeil!«

Paetus stieß eine schrille Silbe in der Sprache seiner Heimat aus. Sein freier Arm wurde zu einem verwaschenen Schemen, der über seine Brust huschte. Dann hielt er plötzlich einen kurzen gefiederten Bolzen in den Fingern.

Carda erstarrte.

»Nein«, hauchte Nesca, und ihre Finger krallten sich fest in Teriaschs Schulter.

»Leck mir die Nüsse!«, entfuhr es Rukabo.

»Pfeil?«, kam es erstaunt aus dem Mund des Riesen.

Silicis stöhnte nur.

»Der Schütze flieht«, sagte Paetus ruhig. Er deutete mit der Spitze des Bolzens auf die Zinnen einer nahen Mauer.

Teriasch riss den Kopf nach oben. *Ihr Geister!* Ein schlanker Mann sprang so geschickt und ohne jedes Zögern von Zinne zu Zinne, als hätte er sein ganzes Leben damit verbracht, akrobatische Kunststücke in schwindelnder Höhe zu vollführen. Er war ganz in braunes Leder gekleidet, das seinen Körper umhüllte wie eine zweite Haut – einschließlich einer Maske, die bis auf schmale Schlitze für Mund, Nase und Augen seinen gesamten Kopf umschloss. In einer Hand hielt er eine Arkakrux, die kaum größer war als seine Faust.

Nesca riss sich von Teriasch los. »Worauf wartest du? Hol ihn dir«, befahl sie Carda.

Carda rührte sich nicht. »Mein Platz ist bei Euch, Hoheit.«

»Dein Platz ist dort, wo ich es dir befehle!«, sagte Nesca scharf. »Du könntest schon längst auf der Mauer sein.«

Die Kiefermuskeln der Scharlachroten Rose spannten sich an, doch sie rannte los, zu einem Schuppen, erklomm das Dach, hielt inne und brüllte: »Bring sie endlich in deine verbockte Kammer!«

Silicis stand stramm, nur um gleich wieder in der Hüfte einzuknicken, das Gesicht schmerzverzerrt.

Carda war bereits vom Dach des Schuppens auf das des Stalls geklettert, von wo aus sie offensichtlich plante, dem Mann in Braun den Weg abzuschneiden. Sein Kopf ruckte erst zu ihr herum, dann schaute er an einen Punkt hinter der Mauer und sprang herab.

»Sie wird Hilfe brauchen.« Paetus tätschelte Gigas' Hand. »Er wird brav sein.«

Staunend beobachtete Teriasch, wie der Greis sich auf der gleichen Route wie Carda zu den Mauerzinnen aufmachte. Er zweifelte kurz an seinen Sinnen, denn Paetus bewältigte die Hindernisse mit einer eleganten Leichtigkeit, die der der Scharlachroten Rose in nichts nachstand. Binnen weniger Wimpernschläge waren sie beide hinter der Mauer verschwunden.

»Ihr habt die nette Frau gehört«, krähte Rukabo. »In deine Kammer, Silicis. Sonst enden wir noch als Echsenfutter.«

»Wer war dieser Mann?«, fragte Teriasch Nesca.

»Ein gedungener Mörder«, war ihre knappe Antwort.

»Warum will er dich töten?« *Tu nicht so unschuldig,* spottete die zornige Stimme in seinem Kopf. *Als ob du nicht selbst darüber nachgedacht hättest, genau das zu tun, damit ihr Vater lernt, was Leid ist …*

»Warum er sie töten will? Das hat sie doch gerade gesagt!« Rukabo trippelte ungeduldig auf der Stelle. »Weil ihn jemand dafür bezahlt, verbockt! Ich hätte nur gedacht, dass man sich mehr als einen schäbigen Letzten Seufzer leistet, wenn man es schon auf eine Tochter des Dominex abgesehen hat. Können wir jetzt bitte los?«

»Die halbe Portion hat recht«, meldete sich Silicis ächzend zu Wort. »Ihr seid hier nicht sicher, Hoheit.«

»Ich würde dir nur zu gerne folgen«, sagte Nesca. »Aber dein großer Sklave hat dagegen sehr entschiedene Einwände.«

Gigas hatte den Ärmel von Nescas Kleid noch immer nicht losgelassen, und er machte auch keinerlei Anstalten, sich irgendwann in allernächster Zukunft in Bewegung zu setzen. Er stand einfach nur da, starrte quer über den Hof in die Nähe des Misthaufens und blähte in rauschenden Atemzügen die Nasenlöcher.

»Was macht er da?«, jammerte Rukabo. »Er wird uns alle umbringen.«

»Du wirst mir gleich ein Kleid schulden, Silicis«, kündigte Nesca an. Sie legte ihren freien Arm senkrecht an ihren Rumpf, schüttelte ihn kurz, und als sie ihn wieder hob, blitzte eine fingerlange Klinge in ihrer Hand. Sie begann zügig, den zusammengerafften Stoff zu zerschneiden, der sie an die Faust des Riesen fesselte.

»Ihr … Ihr seid … eine … Klingentänzerin.« Silicis verfiel wieder in Stammeln.

»Ich hatte sehr viel Zeit, sehr viele nützliche Dinge zu lernen«, erwiderte sie.

»Schön!«, raunte Gigas wieder. »Schön!«

Teriasch lachte auf. *Dann hat er vorhin also auf keinen Fall den Schimmel gemeint.* Sein Lachen blieb ihm im Halse stecken, als er bemerkte, dass Gigas jedoch keineswegs die Tochter des Dominex ansah. Der Blick seiner schwarzen Augen haftete nach wie vor an etwas auf der anderen Seite des Hofes, das scheinbar nur er sehen konnte.

»Schön!«

Die Erkenntnis traf Teriasch wie ein Schlag ins Gesicht.

»Schön!«

Aber er meint auch nicht sie! Die Wanderin sei mit mir, er meint die Echse!

»Still!« Er packte Nescas Hand, die mit dem Messer.

»Was soll das?«, protestierte sie.

»Lässt du sie wohl los?« Silicis schlurfte einen schweren Schritt auf Teriasch zu. »Dafür werde ich ihm die Haut abziehen, Hoheit!«

»Still!«, forderte Teriasch noch einmal. »Der Riese sieht die Echse.«

»Schön!«

Abgesehen von Gigas verschlug es allen anderen die Sprache. Einer nach dem anderen taten sie dasselbe, was Teriasch versuchte: dem Blick des Riesen zu folgen.

Da! Teriasch erahnte die Umrisse der Echse mehr, als dass er sie tatsächlich sah. Der Anblick war ein höchst befremdlicher. *Wie wenn Leben in ein Stück des Bodens geraten wäre und es beschlossen hätte, langsam davonzukriechen ...* Nur anhand der Richtung der schleichenden Bewegung war er sich überhaupt sicher, wo der Kopf und wo der Schwanz des Tiers war. Und es war wiederum diese Richtung, die ihm ein Rätsel aufgab. *Sie hat Hunger. Aber warum kommt sie dann nicht näher? Wohin kriecht sie da? Weg von uns? Weg von ihrer Beute?*

»Will sie zum Misthaufen?«, wisperte Rukabo. »Ich dachte, sie frisst Fleisch und keine Scheiße.«

Teriaschs Blick schweifte über den Berg aus fliegenumschwirrten Exkrementen – und blieb an einem Punkt hängen, an dem ein Sonnenstrahl auf einer winzigen spiegelnden Oberfläche gleißte. *Hat eines unserer Tiere eine Münze ausgeschissen? Oder ein Kettenglied?* Dann begriff er, was es mit dem Lichtreflex auf sich hatte.

»Nein!«, brüllte er und stellte sich schützend vor Nesca. Er konnte nicht sagen, warum sein Zorn sich nun Bahn brach. Weil der Mann mit der kleinen Arkakrux, der sich im Misthaufen unter einer Schicht Dung getarnt und auf die Tochter des Dominex angelegt hatte, Nesca das Leben nehmen wollte? Oder weil dieser Mann es wagte, das zu tun, was Teriasch lieber selbst tun wollte, wenn die richtige Zeit dafür gekommen war? Weil er ihm seine Beute streitig machte?

Letztlich spielte all das keine Rolle. Teriaschs Zorn suchte sich das bereitwilligste Gefäß, das sich ihm anbot. Die Echse schnellte auf den Attentäter zu, und ihre Tarnung fiel von ihr ab. Es war ein herrliches Tier, das Teriasch an seinen Drachentraum erinnerte – schwarz schillernde Schuppen, eine lange, flache Schnauze voller Zähne, kalte Augen. Ihre Beute kam nicht dazu, einen Schuss abzugeben. Zu rasch war die Echse heran. Ihre Kiefer schlossen sich um den Kopf des Mannes, ihre Krallen schlugen in seinen Rücken.

Teriasch spürte nur wie beiläufig die Hitze seines Kollare und die Wärme von Nescas Haut, deren Handgelenk er weiter gepackt hielt. Hörte nur gedämpft den erschrockenen Schrei aus Rukabos Kehle, das jubelnde »Schön! Schön!« des Riesen.

Ein greller Blitz und ein ohrenbetäubender Donnerschlag schienen zusammenzufallen, als die Echse und ihre Beute gemeinsam vergingen, zerfetzt zu blutigen Klumpen und rauchenden Brocken, die klatschend auf das Pflaster prasselten. Weißer Qualm wuchs als bizarrer Pilz in den Himmel. Am Rand des schwarzen Kraters im Misthaufen, wo eben noch das Raubtier über den Menschen hergefallen war, züngelten Flämmchen.

Ein hohes Pfeifen ließ Teriasch wild den Kopf schütteln, und er fühlte seinen Zorn ermatten, weil es keinen Sinn hatte, ihn gegen die grausigen Überbleibsel eines ausgelöschten Ziels zu wenden.

»Bumm!« Gigas hielt sich die Ohren zu. »Bumm!«

»War das die Echse?« Silicis blinzelte nur immerzu. »Hat die Echse ihn so in Stücke gerissen?«

»Nein.« Rukabo schnupperte. »Riecht mal.«

Teriasch nahm einen schwachen, beißenden Gestank wahr, der ihn in der Nase kitzelte. *Woher kenne ich diesen Geruch? Woher kenne ich diese Mischung? Blut, verbranntes Fleisch und …* Er hielt den Atem an. *Dieser Geruch zog über die Steppe, als ich das Lied für Dokescha gesungen habe. Nach dem Kampf an der Arx. Nachdem die Echsenreiter Feuer vom Himmel regnen ließen …*

»Sprengpulver.« Rukabo streckte die Zunge aus dem Mund, zog sie wieder zurück, schmatzte wie ein Koch, der eine Suppe abschmeckte, und spie aus. »Tausend zu eins. Sprengpulver. So wahr ich noch nie Schuhe anhatte.«

Teriasch fühlte etwas Kaltes an der Hand, mit der er Nesca festhielt.

»Du kannst mich jetzt loslassen«, sagte sie, die Klinge ihres Messers mit gerade so viel Kraft an seine Knöchel gepresst, dass sie nicht in die Haut schnitt.

»Ist das dein Dank?«

»Wofür?«

»Für dein Leben.« Er lockerte den Griff um ihr Handgelenk.

Lächelnd hob sie das Messer von seinem Fleisch. »Hattest du dir etwa mehr versprochen, Teriasch von den Schwarzen Pfeilen?«

13

Wäre ich aufgefordert, eine Wahl zwischen der Freiheit und der Liebe zu treffen, so fiele sie immer auf die Liebe. Denn ewige Freiheit bleibt letztlich immer flüchtige Illusion, während die Fesseln, die uns tiefste Liebe anlegt, ewig währen.

Aus den erbaulichen Schriften
des Pollox Kontentio Mediastrinos

Als Julanesca einen ihrer Sänftenträger losschickte, den Pollox herbeizurufen, richtete sich Teriasch darauf ein, bald einem bösartigen Dämon gegenüberzutreten, der nur aus purer Niedertracht die Gestalt eines Menschen angenommen hatte. Der Mann, der dann aber in Silicis' Schreibstube erschien – begleitet von zwei Gardisten mit Löwenhelmen und einer kahlköpfigen Frau, die einen ähnlichen Panzer trug wie Carda –, entsprach nicht seinen düsteren Erwartungen. Er hatte weiche Züge, mit vielen Fältchen um Mund und Augen, die verrieten, dass er oft und gerne lachte, und seine Nase war für die eines Harten Menschen auffällig klein. Teriasch erkannte nur zwei strenge Dinge an ihm: den Scheitel, in dem er sein graues, öliges Haar zur Seite gekämmt hatte, und den starren Faltenwurf des kurzen roten Umhangs, der nur eine seiner Schultern bedeckte und über und über mit silbernen Symbolen von Werkzeugen bestickt war – Hämmer, Sägen, Wasserwaagen, Zirkel, Zangen, Feilen …

Kaum hatte der Pollox einen Fuß über die Schwelle der Stube gesetzt, eilte er zu dem Polsterstuhl mit der hohen Lehne, den Silicis für Nesca hatte herbeischaffen lassen. Der Würdenträger hatte keine Augen für die anderen Anwesenden, obwohl bis auf Gigas, der wegen seiner Größe auf dem Hof hatte verbleiben müssen, alle Zeugen des feigen Anschlags auf die Tochter des Dominex versammelt waren. Sein langes schneeweißes Seidengewand raschelte zischend, als er vor Nesca auf die Knie fiel, um ihr beide Hände zu küssen. »Ihr seid unversehrt, Hoheit«, sagte er, eine erstickte Spur der Erschütterung in der volltönenden Stimme. »Der Subveheros sei gepriesen. Euer Großvater muss von seinem Götterthron aus seine schützende Hand über Euch gehalten haben.«

»Erhebe dich, Kontentio«, bat Nesca, der die Erleichterungsbekundungen des älteren Mannes ein wenig unangenehm schienen. »Es ist doch wieder einmal alles gut ausgegangen.«

Der Pollox stand auf und sandte einen vorwurfsvollen Blick in Cardas Richtung. »Mag sein, Hoheit, doch es beunruhigt mich, Eure Sicherheit erneut gefährdet zu sehen.«

Carda schenkte ihm keine Beachtung. Ihre Aufmerksamkeit galt der anderen Scharlachroten Rose, die Teil des Gefolges des Pollox war. Nescas Leibwächterin besaß schon einen garstig kantigen Schädel, aber diese Frau schien einen grob behauenen Felsbrocken auf den Schultern zu tragen. *Vielleicht liegt es aber nur daran, dass sie deutlich mehr Sommer gesehen hat als Carda,* dachte Teriasch. *Und dass ihre Schultern breiter sind und ihre Augen so tief in den wulstigen Höhlen liegen.* Die beiden Ordenskriegerinnen starrten einander unentwegt an. Mundwinkel zuckten, Brauen hoben sich, Kinne wurden vorgeschoben. Teriasch drängte sich der Eindruck auf, dass er einer zweiten, stummen Unterhaltung beiwohnte, einem stillen Austausch von Gedanken und Regungen, der keine Stimmen und keine Worte brauchte. Er bezweifelte jedoch ernsthaft, dass dabei Nettigkeiten oder Schmeicheleien übermittelt wurden.

Der Pollox umrundete Nescas Stuhl in kleinen Schritten, als müsse er sich noch einmal mit eigenen Augen davon überzeugen, dass ihr auch wirklich nichts zugestoßen war. »Woher wussten diese Hunde, wo sie Euch auflauern können?«

»Der Palast hat viele Augen und Ohren.« Nesca nahm den Becher Pflaumenwein, den ihr einer von Silicis' Küchensklaven als Erfrischung serviert hatte, vom Schreibtisch und nippte an dem schlichten Gefäß aus Zinn. »Und nicht alle, denen diese Augen und Ohren gehören, sind meinem Vater derart treu ergeben, um nicht Ränke zu ihrem eigenen Vorteil zu schmieden. Es ist möglich, dass mich in letzter Zeit jemand darüber sprechen gehört hat, wie viel Freude ich an den Spielen habe, die Silicis ausrichtet. Dass ich gedenke, mir anzusehen, wie es mit den Vorbereitungen anlässlich des Thronbesteigungstages vorangeht.«

Nun richtete der Pollox seinen Blick zum ersten Mal auf einen anderen Menschen als Nesca – auf Silicis, der vornübergebeugt auf einem Schemel saß, dort, wo die von Bögen durchbrochene Wand der Stube auf den Übungshof hinauszeigte. Sein Haar klebte ihm schweißnass am Schädel, sein Atem ging pfeifend und stoßweise, und er hielt den Kopf geneigt, wie wenn er den wohlvertrauten Kampfgeräuschen seiner Arenistas lauschte.

»Wie konntest du es zulassen, dass die Pupula in solche Gefahr gerät?« Der Pollox brüllte nicht, aber seine kühle Gefasstheit beunruhigte Teriasch beinahe noch mehr. »Wie konntest du es erlauben, dass man ihr auf deinem Grund und Boden nach dem Leben trachtet?«

»Kontentio …« Nesca stellte ihren Becher ab. »Es lohnt sich nicht, deine aus Sorge um mich geborene Wut gegen diesen Mann zu wenden. Ihn trifft keine Schuld. Er betreibt eine Arena, keinen Kerker, wo ein Schlüsselmeister darauf achtet, dass alle Türen, die verschlossen bleiben sollten, auch verschlossen sind.«

»Danke … Hoheit«, ächzte Silicis schwach.

»Was ist los mit dir?« Der Pollox machte einen halben Schritt zurück und hielt sich seinen Schulterumhang vor die Nase. »Bist du krank?«

»Die Galle.« Silicis würgte die Worte mehr hervor, als dass er sie sprach, und einmal mehr musste Teriasch an die zerbrechlichen Flaschen und die schweren Felsblöcke in der kleinen Kammer nebenan denken. »Nicht mal mehr Perlen helfen.«

»Ich verstehe.« Offenbar beruhigt, dass er sich nicht in unmittelbarer Nähe eines Seuchenherds befand, straffte der Pollox seinen Umhang. »Ein unschönes Gebrechen, mit dem ich mich auch gelegentlich plage.« Er schlug einen sanften, mitfühlenden Ton an. »Mir wurde anfangs empfohlen, mehr Fisch zu essen, aber das hat mir immer nur den Darm gereizt, bis mir der After wund war. Inzwischen habe ich zum Glück einen Herrschaftlichen Heiler gefunden, der etwas von Innereien versteht.« Er wandte sich zu einem der beiden Gardisten um, die links und rechts neben der Tür Aufstellung bezogen hatten. »Barditus, sei so gut und lauf in den Palast zurück. Bestell Rumex schöne Grüße von mir. Sag ihm, er wird hier gebraucht. Er soll frische saure Früchte aus den Hainen mitbringen. Es geht um eine Galle.«

Der Gardist schlug sich mit der Faust auf die Brust und eilte im Laufschritt los.

Silicis standen plötzlich Tränen in den Augen. »Zu … zu gütig.«

»Ich helfe, wo ich kann«, sagte der Pollox. »Das ist meine Aufgabe.« Er hob die Hand und bückte sich ein wenig, als wollte er Silicis vorsichtig über den Rücken streichen, überlegte es sich jedoch anscheinend anders und richtete sich wieder auf. »Wo sind die Leichen dieser Attentäter?«, fragte er Carda.

Nescas Leibwächterin blickte weiter nur die andere Scharlachrote Rose an, als sie ihm antwortete. »Der eine ist uns entkommen.«

»Uns?« Der Pollox stutzte und zupfte an dem Ring an seinem rechten Ohrläppchen, der so intensiv schimmerte, dass das Silber nur mit weißem Skaldat vermengt sein konnte.

»Der schmaläugige Greis da hat mit mir die Verfolgung aufgenommen.« Carda furchte die Stirn. »Wir waren recht nahe an ihm dran. Dann ist er in eine Gasse hinter der Arena abgebogen. Eine von den Gassen, in denen Bettler Schutz vor der Mittagshitze und geizige Freier nach billigen Huren und Maulknaben suchen. Er hat eine Handvoll Münzen hinter sich geworfen, und wir sahen uns gezwungen, auf eine Menge gieriger Hände zu treten. Als wir diese Barriere überwunden hatten, war der Letzte Seufzer verschwunden.«

»Natürlich«, knurrte die andere Scharlachrote Rose. »Ein morscher Stamm gibt nur schlechtes Holz für Spaliere.«

Teriasch hatte nicht die geringste Ahnung, worauf die Frau anspielte.

Nesca hingegen schien die rätselhafte Äußerung mühelos deuten zu können. »Jeglicher Spott gegenüber diesem Mann ist völlig unangebracht, Diantis.«

»Mein Spott galt nicht ihm, Pupula«, erwiderte die Kriegerin ruhig.

Teriasch sah, wie Carda einen Wimpernschlag lang die Zähne bleckte.

»Er hat mir das Leben gerettet«, fuhr Nesca fort und deutete dabei auf Paetus. »So unglaublich es sich anhören mag, er hat mit bloßen Händen einen Bolzen gefangen, der mir ansonsten das Herz durchbohrt hätte.«

Teriasch biss sich auf die Zunge. *So ist es nicht gewesen. Ja, Paetus hat den Bolzen gefangen, aber er hätte sonst* sein *Herz getroffen, nicht ihres. Warum macht sie das? Warum lügt sie? Nimmt sie ihn vor dieser Kriegerin in Schutz? Oder verteidigt sie Carda vor ihr?* Er sah zu Paetus, der neben ihm an der Wand lehnte. Der flinke Greis vom Weltenwall zuckte ob Nescas Schilderung der Ereignisse nicht einmal mit der Wimper, und seine Miene blieb auch dann noch gelassen, als der Pollox ihn eindringlich musterte.

»Er hat Euer Leben gerettet …«, murmelte der Mann, der der oberste Diener eines Monstrums war, nachdenklich, ehe er die Stimme wieder hob. »Ich entnehme den Aussagen der Pupula, dass du von ihrer Seite gewichen bist, Carda. Oder habe ich da etwas falsch verstanden?«

»Das hast du nicht, Kontentio«, antwortete Nesca anstelle ihrer Leibwächterin. In ihren Augen glomm ein wilder Funke auf, wie ihn Teriasch oft bei den jungen Frauen seiner Sippe gesehen hatte, sobald man sie zu sehr neckte und aus einem eigentlich heiteren Spiel unversehens mit einer aufgesprungenen Lippe hervorging. »Sie hat auf mein ausdrückliches Geheiß gehandelt. Nur ein Advokat von äußerst simplem Gemüt, der nicht weiß, dass für eine Pupula andere Regeln gelten als für eine einfache Edeldame, könnte behaupten, Carda habe ihre Schwüre gebrochen. Sie hat nur das getan, was ich von ihr verlangt habe. Wenn du unbedingt auf jemanden einen Groll hegen musst, dann hege ihn bitte auf mich.«

Der Pollox fasste sich an die Brust, als hätte Nesca ihm einen Dolch in den Leib gerammt. »Nichts stünde mir je ferner, Pupula.«

»Warum? Nur weil ich die Lieblingstochter meines Vaters bin?«, fragte Nesca gehässig.

»O Pupula …« Die Lippen des Pollox bebten. »Weil meine Gefühle für Euch denen Eures Vaters in nichts nachstehen. Vergesst nicht, ich habe damals Eure Mutter in seinen Palast gebracht, und ich war dabei, als Ihr in diese Welt gekommen seid.« Er wischte sich mit dem Handrücken über den Mund. »Und Ihr habt selbstverständlich recht. Es steht mir nicht zu, Kritik an der Art zu üben, wie Ihr mit Eurer Scharlachroten Rose umgeht.«

Wie auf ein Stichwort mischte sich des Pollox' eigene Leibwächterin erneut in das Gespräch ein. »Der Trieb, der seinen

Stamm vergisst, verdorrt«, sagte Diantis. »Er ist es nicht wert, dass er noch Blüten trägt.«

»Eine Rose braucht der anderen nicht zu sagen, wie stumpf ihre Dornen sind. Sie weiß selbst am besten, wann es Zeit ist, den Regen der bitteren Schande zu trinken«, hielt Carda nicht minder unergründlich dagegen.

Der Pollox hob die Hände und unternahm einen raschen Versuch, den Streit, der sich zwischen den Kriegerinnen anbahnte, zu unterbinden. »Ich habe noch nichts über den Verbleib des zweiten Attentäters gehört. Was ist mit ihm?«

Rukabo, der die ganze Zeit über neben Teriasch gestanden hatte und von einem Fuß auf den anderen getreten war, konnte nicht mehr an sich halten. »Der ist geplatzt und rennt seinen Fetzen hinterher«, frohlockte er. »Sprengpulver. Er hat es wohl versehentlich gezündet, nachdem diese Echse sich auf ihn gestürzt hat.«

»Sprengpulver? Echse?«, hakte der Pollox nach. Dann erst schien ihm aufzufallen, von wem diese Erläuterung stammte. »Du bist ein Halbling. Warum bist du nicht in den Gärten? Und warum hast du ein Kollare?«

»Das ...« Rukabo schluckte hörbar und griff sich an den speckigen Hals. »Das ist alles ein furchtbares Missverständnis. Ein kleiner Zank innerhalb der Familie, der sich leider zu meinen Ungunsten ausgeweitet hat, und ...«

»Der kleine Mann spricht die Wahrheit«, sagte Nesca laut. »Der zweite Attentäter wurde von Sprengpulver zerrissen, gerade als ihn eine Täuscherechse anfiel, die er und sein Komplize offenbar kurz vorher aus ihrem Käfig befreit hatten. Zur Ablenkung, die ihm dann selbst zum Verhängnis geworden ist. Aus seinen Überresten wird sich höchstens noch ein wenig Blut pressen lassen, aber kein Hinweis mehr darauf, wer ihn angeheuert hat.«

»Verflucht!« Der Pollox sog scharf Luft durch die Zähne. »Sie müssen ausgezeichnet vorbereitet gewesen sein und damit gerechnet haben, dass sie zu Tode kommen.«

»Bei allem Respekt«, wandte Carda ein. »Das ist das erste Mal, dass ich von Letzten Seufzern höre, die sich selbst entleiben. Die meisten von ihnen, die man auf frischer Tat ertappt, ziehen es vor, eine peinliche Befragung über sich ergehen zu lassen und darauf zu bauen, dass sie in der Arena mehr Glück haben als bei ihrem gescheiterten Auftrag.«

»Nur ein Beweis mehr, wie gefährlich diese Schlangen sind, die nach der Pupula beißen.« Der Pollox winkte ab. »Und irgendwann ist immer das erste Mal, wie ich aus eigener Erfahrung weiß.« Sein Blick fiel auf Teriasch. »Ich habe schließlich das erste Mal, dass unsere Echsenreiter über der großen Ödnis jenseits des Margo kreisten, selbst herbeigeführt.« Er kratzte sich in einem Grübchen an seinem runden Kinn. »Wo wir gerade von Barbaren sprechen, was hat dieser Wilde mit den Zöpfen und dem Dreck im Gesicht hier verloren?«

Teriasch erduldete den Spott, auch wenn er sich fragte, ob es ihm gelingen könnte, den Pollox zu erwürgen und den Dominex damit seines wichtigsten Werkzeugs zu berauben, ehe ihm Diantis mit ihrem Streitkolben den Schädel zertrümmerte.

»Dieser Wilde warf sich schützend vor mich, unmittelbar bevor die Echse zuschlug«, sagte Nesca spitz. »Der zweite Attentäter, der sich in einem Misthaufen verborgen hielt, hatte bereits mit seiner Arkakrux auf mich angelegt. Wäre die Echse nicht gewesen, wäre er aus freien Stücken der lebende Schild gewesen, der mich vor diesem Schuss bewahrt hätte.«

»Aha.« Der Pollox setzte ein schmales Lächeln auf.

»Und er ist eine kleine Berühmtheit«, fügte Nesca hinzu. »Er ist der neue Arenistus, von dem das niedere Volk so viel redet.«

»Du bist der Felesbändiger?«, fragte der Pollox erstaunt.

Teriasch nickte stumm, weil ihm angesichts der Art und Weise, wie Nesca Partei für ihn ergriffen hatte, die Worte fehlten. *Dabei ahnt sie nicht, dass ich selbst nicht einmal genau weiß, warum ich das getan habe.*

»Ich habe von dir gehört«, stellte der Pollox fest. »Mir scheint, du bist aus dem Holz geschnitzt, aus dem Helden sind. Erst gebietest du in der Arena über Raubkatzen, als wären sie dressierte Hunde, und jetzt kommt mir zu Ohren, dass du dein Leben gern für die Pupula gegeben hättest. Interessant …« Er drehte sich um und sprach Silicis an, dem die Hoffnung auf baldige Linderung seines Leids immerhin so viel Kraft geschenkt hatte, dass er sein Stöhnen merklich unterdrückt hatte. »Wo bewahrst du deine Ampullarien auf? Dort?«

Teriasch hatte das seltsame Wort noch nie gehört, doch der Fingerzeig des Pollox verriet ihm seine Bedeutung sofort. Der oberste Berater des Dominex zeigte auf die Tür aus schwarzem Glas, auf der das unheimliche Wappen aus ineinander verschlungenen Ketten prangte.

Teriasch gefror das Blut in den Adern, und er glaubte, sein Kollare in der grausigen Stimme des Kala Hantumanas flüstern zu hören. *Du wirst lernen, uns zu lieben. Wer uns nicht liebt, ist tot.* Einen Moment lang gab sich Teriasch der düsteren Vorstellung hin, der Pollox plane nichts anderes, als die Ampullarien von ihm und Paetus und Rukabo unter seiner Ferse zu zertreten, weil er sie aus irgendeinem abwegigen Grund für Mitverschwörer der Letzten Seufzer hielt.

Dann sagte der Pollox: »Der Schmaläugige und der Felesbändiger haben sich ihre Freiheit mehr als verdient. Wir sollten ihnen die Möglichkeit geben, ihren größten Traum wahr werden zu lassen. Sie sollten endlich ihre ferne Heimat wiedersehen, findest du nicht, Silicis?«

»Oh … ja … ja …« Silicis kämpfte sich von seinem Schemel hoch und schwankte keuchend auf die Glastür zu.

Paetus nahm in einer abwehrenden Geste die Hände hoch. »Ich bin so frei, wie ich frei sein möchte. Ich habe einen Freund, der mich braucht und der ohne mich verloren wäre wie ein Bärenjunges ohne seine Mutter. In meinem Dienst an ihm liegt meine Heimat.«

Der Pollox nickte. »Ich kann dich gut verstehen, und ich werde jedem Narren, der zukünftig zu mir sagt, Sklaven hätten keine Ehre, von dir berichten.«

Rukabo hüpfte in die Höhe, um auf sich aufmerksam zu machen. »Ich möchte noch dringend etwas zu bedenken geben: Mir ist als Erstes aufgefallen, dass der Käfig der Echse leer ist. Ohne mich hätte sie die Pupula vielleicht gefressen. Ist das etwa nichts wert?«

Der Pollox achtete nicht weiter auf ihn. »Tuitio, stütz den armen kranken Mann!«, wies er seinen verbliebenen Gardisten an. Diantis trug er auf, Funkenstaub und eine Schüssel zu holen, um ein Feuer darin zu entzünden.

Dank Tuitios kräftiger Schulter fiel der Rest seines kurzen Weges Silicis um einiges leichter. Nur wenige gehumpelte Schritte trennten ihn von der Tür, und er hatte bereits die rechte Hand gehoben, um gleich den roten Skaldatring einzusetzen, der als Schlüssel zu der Kammer diente.

Teriasch schlug das Herz bis zum Hals, als wollte es das Kollare von allein sprengen. Es war keine Furcht mehr, die es so pochen ließ, nur freudige Erregung. *Es ist wie in der Geschichte, die mir Arka von seinem Vater erzählt hat. Von dem Sklaven, der die Tochter seines Besitzers vor einer Schlange rettete und dafür seine Freiheit erhielt. Mir geht es genauso. Ich kann zurück auf die Steppe, zurück zu meiner Sippe. Sie werden sehen, dass ich nicht tot bin.* Er lächelte. *Fulmar hat nicht gelogen. Es war das Feuersprechen, das Lenken meines Zorns, das die Echse dazu gebracht hat, den Attentäter anzufallen. Meine Gabe hat mich freigemacht.*

Dann zerschlug Nesca mit einem einzigen Satz sämtliche Hoffnungen: »Ich will, dass der Häuptling und sein dickes Pferd mir gehören!«

14

Manchmal reicht ein fauler Apfel,
um die ganze Stiege zu verderben.

Sinnspruch des Talvolks
von den Immergrünen Almen

Teriasch fand die Sprache erst wieder, als er und Rukabo die Arena schon längst verlassen hatten und hinter der Sänfte hertrotteten, in der sich Nesca und Carda von einem halben Dutzend kraftstrotzender Sklaven durch die Straßen tragen ließen. Er hatte völlig fassungslos dabei zugesehen, wie Silicis die Kammer mit den Ampullarien geöffnet und zwei der Flaschen vorsichtig an die Tochter des Dominex übergeben hatte. Selbst sein Zorn war von der Wendung der Ereignisse derart überrumpelt gewesen, dass er sich zu einem winzigen heißen Klumpen in seinem Magen zusammengeballt hatte. Der Hass, den er nun verspürte, wenn er zu der Sänfte sah, war von einer sonderbar kalten Natur. Womöglich hätte er sich gestern noch von ihrer Pracht überwältigt gezeigt, doch nun erkannte er klar, wie abscheulich sie wirklich war. *Alles an ihr ist von Sklaven gemacht. Das schwarze Holz. Von Sklaven geschlagen. Die seidenen Tücher vor den Fenstern. Von Sklaven gewebt. Die goldenen Tragestangen. Von Sklaven gegossen.* Er senkte den Blick zur Straße. *Selbst die Pflastersteine, über die ich gehe. Von Sklaven verlegt. Nichts hier geschieht aus freiem Willen. Nichts hier ist aus freiem Willen geschaffen. Und ich wäre dieser verlogenen Stadt und diesem verlogenen Land beinahe entkommen. Beinahe. Wenn* sie *nicht wäre.*

»Warum hat sie das bloß getan?«

Nur weil Rukabo unverzüglich darauf antwortete, bemerkte Teriasch überhaupt, dass er seine verbitterte Frage laut ausgesprochen hatte. »Worüber beschwerst du dich, du Sorgenwarze?« Der Halbling grinste breit. »Es gibt schlimmere Schicksale, als einer Pupula zu dienen. Wir müssen nicht mehr darauf warten, in welchen aussichtslosen Kampf uns Silicis schicken will. Und überhaupt: Wir werden sicher nie mehr Durst oder Hunger leiden oder auf der Straße schlafen oder unseren Körper an den Meistbietenden verkaufen müssen.«

»Die letzten beiden Dinge musste ich in meinem Leben bis jetzt auch nie tun, ohne ein Sklave zu sein.« Teriasch ballte und öffnete mehrfach die Fäuste. »Und ich hatte die Freiheit doch schon vor Augen, verstehst du das denn nicht?«

Rukabo schnaubte abschätzig. »Ganz abgesehen davon, wie gekränkt ich darüber bin, dass du dich nicht auch für meine Freilassung eingesetzt hast, du treuloses Stück Dung, würde ich gern wissen, was du denn mit deiner kostbaren Freiheit angefangen hättest? Erzähl mir jetzt bitte nicht, du hättest versucht, auf eigene Faust zu deinen Leuten auf der Steppe zurückzukommen. Dazu hättest du nämlich mehr Glück gebraucht als eine Maus in einem Schlangennest. Wie hättest du für deine Reise und den Proviant und ein Pferd bezahlt? Du glaubst doch nicht wirklich, dass Silicis auch nur einen Rota herausgerückt hätte. Wozu auch? Ein freier Bürger muss für sich selbst sorgen. Und genau das hättest du gemacht, wie ich dich kenne. Auf deine ganz eigene Art. Du hättest irgendwo am Wegesrand ein paar Früchte vom Baum gepflückt, und schon wärst du ein Dieb gewesen. Dann hätten sie dich eingesammelt, dir ein Kollare verpasst und zurück hierher geschickt, weil du ja so eine große Attraktion bist. Der Steppenbarbar, der eine vernünftige Sprache spricht. Herzlichen Glückwunsch zu deinen ausgereiften Plänen.«

Sie waren an dem großen Löwenmaultor angelangt, hinter dem der Palastbezirk lag. Die Wachen machten der Sänfte nicht nur Platz, sondern fielen sogar kurz auf die Knie. Rukabo gluckste fröhlich. »Ein Empfang ganz nach meinem Geschmack. Recht so, recht so, beugt das Knie und neigt das Haupt vor dem Kater von Kalvakorum.«

Die Straße jenseits der Mauer war so sauber gefegt, dass Schritte keinerlei Staub aufwirbelten, und die Häuser dort waren die größten, die Teriasch bisher zu sehen bekommen hatte. Die Numates stellten ihren Reichtum unverhohlen zur Schau wie eine junge Hure ihre Reize. Mosaike von jagenden Löwen und ihrer Beute schmückten die Fassaden, aufwendig in Wellenform gestaltete Zäune und Mauern mit goldenen Spitzen trennten die einzelnen Grundstücke voneinander, an jedem Giebel hingen Wasseruhren, an denen man ablesen konnte, wie weit der Tag schon vorangeschritten war. Kein Haupthaus hatte nicht mindestens drei Anbauten, in denen Prunksänften untergestellt, köstliche Speisen eingelagert oder Schreine für die Götter errichtet worden waren. Teriasch wollte nicht glauben, dass in Behausungen, die ganzen Sippen Platz geboten hätten, nicht mehr als eine Familie von verdienten Bürgern samt den Bediensteten lebte – eine weitere Ungerechtigkeit, die seinen Hass nährte.

Rukabo war unverändert bester Dinge, während sie die breite, säulenbestandene Straße hinuntergingen, die auf die riesige goldene Kuppel des eigentlichen Palasts zuführte. Er zeigte mal nach links, mal nach rechts und schwelgte in lauten Erinnerungen an seine vergangenen Diebeszüge durch sein Revier. »Da drüben hätte ich mir fast die Griffel abgehackt, weil die Dame und der Herr des Hauses ihren Schmuck in einer Zwergenkiste verwahrten. Fiese Dinger. Schlösser, die richtig zubeißen können. Und dort, die haben einen Knecht, der einem die Hintertür zur Küche aufstehen lässt, wenn man ihm ein bisschen die richtigen Stellen küsst und streichelt und noch einen Radius drauflegt. Solange man nur auf einen schönen Happen Zimtkuchen und einen kräftigen Schluck Beerenbrand aus ist. Man sollte es ja nie übertreiben. Gierige Diebe sind schnell tote Diebe. Ach ja, und denen aus dieser Villa da, denen habe ich mal unters Bett geschissen, weil ich gehört hatte, dass die hässliche Kuh die Sorgsame Kunst pflegt und wie alle Alchimistinnen ganz auf Reinheit versessen ist. Und was soll ich sagen? Meine Hinterlassenschaft war vollkommen unverfälscht.«

Als sie an eine zweite Mauer um den Palast gelangten, die um einiges niedriger, aber dafür von dornigen Ranken überwuchert war, stellte Rukabo sein Geplapper endlich ein. Er begann, nervös auf seiner Unterlippe zu kauen, während dienstbeflissene Gardisten ein breites Gittertor öffneten, dessen Stäbe von blühenden Schlingpflanzen umwunden waren.

Teriasch begriff nicht so recht, woher Rukabos plötzliche Besorgnis rührte, denn das weitläufige Areal jenseits des Tores bot einen Anblick derart überwältigender Fruchtbarkeit, dass sie ihn einen Moment lang sogar seinen kalten Hass vergessen ließ. Ihm war vielmehr, als stünde er auf der Steppe, nachdem der warme Frühlingsregen das Gras wachgeküsst hatte, so reich und vielfältig war das verschwenderische Formen- und Farbenspiel der Abertausenden Blüten in den Herrschaftlichen Gärten.

Doch auf der Steppe entschieden die Geister der Natur frei darüber, wo sie welcher Pflanze erlaubten, zu erblühen und mit ihrer Eitelkeit das Auge des Betrachters zu erfreuen. Die Herrschaftlichen Gärten hingegen gehörten unverkennbar zum Land der Harten Menschen, wo alles einer Ordnung unterworfen werden musste. Wie auf den Feldern, die Teriasch auf seiner Verschleppung nach Kalvakorum gesehen hatte, war jeder Art von Gewächs ein eigener Bereich zugewiesen, in dessen Grenzen es sich entfalten durfte. Dort waren die kleinen Haine, in denen die Bäume ihre Äste, schwer beladen von Blättern, Blüten und Früchten, dem Himmel entgegenrecken durften.

Hier waren die Flächen, auf denen grünende Hecken zu Löwen, Rüsselschnauzen und scheuenden Pferden geschnitten waren. Und da waren die Plätze, an denen Lilien, Nelken, Astern und Mohnblumen zusammengepfercht waren, als versuchte man, sie dazu zu zwingen, die Menge ihrer vielen kleinen Blüten zu einer einzigen bunten Decke zu verflechten.

Es gab noch vieles mehr, was man auf der Steppe ebenfalls vergeblich gesucht hätte: die Springbrunnen mit ihren sprühenden Fontänen, die Dutzende Regenbögen herbeizauberten. Die Wasserbecken, in denen goldene Fische umherschwammen und an deren Rändern Enten und Schwäne mit roten Schnäbeln und schwarz schillerndem Gefieder ihre Nester gebaut hatten. Die Standbilder, deren Schöpfer nur ein Motiv zu kennen schienen – einen hochgewachsenen Mann, das Gesicht von einem langen Bart umrahmt, Hammer und Zirkel im Gürtel, die Hand behutsam auf den Kopf eines wohlgenährten Knaben gelegt, der dankbar zu ihm aufschaute. Die zahlreichen Wege und Pfade, die zu runden Plätzen führten, auf denen schwarze und weiße Kieselsteine so kunstvoll ausgestreut worden waren, dass sie bedeutsame Episoden aus dem Leben des Subveheros darstellten, von seiner Geburt über die Bezwingung der Elemente bis hin zu seinem Aufstieg auf den Götterthron.

Und auf der Steppe gab es auch keine kleine Heerschar von Halblingen, die dafür Sorge trugen, dass all diese Pracht niemals verging. Eine unermüdlich weiterstreitende Armee aus untersetzten Soldaten, die mit Hacken, Rechen und Schaufeln bewaffnet, mit grünen Lederschürzen und gelben Strohhüten gerüstet waren. Ihnen galten sofort Rukabos Blicke, und er fing an, leise zu zählen, kaum dass die Sänftenträger mehr als zwanzig Schritte in die Gärten hinein gemacht hatten.

Er kam bis elf, da bemerkte Teriasch einen Halbling, der seine Gießkanne fallen ließ und mit nacktem Entsetzen im Gesicht in Richtung der Sänfte gelaufen kam, und bei fünfzehn hatten sich ihm zwei seiner Kameradinnen angeschlossen, die zuvor Dung in einem Beet mit jungen Trieben verstreut hatten.

»Sie sind noch langsamer und begriffsstutziger als früher«, murmelte Rukabo.

»Was hast du hier zu schaffen, Rukabo?«, fragte der Halbling, der beim Gießen gewesen war, entgeistert, als er bei der Sänfte ankam.

»Du bist verbannt.« Die eine Dungstreuerin machte eine schnelle Geste, bei der sie den Kopf abwandte und halb ihre Augen verdeckte.

»Verbannt!«, pflichtete ihr die andere bei und vollführte die gleiche Geste.

»Gleich drei von euch, um den verlorenen Sohn willkommen zu heißen? Das ist zu viel der Ehre.« Rukabo verbeugte sich tief. »Wuplesch, du bist alt geworden, alt und dürr. Leschka, dein Atem stinkt noch genauso nach Zwiebeln wie früher, und du, Sarodini, bist immer noch die hässlichste Knolle, die je aus einem Acker gezogen wurde.«

Teriasch lachte – nicht so sehr über die Beleidigungen selbst, sondern darüber, wie die Beleidigten sie aufnahmen. Sie stießen spitze Schreie der Empörung aus und wichen vor Rukabo zurück, als ginge von ihm eine Gefahr für Leib und Leben aus.

Carda streckte den Kopf aus einem Fenster der Sänfte. »Was soll der Lärm? Wisst ihr nicht, wer in dieser Sänfte sitzt?«

So viel Furcht die anderen Halblinge vor Rukabo zeigten, so unbedarft boten sie der Scharlachroten Rose die Stirn. »Und weißt du denn nicht, wer neben deiner Sänfte herläuft?«, entgegnete Wuplesch.

»Dieser Kerl ist von diebischem, frevlerischem Wesen«, fügte Leschka hinzu. »Er ist ein Tscheschenk Kubolsch, ein Koboldskind, das uns untergeschoben wurde, weil das Pech an ihm klebt.«

»Er hat seine Bosart mehr als einmal unter Beweis gestellt«, ergänzte Sarodini. »Er hat die Blüte einer Jungferngunst gestohlen, um sie an eine Alchimistin zu verscherbeln. Dafür haben wir ihn verstoßen, und dafür trägt er auch sein Mal, das er nicht fortwaschen kann. Man muss ihm nur in die Augen sehen, um es zu erkennen.«

»Ja, ja, ja«, seufzte Rukabo. »Was ist eigentlich damit, dass uns das Untrennbare Paar, die unser aller Eltern sind, lehrt, Milde und Vergebung für die närrischen Streiche zu zeigen, zu denen Kinder neigen?«

»Du warst schon lange kein Kind mehr, als du deine sträfliche Tat begangen hast«, hielt Wuplesch dagegen.

»Du hast Schande über deine gesamte Familie gebracht«, bekräftigte Leschka.

Sarodini verzog das zerfurchte Gesicht und spuckte Rukabo vor die Füße. »Unsere Vorfahren sind nicht von den Immergrünen Almen fortgezogen, um der Verheißung des Großen Karoblosch zu folgen und dann solche Verbrecher heranzuzüchten wie dich.«

»Der Große Karoblosch selbst würde mich also hier nicht dulden, hm?« Rukabo räusperte sich laut. »Nach allem, was ihr mir über den Großen Karoblosch beigebracht habt, drängt sich doch ein naheliegender Verdacht auf: Der Große Karoblosch war nur ein Schwätzer, der zu oft in den Humpen geschaut und zu viel Stechbirnenkraut geraucht hat.«

»Siehst du?«, rief Wuplesch Carda zu.

»Er ist und bleibt ein Frevler!«, schrie Leschka.

»Er bringt Unglück!«, krakeelte Sarodini.

Rukabo zuckte mit den Schultern und wandte sich kopfschüttelnd an Carda. »Ich befürchte, das wird noch eine ganze Weile so gehen. Es wird seine Zeit brauchen, bis sich meine liebe Verwandtschaft daran gewöhnt hat, dass ich in Zukunft wieder in diesen Gärten ein und aus gehen darf, wie es meiner neuen Besitzerin beliebt.«

Ob dieser Eröffnung stampfte Wuplesch zornig auf, Leschka fächelte sich Luft mit ihrem Strohhut zu, und Sarodini wankte zum Sockel des nächsten Standbilds, um sich ächzend darauf niederzulassen.

»Was schlägst du vor?«, wollte Carda von Rukabo wissen.

»Dass ihr mich hier zurücklasst und erst einmal allein weitergeht«, sagte er. »Glaub mir, sie werden uns überallhin nachlaufen wie Rüden hinter einer läufigen Hündin. Da ist es doch besser, ich bringe ihnen alles schonend bei und komme nach, sobald sie sich einigermaßen beruhigt haben.«

»Wir werden uns nie beruhigen!«, behauptete Wuplesch.

»Nie!«, gab ihm Leschka recht.

»Niemals nicht!«, schwor Sarodini.

Carda zog den Kopf wieder ein. Vier, fünf Wimpernschläge später sprang sie aus der Sänfte und befahl den Trägern: »Absetzen!«

Nesca stieg aus und strafte die Halblingsgärtner, die umgehend auf die Knie fielen, mit Missachtung. Sie schritt den Weg weiter hinunter, die Schultern straff, das Kinn gehoben.

»Komm!« Carda winkte Teriasch zu. »Der fette kleine Dieb braucht dich nicht, um mit seiner Familie zu zackern. Du gehst mit uns!«

Zu Beginn ihres Spaziergangs durch die Herrschaftlichen Gärten ignorierten die Tochter des Dominex und ihre Leibwächterin Teriasch völlig. Das war ihm alles andere als unrecht. Er war weit davon entfernt, Nesca das zu verzeihen, was er als üblen Verrat empfand, und was hätte er auch zu dem zwanglosen Gespräch beitragen sollen, dass die beiden Frauen miteinander führten? Sie unterhielten sich über die Vorbereitungen für das große Spektakel am Tag der Thronbesteigung, und es kümmerte ihn nicht, wie viel Feuerstaub und Sprengpulver man von den großen Holzgestellen, die in den Gärten aufgebaut waren, in den Himmel schießen würde.

Was ihn weitaus mehr faszinierte, war das ungewöhnliche, schlauchartige Gebäude, an dem sie nach einiger Zeit entlangschritten. Es war ganz aus eisernen Streben und Glas gebaut, wobei die Scheiben von innen beschlagen waren, als wäre die Luft dort drinnen um ein vielfaches feuchter als draußen. Wie durch eine Nebelwand machte Teriasch die Umrisse dickstämmiger Bäume aus, zwischen deren Ästen große, seltsam geformte Früchte wuchsen. Sie erinnerten ihn an die schwammigen Pilze, die manchmal aus morschem Holz sprossen, und ein-, zweimal spielten seine Augen ihm einen unheimlichen Streich. *Es muss das Glas sein. Das Glas und der Nebel. Die Schlieren lassen es so aussehen, als würden die Früchte sich bewegen. Beben. Pulsieren. Wie die Eier von Spinnen oder Käfern, in denen sich die Larven regen. Oder wie ein Beutel voller Schlangen und Würmer …*

Er erstarrte, gelähmt von dem beklemmenden Gefühl, dass ihn jemand aus dem Verborgenen heraus beobachtete. *Hat gerade mein Kollare gezuckt?* Er fasste an seinen Halsreif. Er war kalt genug, dass seine Fingerspitzen daran haften blieben. Dann hörte er die Stimme, die viele Stimmen war, noch viel klarer und deutlicher als beim Anlegen des Kollare oder in seinem Traum, in dem der Kala Hantumanas ihn mit der Gestalt Nescas in seine unzähligen Arme gelockt hatte. »Geh nicht fort«, bettelte sie. »Du musst uns lieben. Sieh doch, was wir denen schenken, die uns am meisten lieben.«

Aus den Augenwinkeln nahm er wahr, wie die Früchte in dem Haus aus Glas gemeinsam zu pulsieren begannen, als wären sie alle Teil ein und desselben gewaltigen Leibes, dessen Herzschlag ihnen den Takt vorgab.

»Für immer«, raunte der Wurm der alles umschlingenden Liebe. »Für immer bei uns und in uns und wir in dir. Ohne Tod. Auf ewig.«

»He, Barbarenhäuptling!« Cardas barscher Ruf brach den Bann, in den der Kala Hantumanas Teriasch gezogen hatte.

Er blinzelte und sah die Scharlachrote Rose auf sich zulaufen, sichtlich ungehalten.

»Bist du müde, oder wie? Auf, auf!« Sie packte ihn am Arm und zog ihn mit sich zu der Stelle an einer Weggabelung, wo Nesca auf sie wartete.

»Was ist dieses Haus?«, fragte Teriasch.

»Da drin ziehen die halben Portionen die Früchte, von denen nur unser Herrscher kosten darf«, erklärte Carda.

»Die, die ihm die Kraft schenken, um die Elemente im Zaum zu halten? Von den Bäumen, die nur mit dem besonders reinen Wasser gegossen werden?«

»Was fragst du lauter Sachen, die du schon weißt?« Bei Nesca angekommen, ließ die Ordenskriegerin ihn los und wandte sich an ihre Schutzbefohlene. »Ich glaube nicht, dass er abhauen wollte. Er hat anscheinend nur vor sich hin geträumt.«

»Gut.« Nesca nahm die Hand von dem wattegefütterten Säckchen, das sie an die gelbe Schärpe um ihre Hüfte gebunden hatte.

Teriasch ahnte, was sie darin transportierte. *Da sind die Flaschen drin, die ihr Silicis gegeben hat. Mein Ampullarium und das von Rukabo.* Seine flüchtige Begegnung mit der Kreatur, die den Gefäßen ihre grausige Macht verlieh, schmälerte erstaunlicherweise seine Furcht davor.

»Kannst du mir sagen, was im Turm des Wassers ist?«, fragte er Nesca.

»Warum interessiert dich das?«

»Kannst du es mir sagen?«

»Nein, kann ich nicht.« Sie schenkte ihm einen merkwürdigen Blick voller Verwunderung. »Niemand geht in den Turm hinein.«

»Auch nicht, wenn ihr eure Opfer darbringt?« *Sie lügt. Wie so oft …*

»Wenn eine Losziehung für den Behemoth des Wassers ansteht, erklimmen alle, die an der Zeremonie teilnehmen, die zehntausend Stufen hinauf zur Spitze des Turms«, sagte Nesca, und sie klang dabei ein wenig, wie Pukemasu immer geklungen hatte, wenn sie ihm von den Gesetzen und Geboten der Geistern erzählte – ein wenig ungeduldig ob seines mangelnden Wissens. »Es ist eine Prüfung des reinen Gewissens, weil die Stufen glatt und rutschig von den Wasserfällen sind, die am Turm herabstürzen. Wer die falschen Gedanken im Herzen trägt, folgt dem Wasser in die Tiefe.«

»Und was ist oben auf der Spitze?«

»Das große Becken, aus dem das reine Wasser aufsteigt, natürlich.« Nesca lächelte grimmig. »Das Becken, in das sich einmal alle vier Jahre die Opfer an den Behemoth werfen.«

»Ist das alles, was du weißt?«

»Nicht so frech!«, warnte ihn Carda.

»Ich weiß noch viel, viel mehr, aber es gibt eine Sache, über die ich zuerst mit dir sprechen will«, sagte Nesca.

»Dann sprich.«

»Nicht hier.« Sie schritt ihnen voran über eine Rasenfläche zu einer efeuüberwachsenen Laube, wo sie sich auf eine steinerne Bank setzte. Sie klopfte mit der flachen Hand neben sich. »Komm, Teriasch von den Schwarzen Pfeilen. Setz dich zu mir.«

Teriasch blieb stehen.

Nesca musterte ihn freundlich. »Ich weiß genau, dass du zornig auf mich bist.«

»Erwartest du Lob für so viel Weisheit?« Teriasch erduldete ungerührt den leichten Faustschlag, den ihm Carda zur Strafe versetzte. »Warum hast du verhindert, dass mir der Pollox meine Freiheit schenkt?«

»Du hättest versucht fortzugehen.« Nescas Lächeln war entwaffnend in seiner scheinbaren Offenheit. »Und dann hättest du mir nicht mehr helfen können.«

»Wobei?«, fragte er lauernd, weil er noch immer eine Lüge witterte.

»Du hast vorhin nicht viel gesagt, als der Pollox dabei war.« Nesca streckte ihre Beine aus und rieb sich die Oberschenkel. »Aber es würde mich wundern, wenn du nicht genau zugehört hättest. Daher weißt du schon, dass das heute Morgen nicht der erste Anschlag auf mein Leben war.«

»Und?« Teriasch verschränkte die Arme vor der Brust. »Wenn ich alles richtig verstanden habe, was heute schon geredet wurde, ist es bei euch Harten Menschen üblich, dass ihr Krieger dafür bezahlt, euch gegenseitig umzubringen. Warum sollte das bei dir anders sein?«

Carda hob bereits die Faust, aber Nesca bedeutete ihr innezuhalten. »Nicht! Ich will nicht, dass er ständig gezüchtigt wird.«

»Wie Ihr meint, Hoheit.« Carda verbeugte sich. »Auch wenn ich glaube, dass es ihm guttun würde …«

»Schon zweimal zuvor hat man mir nach dem Leben getrachtet«, sagte Nesca ernst. »Beim ersten Mal war ich dazu eingeladen worden, an der Eröffnungsfeier einer neuen Tuchmanufaktur teilzunehmen. Pannus Velum, der Betreiber, zählt zu den Numates, die mein Vater am meisten schätzt, und deshalb konnte ich die Einladung schlecht ablehnen. Die Feier fand in der großen Halle statt, in der die fertigen Stoffballen eingelagert werden sollten. Anlässlich meines Erscheinens hatte Velum einen Leuchter aus purem Gold und Edelsteinen anfertigen und aufhängen lassen, der das Licht seiner Feuerschalen so brach, dass es mein Gesicht an alle Wände warf. Ich hielt meine Dankesrede unter diesem Prunkstück, da löste es sich aus seiner Halterung.« Nesca senkte die Stimme. »Ich wäre darunter begraben worden, wenn Carda mich nicht rechtzeitig zur Seite geschleudert hätte.«

»Hm.« Teriasch schürzte die Lippen. »Wieso wurde Carda dann nicht zerschmettert? Und woher wisst ihr, dass das kein Unfall war?«

»Ich habe dem Mann neben mir die Beine unter dem Leib weggetreten und ihn über mich gezogen.« Carda sprach von dem Vorfall, als wäre es ein gemütlicher Ausritt an einen schönen See gewesen. »Es war ein richtig fetter Kerl, und sein Speck dämpfte den Aufprall des Leuchters.« Sie klopfte auf die linke Seite ihres

Brustpanzers. »Ein paar gebrochene Rippen hatte ich schon, aber die habe ich gerne in Kauf genommen. Und was das Herabfallen des Leuchters angeht ... die Halterung war angesägt.«

»Und der andere Anschlag?«, wollte Teriasch wissen.

»Ein Geschenk«, sagte Nesca. »Angeblich von einem Abgesandten des Kleinen Königs von Tristborn. Eine Elster in einem Käfig aus Barttannenholz. Sie war Teil einer ganzen Reihe von Zuwendungen, die mir bei einem Bankett zuteilwurden. Ich habe den Vogel in meine Gemächer bringen lassen, wie den Rest auch, lange bevor ich mich selbst dorthin zurückzog.« Sie seufzte. »Es war ein Abend, an dem mir zum Tanzen zumute war. Das war mein Glück. Eine meiner eifersüchtigeren Schwestern stahl sich aus Neid in meine Räumlichkeiten, um als Erste mit dem Vogel spielen zu können. Ich fand Invidia tot vor dem Käfig, Schaum vor den blauen Lippen. Jemand hatte Gift auf den Schnabel der Elster gestrichen. Meinst du, dass auch das ein Unfall war?«

Teriasch schwieg.

»Es stellte sich heraus, dass der Vogel ausgetauscht worden war«, fuhr Nesca fort. »Der Kleine König trachtete mir nicht nach dem Leben. Ein anderer hingegen schon.«

»Das mag sein«, gestand Teriasch. »Aber wie könnte ich dir da helfen?«

»Ich brauche eine Person in meinen Diensten, die an Orten unsere Ermittlungen vorantreibt, an die ich selbst nicht gehen kann, weil mein Erscheinen zu viel Aufsehen erregt«, erklärte Nesca. »Eine Person, die noch nicht lange in Kalvakorum ist und noch nie mit den Numates oder den Bewohnern des Palasts in Kontakt stand. Eine Person, die damit gewiss nicht in eine laufende Intrige verwickelt ist.«

»Du kannst deinen eigenen Leuten nicht mehr trauen«, befand Teriasch. Er grinste unverschämt. »Ist das der Grund, warum du dich verkleiden musstest, als du gestern in die Stadt gegangen bist?«

Nun war es an der Tochter des Dominex zu schweigen.

Ich habe sie erwischt! »Aber was hast du in diesem Viertel getrieben?«

»Es gibt dort Einrichtungen, die von Letzten Seufzern besucht werden«, knurrte Carda. »Rauchhäuser, Bordelle, Theater für frivole Stücke. Ihre Hoheit hatte die Hoffnung, dort einen Menschen zu finden, der vielleicht etwas darüber gehört haben könnte, wer einen Auftrag angenommen hat, eine Tochter des Dominex zu töten.«

»Gut.« Teriasch nickte. »Aber warum ich? Du kannst jeden Sklaven kaufen, den du haben willst. Warum musste es ausgerechnet ich sein?«

Nesca sah ihn lange und durchdringend an. »Weil ich eine Ahnung hatte, was du bist, seit ich dich in der Arena gesehen habe.«

»Was? Ein Häuptling?«, spottete Teriasch.

Sehr zu seinem Ärger ließ sie sich nicht reizen. »Seit du die Feles gebändigt hast. Und als wir uns gestern wiedergesehen haben, da habe ich es gespürt.«

»Was?«

»Dass du eine Pegi Nata bist.«

Das Wort, das Teriasch das letzte Mal vor langer Zeit aus Pukemasus Mund gehört hatte, verursachte ihm ein ungutes Gefühl, als es nun von Nesca ausgesprochen wurde. *Sie sieht nur ein Werkzeug in mir, eine Waffe, die sie gegen ihre Feinde verwenden will.*

»Du bist eine Feuerseele, Teriasch von den Schwarzen Pfeilen«, sagte Nesca mit Nachdruck. »Ich weiß sehr wohl, was du mit der Echse getan hast. Das Feuer in dir hat mit dem Funken in ihr gesprochen. Du bist zaubermächtig. Es wäre töricht von mir, einen anderen Sklaven als dich zu mir zu holen.«

Die Bestätigung seines Verdachts verbitterte Teriasch, ohne dass er wusste, weshalb. *Was schert es mich, als was sie mich sieht? Dann bin ich eben ihr Werkzeug. Na und?* »Du hast auch Rukabo zu dir geholt, oder?«

»Ja.« Eine kleine Falte zeigte sich auf ihrer Stirn, und sie legte den Kopf schief. »Ich dachte, das würde dir gefallen. Er ist doch dein Freund, und du schuldest ihm dein Leben. Er hat Demeto Karis durch eine List besiegt, nicht du. Ohne ihn wärst du in der Arena gestorben.«

»Noch dazu gehört es sich nicht, Ross und Reiter auseinanderzureißen«, merkte Carda mit einem schiefen Lächeln an. »Du hast dich bestimmt schon an ihn gewöhnt.«

Teriasch setzte sich doch noch neben Nesca auf die Bank, weil er sie aus nächster Nähe betrachten wollte, ehe er weitersprach. »Du sagst also, du willst meine Hilfe, weil ich Dinge kann, die sonst niemand kann. Du sagst, du bräuchtest mich, um Unheil von dir abzuwenden. Warum hättest du mir all das nicht erzählen können, nachdem ich wieder frei gewesen wäre?«

Sie schlang die Arme um ihren Oberkörper, als wäre es ihr nun doch irgendwie unangenehm, wie dicht sie beieinandersaßen. »Hättest du mir denn dann geholfen?«, fragte sie leise.

Teriasch horchte in sich hinein. *Hätte ich das? Nein, hätte ich nicht. Ihr Vater ist der Dominex, und der Pollox, der den fliegenden Tod auf die Steppe gebracht hat, ist wie ein Onkel zu ihr. Nein, ich hätte wahrscheinlich eher das getan, was Rukabo befürchtet hat. Ich hätte versucht, zurück zu meiner Sippe zu kommen. Vielleicht hätte ich sie sogar ausgelacht, wenn sie mir alles erzählt hätte, und ich hätte ihr gesagt, dass ihr das alles recht geschieht, weil sie die Tochter eines Monstrums ist, das sich von einem anderen Monstrum freiwillig hat versklaven lassen. Oder? Oder etwa nicht?* Seine Enttäuschung über die Freiheit, die ihm vorenthalten worden war, klang zum ersten Mal so weit ab, dass er sich an ein Angebot erinnerte, das ihm jemand im Traum unterbreitet hatte. »Ich verlange, dass du mich behandelst wie einen freien Menschen. Dass du mir, nachdem ich dir geholfen habe, die Freiheit schenkst. Und ich will, dass wir noch eine Abmachung treffen.«

»Hoheit …« Carda kniff die Augen zusammen. »Euer Spielzeug vergisst seinen Platz.«

»Was für eine Abmachung sollte das sein?«, fragte Nesca.

Carda stöhnte auf.

»Wenn ich dir helfe, herauszufinden, wer dich töten will, dann will ich als Gegenleistung zu dem Behemoth, der im Turm des Windes gefangen ist.« Mühsam unterdrückte er das Verlangen, nach ihrer Hand zu greifen, um ihr zu zeigen, wie ernst es ihm war. »Das ist unsere Abmachung.«

Zu der ersten Falte auf Nescas Stirn gesellte sich eine zweite. »Eben hast du mich noch nach dem Turm des Wassers gefragt, und jetzt willst du den Behemoth aus dem Turm des Windes sehen?« Sie lachte auf, als würde er sie veralbern wollen. »Die Drachenhöhle ist versiegelt. Sie wird nur einmal alle vier Jahre geöffnet, und in diesem Jahr gehen die Opfer an den Behemoth des Feuers.«

»So lange warte ich nicht.« Teriasch schüttelte den Kopf. »Es muss früher gehen.«

Nesca sah hilfesuchend zu Carda.

»Schaut mich bitte nicht so an, Hoheit«, sagte die Scharlachrote Rose. »Ich würde Euch so oder so empfehlen, Euch auf keinen Handel mit diesem Kerl einzulassen. Aber wenn er unbedingt als Drachenfraß enden will … Es gäbe da vielleicht eine Möglichkeit, ihn in die Höhle hineinzubringen.«

Es war Nesca, die plötzlich das tat, was er zuvor hatte tun wollen. Sie griff nach seiner Hand. Ihre Finger waren herrlich warm und weich. »Deine Freiheit sollst du gerne haben, sobald die Mörder enttarnt sind. Und was deinen Besuch im Turm des Windes betrifft … Ist ein Vielleicht gut genug für dich, Teriasch von den Schwarzen Pfeilen?«

15

Verstreut euch über die Steppe wie der Wind
die Samen der Gräser. So werden eure Sippen niemals
alle zerschlagen, so wie ein Feuer niemals
alle Gräser auf der Steppe verschlingen kann.

Aus den Geboten Starnas, der Ewigen Wanderin

»Wie gefällt dir dein Armreif? Ich finde, er steht dir sehr gut.«

Nescas Stimme klang so unbekümmert, als hätte sie Teriasch ein großes Geschenk gemacht. Womöglich hätte ein anderer Sklave ihre Einschätzung sogar uneingeschränkt geteilt. Selbst Rukabo wirkte von den Annehmlichkeiten, die sein neuer Status als Besitz der Tochter des Dominex mit sich brachte, begeistert – und er war nicht einmal in Sklaverei geboren, und seine Tage als freier Bürger lagen alles andere als weit zurück.

Um seinen großen Freund aufzuheitern, war der Halbling am vorherigen Abend nicht müde geworden, die Vorzüge aufzuzählen, die er und Teriasch nun genossen.

»Schau dir doch nur an, wie wir untergebracht sind!«, hatte er gerufen.

Und ja, Teriasch musste gestehen, dass das Zimmer, das er sich mit Rukabo teilte, verglichen mit ihrer Kammer in der Arena ein kleiner Palast innerhalb eines noch viel größeren Palasts war. Die Betten waren federweich, in einem Becken an der Wand stand jederzeit nach Honig duftendes, handwarmes Wasser für ihre Waschungen bereit, eine Spieluhr zur Zerstreuung erzeugte die süßesten Klänge, wenn man an ihrer

Kurbel drehte, und ein mit Glas versiegeltes Fenster bot einen reizenden Blick auf die Herrschaftlichen Gärten.

»Überleg dir, wie voll wir uns hier den Bauch schlagen können!«, hatte Rukabo gejubelt.

Auch das stimmte. Teriasch hatte sich sehr verwundert darüber gezeigt, wie im Palast für ihr leibliches Wohl gesorgt wurde. Wenn man ein kristallenes Glöckchen in Form eines Apfels läutete, eilte ein junger Haussklave herbei, der sich freundlich danach erkundigte, wonach einem der Sinn stand. Man äußerte seinen Wunsch, und wenig später wurde er Wirklichkeit. Rukabo hatte dieses Prinzip reichlich ausgenutzt und binnen kürzester Zeit zwei gebratene Tauben, einen halben Schinken, vier Schüsseln gepfefferter Blaubeeren und einen großen Ring Zimtkuchen verspeist – die Kehle heruntergespült hatte er sich diese Unmengen an Nahrung mit drei Humpen Süßbier und zwei Karaffen weißem Wein.

»Und befühl doch nur die Stoffe, in die sie uns gehüllt hat«, hatte Rukabo ihn aufgefordert und dabei den Pelzbesatz seiner Gugel gestreichelt. »Ich wette, das ist echtes Glattwiesel!«

Teriasch räumte ein, dass seine neue Kleidung sehr angenehm zu tragen war – die schwarze, wadenlange Hose aus robustem Leinen, die weiße Baumwolltunika und auch die grüne Samtweste. Selbst die Stiefel passten ihm wie angegossen, als hätte jemand das Echsenleder schon für ihn weichgelaufen.

All das änderte nichts daran, dass er sich trotz der Abmachung, die er mit Nesca getroffen hatte, nach wie vor wie ein Sklave fühlte. Nicht nur wegen des Kollare, sondern insbesondere auch, weil am Morgen ein höflicher Mann bei ihnen aufgetaucht war, um ihnen den Silberreif ums Handgelenk zu legen, der sie als Besitz eines Bewohners des Palastbezirks kennzeichnete. *Nun bin ich gleich doppelt als jemand zu erkennen, dem es verboten ist, seinem freien Willen zu folgen,* hatte er da gedacht.

Kurz darauf hatte ihm ein anderer Sklave mitgeteilt, dass Nesca ihn allein zu sprechen wünschte. Er war dem blonden

Jungen in das Zimmer gefolgt, in dem ihn die Tochter des Dominex sehen wollte. In dem großen, hohen Raum roch es nach altem Papier und Pergament. In Schränken, für die man Leitern brauchte, um an die obersten Regale zu gelangen, warteten Hunderte, wenn nicht gar Tausende von Büchern und Schriftrollen darauf, gelesen zu werden. Dutzenden ihrer Artgenossen war das Glück beschieden, dass Nesca Gefallen an ihnen gefunden hatte. Sie lagen mal zugeklappt, mal aufgeschlagen auf Podesten, Sesseln, Hockern und Bänken, und Teriasch sah Zeile um Zeile von Schriftzeichen, die er nicht kannte, und Zeichnungen von so unterschiedlichen Dingen wie Häusern, Tieren, Menschen und Pflanzen.

Dann stand er schließlich vor der Frau, die sich offenbar nicht so recht entscheiden konnte, an welchem Schriftstück sie ihren Wissensdurst zuerst stillen wollte. Und sie machte ihm Komplimente dafür, wie gut ihm sein neuer Schmuck stand, der doch nichts anderes war als ein sichtbares Symbol seiner Unfreiheit.

»Du scheinst dich nicht zu freuen.« Sie schlug das Buch auf ihrem Schoß zu, stand auf und schlackerte an ihrer schlichten blauen Robe, bis der Saum wieder züchtig bis zu ihren Knöcheln herabfiel. »Ich vergesse immer wieder, wie fremd dir das hier alles erscheinen muss. Ich will dir etwas zeigen.«

Aus einer Nische zwischen zwei Schränken trat Carda hervor und nickte Teriasch zur Begrüßung zu. »Ich nehme an, wir suchen Euer Refugium auf, Hoheit«, sagte sie zu Nesca.

»So ist es.« Nesca setzte ein strahlendes Lächeln auf. »Es wird ihm bestimmt gefallen.«

Zu dritt durchquerten sie die Bücherhalle. Carda zog eine Flügeltür auf, auf deren dunklem Holz helle Intarsien schimmerten, die zwei Pferde im gestreckten Galopp über ein Meer aus Gras zeigten.

Teriasch folgte Nesca in den dahinterliegenden Raum und sah sich ungläubig um. Es war, als würde die Tür auf magische

Weise zwei weit entfernte Orte miteinander verbinden – die Gemächer Nescas inmitten der Hauptstadt der Harten Menschen mit dem Zelt eines Häuptlings der Pferdestämme. Auf dicken Teppichen, deren eingewebte Wellenmuster den ewigen Wandel der Welt nachzuahmen suchten, lagen Kissen verstreut, deren Leder von dem Fett glänzte, mit dem es eingerieben worden war, um es geschmeidig zu halten. An sechs Pfosten aus Knochenholz, in die die Gesichter der Ahnen geschnitzt waren, hingen zahlreiche Trophäen bedeutender Taten: Adlerklauen, getrocknete Bärentatzen, Schilde, Keulen und Pfeile ehrenhaft bezwungener Feinde, Talismane und Fetische aus Federn, Steinen und Gebeinen, die bösen Schamanen entrungen worden waren. Über einer kalten Feuerstelle hing der bauchige Kessel aus Bronze, in den alle Mitglieder der Sippe einmal jeden Sommer ihr Blut gaben, um es mit Milch und Bitterbeeren zu einem dicken Brei zu verkochen, von dem alle kosteten – zur Erinnerung an jenen schrecklichen und zugleich schönen Tag vor langer, langer Zeit, als die Ewige Wanderin die Große Sippe aus dem verfluchten Samarna fortgeführt und ihr aufgetragen hatte, fortan in vielen kleinen Sippen über die Steppe zu ziehen. Am Ehrenplatz für den Häuptling lag sein Sattel, ein meisterlich gefertigtes Stück aus schwarzem Holz und rotem Leder, das Blatt mit weißen Perlen bestickt, der Knauf in Form eines Pferdekopfs mit wehender Mähne.

Abgesehen von den fehlenden Gerüchen von Schweiß, Rauch und Kräutersud machte nur ein weiteres Detail die Illusion unglaubwürdig: Diesem Zelt mangelte es an aufgespannten Häuten, deren Bilder dem Betrachter etwas darüber berichteten, wer hier in vergangenen Tagen gelebt hatte. In einem Zelt wie diesem hätten viele Dutzend Häute an den Streben hängen müssen, doch es gab nur eine einzige Haut, hinter dem Häuptlingssattel, die einmal einer Frau gehört hatte – einer Frau, die anhand der geringen Zahl an Falten jung den Weg zu ihren Ahnen angetreten war.

»Das ist meine Mutter«, hauchte Nesca ehrfürchtig. »Tamni von den Kindern der Weite. Als sie krank wurde und ihre Finger schwarz, hat mein Vater ihr das größte Grabmal der Welt versprochen, doch sie wollte es nicht. Sie wollte nur, dass er so mit ihrem Körper verfährt, wie es in ihrer Heimat Sitte ist.«

Teriasch folgte den Traditionen, denen er sein Leben lang gefolgt war. Er grüßte die Haut, indem er die Finger dort auf sie legte, worunter früher ein Herz geschlagen hatte, und murmelte ein rasches Gebet an die Ahnen. *Auch wenn sie mich von hier nicht hören können und auch wenn diese Haut nicht hierhergehört, in dieses falsche Zelt.* Wer immer sie abgezogen hatte, hatte seine Schnitte entlang des Rückgrats und der Gliedmaßen sorgsam und klug gesetzt. Keines der Hautbilder hatte Schaden genommen. Nicht die Dreiecke auf den Oberarmen, die verrieten, dass Tamni eine gute Bogenschützin gewesen war. Nicht die geschwungenen Haken auf ihren Fersen, die belegten, dass sie ein Pferd schneller zu reiten wusste als andere aus ihrer Sippe. Und auch nicht die Schnur von Tropfen von ihrem Nabel zu ihrem Schamhügel, die bezeugte, dass ein Mann um sie geworben und sie für sein Zelt gewonnen hatte.

Teriasch drehte sich zu Nesca um. *Sie hat nichts von einem Harten Menschen an sich. Sie redet wie eine von ihnen, das schon, und sie tut auch sonst, was die Harten Menschen so tun, aber sie sieht nicht aus wie einer von ihnen. Sie sieht aus wie eine von uns.* »Der Dominex ist dein Vater?«

»Ja, aber er sagt, ich wäre meiner Mutter wie aus dem Gesicht geschnitten«, sagte sie ohne jeden Argwohn. »Ich war noch ein Kind, als sie gestorben ist. Trotzdem erinnere ich mich an alles, was sie mir über ihr Volk und die Steppe erzählt hat. An all die Legenden. Von Oschisesa, der dem Wind das Geheimnis entriss, wie man singt. Vom sturen Wanahoni, der nicht zu den Bergen ziehen wollte, sondern erwartete, dass die Berge zu ihm kommen, und der dann bei seinem langen untätigen Sitzen selbst zu einem Berg wurde. Und von Wikasa Yata, der eine

Feuerseele wie du war und der den Häuptling der Schakale dazu zwang, dass er und seinesgleichen keine Jagd mehr auf Menschen machen.«

»Das hat sie dir also alles erzählt?« Teriasch wehrte sich nicht dagegen, dass ihre Unbekümmertheit seinen Groll weckte. *Sie lebt einen Traum. Sie denkt, sie weiß alles, und dabei weiß sie nichts. Sie lebt im Haus ihres Vaters und hört das Volk ihrer Mutter nicht schreien.* »Hat dir deine Mutter auch erzählt, wie sie ihrer Sippe gestohlen wurde?«

»Nein.« Nesca schüttelte den Kopf. Sie lächelte, wie man es tat, wenn man plötzlich befürchtete, sich einem Schwachsinnigen gegenüberzusehen, der einem bis eben noch ganz vernünftig vorgekommen war. »Sie ist niemandem gestohlen worden. Sie ist freiwillig aus der Steppe aufgebrochen, um sich meinem Vater hinzugeben.«

Teriasch wusste erst nicht, ob er weinen oder lachen sollte. Da er auf keinen Fall vor diesem dummen Weib in Tränen ausbrechen wollte, entschied er sich für ein Lachen. »Hat sie das gesagt?«

»Ja. Was findest du daran so komisch?«

»Weil du nicht verstehst, dass sie dich nur vor der Wahrheit beschützt hat.«

»Welche Wahrheit?«

Teriasch fand großen Gefallen daran, ihr zu eröffnen, was sich wirklich zugetragen haben musste. »Sie wurde als Sklavin gefangen. Wie ich. Wie all die anderen, die dein Vater von der Steppe holen lässt. Bist du blind? Glaubst du tatsächlich, deine Mutter wäre einfach so nach Kalvakorum gekommen? Glaubst du, all die Sklaven, auf deren Rücken dein Vater und dessen Vater ihr Reich errichtet haben, führten ein so furchtbares Leben in ihrer Heimat, dass sie sich lachend und dankbar unter eure Knute begeben haben?« Er schlug sich vor die Stirn, um ihr zu zeigen, für wie dumm er sie hielt. »Dabei hatte deine Mutter sogar noch so etwas wie Glück, dass man sie damals schon verschleppt hat. Heute tötet ihr alle unsere Frauen, die ihr finden könnt, und lasst nur die Männer am Leben.«

»Das ist eine Lüge!«, rief Nesca. »Du bist ein Barbar. Du verstehst nichts von der Welt. Meine Mutter hat meinen Vater geliebt.«

»Deine Mutter war nicht mehr als ich«, entgegnete er ruhig, doch es erfüllte ihn mit einer tiefen Zufriedenheit, Tränen der Wut in ihren Augen glitzern zu sehen. »Sie war eine Sklavin. Sie musste sich dem Willen ihres Besitzers fügen, so wie es bei euch Gesetz ist, seit ihr auf die verlogenen Geister hört, die hier umgehen. Nehmen wir an, ich würde dich besteigen, weil du es von mir verlangst. Nehmen wir an, mein Same ginge in dir auf und du brächtest unser Kind zur Welt. Nehmen wir an, ich würde sterbenskrank, bevor es richtig für sich denken kann. Was würde ich ihm erzählen, wenn es mich fragt, ob wir beide uns lieben?«

Nescas Schlag kam so schnell, dass er nicht einmal vor ihm zurückzucken konnte. Es war ein ausgewachsener Fausthieb gegen das Kinn, der ihn von den Beinen holte. Teriasch landete sanft auf einem der Kissen, doch vor seinen Augen zerplatzten funkelnde Sterne.

»Eher würde ich sterben, als dich jemals in mein Bett zu lassen!«, schrie sie, machte auf dem Absatz kehrt und stürmte aus dem Zelt, das keines war.

Teriasch versuchte sich aufzurappeln. Ein Tritt gegen die Schulter machte seine Bemühungen zunichte.

»Pass auf, du Hund!«, zischte ihn Carda an. Die Ordenskriegerin setzte ihm einen Stiefel auf die Brust und nagelte ihn so am Boden fest. »Ich habe mir das lange genug mit angesehen. Wenn du ihr das Herz brichst, breche ich dir sämtliche Knochen im Leib. Verstanden?«

»Ihr … Herz?«, presste Teriasch hervor.

»Dafür, dass du ihr Leichtgläubigkeit vorwirfst, bist du auch nicht gerade das schärfste Schwert in der Waffenkammer.«

Carda beugte sich zu ihm hinab und verstärkte den Druck auf seinen Oberkörper. »Sie hat dich nicht wegen irgendwelcher Legenden haben wollen, du Einfaltspinsel. Sie will dich, weil du von der Steppe kommst. Weil du so aussiehst wie sie. Weil du der erste Kerl von euch Barbaren bist, der unsere Sprache spricht und mit dem sie sich unterhalten kann. Natürlich will sie dich um sich haben.«

Kann das sein? Nein, das glaube ich nicht. Teriasch bäumte sich auf, und Carda ließ zu, dass er sich unter ihrer Stiefelsohle hervorzwängte.

»Du tust so, als würdest du sie kennen«, sagte sie voll Abscheu. »Als hätte sie deinen ganzen Hass verdient. Du bist so selbstgerecht in deinem Glauben, der Held in dieser Geschichte zu sein, nur weil sie dich aus deiner Heimat geholt und dir ein Kollare verpasst haben.«

»Ich habe ihr nur die Wahrheit gesagt«, verteidigte er sich. Er wagte es, sich auf die Ellenbogen zu stützen. »Mehr nicht. Was sie damit macht, geht mich nichts an.«

Carda warf einen Blick zur offen stehenden Tür, als kostete es sie große Überwindung, ihrer Schutzbefohlen nicht sofort nachzueilen. »Du bekommst jetzt von mir zwei Dinge zu hören, die du eigentlich nicht verdient hast. Nicht weil ich dich so sehr mag. Aber ich liebe *sie*, und ich will sie nicht unnötig leiden sehen. Hör zu! Sie weiß sehr wohl, dass die wenigsten Sklaven gerne Sklaven sind. Sie gibt es zwar nicht offen zu, aber sie schämt sich dafür, wie die Dinge im Dominum stehen. Warum sonst schickt sie mich immer wieder heimlich los, dass ich etwas von ihrem Schmuck zu Geld mache, um damit Leute aus Manufakturen freizukaufen? Aber selbst sie ist nicht reich genug, um sämtliche Sklaven auf einmal zu befreien. Und vor allem hat sie nicht die Macht dazu. Die hätte nur ihr Vater.«

Teriasch war nicht sicher, ob er Cardas Ausführungen für bare Münze nehmen konnte. »Darfst du denn überhaupt so lange von ihrer Seite weichen, damit du für sie Geschäfte machen kannst?«

»Das lässt du schön meine Sorge sein. Ich kenne die Eide, die ich geschworen habe«, wiegelte Carda barsch ab. »Denk lieber darüber nach, was geschieht, wenn dem Dominex in absehbarer Zeit kein Sohn geboren wird und die Numates darauf drängen, dass er sich auf einen Nachfolger festlegt.«

Teriasch schüttelte den Kopf. »Ich weiß nicht, was dann geschieht.«

»Wilde!«, knurrte Carda. »Die Dynastie muss bestehen bleiben, du Holzkopf. Er muss jemanden erwählen, in dessen Adern sein Blut fließt. Die Numates werden vor Empörung ihre Villen zusammenschreien, aber er wird eine seiner *Töchter* zu seiner Favoritin ernennen. Und dreimal darfst du raten, welche das sein wird.«

»Nesca«, sagte Teriasch tonlos.

Carda nickte. »Das ist auch der wahrscheinlichste Grund, warum man sie aus dem Weg räumen will. Es gibt genügend angeblich ach so treue freie Bürger, die den Gedanken an eine Frau auf dem Thron nicht ertragen können. Und stell dir nur vor, wie sehr die sich freuen werden, wenn Nesca tatsächlich Dominexa wird und verkündet, dass die Sklaverei ein Ende finden muss.«

»Das habe ich nicht gewusst«, gestand Teriasch zerknirscht. *Und ich habe ernsthaft darüber nachgedacht, sie umzubringen, um ihren Vater damit zu treffen …*

Carda richtete sich auf und sah wieder zur Tür. »Du bist eben wie alle jungen Männer. Du denkst ungefähr so weit, wie ich ein Probaska werfen könnte. Spielst den Beleidigten, weil du gedacht hast, du wärst bald frei. Und sind dir dabei je die Leute in den Sinn gekommen, die nicht einmal mehr die Hoffnung haben, jemals wieder frei zu sein? Ich vermute nicht.«

»Wen meinst du?«, fragte Teriasch.

»Ich muss nach ihr sehen.« Carda trat ihm zum Abschied noch einmal vor die Brust, wenn auch etwas sachter als zuvor, dann ließ sie ihn einfach liegen.

Er setzte sich hin, rieb sich das geschwollene Kinn und betrachtete lange die Haut von Nescas Mutter, ehe er gewahr wurde, auf wessen Schicksal ihn Carda gerade verwiesen hatte.

Teriasch brach allein zu seinem Besuch bei den Arenistas auf. Da ihm niemand ausdrücklich verboten hatte, den Palast zu verlassen, ging er davon aus, dass er sich frei in Kalvakorum bewegen konnte. *Nesca wird mich ohnehin heute nicht mehr sehen wollen,* redete er sich ein. *Und solange ich das Kollare trage und sie das Ampullarium dazu hat, weiß sie auch, dass ich ihr nicht entkommen kann. Und ich habe Rukabo gesagt, wo ich hin will ...*

Der Halbling zog es vor, die Familie, die ihn verstoßen hatte und nun mit seiner unerwarteten Rückkehr konfrontiert war, dadurch zu piesacken, dass er durch die Herrschaftlichen Gärten schlenderte, als wäre nie etwas gewesen. »Ich bin zu einem günstigen Zeitpunkt wieder daheim«, hatte er gefeixt. »Ich habe mich schon immer brennend für die Arbeit von Feuerwerkern interessiert, und Wuplesch und dem ganzen Pack werden sich die Fußhaare kräuseln, wenn sie mich in der Nähe von Sprengpulver und Feuerstaub herumlungern sehen.«

Am Löwenmaultor ließ sich Teriasch von einer der dort stationierten Wachen den Weg zur Arena erklären. Der Soldat behandelte ihn mit einer geduldigen Freundlichkeit, die wohl dem Silberreif um sein Handgelenk geschuldet war.

Teriasch fand die Arena, ohne in dem lärmenden Treiben auf Kalvakorums Straßen die Orientierung zu verlieren. An dem Ort, an dem er den Großteil seiner bisherigen Zeit unter den Harten Menschen verbracht hatte, herrschte hingegen eine sonderbare Ruhe. In der kleinen Kammer neben dem Seitentor saß niemand, um Besucher zu begrüßen, der Speisesaal war verwaist, und erst auf dem Übungshof begegnete Teriasch einer anderen Menschenseele: Dropaxvir saß auf einer Bank, nackt bis auf einen Lendenschurz und sein Kollare. Der Pechmann lauschte dem leisen, jämmerlichen Stöhnen, das aus den Fenstern von Silicis' Schreibstube drang.

»Gegrüßt seist du, Häuptling«, sagte er ruhig, als er Teriasch bemerkte.

»Wo sind die anderen?« Teriaschs Mund war staubtrocken.

»Sie sind in ihren Gemächern geblieben.«

»Ist das Silicis, der da so leidet?«

»Wer sonst?« Ein feines Lächeln, das nur Trauer in sich barg, geisterte über die Lippen des Kriegers. »Mein Herr liegt im Sterben.«

»Was?« Teriasch wurden die Knie weich, und er setzte sich rasch neben den Hünen. »Aber der Pollox hat doch einen Herrschaftlichen Heiler geschickt, der sich um seine Galle kümmern sollte.«

»Und wenn mein Herr an der Galle litt, so wäre es der richtige Heiler für ihn gewesen«, sagte Dropaxvir. »Alldieweil ist es leider die Leber, die ihn in den tiefsten Abgrund hinabzieht. So stellte es sich heraus, als der Heiler den Leib meines Herrn betastete. Sie ist hart und kaum noch größer als ein Kieselstein. Die berauschenden Tränke aller Art, an denen er sich viele Jahre labte, üben grausamste Rache an ihm.«

»Dann müsst ihr einen anderen Heiler holen«, schlug Teriasch vor und versuchte, nicht an die grässliche Tür mit den Ampullarien und den Felsblöcken zu denken. *Wenn Silicis stirbt …*

»Die Stunden, in denen ein anderer Heiler sein linderndes Werk hätte verrichten können, sind verstrichen.« Dropaxvir malte mit dem Fuß Kreise in den Sand. »Erlebt mein Herr noch den Thronbesteigungstag, so wäre es wohl durchaus als Wunder zu bezeichnen.«

»So bald schon?« Teriasch rang um Fassung. Da fiel ihm ein, was ihm Carda gerade erzählt hatte, und er schöpfte neue

Hoffnung. »Was wäre, wenn euch jemand Silicis abkauft? Dann müsstet ihr nicht mit ihm sterben.«

»Ach, Häuptling.« Dropaxvir tätschelte Teriasch das Knie. »Es ehrt dich, dass du dich um uns sorgst. Es ist indes zu spät, dass sich ein neuer Herr unserer annimmt.«

»Wieso?«

»Silicis' Geist ist bereits getrübt, sein Verstand vernebelt. In seiner Pein spricht er zu Menschen, derer nur er ansichtig wird, und Furcht vor Stimmen, die allein sein Ohr erreichen, lässt ihn klagen und ächzen. In einem solchen Zustand ist kein Geschäft, das er einginge, mehr rechtens. Ein Erbe, der an seiner Stelle handeln könnte, ist ihm nicht gegeben.« Dropaxvir griff nach einem Schwert, das neben ihm an der Bank lehnte. »Ist es nicht ein Hohn, den das Schicksal über mir ausschüttet? Da habe ich dem Tod so reiche Ernte beschert, wann immer ich ins Rund trat, um mich mit anderen zu messen, und nun soll mir ein Ende beschert sein, das statt mutigem Kampf nur ohnmächtiges Warten kennt? Fast wünschte ich, das Los wäre auf mich gefallen, in den Turm des Feuers zu gehen und mich vom Behemoth verschlingen zu lassen.«

Teriasch stutzte. »Was würde das ändern? Das Opfer wird doch am gleichen Tag dargebracht, an dem die Thronbesteigung gefeiert wird?«

»Hast du die Kunde noch nicht vernommen?«, fragte Dropaxvir. »Der Priesterrat hat das Opfer vorgezogen, um die Elemente gnädig zu stimmen. Das Beben, das den Turm der Erde ergriff, hat große Unruhe unter ihnen gesät. Schon morgen geben sie dem Behemoth Nahrung.«

Teriasch stand auf. *Das war ich! Ich habe die Priester der Harten Menschen dazu gebracht, gegen ihre eigenen Traditionen zu verstoßen.* Sein Stolz verflüchtigte sich ebenso schnell, wie er in ihm gewachsen war. *Aber was bringt das Dropaxvir und den anderen? Nichts … Wenn Silicis seinen letzten Atemzug getan hat, bricht der Ring, der den Felsblock hält, die Ampulla-*

rien werden zerschmettert, und alle Sklaven in dieser Arena ersticken …

Er ließ Dropaxvir weiter dem grausigen Stöhnen lauschen und wünschte sich zugleich, dass es niemals aufhörte. Einer Eingebung folgend, machte er sich auf den Weg in die Stallungen. Paetus und Gigas waren nirgendwo zu sehen, und auch die Tiere verhielten sich merkwürdig still, als spürten sie, was in den Menschen in ihrer Nähe vorging. Vor Nivalis' Verschlag angekommen, hielt Teriasch dem Schimmelhengst die Hand hin. Nivalis schnupperte daran, eine zutrauliche Geste, die er nur selten zeigte.

»Was meinst du?«, fragte er das Tier. »Willst du hierbleiben und warten, bis alle tot sind, oder möchtest du mit mir an einen Ort gehen, wo du nie mehr kämpfen musst und so frei bist, wie du in Kalvakorum nur sein kannst?«

16

Gepriesen sei der Subveheros im Himmel!
Gepriesen sei er, dass er mich erwählt hat!
Gepriesen sei er, dass mein Leib vergehen wird!
Gepriesen sei er, dass er meine Seele annimmt!

Dankesgebet derer, auf die das Los fällt,
den Hunger eines der Elemente zu stillen
und so ein Scherflein zum Fortbestand
des Dominums beizutragen

»Was hat sie gesagt?«, fragte Teriasch Rukabo, der sich in dem Becken an der Wand bestimmt zum zehnten oder elften Mal an diesem Morgen die Hände wusch.

»Nicht viel«, sagte der Halbling und seifte sich gründlich die Finger ein. »Danke. Und große Augen hat sie gemacht. Wie oft willst du mich das noch fragen?«

»Hm.« Teriasch war enttäuscht. Er hatte keineswegs erwartet, dass ihm Nesca umgehend verzieh. Ein kleines Zeichen, dass sie sich über das Geschenk freute, das er ihr gemacht hatte, hätte ihn jedoch durchaus beruhigt. *Ob ich ihr vielleicht erzählen soll, warum ich unbedingt den Drachen sehen will? Wenn Carda mich nicht belogen hat, haben wir am Ende das gleiche Ziel. Wir gehen nur auf unterschiedlichen Wegen, und ihrer scheint mir viel länger zu sein …*

»Ich muss mich übrigens auch bei dir bedanken.« Rukabo griff nach einem Tuch, um sich die Hände abzutrocknen.

»Wofür?«

»Dass du mich so tatkräftig dabei unterstützt, meiner Familie eins auszuwischen.« Er grinste. »Einfach so mit einem Pferd aufzutauchen, das bei ihnen in den Gärten leben soll, weil es jetzt der Pupula gehört. Du machst dir keine Vorstellung, was für Angsthasen meine Leute sind und wie schlecht sie mit Veränderungen umgehen können. Ich hoffe, Nivalis bleibt noch lange wild und scheißt ihnen ordentlich die Wege zu.«

»Er hat sich gar nicht gewehrt, als ich ihm das Zaumzeug angelegt habe.« Teriasch überprüfte den Sitz seiner Hose. Er wollte gut aussehen, wenn sie Nesca in den Turm des Feuers begleiteten. Die Aussicht, Zeuge eines Menschenopfers zu werden, bereitete ihm zwar einiges Magengrimmen. Andererseits war es eine gute und womöglich die einzige Gelegenheit, wie er den Turm betreten und herausfinden konnte, ob der Drache aus seinem Traum aufrichtig zu ihm gewesen war. *Schwarzschwinge meinte, es gäbe keinen Behemoth des Feuers. Das wäre nur Teil der Lügen, die der Dominex den Harten Menschen auftischt. Wir werden sehen …*

»Warum hast du es nicht auch mit einem Sattel versucht?« Rukabo warf sich rücklings auf sein Bett. »Das wäre noch schöner gewesen. Wenn du auf dem Gaul in die Gärten geritten wärst. Mitten durch die Rabatten …«

»Du weißt genau, dass sich Nivalis nicht reiten lässt.«

Rukabo drehte sich auf den Rücken und wackelte mit seinem ausladenden Gesäß. »Das heißt es auch von vielen Menschen, und irgendwann ist dann trotzdem irgendwie immer das erste Mal. Ich vermute, es kommt darauf an, dass sie den richtigen Reiter treffen.«

Ohne dass jemand angeklopft hätte, öffnete sich die Tür. Carda streckte ihren kahlen Schädel über die Schwelle. »Ihre Hoheit wäre dann so weit.«

»Carda!« Rukabo klatschte in die Hände. »Wir haben gerade von dir geredet.«

Die Ordenskriegerin schob skeptisch das Kinn vor. »Nur Gutes, will ich aber meinen.«

Rukabo rollte sich vom Bett herunter und verbeugte sich. »Als ob man schlecht von einer Frau reden könnte, die Keuschheit geschworen hat.«

Vor dem Turm des Feuers, von dessen Spitze an diesem Tag kein Rauch aufstieg, herrschte ein Tumult, dass man fast meinen konnte, ganz Kalvakorum versuchte sich durch das schmale Tor zu zwängen. Die Soldaten, denen die wenig beneidenswerte Aufgabe zufiel, die Menschenmenge im Zaum zu halten, rann der Schweiß in Strömen übers Gesicht. Bei allzu frechen Dränglern knallten rasch die Peitschen aus rotem Leder, und wenn das nichts half, kamen die flachen Seiten der rubinbesetzten Klingen ihrer Axtlanzen zum Einsatz. Als der Kommandant der Wache Nescas Sänfte herannahen sah, hieß er seine Untergebenen hektisch an, eine Schneise in die Masse zu treiben.

So fand sich Teriasch recht bald im Innern der untersten Stufe des riesigen Turms wieder. Bei all dem Stimmengemurmel im Gewölbe kam er sich vor, als steckte sein Kopf in einem Bienenstock. Dann hätte er wenigstens den Duft von Honig in der Nase gehabt, hier jedoch roch er nur eine widerliche Mischung aus Schweiß, schalem Atem, Weihrauch und verbranntem Feuerstaub. Die Quelle der letzten Zutat war eine gewiss siebzig Schritt lange, kreisrunde Grube, über die ein engmaschiges Netz aus schwarzen Tauen gespannt war. Weit droben am höchsten Punkt der rußverschmierten Decke öffnete sich ein ebenso kreisrunder Schacht, durch den das Licht der Mittagssonne fiel. Auf den Rängen rings um die Grube fanden wohl kaum weniger Menschen Platz als in Silicis' Arena, und es gab eine strenge Sitzordnung – nur dass hier die Armen unten und die Reichen oben saßen.

Unmittelbar nach Passieren des Tors stieg Nesca aus ihrer Sänfte. Zuerst dachte Teriasch, das Lächeln auf ihrem Gesicht gelte ihm, doch sie rauschte in ihrem wallenden Kleid mit der langen roten Schleppe einfach an ihm vorbei, auf einen von vier Sklaven getragenen Baldachin zu, unter dem der Pollox ausgesuchte Gäste des Opfergangs begrüßte.

»Pupula, Ihr seht reizend aus.« Er verneigte sich tief und küsste die Tochter des Dominex danach sanft auf beide Wangen. »Habt Ihr die Aufregung um den bedauerlichen Vorfall gut verwunden?«

»Bestens, Kontentio, bestens.« Sie bedankte sich für sein herzliches Willkommen mit einer festen Umarmung.

Das Wiedersehen zwischen Carda und Diantis verlief um einiges kühler: Die beiden Scharlachroten Rosen tauschten lediglich ein paar finstere Blicke aus.

Sehr zu Teriaschs Überraschung winkte ihn der Pollox zu sich heran. »Du siehst schon beinahe aus wie ein richtiger Mensch«, sagte er zufrieden, nachdem er Teriasch rasch von oben bis unten gemustert hatte. »Wenn du dir jetzt noch überlegst, diese ungepflegten Zöpfe abzuschneiden … und was ist mit deinem Kinn passiert? Bist du gestürzt?« Er machte einen kleinen Schritt, fasste Teriasch an der Schulter und zog ihn zu sich unter den Baldachin. Nach einem Seitenblick auf Nesca, die ihnen inzwischen schon wieder den Rücken zugewandt hatte, sprach er mit leiser Stimme weiter. »Ich bedaure es wirklich sehr, dass sie dich nicht gehen lassen wollte, mein Junge.« Er verzog kurz sein weiches Gesicht, als litte er nach wie vor unter Gallenbeschwerden. »Du hättest die Freiheit verdient. Ich möchte, dass du das weißt.«

Teriasch hatte keine passende Antwort, also zuckte er nur mit den Achseln.

»Versuch bitte ihr Freude zu machen, solange es geht«, empfahl ihm der Pollox noch, ehe er sich um einen neu angekommenen Gast kümmerte.

Teriasch ging mit Rukabo Nesca und Carda hinterher, eine Treppe zum obersten Rang hinauf, wo man mit einer Absperrung aus Pfosten und Kordeln eigens einen kleinen Bereich für die Pupula und ihr Gefolge geschaffen hatte. Sie nahmen ihre Plätze ein, und Nesca wurde bald von den Reichen und Schönen Kalvakorums mit Komplimenten bedacht, auf die sie mal mit einem Lächeln, mal mit einer grüßend gehobenen Hand reagierte.

Teriasch wollte nicht länger warten. Er trat von hinten an sie heran, vorsichtig darauf bedacht, dabei nicht auf ihre Schleppe zu steigen. Er hätte fast der Versuchung nachgegeben, ihr über das verlockend glänzende Haar zu streichen, das sich als roter Sturzbach über ihre Schultern ergoss. »Ich habe eine Bitte an dich«, sagte er stattdessen.

»Jetzt nicht.« Ihre Stimme war kühl, auch wenn sie weiterhin ein freundliches Gesicht zur Schau trug, um die Numates um sich herum zufriedenzustellen. »Ich bin beschäftigt.«

»Doch, jetzt.« Sein Anliegen war ihm viel zu wichtig, als dass er sich von ihr vertrösten lassen konnte. »Es ist dringlich.«

»Ich verstehe.« Sie nickte einem dicken Mann zwei Ränge unter ihr zu, der nicht müde wurde, ihren Liebreiz zu loben. »Hast du mir deshalb den Hengst geschenkt, den du gestohlen hast? Damit ich dir deine Bitte nicht abschlagen kann?«

»Was? Nein.«

»Tu nicht so unschuldig.«

»Ich habe dir Nivalis mitgebracht, weil er es bei dir besser hat als in der Arena.« Er biss sich auf die Zunge, bevor er seinen zweiten Beweggrund aussprach. »Und weil ich dich gekränkt habe. Ich wollte nicht schlecht über deine Mutter reden, und ich wusste nicht, dass du die Sklaverei abschaffen willst, sobald du die Herrscherin der Harten Menschen bist.«

»Wer hat …?« Einen Wimpernschlag lang fiel die Maske der Gefasstheit von ihrem Gesicht. »Nicht so laut«, zischte sie ihm dann aus dem Mundwinkel zu. »Das hier ist nicht der richtige Ort für solche Gespräche.«

»Carda hat mir alles erzählt.« Er schluckte. »Es tut mir leid.«

»Aha. Und jetzt verlangst du bestimmt, dass ich dich freilasse«, sagte sie spitz. »Doch da muss ich dich enttäuschen. So leicht lasse ich mich nicht von dir überlisten, Teriasch von den Schwarzen Pfeilen. Falls das dein richtiger Name ist …«

»Das war keine List von mir«, beteuerte er. »Und es geht mir auch nicht um mich. Silicis wird sterben, und mit ihm alle seine Sklaven. Niemand will sie mehr kaufen, weil Silicis schon jetzt mit einem Bein auf der Reise zu seinen Ahnen ist. Aber du, du könntest sie kaufen. Dir wird niemand widersprechen.«

»Ich kann sie *nicht* kaufen«, widersprach ihm Nesca, und er wünschte sich inständig, dass es gereizte Verzweiflung und nicht Teilnahmslosigkeit war, die ihre Stimme zum Schnarren brachte. »Das würde zu viel Aufsehen erregen. Was soll ich mit einer Bande Arenistas anfangen? Zu viele Leute würden zu viele Fragen stellen.«

Teriasch dachte an Dropaxvir, wie er auf der Bank im Übungshof gesessen und den Schmerzenslauten seines dahinsiechenden Besitzers gelauscht hatte. »Dann willst du sie einfach so sterben lassen?«

»Teriasch, ich …« Sie schwieg einen Moment und faltete die Hände vor der Brust. »Ich kann dir höchstens versprechen, mit meinem Vater über diese Leute zu sprechen, sobald ich ihn das nächste Mal sehe.«

»Wann wird das sein?«

»Ich sehe ihn, wann ich ihn immer sehe. Einmal im Jahr, zum Thronbesteigungsfest.«

Teriasch hätte am liebsten laut aufgeheult. »Da sind sie vielleicht schon tot.« Sein Zorn regte sich spürbar in ihm. »Du musst früher zu ihm gehen.«

»Nein!« Sie drehte sich halb zu ihm um, und Teriasch sah, wie einige Numates sofort tuschelnd die Köpfe zusammensteckten, weil anscheinend ein einfacher Sklave mehr Aufmerksamkeit erhielt als sie. »Du verstehst das nicht. Er ist der Dominex. Er entscheidet darüber, wann er Besuch in seiner Kammer an der Spitze der Großen Kuppel empfängt. Und jetzt halt besser den Mund, bevor ich ihn dir noch einmal stopfen muss.«

Teriasch gab sich geschlagen und trollte sich auf seinen Platz neben Rukabo, dem der kleine Zwist offenbar völlig entgangen war. Mit mürrischer Miene schnupperte der Halbling an seinen Händen, beäugte sie kritisch, roch wieder daran, leckte sich über die Fingerkuppen.

»Was machst du da?«, fragte Teriasch.

»Wonach sieht es denn aus?«, grantelte Rukabo.

»Als ob du dich nicht entscheiden kannst, ob du dir die Hände abhacken oder sie doch lieber auffressen willst«, entgegnete Teriasch ehrlich.

»Ich überprüfe ihre Sauberkeit«, sagte Rukabo. »Ich will nicht, dass sie gleich Feuer fangen.«

»Feuer fangen? Warum sollten sie Feuer fangen?« Dann dämmerte es ihm. »Ah. Ist es vielleicht, weil du dich so viel bei den Feuerwerkern herumtreibst?«

»Vielleicht«, entgegnete Rukabo gedehnt.

Teriasch winkte ab. »Wenn Feuerstaub nicht klebt wie Leim, brauchst du dir doch darüber nicht den Kopf zu zerbrechen, sooft wie du dir heute schon die Hände gewaschen hast.«

»Du vergisst, was man unter den Pyromanten sagt: Wer zu unvorsichtig wird, braucht selbst im tiefsten Winter keine Handschuhe mehr.«

Ein Gongschlag hallte durch das Gewölbe, dumpf und nachwabernd. Die Menge stellte fast sofort ihr Murmeln und Raunen ein, und alle Blicke richteten sich nach unten.

Bei aller Sorge um die Arenistas wäre Teriasch ein schlechter Schüler Pukemasus gewesen, hätte ihn das Ritual, das sich nun abspielte, nicht in seinen Bann gezogen: Die Priesterrat aller acht verlogenen Geister, die die Harten Menschen als Götter verehrten, war am Rand der großen Grube versammelt. Dank dem, was Arka ihm über den Glauben im Dominum erzählt hatte, fiel es ihm nicht schwer, zuzuordnen, wer welcher Gottheit diente, obwohl alle Mitglieder des Rates passend zum Anlass ihres Erscheinens im Turm des Feuers in rote Roben gehüllt waren. Ihre Kopfbedeckungen gaben genügend Aufschluss darüber, an wen sie ihre Gebete sandten. So diente etwa die Frau, deren Kopf ein Putz aus schwarzen Federn zierte, Karoka, der Bewahrerin aller Geheimnisse, während der Mann mit der Klingenkrone sicher Bhagarion, dem Schlachtenbringer, sein Herz geweiht hatte. Teriasch entdeckte auch den Pollox dort unten, und wie die anderen hielt er eine große goldene Kanne in den Händen.

»Warum ist der Pollox bei den Priestern?«, flüsterte Teriasch.

Rukabo, der die Hände inzwischen in die Hosentaschen gesteckt hatte, verdrehte die Augen. »Na, weil er den Dominex vertritt, wie es seine Aufgabe ist. Klappe zu. Das ist eine ernste Sache. Nichts für Schwatzhälse.«

Ein weiteres Mal wummerte der Gong. Durch das große Tor zog ein kleiner Tross von Menschen. Bei zehn der elf Gelosten, die paarweise in das Gewölbe voranschritten, handelte es sich um Sklaven, deren schlichte Gewänder mit reichlich Pech bestrichen waren. Ihnen voran ging hoch erhobenen Hauptes eine Frau in einem Kleid, das ganz aus Stroh geflochten war, selbst die Schleppe, in die man Hunderte von getrockneten Blüten eingearbeitet hatte.

Die Gelosten traten auf das Netz. Die metallenen Taue waren so fest gespannt, dass sie unter dem Gewicht der Menschen, die über sie hinweggingen, kaum federten. Als die Opfer die Mitte des Netzes erreicht hatten, verneigten sie sich auf ein Signal der Frau im Strohkleid hin gemeinsam vor dem Priesterrat und dem Pollox. Ihre Gesichter waren zu weit weg, als dass Teriasch hätte erkennen können, welche Regung sie zeigten. Es hatte jedoch alles den Anschein, als gingen sie mit großer Würde in den Tod, denn er bemerkte an ihnen weder gebeugte Rücken noch hängende Schultern.

Einer nach dem anderen traten die Priester und Priesterinnen vor, hoben die goldenen Kannen hoch über ihre Köpfe und gossen ein schwarzes Öl in die Grube. Es war so leise im gesamten Gewölbe, dass man das Plätschern vom Grund der Grube her hören konnte, als das Öl irgendwo tief drunten auf eine noch größere Menge Flüssigkeit traf – vermutlich weiteres Öl, das jenes gewaltige Feuer nährte, welches sonst für die Rauchsäule über der Spitze des Turms sorgte.

Die Gelosten legten sich auf das Netz, die Arme zu den Seiten ausgebreitet, die Gesichter in die Maschen gepresst, wie wenn sie nach dem Behemoth spähten, dessen Hunger es zu stillen galt.

Ein Mann drei Ränge unter Teriasch schluchzte plötzlich auf. »Es ist zu früh! Es ist zu früh!«

Teriasch schnürte es die Kehle zu. *Ich bin schuld, dass diese Menschen heute sterben müssen. Ich habe ihnen etwas von ihrem Leben geraubt. Es sind nur wenige Tage, doch das ändert nichts. Wenn ich nicht den Turm der Erde ins Wanken gebracht hätte, wären ihnen diese Tage noch gegeben.* Es war eine eigentümliche Form seines Zorns, die in ihm aufwallte – eine Form, wie er sie selten gespürt hatte. Zorn auf sich selbst. Er biss die Zähne zusammen und versuchte verzweifelt, die Wut in sich auf ein anderes Ziel zu lenken. Doch da war nichts, worauf er sie hätte richten können. Je mehr er sie aus sich herauszwang, desto mehr ergoss sie sich in eine taube, blinde Leere. Er keuchte. Er rief stumm nach dem Behemoth, dessen Existenz Schwarzschwinge verleugnet hatte, und erhielt keine Antwort. *Der Drache hat nicht gelogen. In diesem Turm ist nichts gefangen, nichts außer dem Wahnsinn, den der Wurm der alles umschlingenden Liebe in den Harten Menschen entfesselt hat. Diese Leute sterben umsonst.*

Drunten an der Grube wurde dem Pollox eine lodernde Fackel gereicht.

Nein! Nein!

Teriaschs Kollare zuckte. Kalte Blitze schossen durch seinen Leib, und eisige Würmer krochen durch seine Adern. In seiner Brust. In seinem Kopf. »Siehst du, was geschieht, wenn du uns nicht liebst?«, brüllte der Kala Hantumanas hinter Teriaschs Stirn. »Warum willst du uns nicht lieben, wenn es doch so vielen nichts bringt als den Tod? Dabei lieben wir das Leben. Dabei lieben wir dich.«

Teriasch brach in die Knie. Der Pollox ließ die Fackel durch eine der Maschen des Netzes gleiten, auf dem die Gelosten lagen.

»Warum liebst du uns nicht?«, kreischte der Kala Hantumanas.

Dann wurde sein Toben vom Fauchen der riesigen Flamme übertönt, die aus der Grube emporschoss und alles in ein grelles gelbrotes Licht tauchte. Teriasch spürte ihre Hitze über sein Gesicht streichen, hörte die Schreie der Gelosten, als ihnen das Fleisch von den Knochen gebrannt wurde, den erleichterten Jubel der Menge. Um ihn herum öffnete sich eine gierige Schwärze – und er warf sich hinein wie ein verängstigtes Kind in die Arme seiner Mutter.

17

Der Unterschied zwischen Meister und Schüler
offenbart sich in jedem Handwerk
bereits oft an der Wahl des Werkzeugs.

Merkspruch der Letzten Seufzer,
der wohlweislich auf eine Weisheit aus den Tagen
der Geschuppten Könige zurückgeht

Als Teriasch erwachte, saß eine Frau mit feuerrotem Haar neben seinem Bett, und in dem schwebenden Zustand zwischen Träumen und Wachen war er sich mit einem Mal sicher, dass sie schon einmal an seinem Krankenlager gewacht hatte. Vor so langer Zeit, dass seine Erinnerung daran nicht mehr als ein blasser Geist war. In einer Zeit, in der sie das gleiche Gesicht, aber einen anderen Namen besessen hatte. »Tamni?«

»Nein«, sagte sie. »Ich bin es. Nesca.«

»Nesca …« Er setzte sich auf. Ein feuchter Lappen rutschte ihm von der Stirn und landete in seinem Schoß. »Wie lange habe ich geschlafen?«

»Die Wasseruhr draußen auf dem Gang sagt fast acht Stunden.« Rukabo erhob sich von einem Schemel am Fußende des Bettes und hielt ihm eine Schüssel hin. »Traube?«

Teriasch schüttelte den Kopf.

»Hat dich das Opfer so erschüttert?«, fragte Nesca, nahm den Lappen, stand auf und wrang ihn in dem Becken an der Wand aus.

»Ja«, log Teriasch, weil ihm die Wahrheit viel zu kompliziert vorkam, um sie ihr zu erklären.

Carda, die am Fenster ins Abendrot hinausgeblickt hatte, drehte sich zu ihm um. »Du solltest dir überlegen, ob du die richtige Abmachung mit Ihrer Hoheit getroffen hast. Wie willst du einem Behemoth allein gegenübertreten, wenn du schon bei einem einfachen Opfergang in Ohnmacht fällst?«

Teriasch streckte die Beine aus und stellte fest, dass er zwar sein Hemd trug, aber seine Beine unter der Decke nackt waren. »Wer hat mir die ausgezogen?«, fragte er Nesca. »Du?«

»Ich«, sagte Rukabo und steckte sich eine Traube in den Mund. »Aus gebotenem Anlass. Du hast dich eingenässt.«

»Oh …«

»Und gewaschen habe ich dich auch«, fügte der Halbling schmatzend hinzu.

»Danke.«

»Das Vergnügen war ganz meinerseits.«

»Ich habe nachgedacht.« Nesca setzte sich und reichte Teriasch den Lappen. »Vielleicht war es falsch von mir, dich in meine Dienste zu zwingen. Vielleicht hätte ich von Anfang an mit offenen Karten spielen sollen. Doch diese Chance ist vertan.« Sie lächelte versonnen. »Jetzt haben wir eine Abmachung getroffen, und es ist wichtig, dass du mir vertraust.«

»Ich vertraue Euch auch ohne Abmachung«, warf Rukabo ein.

»Ruhe, du haarige Kröte!«, maßregelte ihn Carda.

»Du hast Glück«, fuhr Nesca fort. »Vor ein paar Stunden erst ist Dentilegus gestorben, ein altes Kriegsprobaska, das im Gnadenstall meines Vaters stand. Ein Veteran vieler Schlachten und eines meiner liebsten Tiere hier im Palast.«

»Wieso …« Teriasch stockte und fischte nun doch in Rukabos Schüssel nach einer Traube, weil er einen widerlich fischigen Geschmack im Mund hatte. »Wieso ist es ein Glück für mich, dass diese Rüsselschnauze, die dein Freund war, tot ist?«

»Nun, das Tor zum Turm des Windes mag versiegelt sein. Der Behemoth, der darin lebt, hat aber mehr Hunger, als dass es mit dem Opfer einmal alle vier Jahre getan wäre.«

»Er muss also öfter fressen?«, fragte Teriasch.

»So wie der Behemoth der Erde auch«, mischte sich Rukabo ein. »Ihr Götter, wie ich es früher gehasst habe, Wasserlinsen zu ernten. Da wird einem die Fußhaut ganz weich und schrumpelig. Vom Schlamm zwischen den Zehen mal ganz zu schweigen.« Er schüttelte sich. »Und dieses Viech hat einen Magen, in den ganze Wagenladungen reingehen, weshalb wir eigentlich immer am Ernten waren. Und da wundert sich meine Verwandtschaft, dass ich mir andere Wege gesucht habe, mir die Zeit zu vertreiben.«

»Du lernst es nicht mehr, oder?«, kam es drohend von Carda.

Rukabo schlug sich die Hand vor den Mund und schüttelte den Kopf.

»Der Behemoth des Windes wird mit Aas gefüttert«, erklärte Nesca. »Es bekommt Fleischabfälle aus den Herrschaftlichen Küchen zu fressen, und alles Vieh, das im Palastbezirk verendet. Die toten Tiere werden über eine eingefettete Rampe in einen Schlitz im Fuß des Turms hineingeschoben, und …«

»Das ist ja schön und gut.« Rukabo wuselte eilig aus Cardas Reichweite. »Aber wie hilft ihm das dabei, in den Turm hineinzugelangen? Soll er etwa diese Rampe hinunterrutschen und durch den Schlitz springen? Wie käme er dann wieder aus dem Turm raus?«

»Nett, dass du fragst.« Carda war am Fenster stehen geblieben und grinste den Halbling breit an. »Kannst du mit einer Armbrust umgehen?«

»Ich hoffe doch sehr, dass das nur dein Knie ist, was mir da so hart in den Rücken stößt«, nuschelte Rukabo in der stinkenden Finsternis.

Es war tatsächlich nur Teriaschs Knie, doch er fand in der beklemmenden, feuchten Enge einfach keine Position, die Rukabos Rücken geschont hätte. Sie lagen halb aufeinander, halb nebeneinander, und Teriasch einziger Trost bestand darin, dass seine Umgebung weich war, abgesehen von dem klobigen Ding, das Rukabo in einem Rucksack transportierte und ihm ständig in den Bauch piekte.

Starna sei mit mir, worauf habe ich mich da nur eingelassen? Kaum hatte er sein stummes Stoßgebet gesprochen, dämmerte Teriasch, dass es unverschämt war, der Ewigen Wanderin zuzumuten, sich zu ihm in den Bauch eines Probaskas zu begeben.

Nachdem er dem wahnwitzigen Unterfangen zugestimmt hatte, hatten sie sich gleich daran gemacht, es in die Tat umzusetzen. Carda hatte einige wichtige Besorgungen unternommen, während Teriasch in seine neue Hose geschlüpft war und sich von Nesca noch einmal genau erklären ließ, was sie vorhatten. Rukabo hatte nur immerzu den Kopf geschüttelt und leise vor sich hin gejammert. Nach ihrer Rückkehr führte Carda sie alle in den Gnadenstall des Dominex, zu jenem weitläufigen, ummauerten Gehege, in dem das tote Probaska lag. Dentilegus gehörte zu jener Sorte von Rüsselschnauze, denen ein rötliches Fell aus der grauen Haut spross. Als er vor dem Kadaver stand, hatte Teriasch das Gefühl vor einem Berg aus rötlichen Borsten zu stehen. Unter dem Vorwand, die Tochter des Dominex wolle sich unbedingt von ihrem alten Spielkameraden verabschieden, wurden die Stallsklaven aus dem Gehege hinauskomplimentiert. Danach ging alles sehr schnell: Carda breitete ein großes Öltuch vor Dentilegus' rundem Bauch aus, ehe sie nach einer besonders felligen Stelle suchte, die sie mit einem kurzen Schwert und kräftigen Rucken aufschnitt. Gedärm quoll aus dem Spalt wie dicke braun glänzende Würmer. Carda packte es beherzt und zerrte so viel davon aus dem Kadaver heraus, bis sie kniehoch in den Innereien stand. Sie schlug das Öltuch über das Gekröse und schaffte den Ballen zu einem Futterstand, wo sie ausgiebig Heu darüber verteilte.

Teriasch würde sein Lebtag nicht vergessen, wie es sich anfühlte, als er sich durch die Wunde in den Bauch des Probaskas zwängte. Es war wie eine perverse Umkehrung einer Geburt. Aus einer warmen Welt voll Licht kroch er in eine düstere Höhle, in der ihn von allen Seiten kalte, glitschige Wände umschlossen. Noch dazu ging der tote Dentilegus bald mit Zwillingen trächtig, denn Rukabo krabbelte Teriasch tapfer hinterher.

Dann reichte ihnen Carda das, was sie in der nach vergorenen Pflanzen stinkenden Höhle vor dem Ersticken bewahren sollte – dünne Silberröhrchen, die die Scharlachrote Rose aus einer Wasseruhr ausgebaut hatte. Rukabo und Teriasch steckten sie sich in den Mund und suchten gemeinsam nach einer Position, in der ihre Köpfe möglichst dicht an dem klaffenden Spalt waren. Carda nickte, wünschte ihnen viel Glück und begann, die Wunde mit einer gebogenen Ledernadel und einem groben Faden zu schließen. Immer wieder befürchtete Teriasch, Carda könnte einmal zu tief stechen und ihn versehentlich von innen an die Haut des Probaskas nähen, doch diese grausige Vorstellung blieb zum Glück nur Fantasie. Stattdessen achtete Carda peinlich genau darauf, dass die Spitzen der Silberröhrchen frei lagen, denn sie ruckelte mehrfach an ihnen oder bog sie leicht in die eine oder andere Richtung.

Schließlich setzte sie den letzten Stich der Naht, zurrte den Faden fest, und der schmale Lichtstreif, der noch ins Innere des Probaskas fiel, wurde jäh abgeschnitten.

Nun begann das bange Warten. Teriasch spürte, wie das erkaltende Aas ihm nach und nach die Wärme aus dem Leib sog. Er biss fest auf das Röhrchen und versuchte, ruhig zu atmen.

Irgendwann hörte er gedämpfte Rufe und das aufgeregte Trompeten lebender Probaskas, denen es offenkundig nicht schmeckte, von ihren Lenkern an den Körper eines toten Artgenossen herangeführt zu werden. Dentilegus' Fleisch erzitterte unter ihrem nervösen Stampfen.

In diesem Augenblick wurde Teriasch die wahre Irrwitzigkeit ihres Plans bewusst.

Was, wenn jemand die Naht bemerkt, wenn sie die Seile um das Probaska schlingen, an denen sie es zum Turm schleifen?

Doch dem war nicht so. Teriasch spürte Rukabo überrascht zusammenzucken, als ein heftiger Ruck durch ihr Gefängnis ging. Erst einer, dann noch einer, bis daraus ein steter Takt aus Voranrutschen und Innehalten wurde.

Was, wenn der Kadaver umkippt und wir von dem Gedärm in ihm zerquetscht werden oder er so fällt, dass wir durch die Röhrchen keine Luft mehr kriegen?

Auch diese Sorge erwies sich als unbegründet. Zwar verstrich eine Ewigkeit, in der das tote Probaska weiter und weiter vorangeschleift wurde, doch seine eigene Masse bewahrte es davor, sich zur Seite zu neigen.

Was, wenn Dentilegus zu groß ist, um durch den Spalt im Fuß des Turms zu passen, und er vorher in kleinere Teile zerlegt werden muss?

Diese Befürchtung zerstob, als Teriaschs Magen sich mit einem Mal in eine andere Richtung bewegen wollte als der Rest seines Körpers. *Wir rutschen! Wir rutschen schnell!*

»Scheiße! Scheiße! Scheiße!«, nuschelte Rukabo.

Eine bizarre Empfindung ergriff Teriasch: Obwohl er in einer toten Kreatur steckte, die mehr wog als zehn Pferde, hatte er das merkwürdige Gefühl, selbst keinerlei Gewicht mehr zu besitzen, frei zu fliegen wie ein Vogel. Die Empfindung währte nicht lange.

Ein harter Aufprall schüttelte ihn durch, irgendeins der aufgeblähten Organe in seiner Nähe platzte auf und überschüttete ihn mit einem Schwall bitterer, zäher Flüssigkeit. Panisch zwängte er seine Hand an Rukabos Hintern vorbei in seine Hosentasche und suchte nach dem Klappmesser, das Carda ihm gegeben hatte.

Der Kadaver des Probaskas kam zwar kurz zur Ruhe, doch von draußen gab es erst ein lautes Fauchen und Knurren, dann Scharren und Schaben, und zu guter Letzt ein knackendes Krachen, begleitet von einem plötzlichen Schütteln und Rütteln an Dentilegus' sterblichen Überresten.

»Schneid doch! Schneid doch!«, bettelte Rukabo.

Da seine Finger kalt und schleimig waren, brauchte Teriasch drei Anläufe, seine Klinge aufzuklappen. Er tastete blind nach der Naht, fand sie und begann, den ersten Faden zu durchtrennen.

Das Knacken berstender Knochen wurde lauter. Teriasch quetschte sich noch dichter an die Naht heran, obwohl sich Rukabo unter ihm verzweifelt zu winden begann. Er kappte Faden um Faden, der Spalt klaffte ein Stück auseinander. Das trübe Licht reichte dennoch aus, ihn zu blenden. Blinzelnd setzte er seine Arbeit fort. Rukabo krallte die Hände in die Seiten der sich viel zu langsam öffnenden Wunde und zog und zerrte daran. Teriasch spie das Röhrchen aus, schnappte angestrengt nach Luft.

»Raus! Raus!«, schrie er, so laut er konnte.

Rukabo schlüpfte an ihm vorbei, schob Kopf und Schultern durch den Spalt, blieb stecken, und einen Moment lang war Teriasch wieder in Dunkelheit gefangen. Er ließ das Messer fallen, drückte gegen Rukabos Rücken, der mit den Beinen strampelte, als versuchte er, sich freizuschwimmen.

Die Naht riss ganz auf. Rukabo und Teriasch glitten in einem Knäuel aus Armen und Beinen aus dem Probaska heraus. Sie kullerten und purzelten übereinander. Teriasch wälzte sich von dem zeternden Halbling herunter und erstarrte, als er sah, wo er sich befand.

Die künstlich geschaffene Höhle war nur durch die schwachen Sonnenstrahlen von außerhalb des Turms erleuchtet, die ihren Weg durch die Futterspalte oben an der Decke fanden. Ihr Boden war ein einziges Knochenfeld, übersät von dem gelb schimmernden Gebein all der unzähligen toten Geschöpfe, die man ihrem Bewohner zum Fraß vorgeworfen hatte.

Der Drache hatte gerade den Kopf des Probaskas zwischen seinen gewaltigen Kiefern zermalmt. Im Gegensatz zu Teriaschs Traum von ihm war Schwarzschwinge nicht unter einer Schicht aus verkrustetem Schleim gefangen. Dafür waren seine Vorderpranken und seine Flügel mit schwarzen Ketten gefesselt, von denen jedes Glied die Größe eines Wagenrads besaß, und der Drache hatte auch sonst wenig von einer herrschaftlichen Erscheinung: Sein linkes Auge war milchig trüb, in seinen wegen der Ketten nach hinten verrenkten Schwingen klafften faustgroße Löcher, und an vielen Stellen seines Leibes waren ihm die Schuppen ausgefallen und entblößten seine darunterliegende bleiche Haut. Um den Hals trug er das größte Kollare, das Teriasch je gesehen hatte, und dort, wo der Reif nicht von wildem Fleisch überwuchert war, sickerte dunkles Blut aus wundgescheuerten Stellen.

In Schwarzschwinges gesundem Auge verengte sich die geschlitzte Pupille. Der zerbissene Kopf des Probaskas rutschte aus dem Maul des Drachen. Er legte den Kopf schief. »Du bist gekommen, Menschlein. Ich habe dich geträumt, und du bist gekommen.«

Beim Aufstehen schlossen sich Teriaschs Finger wie von selbst um einen langen Knochen, der einmal einem Pferd oder einer kleinen Rüsselschnauze gehört hatte. »Du hast nicht gelogen. Es gibt keinen Behemoth des Feuers.«

»Warum hätte ich dich belügen sollen?«

»Weil das ein Land voller Lügen ist.«

»Mit wem redest du da?« Rukabos Stimme zitterte. Der Halbling hatte seinen Rucksack abgesetzt und begonnen, seinen Inhalt auszupacken, als könnte er es gar nicht abwarten, sofort wieder aus dem Turm zu fliehen. »Redest du mit dem Drachen?«

»Ja.«

»Wie?«
»Mit dem Mund.«
»Und er gibt dir Antwort?«
»Hörst du ihn nicht?«
»Ich höre ihn knurren und fauchen und mit den Kristallzähnen klacken, wenn du das meinst.«
Schwarzschwinge lachte grollend. »Das halbe Menschlein ist nicht wie du. Er hat nicht das Feuer in sich. Aber er sieht schmackhaft aus. Schön fett. Und er hat Angst. Angst verleiht Fleisch eine köstliche Würze.«
Teriasch hob den Knochen wie eine Keule. »Ich bin hier, um die Waffe zu holen, die du mir versprochen hast.«
»Du bist verrückt«, murmelte Rukabo vor sich hin, während er die Schnallen und Schließen seines Rucksacks löste. »Du bist einfach verrückt.«
Der Drache sog Luft in die vier Löcher an seiner Schnauze. »Du bist gerissen, Menschlein. Dich in meinem Futter zu verstecken, das ist … mutig. Ich hätte dich fressen können, bevor ich gemerkt hätte, dass du da bist. Mein letzter Besucher hat einen weniger gefährlichen Weg gewählt, um mich zu treffen. Er hat ein Lied gesungen, damit die Wände meines Kerkers vor ihm Platz machen.«
»Das musst du geträumt haben«, sagte Teriasch.
»So? Und was würde das ändern?« Schwarzschwinges Ketten klirrten, als seine Schwingen zuckten. »Und habe ich etwa auch geträumt, dass du es geschafft hast, die Karini Yoni mit deinem Zorn zu wecken? Habe ich geträumt, dass ich ihren Turm beben spürte?«
»Die Waffe«, sagte Teriasch nur.
»Warum bist du so ungeduldig?«, fragte Schwarzschwinge amüsiert. »Aber komm ruhig näher, dann kannst du sie besser sehen.«
Teriasch machte zwei Schritte auf den Drachen zu. *Er braucht mich genauso, wie ich ihn brauche. Er wird mir nichts tun.*

»Wo willst du hin?« Rukabo tapste ihm nach, besann sich aber eines Besseren und blieb stehen. »Das Tor hinter ihm ist versiegelt. Da kommen wir nicht raus. Und selbst wenn, ich habe keine Lust, der Tempelwache in die Arme zu laufen. Bleib hier.«

Teriasch deutete mit dem Knochen auf den Drachen. »Ich will etwas von ihm.«

»Ja, natürlich willst du das.« Rukabo seufzte. »Und soll ich dir sagen, was du von dieser Bestie kriegst? Den Kopf abgebissen, das kriegst du.«

»Das halbe Menschlein redet viel Unsinn«, merkte Schwarzschwinge an.

»Ich weiß«, erwiderte Teriasch. »Wo ist die Waffe?«

»Erst musst du mir etwas versprechen«, verlangte Schwarzschwinge ernst. »Dann bekommst du sie.«

»Und was soll ich dir versprechen?«

»Führst du Verhandlungen mit dem Ding?«, wollte Rukabo entgeistert wissen. »Worüber? Kannst du da auch was für mich rausschlagen?«

Schwarzschwinge nahm erneut Witterung auf. »Das laute halbe Menschlein riecht nach Feuerstaub. Hat es sich für mich darin gewälzt, damit es mir besser schmeckt?«

»Das Versprechen«, erinnerte Teriasch ihn. »Was willst du von mir?«

»Du musst noch einmal zu mir kommen, wenn du den Kala Hantumanas getötet hast«, sagte Schwarzschwinge. »Du musst mich befreien.«

»Aber warum?«, wunderte sich Teriasch. »Wenn er tot ist, hat das Kollare keine Macht mehr über dich.«

»Sieh mich doch nur richtig an, Menschlein.« Der Drache spreizte die Klauen seiner Vorderpranken, als wollte er seine Ketten sprengen, dann senkte er traurig die Schnauze in einen Knochenhaufen. »Ich bin zu schwach«, kam es zwischen dem Gebein hervor. »Ich bin zu lange gefangen, um mich noch selbst zu befreien, sogar wenn der Wurm der alles umschlingenden Liebe sterben sollte. Meine Macht reicht kaum mehr noch zum Träumen, und es fällt mir immer schwerer, auch nur eine einzige der fliegenden Echsen, deren Urahn ich bin, zum Aufbegehren zu bewegen. Du musst mir helfen. Versprichst du es?«

»Ich will erst die Waffe sehen«, verlangte Teriasch.

»Ich habe sie ja gleich ausgepackt«, grummelte Rukabo. »Wollen wir mal hoffen, dass sie keinen allzu großen Schaden genommen hat.«

»Seine Waffe, nicht die Arkakrux«, klärte Teriasch seinen Begleiter auf.

»Seine Waffe?«

»Wie du möchtest, Menschlein.« Schwarzschwinge nahm den Kopf aus dem Haufen und drehte ihn so, dass er Teriasch eine Seite seiner Schnauze präsentierte. »Siehst du sie jetzt?«

»Nein.«

»Dann musst du wohl näher kommen.«

Die schwach funkelnden, speerartigen Zähne des Drachen fest im Blick, schritt Teriasch nach vorn. Alte Knochen zerbröselten knackend unter seinen Stiefelsohlen. Das Geräusch bereitete ihm Unbehagen, doch er achtete ebenso wenig darauf wie auf das neuerliche Gejammer, das Rukabo anstimmte. *Was hätte Schwarzschwinge davon, wenn er mich frisst? Er hat doch förmlich um meine Hilfe gebettelt. Oder war das nur eine List?*

»Siehst du sie?«, raunte der Drache. Er verrenkte in grotesker Weise Hals und Vorderbeine, um mit einer Klaue gegen einen der Zähne in seiner Schnauze zu tippen. Der leise Laut, der dabei entstand, war glockenhell. »Das ist sie.«

Teriasch stand nun so dicht vor Schwarzschwinge, dass ihm der Atem des Drachen entgegenschlug, kühl und rein. Er musterte den durchsichtigen, nadelspitz zulaufenden Zahn, der so lang wie sein Arm und so dick wie sein Handgelenk war. Einen Fingerbreit unterhalb des Kiefers zog sich ein feiner Riss quer durch den Kristall, als hätte Schwarzschwinge einmal auf etwas gebissen, das selbst für seine Zähne zu hart war.

»Du brauchst sie dir nur noch zu nehmen«, sagte der Drache.

Teriasch ließ den Knochen fallen, streckte die Hand nach dem Zahn aus, legte die Finger um ihn.

»Ich wäre dann so weit«, rief Rukabo, die Stimme leiernd vor Furcht und Ungeduld. »Ich werde nicht auf dich warten, wenn das Ding zuschnappt. Bei aller Freundschaft nicht.«

Der Zahn fühlte sich an wie ein Eiszapfen, glatt und kalt.

»Halt gut fest!«, knurrte Schwarzschwinge noch, dann riss er den Kopf weg. Ein sattes Knirschen kratzte Teriasch in den Ohren. Ungläubig starrte er auf den Zahn, den sich der Drache mit seiner Hilfe aus dem Kiefer gebrochen hatte. *Er ist ganz leicht, wie ein dürrer Ast.*

»Was mache ich damit?«, fragte er leise.

»Du treibst ihn dem Kala Hantumanas in seinen verfluchten Leib.« Eine plötzliche Wildheit schwang in den Worten mit. »So tief, wie du nur kannst.«

Teriasch dachte an das Geschöpf, das ihm beim Anlegen seines Kollare erschienen war – das schemenhafte, gigantische Wesen, das in der Schwärze eines bodenlosen Sees lauerte. »Aber der Wurm ist so groß, und diese Waffe ist so klein.«

»Ich meine es ernst, weißt du?«, drängelte Rukabo. »Wie lange willst du das Viech noch reizen? Glaubst du, es hat ewig mit dir Geduld? Du hast ihm einen Zahn abgebrochen, Mann! Komm jetzt endlich! Deinetwegen verpasse ich nicht das große Feuerwerk, weil ich im Bauch eines Drachen verdaut werde, das will ich dir sagen.«

»Was hat das halbe Menschlein für ein putziges Spielzeug?«, wollte Schwarzschwinge wissen.

»Eine Arkakrux.« Teriasch brauchte sich nicht umzudrehen. »Eine von der Sorte, die Diebe verwenden, um ungesehen auf Häuserdächer zu kommen. Sie verschießt einen Bolzen mit einem Hakenkopf, und an dem Bolzen ist ein Seil. Es ist dünn, aber mir wurde gesagt, es trägt genügend Gewicht, dass selbst mein Freund daran hochklettern kann.«

»Ah.« Schwarzschwinge nickte. »Ist es ein Seil des Spinnenvolks? Dann hat es einen weiten Weg hinter sich.«

»Das weiß ich nicht.« Teriasch wog den furchtbar leichten Zahn in seiner Hand. »Aber ich möchte etwas anderes wissen. Von dir. Wie soll ich mit dieser winzigen Waffe gegen einen Gegner wie den Kala Hantumanas antreten? Ist das alles ein Scherz, den nur ein Drache verstehen kann?«

»Ein Scherz, bei dem ich mich selbst verstümmele?« Schwarzschwinge lachte. »*Das* ist ein guter Scherz, Menschlein. Du hast eine schlechte Angewohnheit, wie mir scheint. Überall siehst du Lügen, nur nicht dort, wo Lügen sind.«

»Steck diesen Zahn in den Rucksack, wenn du ihn mitnehmen willst, und dann raus hier«, rief Rukabo. »Mir ist es hier nämlich mit all den Knochen nicht geheuer, und dass du einen Drachen zähmen kannst, will ich nicht glauben. Ich zähle bis drei. Eins!«

»Das halbe Menschlein ist in Eile«, stellte Schwarzschwinge fest. »Und es hat recht. Du solltest dich sputen. Warte nicht zu lange, bis du zum Kala Hantumanas gehst.«

»Zwei! Ich habe schon angelegt. Da ist eine Lücke in der Mauer gleich unter dem Spalt, der mir sehr vielversprechend aussieht. Und mit vielversprechenden Spalten kenne ich mich bestens aus.«

Teriasch ging langsam rückwärts. »Warum muss ich mich damit so beeilen, den Wurm zu töten?«

»Weil ich nicht länger warten will, frei zu sein«, sagte Schwarzschwinge und stemmte sich so heftig gegen seine Ketten, dass die gesamte Höhle wankte und die Knochen auf ihrem Boden klappernd zu tanzen begannen. »Weil ich frei sein muss!«

»Drei! Drei! Drei!«, kreischte Rukabo.

18

Der wahre Unterschied zwischen Meister und Schüler
offenbart sich am häufigsten in der
weisen Entscheidung, wann es Zeit ist,
ein einmal gebrauchtes Werkzeug fallen zu lassen.

Merkspruch der Letzten Seufzer jüngeren Datums

»Trefflichster Schütze des gesamten Dominums!« Rukabo aalte sich auf der warmen Marmorbank, während er sich genüsslich das Brusthaar einseifte. »Ein Ehrentitel, der des Katers von Kalvakorum gerade so würdig wäre, will ich meinen.«

Teriasch schüttelte den Kopf und atmete schwer und lange aus. Seit seiner Nacht in der Schwitzhütte war er nicht mehr an einem Ort gewesen, an dem eine derart feuchte Hitze herrschte wie in der großen Halle des Herrschaftlichen Dampfbads. Trotzdem war er dem Vorschlag Nescas gern gefolgt, sich nach seiner Rückkehr aus der Drachenhöhle dort zu entspannen. Er bereute seine Entscheidung nicht. Es tat gut, den Gestank, der wegen seiner Reise im Probaskakadaver an ihm gehaftet hatte, aus allen Poren auszuschwitzen. Schwarzschwinges Zahn wusste er sicher unter seinem Bett verwahrt – verborgen in einer ledernen Schriftrollenhülle, die Rukabo für ihn in Nescas Studierzimmer »gefunden« hatte.

Teriasch sah durch das gläserne Dach der Halle hinauf in den Himmel. Echsenreiter flogen Patrouille über dem Palastbezirk, die schwarzen Silhouetten vor den zerrupften weißen Wolken scharf umrissen. Ihm fiel ein, was der Drache über die

Echsen gesagt hatte. *Er kann sie dazu bringen, gegen ihre Sklaverei aufzubegehren, aber immer nur eine auf einmal. Als ob ihn der Kala Hantumanas absichtlich nicht ganz ohnmächtig hält, sondern ihm aus reiner Grausamkeit einen winzigen Funken seiner wahren Macht überlässt, um ihn zu quälen.*

Er drehte sich auf den Bauch, ließ die Hände links und rechts von der Bank baumeln und schaute auf das dreißig Schritt breite und ebenso lange Becken in der Mitte der Halle. Das Wasser darin war still, spiegelglatt. Weiße Schwaden stiegen träge in kleinen Fähnchen daraus empor. Bald würde es wieder so weit sein. Er wusste nicht, wie die Harten Menschen es genau bewerkstelligten, doch einmal in der Stunde begann das Wasser zu blubbern und zu brodeln, bis es schließlich zischend eine große Dampfwolke ausstieß, die sich im gesamten Raum verteilte. Dann sah man kaum noch die Hand vor Augen, so dicht war der heiße Nebel. *Ob sie einen Geist dafür versklavt haben, damit er das für sie tut? Ein Kind des Wassers und des Feuers? Rukabo meinte, manche von den Harten Menschen wüssten sehr genau, wie man so etwas tut. Sie verwenden das Skaldat so, wie es uns die Ewige Wanderin verboten hat, um uns vor dem Hochmut zu schützen, den unsere ältesten Ahnen zeigten, als sie noch in den Verbotenen Lagern lebten.*

»Woran denkst du gerade?«

Er hatte Nesca nicht bemerkt. Sie war genauso nackt wie alle anderen Besucher hier, und für einen köstlichen Augenblick war er davon gefangen, wie die winzigen Perlen aus Wasser auf ihrer dunklen Haut glitzerten. »An nichts«, sagte er dann.

Sie setzte sich neben ihn auf die Bank, ihre Hüfte nur eine Handbreit von seinem Kopf entfernt. Sein Körper, der ansonsten eine angenehm schlaffe Masse aus gelockerten Muskeln war, zeigte sofort eine Regung, die nichts mit Schlaffheit zu tun hatte. Er wandte den Blick von ihr ab, da der doch nur an noch mehr nackter Haut hängen blieb. Carda stand am Fußende der

Bank, die Arme vor den straffen Brüsten verschränkt. Teriasch rettete sich damit, dass er auf den Streitkolben an ihrem Wehrgürtel schaute, den sie als einziges Kleidungsstück nicht abgelegt hatte.

»Woher hast du die?« Nescas Fingerspitzen strichen über die wulstige Narbe auf seiner Schulter.

»Von einem Pferd«, antwortete er mit belegter Stimme. *Warum fasst sie mich an?* »Es hat mich gebissen.«

»Hast du es geärgert?«

»Nein.« *Soll ich ihr erzählen, wie es war?*

Von der anderen Seite des mittlerweile munter vor sich hin blubbernden Beckens erklang schrilles Gelächter. Zwei dünne Frauen, denen die Knochen an den Gelenken schier die Haut zu durchstechen drohten, wechselten sich darin ab, einander spielerisch auf die Schenkel zu schlagen und die Köpfe zusammenzustecken.

»Lachen die Rechen da über mich?«, brummte Rukabo und goss sich aus einer kleinen Kanne Wasser über die Brust, um die Seife wegzuspülen.

»Nein«, sagte Nesca. »Meine Schwestern lachen über mich.«

»Wieso?«, fragte der Halbling.

Nesca zuckte mit den Schultern. »Sie halten nicht viel von mir. Ich lese ihnen zu viel und habe keine Lust, mich mit ihnen darüber zu unterhalten, welches Öl am besten riecht und welcher Lustsklave die flinkste Zunge hat.«

»Und das Interesse Ihrer Hoheit an einem Wilden gibt so manch anderer Pupula Anlass zu großer Heiterkeit«, merkte Carda an.

»Das tut mir leid«, sagte Teriasch betreten.

»Soll ich rübergehen und sie vergraulen?«, schlug Rukabo vor.

»Wie?«, wollte Carda wissen.

Rukabo setzte sich auf und hielt sich die Kanne vor den Schritt. »Ich hätte da so eine Idee.«

Aber die lästermäuligen Töchter des Dominex blieben vor Rukabos ungewöhnlichen Zuwendungen verschont, da in diesem Augenblick das Becken zischend die nächste große Dampfwolke ausspuckte. Wenige Wimpernschläge später war die ganze Halle wie in warme, weiche Watte gehüllt. Teriasch schloss die Augen und gab sich dem wohligen Gefühl hin.

Sanft umfassten Hände seinen Nacken, hoben ihn ein Stück an. »Was …?«

»Schsch«, machte Nesca. Sie rutschte an ihn heran, bettete seinen Kopf auf ihren Schoß, strich ihm übers Haar.

»Fang nichts an, was wir nicht zu Ende bringen können«, flüsterte Teriasch und spürte ihre feinen Härchen an seinen Lippen. Er vermeinte, wie von fern tapsende Schritte zu hören, und sprach sie Nescas Schwestern zu, die wohl genug vom Dampf und der Hitze hatten.

Nesca streichelte ihm mit dem Handrücken die Wange. »Wie schaffst du das nur?«, wisperte sie.

»Was?«, erwiderte er ebenso leise.

»Dass mir deine Haut selbst hier noch heißer vorkommt, als sie sein sollte.«

Er öffnete die Augen und schaute in die Wand aus Schwaden. »Das weißt du doch. Ich bin eine Feuerseele.«

Wieder hörte er das Tappen, und er meinte fast, dass es näher klang als vorher.

Nesca beugte sich zu ihm herab, schlang die Arme um seine Brust, küsste ihm den Rücken. »Carda hat mich vor dir gewarnt.«

Das Bewusstsein, dass die Scharlachrote Rose keine zwei Schritte entfernt war, ängstigte Teriasch nicht. Im Gegenteil, es erhöhte nur noch den Reiz der Situation. »Mich hat sie auch gewarnt.«

»Wovor?«

»Dir das Herz zu brechen.«

»Und wenn es umgekehrt ist?« Sie unterstrich die Frage mit einem zärtlichen Kniff. »Was, wenn ich dein Herz breche?«

Ein drittes Mal hörte Teriasch das Tapsen, und diesmal sah er auch den geduckten Schemen, der auf die Bank zuschlich. *Rukabo. Mit seiner Kanne,* »Pass auf!« Er fuhr hoch, drückte Nescas Oberkörper nach oben. Etwas Warmes, Scharfes glitt an seiner Flanke entlang. Brennender Schmerz entlockte ihm einen leisen Schrei. *Das ist nicht Rukabo! Und das war keine Kanne!*

Der Schemen richtete sich auf. Teriasch erkannte braunes, feucht glänzendes Leder – und einen Dolch, der auf ihn zuschoss. Er rollte sich nach hinten, warf sich selbst und Nesca von der Bank herunter.

»Hoheit!«, hörte er Carda rufen, die das Platschen der nackten Leiber auf den Fliesen nicht überhört hatte.

»Er hat einen Dolch!«, schrie Teriasch und versuchte, Nesca mit seinem Körper zu schützen. Sie schlüpfte aus seiner ungelenken Umarmung und trat in einer fließenden Bewegung von tänzerischer Anmut unter der Bank hindurch nach den Beinen des Angreifers.

Der Letzte Seufzer stöhnte auf und wankte nach hinten. Es schepperte hohl, und er taumelte nach vorn. »Nimm das, du Drecksack!«, brüllte Rukabo, gefolgt von einem neuerlichen Scheppern.

Nesca war noch vor Teriasch aufgesprungen, doch es war Carda, die den Kampf entschied. Ihr Streitkolben schmetterte auf die Schulter des Mannes, sein Dolch schlitterte klirrend über die Fliesen.

»Töte ihn nicht!«, warnte Nesca.

»Alarm! Wachen! Alarm!« Erst jetzt nahm Teriasch die schrillen Schreie der anderen Töchter des Dominex wahr, die jedoch schnell leiser wurden, wahrscheinlich weil sie sich in einen der umliegenden Korridore flüchteten.

Der Dampf hatte sich mittlerweile so weit gelichtet, dass Teriasch beobachten konnte, was sich zwei Armeslängen vor ihm abspielte. Carda rang den Attentäter mühelos zu Boden, indem sie ihm die Beine wegfegte. Sie packte mit der einen Hand seinen verletzten Arm, die andere mit dem Streitkolben hatte sie drohend erhoben.

Rukabo wuselte heran und riss dem Kerl die Ledermaske vom Gesicht.

»Lasst mich gehen, lasst mich gehen«, bettelte der hohlwangige Mann, der darunter zum Vorschein kam, schmerzerfüllt. »Lasst mich gehen!«

»Am Arsch!«, spottete Rukabo. »Jetzt bist du dran!«

Er hieb dem Letzten Seufzer die verbeulte Kanne auf den unverletzten Arm, doch der Mann heulte nur auf und versuchte, sich in den weit aufgerissenen Mund zu greifen. Carda unterband dies durch einen präzisen, satten Schlag gegen seinen Ellenbogen. Kraftlos fiel ihm sein Unterarm quer über die Brust.

»Bitte! Bitte! Bitte!«, schluchzte er. »Ihr wisst nicht, was ihr tut! Ihr wisst nicht, wer er ist!«

»Wer zahlt dir dein Blutgeld?«, fragte Nesca, ihre Züge vor Zorn grauenhaft verzerrt.

»Er hat uns gezwungen, er hat uns gezwungen. Versteht ihr nicht?«

»Antworte Ihrer Hoheit!«, bellte Carda.

»Ich kann nicht!« Tierhafte Panik sprach aus dem Gefangenen. »Er hört alles, was ich sage. Hier!« Er streckte die Zunge heraus.

»Du wagst es auch noch, frech zu werden?« Cardas Streitkolben pfiff auf die Schulter nieder, die er schon einmal gebrochen hatte.

»Halt! Halt!« Rukabo wedelte mit den Armen. »Da! In seiner Zunge!«

Der Halbling meinte einen kleinen Pflock aus weißem Skaldat, der durch den Muskel gestochen war.

»Was ist das für ein Schmuck?«, fragte Teriasch. Seine linke Seite brannte zwar noch, aber der Schnitt war nicht tief genug gewesen, um allzu heftig zu bluten.

»Er hört alles«, flüsterte der Mann erstickt. »Aber ich habe nichts gesagt.«

»Was nutzt dir das?« Carda schüttelte ihn. »Ob ich dich töte oder er dich tötet, wo ist der Unterschied? Ach, richtig, ich weiß, bei mir geht es langsamer. Zum letzten Mal: Wer hat dich geschickt?«

Der Letzte Seufzer keckerte irr, die Wangen nass vor Schweiß und Tränen. »Ihr werdet alle mit mir sterben. Es ist in mir drin. Es ist doch in mir drin. Er hat mich aufschneiden lassen, damit er es in mich hineintun konnte.«

Rukabo blähte die Nasenlöcher, ließ die Kanne fallen und schnupperte an seinen Fingern. »Riecht ihr das auch? Bin ich das etwa immer noch?«

Polternde Stiefelschritte kündigten die Palastgarde an. »Hoheit? Hoheit? Sagt etwas?« Die Rufe geisterten durch den Dampf.

Der Attentäter lachte nur umso lauter, umso wahnsinniger.

Ich weiß, warum er so lacht! Die Erkenntnis machte Teriasch einen quälend langen Augenblick sprachlos. Er packte Nesca um die Hüfte und zog sie mit sich in die Richtung, in der er den nächsten Ausgang aus der Halle vermutete. »Weg da! Weg von ihm!«

»Lass die Finger von ihr!«, verlangte Carda sofort.

Teriasch dachte nicht daran. »Er wird platzen. So wie der andere.«

»Verbockter Dung!« Mit einem Satz, den Teriasch ihm nie im Leben zugetraut hätte, hüpfte Rukabo aus der Hocke hinter die Bank und wetzte umgehend davon. »Sprengpulver!«

»Alle raus!«, rief Nesca in der befehlsgewohnten Stimme einer Tochter des Dominex. »Alle raus aus dem Bad!«

»Hoheit?«, kam es verwirrt von den nach wie vor unsichtbaren Wachen.

»Raus!«, wiederholte Nesca und ließ sich weiterhin bereitwillig von Teriasch wegziehen.

Teriaschs Rücken stieß gegen eine Wand. Er orientierte sich nach links, ertastete eine Halbsäule. *Der Ausgang!*

Eine haarige Hand griff nach seinen Fingern. »Jetzt macht schon, ihr Trödler!«

»Carda! Carda!« Nesca krallte sich in Teriaschs Arm.

Die einzige Antwort, die die Pupula erhielt, war das Lachen des Letzten Seufzers.

»Dieses verrückte Weib!«, keifte Rukabo.

»Weiter, weiter!« Teriasch drängte Nesca in den Gang hinaus, wo klare Sicht herrschte. Sie hetzten um die nächste Ecke, in eine Nische mit einer zierlichen Wasseruhr darin.

Ein dumpfer Schlag und ein Zittern im Mauerwerk waren untrügliche Zeichen dafür, dass der Attentäter soeben zerrissen worden war.

Nesca lugte aus ihrer Deckung. »Carda«, sagte sie erleichtert. Teriasch trat aus der Nische und um die Ecke im Gang.

Unter wütendem Gebrüll hieb Carda ihren Streitkolben gegen den Kopf einer nahen Löwenstatue. »Verbockt! Verbockt! Verbockt!«

»Beruhige dich«, befahl ihr Nesca, stieß jedoch auf taube Ohren.

»Beruhigen?« Die Statue büßte einen Reißzahn ein. »Beruhigen?« Ein Auge ging ihr verloren. »Wie kann ich mich beruhigen, Hoheit? Das ist das zweite Mal, dass mir dieser Kerl entwischt ist. Und diesmal für immer. Ohne dass wir wissen, wer ihn auf Euch gehetzt hat.«

»Ich habe einen Verdacht, wer es gewesen sein könnte«, meldete sich Rukabo ungewohnt vorsichtig zu Wort.

»Raus damit!«, blaffte Carda.

Ehe der Halbling sich erklären konnte, kam ein Trupp Wachen im Laufschritt heran.

»Hoheit, wir geleiten Euch sofort in Eure Gemächer«, bot ihr Anführer bereits aus fünfzehn Schritt Entfernung an.

»Kümmert euch um meine Schwestern!«, wiegelte Nesca ab. »Sie werden in größerem Aufruhr sein als ich.«

Der Gardist salutierte und machte mit seinen Männern kehrt.

»Du wolltest uns verraten, wen du im Verdacht hast«, wandte sich Teriasch an Rukabo.

Der Halbling fuhr herum, seine Zurückhaltung war bereits wieder vergessen. »Das, was der Knallfrosch im Maul hatte, ist der entscheidende Hinweis«, plapperte er. »Ich habe bisher nur Gerüchte darüber gehört, aber es sah mir aus wie ein Ligamutus.«

»Was ist das?«, fragte Nesca.

»Es soll Diebe geben, die so reich geworden sind, dass sie nicht mehr selbst auf Beutezug gehen«, sagte Rukabo. »Sie lenken nur noch andere Diebe, die für sie arbeiten. Und dazu benutzen sie das Ligamutus. Es ist wie ein unsichtbares Band zwischen ihnen und ihren Werkzeugen. Man braucht weißes Skaldat dafür, weil weißes Skaldat auch dazu da ist, den Wind zu beherrschen. Und was sind Worte anderes als Wind?«

Nesca schüttelte den Kopf. »Du musst dich schon klarer ausdrücken.«

»Noch klarer?« Rukabo stampfte auf. »Na gut. Der Pflock in der Zunge ist gewissermaßen die eine Hälfte des Ligamutus. Damit kann man alles hören, was diese Zunge spricht. Vorausgesetzt, man hat die andere Hälfte bei sich am Ohr. Versteht ihr jetzt?«

»Nein«, sagte Teriasch.

Rukabo sah sich verstohlen um und senkte die Stimme zu einem Raunen. »Der Pollox hat einen Ohrring aus weißem Skaldat.«

»Der Pollox?« Teriasch rief sich das Bild des Würdenträgers vor Augen. »Bist du sicher?«

Rukabo seufzte. »Als er bei Silicis aufgeschlagen ist, trug er an der linken Hand einen Siegelring aus Onyx und an der rechten einen mit einem Rubin. Die Nadel, die seinen Umhang auf der Schulter fixierte, war aus Gold, die Schließen seiner

Schuhe aus Silber. Und am Ohr hatte er einen Ring aus weißem Skaldat. Glaub mir bitte, ich habe ein sehr gutes Auge für Schmuck.«

»Was erzählst du da?« Nesca rieb sich die Arme, als würde es sie frösteln. Teriasch riss einen Wandteppich ab und legte ihn ihr um die Schultern. »Der Pollox liebt mich wie sein eigenes Kind. Er würde mir nie etwas antun. Und schon gar nicht würde er jemanden aufschneiden lassen, um seinen Leib mit Sprengpulver vollzustopfen.«

»Sprengpulver und rotes Skaldat«, berichtigte sie Rukabo. »So machen es zumindest die Feuerwerker, wenn sie etwas aus der Ferne zünden wollen. Sie zermahlen einen Klumpen davon und behalten eine kleine Menge bei sich. Dann geben sie dieses bisschen in ein Feuer, wenn sie wollen, dass der Rest auch zu brennen anfängt. Ich habe mir das sehr genau erklären lassen.«

»Hast du mir überhaupt zugehört?«, fragte Nesca zornig. »Du redest über den Pollox, du Dieb!«

»Lasst uns bitte nicht hier weitersprechen, Hoheit.« Von Carda ging eine sonderbare, entschlossene Ruhe aus. »Zu viele Ohren.«

»Du hast recht.« Nesca nickte. »Ich kann dieser unverschämten Kreatur auch in meinen Gemächern zeigen, was ich von ihren Anschuldigungen halte.«

»Das wird leider warten müssen.« Carda winkte Rukabo zu sich heran. »Geh los in die Gärten. Zu den Rosen. Nimm zwei rote Blütenblätter, hefte sie beide mit einem Dorn aneinander, such dir einen Laufsklaven und trag ihm auf, Diantis die Rosenblätter zu bringen. Klar?«

Rukabo schielte unsicher zu Nesca, aber er nickte. »Klar. Soll ich mir vorher vielleicht etwas anziehen?«

»Das überlasse ich dir«, erwiderte die Leibwächterin.

»Fein.« Rukabo grinste. »Dann gehe ich so. Nur damit meine Sippschaft was zu glotzen und zu schwatzen hat.« Er lief eilig los.

»Was ist das für ein Auftrag, den du ihm gegeben hast?«, fragte Nesca. »Was soll deine Ordensschwester mit deinem Geschenk anfangen?«

Ihre kalte Antwort machte selbst Teriasch schaudern. »Vielleicht wäre es für uns alle am besten, wenn sie es einfach vergisst.«

19

Ich gelobe, stets über meine Blüte zu wachen.
Ich gelobe, ihr Schatten zu spenden, wenn die Sonne sengt.
Ich gelobe, sie zu wärmen, wenn der Frost sie quält.
Ich gelobe, in Zeiten der Dürre mein Blut
für sie zu vergießen.
Wenn sie verblüht, verblühe auch ich.

Aus dem Treueid der Scharlachroten Rosen

In Nescas Schlafgemach war, wenig überraschend, das Bett das dominante Möbelstück – eine wahre Landschaft aus duftenden Kissenhügeln, weichen Deckenbergen und einladenden Seidenebenen. Was Teriasch weitaus mehr verblüffte, waren die unübersehbaren Zeugnisse davon, dass Nesca abends wissensdurstig einschlief und morgens ebenso wissensdurstig wieder erwachte: Auf dem Bett waren so viele Bücher verstreut, als hätte sie den gesamten Inhalt eines der Schränke aus ihrem Studierzimmer darüber verteilt. Schriftrollen stapelten sich zwischen den Pinseln und Quasten, den Tiegelchen und Döschen, den Fläschlein und den Bürsten vor dem mannshohen Spiegel in einer Ecke. Der Boden hielt zahlreiche Stolperfallen in Form von Tontafeln mit sonderbaren Zeichen bereit, die wirkten, als hätte ein Vogel beschlossen, wild in weichem Lehm herumzupicken.

Die Zeichnungen in den Büchern, die aufgeschlagen waren, hatten Teriasch besonders zu denken gegeben. Gehörnte, schuppige Häupter wie das von Schwarzschwinge. Steinkreise aus schwarzen Monolithen, inmitten derer ekstatische Menschen um lodernde Feuer tanzten. Merkwürdig geschwungene Waffen, die keine Schwerter, aber auch keine Äxte waren und nicht für menschliche Hände gefertigt schienen. *Sie muss in ihnen gelesen haben, als ich im Turm des Windes war. Warum? Wollte sie mehr über Drachen erfahren? Wollte sie sich ein Bild davon machen, was ich da entgegengetreten bin?*

Nesca schritt vor ihrem Bett auf und ab, nur in ein leichtes Nachtgewand gehüllt, das sie sich widerwillig auf Cardas Anraten hin übergestreift hatte. Sie hielt den Kopf gesenkt, die Arme um den Leib geschlungen. »Ich kann das nicht glauben. Ich will das nicht glauben«, murmelte sie wieder und wieder, seit sie auf ihrem Weg hierher kurz Halt in Teriaschs Quartier gemacht hatten, damit er seine Blöße bedecken konnte. »Er würde das nicht tun. Warum sollte er das tun?«

Carda, die nach ihrer Ankunft zunächst in einer angrenzenden, karg eingerichteten Kammer verschwunden war, um sich anzukleiden, legte Nesca in einer zärtlichen, vertrauten Geste sanft eine Hand in den Nacken. »Ihr solltet Euch nicht zu sehr aufregen, Hoheit. Noch haben wir nicht mehr als einen Verdacht aus einer recht zweifelhaften Quelle.«

»O Carda …« Nesca lehnte sich gegen die plattenbewehrte Brust ihrer Leibwächterin. »Du bist eine schlechte Lügnerin. Warum willst du mir nicht sagen, was du vorhast?«

»Weil es keinen Sinn hat, Euch weiter zu beunruhigen.« Sie kraulte weiter Nescas Nacken. »Ihr werdet sehen, das ist alles nur ein Missverständnis.« Sie sah zu Teriasch, der auf einem Polsterhocker vor dem Spiegel saß. »Ich habe mich noch nicht bei dir bedankt.«

»Wofür?«

»Dass du die Pupula ein weiteres Mal vor Schaden bewahrt hast.«

Teriasch zuckte mit den Achseln, und der verschorfte Schnitt in seiner Seite pochte. »Ich habe nur getan, was du auch getan hättest.«

»Eben.« Carda nickte ernst und zog Nesca ein wenig enger an sich. »Wie geht es deiner Wunde?«

»Nur ein Kratzer«, sagte Teriasch. »Er hat mich nicht einmal richtig gestreift.«

Nesca, die Cardas Liebkosungen einen Augenblick schweigend genossen hatte, hob den Kopf. »Warum kommt er nicht? Er muss doch gehört haben, was vorgefallen ist. Ich will ihm sagen, was Rukabo über ihn denkt. Ich will aus seinem Mund hören, dass es nicht wahr ist. Er liebt mich doch, oder?«

Teriasch war sich nicht sicher, ob es das Leid oder die Hoffnung in Nescas Stimme war, die ihn schwer schlucken ließ. Und er schauderte, als er darin den Widerhall jener Worte zu hören glaubte, mit denen der Kala Hantumanas ihn so oft bedrängt hatte. *Was geschieht, wenn Rukabo recht hat?* Die Antwort überstieg seine Vorstellungskraft. Er war immer noch ein Fremder hier, ein Kind der Steppe, das nur darüber mutmaßen konnte, wie die Harten Menschen derlei Zwiste regelten. Trotz all der Schrecken und all der Wunder, die er in seiner Zeit unter diesen Leuten erlebt hatte, gaben sie ihm noch immer Rätsel auf – auch und gerade die von ihnen, die sein Herz gegen seinen Willen am tiefsten berührt hatten. »Du sprichst von diesem Mann, als wäre er dein Vater«, stellte er fest.

»Und?« Nescas Kopf zuckte zu ihm herum. Ihre Augen funkelten zornig. »Er mag nicht mein Vater sein, aber sehe ich ihn nicht viel öfter als den Mann, der mich gezeugt hat? Zeigt er mir nicht auch viel öfter, wie viel ich ihm bedeute? Höre ich von ihm nicht viel öfter freundliche Worte? War er nicht dabei, als ich in die Welt kam? Hielt er nicht die Hand meiner Mutter, als sie in den Wehen lag? Wozu macht ihn das?«

Teriasch schwieg. *Vielleicht macht es das Verbrechen nur noch schändlicher …*

»Setzt Euch aufs Bett, Hoheit!« Carda tätschelte Nescas Hals und zwang sie mit sanftem Druck nieder. »Ihr müsst erschöpft sein.«

»Ich …« Nesca blinzelte und begann, sich die Augen zu reiben. »Ich bin nicht müde.«

»Legt die Beine hoch, ja?« Carda ging vor ihr in die Hocke und umfasste behutsam ihre Fesseln. »So ist es gut, Hoheit.«

Nesca wischte mit schlaffem Arm zwei, drei störende Wälzer beiseite und angelte dann nach einem Kissen. »Warum kommt er nicht?«, wiederholte sie schläfrig ihre Frage, während sie sich um das Kissen herum zu einem Ball zusammenrollte.

»Ihr seid nicht die einzige Pupula, um die er sich zu sorgen hat.« Carda deckte ihre Gebieterin zu und streichelte ihr die Wange. »Ihr habt es doch selbst gesagt: Wie ich Eure Schwestern einschätze, hat sie der Anschlag im Bad noch schwerer erschüttert als Euch selbst. Und ich rede nicht nur von den beiden, die dabei gewesen sind. Ihr wisst, wie sie sind. Schreckhafte Hühner, die bei dem kleinsten Schatten, der auf sie fällt, flattern und gackern.« Der Tonfall der Scharlachroten Rose ähnelte immer mehr dem, mit dem Teriasch von Pukemasu als Kind getröstet worden war, wenn er wieder einmal von brennenden Pferden und dunklen Zelten geträumt hatte. »Und so kurz vor dem Thronbesteigungsfest hat er sicher viele andere Pflichten. Denkt daran, schon in wenigen Stunden wird der Nachthimmel von dem ersten Feuerwerk erhellt werden, das den Beginn der Feierlichkeiten einläutet. Bis dahin ist sicher noch viel zu tun. Er hat an der Lobesrede zu feilen, Speisen für Bankette vorzukosten, die Gesandten ferner Reiche zu begrüßen …« Cardas letzter Satz verklang in einem Flüstern.

Nescas Augen waren geschlossen, ihr Atem ging ruhig und gleichmäßig.

»Was hast du mit ihr gemacht?«, fragte Teriasch leise.

»Du bist sehr aufmerksam.« Carda sprach laut und klar, als bestünde nicht die geringste Gefahr, Nesca aus ihrem Schlummer zu wecken. »Aber das habe ich nicht anders erwartet.«

Teriasch fiel eine Nacht vor einigen Monden ein, in der er schon einmal erlebt hatte, wie Menschen ruhig weiterschliefen, die eigentlich hätten erwachen müssen. In einem Zelt, in dem ein Geist der Geschichten eine Melodie auf seiner Laute gespielt hatte. »Hast du sie verzaubert? Womit?«

»Du traust mir zu viel zu. Ich habe sie nur mit dem Süßen Dorn gestochen.« Carda streckte die Hand aus. Auf der Kuppe ihres Mittelfingers balancierte sie eine feine Nadel, die kaum dicker als ein Haar aus der Mähne eines Pferdes war. »Meine Schwestern und ich verstehen nicht nur, mit groben Werkzeugen umzugehen.« Sie bewegte die Finger, und die Nadel war wieder verschwunden. »Wir wissen auch genau, an welchen Stellen man stechen muss, um keinen Schmerz zu verursachen.«

Ist sie eine Verräterin? Waren all die anderen Anschläge nur ein Spiel, eine Ablenkung? Teriasch spannte unwillkürlich die Beine an, als trieben ihn seine Instinkte dazu, sich auf die Ordenskriegerin zu stürzen. »Hast du sie vergiftet?«

»Für jemanden, der sie noch vor wenigen Tagen angeblich so sehr gehasst hat, bist du auffällig um das Wohlergehen Ihrer Hoheit besorgt«, befand Carda. »Aber nein, ich habe sie nicht vergiftet. Ich habe ihr nur Schlaf geschenkt, mehr nicht. Und die Unterstellung sei dir verziehen, weil du ein Barbar bist. Deinem fetten Freund hätte ich dafür die Zähne in den Hals geschlagen.« Die Zartheit, mit der sie Nesca eine rote Strähne aus der Stirn strich, spottete ihre harten Worte Lügen. »Es heißt, der Stich des Süßen Dorns erlaubt es einem, von dem zu träumen, was man sich am sehnlichsten wünscht. Sie träumt sicher von einer Welt, in der die Ordnung nicht aus den Fugen geraten ist. In der ihre Mutter noch lebt und ihr ihre Geschichten erzählt. In der sie nichts von Sklaven und Freien weiß, von Letzten Seufzern und falschen Häuptlingen.«

Teriasch suchte nach Wut in sich und fand nur Trauer. »Sie träumt also eine Lüge.«

»Mag sein.«

»So wie ihr waches Leben eine Lüge ist.« Er schüttelte den Kopf. »Sie ist nicht dumm. Sie weiß, mit welchen Lügen sie lebt. Warum glaubt sie nur, ihre Mutter hätte ihre eigene Sippe verlassen und wäre von allein hierhergekommen?«

»Weil es der schönere Gedanke ist«, sagte Carda ruhig. »Der Gedanke, mit dem sich leben lässt. Ich habe ihre Mutter einmal gesehen, weißt du? Bei ihrem Vermählungsumzug. Die ganze Stadt war auf den Beinen. Der Dominex hat sich viele Frauen genommen, aber diese war etwas Besonderes. Nicht weil er auf jede Straße und jede Gasse der Stadt Blüten streuen ließ. Nicht weil er ihr zuliebe hundert Feles und hundert Stiere opferte. Nicht einmal weil sie eine Barbarin war, denn damit war sie nicht allein. Nein ...« Cardas Augen blickten durch Teriasch hindurch in eine ferne Vergangenheit. »Aber sie war die erste und einzige Wilde von der Steppe, der diese Ehre zuteilwurde, die erste Frau aus einem Pferdestamm. Sie war das Geschenk, das aus dem Lexis, der die Steppe für ihn zähmen sollte, den Pollox machte. Er hat sie ihm gebracht. Sie war strahlend schön. Es war Jahre, bevor ich Novizin wurde, die Jahre, in denen ich selbst noch Träumen nachhing, eines Tages an ihrer Stelle zu sein. Umjubelt, von allen geliebt, gehüllt in ein Kleid, dessen Schleppe so schwer vor Edelsteinen war, dass ein Dutzend starker Sklaven sie tragen musste. So stolz schritt sie seiner schwarzen Sänfte voran, so ... entrückt. Sie war nicht würdevoll. Sie *war* die Würde selbst. Eine Hand auf ihrem Bauch, das Haupt erhoben, die Züge ungerührt, ein Fels, der dem Sturm stumm entgegnet: ›Wenn du nicht mehr bist, werde ich immer noch sein.‹« Carda fuhr sich langsam über den geschorenen Schädel. »Ich war damals noch zu jung, um zu begreifen, woher sie diese Kraft nahm. Ich konnte ihr Geheimnis nicht durchschauen. Das gelang mir erst, nachdem ich meine Schwüre geleistet hatte und erkannte, worauf ich damit alles verzichtete. Dabei war es so offensichtlich. Ihre Hand auf dem Bauch hat sie verraten. Sie hatte die Selbstvergessenheit einer Mutter, in der neues Leben heranwächst. Ein Leben, das für sie mehr zählt als ihr eigenes. Für das sie zu allem bereit ist. Bereit, jede

Last auf sich zu nehmen. Sogar die, jenem Mann die Gattin zu sein, der der Mörder ihres Volkes ist.«

Teriasch beobachtete einen Moment lang die schlafende Nesca. »Warum sagst du ihr das alles nicht?«, fragte er dann schließlich.

»Es würde nichts ändern.« Carda zog vorsichtig Nescas Decke zurecht. »Alles, was ich dir erzählt habe, hat heute noch ungefähr so viel Belang wie das, was sie gerade träumt.«

Das stimmt nicht. Es muss *etwas ändern. Weil es die Wahrheit ist.* Teriasch stand auf und fing an, so ziellos durch das Zimmer zu wandern, wie Nesca es zuvor getan hatte. »Der Dominex weiß es doch sicher auch. Und er zieht sie trotzdem groß wie sein eigenes Kind?«

Carda machte eine wegwerfende Geste. »Eine Pupula mehr oder weniger ...«

»Sie ist sogar seine Favoritin«, hielt Teriasch dagegen.

»Vielleicht gerade, weil sie nicht die Frucht seiner Lenden ist. Wer weiß schon, was im Kopf eines Mannes vor sich geht, der so alt ist wie der Dominex?« Sie erhob sich ebenfalls und gebot Teriaschs Schritten Einhalt, indem sie ihn fest an den Schultern packte. »Du wirst das alles für dich behalten, hörst du? Sonst ...«

Teriasch schüttelte ihre Hände von sich ab. »Sonst tust du mir etwas Grauenhaftes an, ich weiß.«

»Ich will ihr nur unnötiges Leid ersparen.«

»Ich verstehe.«

»Oh, da war aber jemand sehr müde.« Rukabo war geräuschlos durch die Tür geschlüpft. Der Halbling war nicht länger nackt, sondern hatte sich mit einem neuen Satz der Kleidung eingedeckt, die man für Nescas Leibsklaven bereithielt. Er ahmte lässig einen Salut nach, als wäre er der kleinste Gardist, den Kalvakorum je gesehen hatte. »Melde gehorsamst: Auftrag ausgeführt.«

»Gut, dass du da bist«, begrüßte ihn Carda freundlich.

»Danke.« Rukabo kratzte sich am Hintern. »Moment. Da stimmt doch was nicht. Warum freust du dich so, mich zu sehen?«

»Weil ich noch einen Auftrag für dich habe, und weil …« Carda stutzte. »Warum sind deine Pfoten so rot wie Krebse?«

»Der Kater von Kalvakorum achtet eben auf Sauberkeit.« Rukabo schnupperte hastig an seinen Fingern. »Was gibt es daran auszusetzen?«

»Nichts. Hör zu.« Carda bugsierte den Halbling zum Bett. »Du bleibst hier und passt auf Ihre Hoheit auf. Niemand betritt diesen Raum. Wenn jemand kommt und klopft, sagst du, sie spielt mit einem ihrer anderen Sklaven das Spiel der Leiber und möchte nicht gestört werden.«

Rukabo grinste Teriasch an. »Dieser andere Sklave wärst dann wohl du.«

Teriasch lächelte betreten.

Rukabo kroch auf das Bett und roch an einem der Kissen. »Uh, Lavendel«, machte er. »Ob ich da die Augen offen halten kann?«

Carda zog ihn am Ohr. »Keine Faxen.«

»Au, au, au.« Rukabo schlug nach ihrer Hand, doch sie hatte ihn schon wieder losgelassen, ehe er sie treffen konnte. »Du bist ein garstiges Weib«, maulte er.

»Und du.« Carda zeigte auf Teriasch. »Du kommst mit mir.«

»Wohin?«

»Wir machen einen kleinen Spaziergang in den Herrschaftlichen Gärten.«

Die Rosenblüten erglühten im Licht der untergehenden Sonne. Vereinzelt summten die letzten mutigen Bienen durch die kleine Laube, die vom Boden bis zum Dach von kräftigen, dornigen Ranken umklammert war. Teriasch sog den Duft ein, der in ihr herrschte, und er kam ihm süß, kostbar und zerbrechlich vor. Er genoss das sanfte Flüstern des Windes, der die Blätter zittern machte. Seine Begleiterin hingegen schien völlig unempfindlich für die Reize dieses Ortes. Sie stand einfach nur da, als wollte sie die langen Schatten in diesem entlegenen Winkel der Herrschaftlichen Gärten mit düsteren Blicken vertreiben.

»Worauf warten wir?«, fragte er, als das Licht sein Rot mehr und mehr an das zögerliche Blau der jungen Nacht verloren hatte.

»Wir warten auf sie.«

Auf einem der beiden Wege, die zu der Laube führten, knirschten Schritte auf dem Kies. Carda wandte ihnen rasch den Rücken zu, während Teriasch interessiert Ausschau hielt, wer sich ihnen da näherte. Die kahlköpfige Frau mit dem kantigen Schädel behandelte Teriasch wie Luft, als sie in die Laube trat.

»Diantis«, sagte Carda, ohne sich zu ihrer Ordensschwester umzudrehen.

»Carda«, antwortete die Leibwächterin des Pollox und wandte nun ihrerseits der anderen Kriegerin den Rücken zu.

Ist das ein Ritual? Ein Duell? Tragen sie gleich einen Kampf aus, als Stellvertreter ihrer Schutzbefohlenen? Teriasch beschloss, dass es vorerst das Beste war, die Begegnung aufmerksam, aber schweigend zu verfolgen. Auch wenn ihn keine der Scharlachroten Rosen anblickte, plagte ihn dennoch das nagende Gefühl, unter genauer Beobachtung zu stehen. *Aber von wem? Den Bienen? Den Büschen? Oder sind diese beiden Frauen nicht nur Kriegerinnen? Sind sie wie Schamaninnen, die an einen der besonderen Orte gekommen sind, an denen Geister zu ihnen sprechen?* Er wünschte sich plötzlich, er hätte Schwarzschwinges Zahn griffbereit, doch die Waffe, die ihm der Drache gegeben hatte, lag sicher verwahrt unter seinem Bett. *Ob es mir überhaupt erlaubt wäre, in einen Kampf einzugreifen?*

»Die eine Rose hat darum gebeten, etwas über die Blüte der anderen zu erfahren«, sagte Diantis. »Aus welchem Grund?«

»Aus dem einzigen, der uns gestattet ist«, entgegnete Carda. »Die eine Rose fürchtet, die Blüte der anderen könnte ihrer eigenen die Sonne nehmen wollen.«

»Woher wehte der Wind, der diese Kunde trug?«, fragte Diantis.

»Von einem verstoßenen Gärtner«, antwortete Carda. »Und diese Rose hat …« Sie verstummte und sprach unvermittelt Teriasch an. »Sieh nach, was das war.«

»Was?« Teriasch sah sich erschrocken um. »Was meinst du?«

Carda zeigte auf den Ausgang der Laube. »Dort. Ein Rascheln. Hinter diesem Strauch.«

»Ich habe nichts gehört.«

»Das wilde Gewächs ist stumpfsinnig«, merkte Diantis an.

»Schau nach!«, verlangte Carda.

Teriasch rechnete mit allem, als er auf den Strauch zuschlich, auf den Carda gedeutet hatte. Mit einem Letzten Seufzer, der eine Arkakrux im Anschlag hatte. Mit einem von Rukabos neugierigen Verwandten. Mit einem Vogel oder einer Maus. Er lugte um den Strauch herum und fand – nichts! »Hier ist niemand.«

»Der Lauscher fürchtet wohl den scharlachroten Zorn«, sagte Diantis.

»Und er tut gut daran«, fügte Carda hinzu.

Diantis nahm den unterbrochenen Gesprächsfaden wieder auf, noch bevor Teriasch zurück in der Laube war. »Du sagtest, der einen Blüte würde durch die andere die Sonne genommen.«

»Die eine will die andere verdorrt sehen«, bekräftigte Carda ihren Verdacht.

»Der Wind ist rein. Meine Blüte will Dornen treiben sehen.«

»Vor denen ich meine Blüte schützen muss, auch wenn es die andere Rose trifft.«

Als Teriasch durchschaute, was die beiden Frauen da trieben, war sein guter Vorsatz vergessen. »Ihr redet über Nesca und den Pollox«, ächzte er. »Über eure Schutzbefohlenen. Wie könnt ihr das? Habt ihr ihnen nicht die Treue geschworen? Das ist Verrat!«

»Willst du es ihm mit Worten beibringen?«, fragte Diantis kühl. »Oder soll ich es ihm mit Fäusten erklären?«

»Unser Orden ist alt, Teriasch«, sagte Carda. »Viel älter als das Dominum. Sogar älter als die Städte, die der Subveheros zum Dominum vereinte. Für uns gelten eigene Gesetze, und sie werden noch gelten, wenn das Haus, in dem alle Häuser sind, nur noch Staub ist. Wir brechen unseren Eid nicht, wir erfüllen ihn. Wir schützen unsere Blüten. Niemand von uns fügt der Blüte des anderen Schaden zu. Doch unser Band als Schwestern gebietet uns einen ehrenhaften Umgang miteinander. Unser Orden wurde gegründet, um Leben zu bewahren, und nicht, es auszulöschen. Wir sind keine Letzten Seufzer, die für Blutgeld töten. Wir wandeln auf einem Pfad des Friedens, auch wenn wir Waffen führen. Jede Blüte, die vergeht, ist eine Blüte zu viel.«

»Das reicht«, schnarrte Diantis. »Wenn er es jetzt nicht verstanden hat, wird er es nie verstehen.«

»Gut.« Carda nickte. Sie straffte die Schultern. »Die eine Rose hofft, die andere hilft ihr, ihre Blüte zu bewahren.«

Einen langen Moment herrschte Schweigen zwischen den Ordensschwestern.

»Meine Blüte fühlt sich auf dem Grund der alten Würmer zu wohl«, sagte Diantis schließlich. »Sie lauscht den letzten Worten der ersten Zunge. Manche Rose könnte ihre Wurzeln dorthin ausstrecken, um das Wasser der Erkenntnis zu ziehen.«

Teriasch hörte Carda scharf Atem holen. »Die eine Rose dankt der anderen.«

»Die eine Rose nimmt den Dank der anderen an«, erwiderte Diantis. »Eine Liebe, ein Blut, ein Schmerz.«

»Eine Liebe, ein Blut, ein Schmerz.« Carda trat aus der Laube in die Nacht hinaus.

Teriasch sah zu Diantis.

»Willst du ihr nicht nach?«, fragte sie ihn.

»Liebt er sie?«, fragte Teriasch zurück. In der Dunkelheit fiel es ihm schwer zu entscheiden, ob Verwunderung oder Ungehaltenheit auf den Zügen der Frau lag. »Liebt der Pollox Nesca?«

»Natürlich. Doch wie könnte für ihn die Liebe vor der Pflicht bestehen?«

Diantis verließ ihn ohne jedes weitere Wort, und für Teriasch gab es nicht den geringsten Zweifel mehr, dass die Harten Menschen ihr Handeln an Geboten ausrichteten, die nur von Geistern der Grausamkeit und des Wahnsinns stammen konnten.

20

Der schlachtengeborene Sohn geht verloren,
in fremder Haut wächst er heran.
Mit falschem Vater kehrt er wieder,
schwarz sind die Ketten, die er sprengt.

Niederschrift einer Prophezeiung
aus der Kammer des Raunenden Steins

Nesca schlief noch immer, als Teriasch und Carda in ihr Schlafgemach zurückkehrten. Rukabo erstattete umgehend Bericht, er habe sich keinen Schritt von Nescas Bett entfernt und nicht einmal auf die von Carda ersonnene Ausrede zurückgreifen müssen, weil schlicht und ergreifend niemand an der Tür geklopft hatte.

Teriasch betrachtete die schlummernde Pupula, ihr friedliches Gesicht, das leise Zucken der träumenden Augen unter den Lidern. »Kannst du sie wecken?«, fragte er Carda.

»Ich könnte sie wecken.« Sie trat zu einem der Nachttische, goss sich einen Becher Wein ein und leerte ihn in einem Zug. »Aber wozu?«

»Du könntest ihr erzählen, was du herausgefunden hast«, schlug er vor. »Du hast doch etwas Wichtiges herausgefunden, oder?«

»Wo wart ihr genau in den Gärten?«, wollte Rukabo wissen. »Ich dachte, ihr wolltet nur spazieren gehen.«

»Tu nicht so unschuldig«, warnte die Kriegerin den Halbling.

»Wieso nur tun?«, plusterte Rukabo sich auf. »Ich *bin* unschuldig!«

Teriasch suchte ihren Blick. »Carda, bitte …«

»Na gut.« Sie schenkte sich Wein nach und setzte sich dann auf die Bettkante. »Ich weiß jetzt, wo wir einen Hinweis darauf finden können, ob und warum der Pollox tatsächlich derjenige ist, der Nesca tot sehen möchte.«

»Als ob daran noch irgendwelche Zweifel bestünden …«, motzte Rukabo, während er quer über das Bett an Carda vorbei zur Karaffe auf dem Nachttisch krabbelte.

Teriasch wagte sich vorsichtig näher an Nesca heran und ließ eine Strähne ihres Haars durch seine Finger gleiten. »Warum weckst du sie dann nicht auf, damit wir dort hingehen können?«

»Das ist es ja. Wir können da jetzt nicht hingehen.« Carda deutete mit dem Becher zum Oberlicht. »Es ist schon dunkel. Niemand geht in die Kammer des Raunenden Steins, wenn es dunkel ist.«

Rukabo, der an der Tülle der Karaffe genippt hatte, horchte auf. »Die Kammer des Raunenden Steins? Was wollen wir da? Bist du etwa versessen darauf, ein paar Prophezeiungen auszustoßen, hm?«

»Was ist diese Kammer?«, fragte Teriasch.

»Oh, darf ich bitte?«, bettelte Rukabo und stellte flugs die Karaffe ab. »Bitte!«

Carda brachte die Neige in ihrem Becher zum Schwappen, schaute hinein und zuckte mit den Schultern. »Meinetwegen.«

»Das wird eine Geschichte ganz nach deinem Geschmack«, versprach Rukabo. »Wo du doch so gern mit Geistern sprichst.« Er hockte sich im Schneidersitz neben Nesca und zog Teriasch neben sich aufs Bett. »Sie beginnt in einer Zeit, als noch niemand an Kalvakorum, geschweige denn das Dominum gedacht hat. Da gab es in dieser Gegend gerade einmal ein paar Dörfer voller abergläubischer Bauern. Und ihre Felder litten unter einer schrecklichen Dürre. Wochenlang beteten sie zu den Göttern um Regen. Nichts. Kein Tropfen.« Rukabo rieb sich vergnügt die Hände. »Doch dann kam der Morgen, an dem sie glaubten, ihre Gebete seien endlich erhört worden. Der Himmel zog sich urplötzlich mit schwarzen Wolkenbergen zu. Doch was dann runterfiel, war kein Wasser. Nur ein einziger großer Stein, der mit viel Getöse einschlug und unglaubliche Mengen an ausgetrockneter Erde aufwirbelte. Manche der Bauern dachten erst, die Götter wollten sie verhöhnen, so von wegen ›Wir flehen um Regen und sie schicken uns einen Stein‹. Zum Glück waren nicht alle Bauern so doof. Einige waren …« Er räusperte sich. »Bauernschlau. Das trifft es wohl am besten. Die sagten nämlich: ›Na, wenn uns die Götter dieses Ding schon gesandt haben, sollten wir wenigstens so höflich sein, es uns genauer anzusehen.‹ Und das taten sie dann auch.« Er beschrieb mit den Armen einen großen Kreis. »Der Stein war recht rund und ziemlich groß, ungefähr wie der Kopf eines Probaskas, sag ich mal. Aber keine glatte Kugel oder so, obwohl er die Farbe von Stahl hatte.« Sein kleiner Finger wackelte vor Teriaschs Nase. »Nein, er hatte viele winzige Löcher. Ein wirklich absonderliches Ding. Die Bauern standen davor und kratzten sich die Köpfe, bis eine Magd schließlich losstiefelte und den Stein anfasste. Die Geschichte verrät uns leider nichts darüber, ob sie nun besonders blöde oder besonders schlau war, doch immerhin ihr Name ist uns überliefert: Gurda hieß die Gute. Gurda legt also ihr Patschehändchen auf den Stein, und dann passiert es.« Er senkte die Stimme. »›Um die Mittagszeit weint der Himmel‹, flüstert sie plötzlich und verdreht dabei die Augen. ›Eine Flut der Tränen, eine Flut von Blut.‹ Danach kippt sie einfach um, und als sie wieder zu sich kommt, will sie nicht gemerkt haben, was sie da von sich gegeben hat. Die Bauern zanken noch untereinander, ob Gurda sie nur verscheißern möchte oder ob sie ernsthaft nicht mehr alle Lämmchen auf der Weide hat, da fängt es zu regnen an. Aber es ist nicht irgendein Regen.

Es gießt, als würden alle Götter zur selben Zeit ihr Wasser abschlagen, und damit nicht genug. Der Regen ist rot wie Blut. Verstehst du?«

Teriasch runzelte die Stirn. »Wer den Stein berührt, sagt die Zukunft voraus?«

»Sehr gut!« Rukabo klopfte ihm auf die Schulter. »Damit hättest du in jedem Fall zu den schlauen Bauern gehört. Die haben nämlich beschlossen, dass Gurda ruhig weiter den Stein anfassen soll, so viel sie nur will. Und auch sonst durfte jeder ran, der sich traute. Bei den meisten tat sich gar nichts, andere wie Gurda stießen jedes Mal eine neue Prophezeiung aus, wenn sie den Stein berührten. Und was immer dann geflüstert wurde, wurde flott aufgeschrieben. Manches davon wurde wahr, anderes nicht. Zumindest bis jetzt noch nicht.« Er breitete die Arme aus. »Und so ist es bis heute geblieben. Als der Subveheros Kalvakorum errichtete, hat er einfach ein Gebäude um den Stein herum gebaut, und er erfreut sich nach wie vor größter Beliebtheit. Zumindest bei denen, die in den Palastbezirk dürfen, denn da steht die Kammer nämlich, einen kurzen Fußmarsch vom Palast zwischen dem Turm des Wassers und dem Turm der Erde.«

»Werden ihre Tore nach Sonnenuntergang geschlossen?«, fragte Teriasch.

»Nein«, sagte Rukabo. »Ihre Tore haben nicht mal Riegel.«

Versteh einer die Harten Menschen! »Dann begreife ich nicht, warum wir nicht gleich dorthin gehen können?«

»Oh!« Rukabos Hand klatschte an seine Stirn. »Habe ich vergessen, die Würmer zu erwähnen?«

»Du hast vergessen, die Würmer zu erwähnen«, bestätigte Carda und klang dabei wenig überrascht.

Die Haut um Teriaschs Kollare kribbelte, als er daran dachte, dass er Schwarzschwinge versprochen hatte, einen ganz besonderen Wurm zu töten, indem er ihn mit dem Drachenzahn durchbohrte. »Welche Würmer meint ihr denn da?«

»Erinnerst du dich an die Löcher im Raunenden Stein?«, fragte Rukabo.

»Ja.«

»Nun, da kriechen jeden Abend nach Sonnenuntergang die Würmer raus, die in ihm leben.« Rukabo rümpfte die Nase. »Eklige Viecher. Die kleinsten könnten es mit einem deiner Zöpfe aufnehmen, und die größten sind fast so lang wie ich. Hast du schon mal eine Katze gesehen, die unter ein Karrenrad gekommen ist? Das, was der armen Mieze dann aus dem Schädel quillt, das hat genau die gleiche Farbe wie diese Würmer. *Eklige* Viecher. Keiner weiß, was sie fressen oder warum sie nie mehr als fünfzig Schritt von ihrem Stein wegkriechen. Aber was man weiß, ist, dass sie gern an Menschen hochkrabbeln und dass der Schleim an ihnen sogar durch Metall sickert. Und der Schleim ist das eigentlich Gefährliche an ihnen: Er lähmt einen, bis man nicht mehr atmen kann, und dann ist man dran.«

Das Kribbeln an Teriaschs Hals war nicht gerade angenehmer geworden. »Und bei Sonnenaufgang ziehen sie sich wieder in den Stein zurück?«

»Genau«, antwortete Carda. »Und deshalb müssen wir bis Sonnenaufgang warten. Halt, nein.« Sie hob abwehrend die Hand und warf einen Blick auf die Nische mit der Wasseruhr in Form zweier kämpfender Löwinnen, deren vergossenes Blut die Zeit ansagte. »Morgen ist Thronbesteigungstag. Ihre Hoheit wird da anderen Verpflichtungen nachkommen müssen. Wir werden uns noch einen weiteren Tag zu gedulden haben, ehe wir der Spur nachgehen können.«

Teriasch versuchte nicht daran zu denken, was Dropaxvir ihm über Silicis' Lebenserwartung erzählt hatte, doch es war zu spät. *Womöglich ist er schon tot. Und der Pechmann und Gigas und Paetus und all die anderen auch …*

»Ich würde die ganze Sache dringend schon heute Nacht abgewickelt wissen«, sagte Rukabo ungeduldig und roch an seinen Fingerspitzen, wie er es sich in den letzten Tagen angewöhnt hatte. »Am liebsten noch vor dem mitternächtlichen Feuerwerk, wenn es sich einrichten ließe.«

»Ach, Verzeihung«, entgegnete Carda spöttisch. »Ich wusste nicht, dass wir mit dir ja einen Zauberer parat haben, der die Nacht zum Tag machen kann.«

Rukabo korrigierte pikiert den Sitz seiner verrutschten Gugel. »Du vergisst, mit wem du sprichst!«

»Mit einem fetten Aufschneider?«

»Mit dem Kater von Kalvakorum!« Er sprang vom Bett und richtete sich zu seiner vollen, wenig imposanten Größe auf. »Ich will euch ein kleines Geheimnis verraten. Diese Sache mit der Blüte der Jungferngunst. Das, was Wuplesch und der Rest der blöden Bande immer meinen großen Frevel nennt. Das war nun wirklich nicht mein erster Auftrag für eine Liebhaberin der Sorgsamen Kunst.« Er bohrte einen Finger in Teriaschs Oberschenkel. »Ich habe dir doch von dieser Alchimistin erzählt, der ich etwas unter dem Bett hinterlassen habe, oder?«

»Ja. Und?«

»Das hatte seine Gründe. Sie hatte mich angeheuert, ihr etwas aus der Kammer des Raunenden Steins zu besorgen«, erklärte er stolz. »Es tut nichts zur Sache, was das war. Wichtig ist nur, dass ich dafür nachts in die Kammer rein und auch wieder raus musste. Und ich habe es geschafft!«

»Verbockter Dung!«, fluchte Carda. »Wie willst du das gemacht haben?«

Keckernd tippte sich Rukabo an die Schläfe. »Hiermit. Den hab ich nicht nur, damit es mir nicht in den Hals regnet, weißt du?« Er seufzte theatralisch. »Und ich muss gestehen, dass ich ohne meine Plackerei in den Gärten nie darauf gekommen wäre. Meine Verwandten sind nur zu einfältig, die Mittel der Gartenbaukunst gewinnbringend einzusetzen.«

»Sprich nicht in Rätseln!«, verlangte Carda.

»Wohlan.« In genüsslicher Selbstverliebtheit und ganz wie der Mentor an einer Akademia hielt Rukabo einen kurzen Vortrag. »Was macht die Kammer nachts gefährlich? Die Würmer. *Eklige Viecher!* Wovor schreckt jeder Wurm zurück, weil er befürchtet auszutrocknen, wenn er darüber hinwegkriecht? Vor Salz. So einfach ist das nämlich. Man streut es um sich, während man in die Kammer hineinspaziert, und schon lassen einen die Würmer in Frieden. Obwohl …« Er unterbrach sich und legte einen dicken Finger an die Unterlippe. »Es ist selbstverständlich nicht ganz billig. Es sind seltene Würmer, also braucht es auch ein seltenes Salz, um sie zurückzuhalten. Das letzte Mal habe ich zwei Säcke klarstes Kristallsalz von den Hängen des Weltenwalls dafür vergeudet.«

»Dieses Salz kostet ein Vermögen!«, entfuhr es Carda.

»Sag ich ja.« Rukabo schlenderte zu einem der Kästchen, in denen Nesca ihren liebsten Schmuck verwahrte. »Andererseits mangelt es uns in dieser Hinsicht nicht an Mitteln, oder?«

»Er hat recht«, räumte Teriasch ein. »Je schneller wir unseren Verdacht bestätigen können, desto besser können wir Nesca beschützen.« *Und desto eher bin ich frei, um das zu tun, was all diesem Wahnsinn in eurem Land hoffentlich ein Ende bereiten wird …*

»Wo finden wir in so kurzer Zeit so viel Kristallsalz für uns vier?«, wandte Carda ein.

»Ich habe meine Quellen«, sagte Rukabo. »Außerdem sehe ich keinen Grund, die Pupula zu wecken. Es reicht, wenn zwei von uns gehen. Der Häuptling und ich werden die Sache schon richten. Dann genügen zwei Säcke, wenn ich sparsam bin.« Er sah die Scharlachrote Rose auffordernd an und strich dabei so zärtlich über das Schmuckkästchen, als liebkoste er einen willigen Lustsklaven. »Nun, wie sieht es aus?«

Die Kammer des Raunenden Steins war kein heimeliger Ort, obwohl seine Tore auch des Nachts offen standen. Zu niedrig war die Decke aus nackten Felsblöcken, zu beunruhigend die

Lebensechtheit der Statuen aus einem grauen Material, das Teriasch an die Steine erinnerte, mit denen Rukabo sich im Herrschaftlichen Dampfbad die gröbste Hornhaut von den Sohlen geschmirgelt hatte. Wer immer sie geschaffen hatte, bewies einen Hang zu grotesken Posen und Charakteren – mal bemerkte Teriasch im Schein seiner Laterne eine halb niedergesunkene, kräftig gebaute Frau, die die Finger wie Krallen in die üppigen Brüste gegraben hatte, dann stellte sich ein Schemen als Skulptur eines einarmigen Jungen heraus, der auf Zehenspitzen stand. Manche waren nackt, andere waren sonderbarerweise in Kleidung gehüllt, die sich je nach Alter des Kunstwerks in unterschiedlichen Stadien der Auflösung befand – von mottenzerfressenen Tuniken über brüchigen Filz bis hin zu rostigen Panzern war alles darunter. Hinzu kam, dass die Anordnung der Statuen keinerlei erkennbarer Ordnung zu folgen schien, was im Land der Harten Menschen umso ungewöhnlicher wirkte. Die Standbilder waren überall in den schmalen Gängen verteilt, die um niedrige Podeste herum verliefen. Aus den Absätzen ragten wie Pfosten eines Gatters die hölzernen Abroller von zwei Schritt hohen Schriftrollen auf. Die Schreibschemel vor dem aufgespannten Pergament waren abgewetzt, die Rollen selbst dicht an dicht mit den kantigen Schriftzeichen bekritzelt, wie man sie im Dominum verwendete. *Häute als Werkzeug der Erinnerung. Fast wie bei uns. Nur dass die Harten Menschen lieber ihre Gedanken in feste Formen zwängen, um sie auf Tierhäuten festzuhalten …*

Über dem würzigen Aroma des Pergaments nahm Teriasch einen anderen, widerwärtigen Geruch wahr, scharf und feucht, wie von vergorenem Pfefferkraut. Die Geräusche in der Kammer waren nicht minder übelkeiterregend: ein beständiges Schmatzen, als würden irgendwo im Dunkel Hunderte von Greisen mit offenem Mund die feuchten Zungen in die Lücken zwischen ihren Zahnstummeln gleiten lassen, um Essensreste daraus hervorzusaugen.

Geruch und Laute passten hervorragend zu den Geschöpfen, die sie verursachten: Die Bodenfliesen waren kaum zu sehen, so dicht war das Gewimmel der schleimigen Würmer, die nachts alle Besucher abschreckten. *Wie wenn wir in eine Grube voller Wasserschlangenbrut gefallen wären …*

Umso verwunderlicher war es, dass Rukabos Plan so reibungslos aufzugehen schien. Munter summend ging der Halbling voran und streute aus den beiden großen Beuteln, die er sich an den Gürtel gebunden hatte, händeweise Salz vor sich aus. Er hatte etwas von einem Bauern, der die Saat ausbrachte, wie Teriasch es auf seiner Reise nach Kalvakorum so staunend beobachtet hatte. Und tatsächlich wichen die Würmer vor dem Salz zurück, geradezu panisch, wenn denn ein Wurmhirn so etwas wie Panik empfinden konnte. Sogar ihr Schleim, den sie in glitzernden Spuren hinter sich herzogen, litt unter dem Salz. Dort, wo die Kristalle auf ihn fielen, trocknete er binnen eines Wimpernschlags zu einer flockigen Masse, die knisterte wie Laub, wenn man darauf trat.

»Warum hast du Carda angelogen?«, fragte Teriasch.

»Hm?«

»Warum hast du gesagt, du müsstest teures, seltenes Salz kaufen gehen und hast dann doch nur welches aus den Herrschaftlichen Speisekammern geholt?«

»Das war lustig, oder?« Rukabo gluckste. »Wie der Koch geglotzt hat, als ich meinte, ich hätte Lust auf ein Salzbad. Findest du, ich habe damit übertrieben, dass das angeblich die Mannessäfte besser fließen lässt?«

»Du warst nur auf den Schmuck aus, richtig?«, warf ihm Teriasch vor.

»Man muss sehen, wo man bleibt«, antwortete Rukabo knapp.

»Sie wird dir jedes Haar auf den Zehen einzeln abbrennen, wenn sie das je herausfindet«, warnte Teriasch.

Rukabo warf ihm über die Schulter einen kritischen Blick zu. »Also von mir wird sie es jedenfalls nicht erfahren, mein Freund.«

»Warum hast du mich überhaupt mitgenommen?«

»Es ist bequemer, wenn jemand die Laterne für mich trägt«, erläuterte Rukabo. »Beim letzten Mal musste ich mir den Bügel zwischen die Zähne klemmen. Ich kam mir vor wie ein Pferd, das auf seiner Trense herumbeißt. Unwürdig. Fast so wie in der Aufmachung, in die mich Silicis gesteckt hat.«

Teriasch wollte nicht an den Arenabesitzer denken, und er hatte Glück, auf eine Ablenkung zu stoßen: Sie mussten eine Skulptur umrunden, die ihnen den Weg versperrte. Sie stellte einen nackten, langbärtigen Mann dar, der Mund weit aufgerissen, die Arme flehend in die Höhe gereckt. »Was hat es mit all diesen Statuen auf sich?«

»Statuen?«, meinte Rukabo. »Das sind keine Statuen.«

»Sondern?«

»Das sind die Überreste von all denen, die im Lauf der Zeit zu trödelig gewesen sind, wenn draußen die Sonne unterging. Und sicher der eine oder andere Dieb, der nicht ganz so schlau war, wie er dachte.«

»Es sind Tote?« Teriaschs Magen zog sich zusammen. »Leichen?«

»Natürlich. So sieht man aus, nachdem die Würmer und ihr Schleim mit einem fertig sind. Pass auf! Ich zeig dir was.« Er griff nach dem Oberschenkel des erstarrten Mannes und brach ohne jede Anstrengung ein großes Stück davon heraus. Das knackende Kratzen klang in Teriaschs Ohren wie der erstickte Schrei eines Kriegers, dem ein Keulenschlag den Kehlkopf zertrümmert hatte. »Es ist ganz leicht. Lässt sich erstklassig zermahlen.«

»Zermahlen?«

»Ja.« Rukabo nickte. »Die Alchimistinnen sind ganz scharf darauf. Sie wiegen es in Gold auf. Angeblich kann man sein eigenes Leben verlängern, wenn man es regelmäßig mit ein paar anderen Zutaten ähnlich freundlicher Natur vermengt und dann schnupft. Auf so etwas können nur Leute kommen, die so kurzlebig sind wie ihr Menschen.« Er keckerte. »Die blöde Gans, der ich unters Bett geschissen habe? Ich habe versucht, das, was ich für sie geholt habe, ein bisschen zu strecken. Ich kenne da nämlich einen sehr freigiebigen Abdecker. Es stellte sich leider heraus, dass sie das persönlich genommen hat, und von da an war mein Ruf bei den Sorgsamen Künstlerinnen ruiniert. Aber was soll's? Ich habe schreckliche Rache geübt, und meinen Trick mit dem Salz habe ich ihr auch nicht verraten. Soll sie sehen, wo sie bleibt.« Er winkte ab und streute weiter Salz. »Komm! Ich hab's eilig. Das Feuerwerk wartet nicht auf uns.«

Teriasch folgte dem haarigen Dieb, von da an peinlich genau darauf bedacht, in der Spur zu bleiben und keine der vermeintlichen Statuen mehr zu streifen. »Wo müssen wir überhaupt hin?«

»Na, das hat Diantis doch klipp und klar gesagt«, befand Rukabo. »Die letzten Worte der ersten Zunge. Sie hat eindeutig Gurdas letzte Worte gemeint. Die erste Prophetin. Kein sehr kniffliges Rätsel.«

»Rukabo?« *Ich kann mich nicht daran erinnern, dass ich ihm erzählt hätte, wen Carda getroffen hat. Vielleicht hat er es sich nur zusammengereimt, aber er hat eben genau dieselben Worte verwendet wie Diantis … haargenau dieselben Worte!* »Warst du vorhin die ganze Zeit bei Nesca?«

Rukabo hielt kurz inne, hüstelte und legte weiter die Salzspur aus, die die Würmer verscheuchte. »Sagen wir, im Geiste war ich stets bei ihr, ja?«

»Du warst das hinter dem Strauch an der Rosenlaube!« Teriasch hatte nicht übel Lust, dem Halbling die Laterne über das verlogene Mundwerk zu ziehen. »Und ich dachte schon, da jagt mir gleich einer einen Bolzen in die Brust.«

»Ja, ja. Vergossene Milch. Wasser unter der Brücke. Ein Furz im Wind.«

Teriasch nahm von dem Laternenhieb Abstand und begnügte sich mit einem sachten Tritt in Rukabos Hintern. »Du neugieriges Wiesel!«

Rukabo quiekte erschrocken auf. »Bist du irre? Willst du, dass ich in die Würmer falle? Jetzt stell dich mal bitte nicht so an! Du bist ja noch schlimmer als unsere Glatzenrose. Und überhaupt, das war nur ein kurzer Abstecher, den ich zu dieser verbockten Laube gemacht habe.« Er schnupperte an seinen Händen. »Ich hatte anderweitig in den Gärten zu tun.«

»Lass mich raten.« Teriasch schüttelte den Kopf. »Du hast deine Sippe gepiesackt.«

»Fast.« Rukabo gab keine weitere Erklärung ab, sondern zeigte ein Stück weiter den Gang hinunter. »Ah, da ist der Stein.« Salzstreuend nahm er Kurs auf den Felsbrocken.

Teriasch musste zugeben, dass es sich in der Tat um einen höchst wundersamen Gegenstand handelte. Seine Oberfläche war von der gleichen Beschaffenheit wie das versteinerte Fleisch der Wurmopfer, doch seine Farbe war eine andere, ein stumpfes Graublau, das jedes Licht zu verschlucken schien. Trotz der Tatsache, dass die Würmer offenkundig aus diesem merkwürdigen Geschenk des Himmels hervorgekrochen waren – die Löcher waren nun wirklich nicht zu übersehen –, war er völlig frei von Schleim.

»Willst du ihn mal anfassen?«, schlug Rukabo vor, als sie vor dem Stein angelangt waren.

»Ich verzichte.« *Es gibt Dinge, mit denen treibt man keine Späße … was für Geister auch immer in diesem Stein wohnen und von den Würmern umsorgt werden, sie sind bestimmt nicht zu Scherzen aufgelegt.*

»Dann eben nicht. Suchen wir Gurdas Rolle. Sie müsste gleich hier drüben sein«, sagte Rukabo, vollführte eine Vierteldrehung, stolperte über die eigenen Füße, suchte nach Halt – und stützte sich mit beiden Händen auf dem Raunenden Stein ab.

Teriasch erstarrte. *Beim Stab der Wanderin!*

Rukabos Augenlider flatterten. Unter ihnen war nur noch das Weiße zu sehen. Seine Lippen bebten, und er zitterte am ganzen Leib. »Der Häuptling aus der Steppe reitet ein kleines Pferd«, flüsterte er heiser. »Das feuerhaarige Weib öffnet die Schenkel weit für ihn. Alle Fesseln fallen von ihm ab. Des Drachen Zahn … des Drachen Zahn …« Er stockte. »Des Drachen Zahn … Verbockt!« Er hieb sich die Fäuste auf die Oberschenkel und lachte dreckig. »Ich hab keinen Schimmer, was du mit dem Ding überhaupt vorhast.«

»Das ist nicht lustig«, zischte Teriasch durch zusammengebissene Zähne.

»Wie man's nimmt.« Pfeifend griff Rukabo in seine Salzbeutel. »Also, dass du darauf reingefallen bist! Sehe ich wirklich aus wie ein großer Prophet?«

»Nein, du siehst aus wie ein kleiner Mann, dem die Sehne gleich ins Auge schnalzt, weil er nicht weiß, wann er den Bogen überspannt hat.«

»So, so«, murmelte Rukabo und verteilte großflächig Salz. »Da ist man im Angesicht schlimmster Widrigkeiten einmal heiter, und schon wird einem ein Strick daraus gedreht. Was für eine grausame Welt!« Er kletterte auf das Podest, das am nächsten am Stein stand. »Wenn wir lange rollen müssen, übernimmst du das gefälligst, ja? Du könntest nämlich auch mal etwas mehr zum Gelingen unseres Unterfangens beitragen, als für mich das Glühwürmchen zu spielen.« Er besah sich die Abroller und klatschte in die Hände. »Schau an! Jemand war so freundlich, an genau die richtige Stelle zu spulen. Mehr Licht bitte!«

Teriasch trat neben ihn auf den Absatz und starrte auf die rätselhaften Zeichen. »Was steht da?«

»Kannst du etwa nicht lesen?«

»Nein.«

»Manchmal vergesse ich glatt, dass du ein Wilder bist, so gut hast du dich eingelebt.« Der Halbling fuhr mit dem Finger die letzten vier Zeilen entlang, die auf das Pergament geschrieben standen. »Sauklaue!«, beschwerte er sich. »Welche krummen Gichtfinger waren denn da am Werk?« Er verstummte schlagartig. »Oh«, machte er. Und noch einmal: »Oh.«

»Was ist?«

In Rukabos Augen stand ehrfürchtiger Schrecken. »Es ist wahr. Es ist der Pollox, der sie töten will. Und ich weiß jetzt auch, warum.«

»Warum?« Teriasch wurde heiß und kalt zugleich. Das allgegenwärtige Schmatzen der Würmer schien an seinem innersten Selbst zu zehren. Er dachte an Nesca und wie sie so friedlich schlief, und beinahe wünschte er sich, sie würde nie mehr erwachen müssen. *Es ist wirklich der Pollox. Das wird ihr das Herz zerreißen …* »Warum?«

»Weil sie das Haus, in dem alle Häuser sind, zum Einsturz bringen wird«, sagte Rukabo mit zitternder Stimme. »Hier steht, dass sie das Dominum vernichten wird.«

21

»Liebe ist Knechtschaft«, behauptete der Alte.
»Und doch sehne ich mich nach einem Joch«,
erwiderte der Junge.

Aus einem Fragment des Stummen Barden

»Ich will das noch einmal hören.«

Sämtliche Müdigkeit, die mit dem Süßen Dorn so plötzlich über Nesca gekommen war, schien ebenso schnell verflogen, als die Scharlachrote Rose sie nach Rukabos und Teriaschs Rückkehr ein zweites Mal mit einer Nadel gestochen hatte. Die Pupula saß aufrecht auf ihrem Bett, das Gesicht eine starre Maske, in dem nur die Blässe ihrer Wangen verriet, was in ihr vorgehen musste.

Auf ihren Wunsch hin wiederholte Rukabo leise die vier Zeilen aus Gurdas Prophezeiungen, die er auswendig gelernt hatte.

»Der Fremden Kind findet einen mächtigen Vater.
Glut ist ihr Haar, Glut ist ihr rosenbehütetes Herz.
In ihr weht der Steppenwind, der Berge abträgt und den Atem nimmt.
Augenstern eines Reiches ist sie und sein Untergang in Schreien und wankenden Türmen.«

»Er glaubt es also wirklich.« Nesca sah zum Fenster in die Nacht hinaus. »Er glaubt, mein ganzes Leben läuft nur auf eine Reihe unheilverkündender Worte in einer alten Weissagung hinaus. Die Worte einer Frau, die längst tot ist. Die mich nie gekannt hat.« Sie wischte sich flüchtig mit der Hand über die

Augen. »Es ist Irrsinn. Dagegen kann ich mich nicht wehren. Nichts, was ich zu ihm sage, könnte ihn davon abbringen.«

Teriasch musterte ihre Züge und wehrte sich verzweifelt dagegen, dass ihre hohle Mattheit auf ihn übersprang. *Sie spürt keinen Zorn. Nur Enttäuschung.* Und auch er spürte eine bittere Enttäuschung, weil ihm nichts anderes einfiel, als Hoffnung ausgerechnet in jenem Gerüst aus Lügen zu sehen, das andere um diese traurige Frau errichtet hatten. »Vielleicht ist es so«, sagte er. »Vielleicht wird er sich niemals von dir davon abbringen lassen, an diese Weissagung zu glauben. Aber da ist jemand anderes, auf den er hören wird, weil er auf ihn hören muss. Geh zu deinem Vater, Nesca, und erzähl ihm alles. Jetzt gleich!«

Sie schüttelte den Kopf, ohne ihn anzusehen. »Dafür ist es noch nicht an der Zeit. Noch ist nicht der Tag der Thronbesteigung.«

»Aber fast.« Auf weichen Knien trat Teriasch vor und hob beschwörend die Hände. »Hier steht etwas Wichtigeres auf dem Spiel als die Traditionen eures Volkes. Dein Leben. Er wird verstehen, dass du nicht warten konntest.«

»Still!« Die Art, wie sie zu ihm herumfuhr und ihre Finger sich in die Laken gruben, sprach nun doch von einer jähen Wut. »Du bist tatsächlich eine Feuerseele, Teriasch von den Schwarzen Pfeilen. Du würdest alles um dich herum zu Asche verbrennen, nur um deinen Willen zu bekommen, nicht wahr?«

Warum ist sie zornig auf mich*? Ich habe ihr nichts getan!* Teriasch schluckte seinen gekränkten Stolz hinunter. »Du hast mich doch eigens zu dir geholt, weil ich eben eine Feuerseele bin. Weil du meine Hilfe wolltest. Dann lass dir auch von mir helfen. Geh sofort zu deinem Vater, Nesca. Er ist der Einzige, der den Pollox zur Rechenschaft ziehen kann.«

»Ich weiß, warum du mich so drängst.« Sie lächelte, wenn auch kühl und herablassend. »Du denkst dabei nur an das, worum du mich im Turm des Feuers gebeten hast. Dass ich mich bei meinem Vater dafür einsetze, dass er die anderen Sklaven dieser Arena befreit, aus der ich dich geholt habe.«

»Nein.« Teriasch wich einen Schritt vor ihr zurück. »So ist es nicht.«

»Dann ist dir also völlig gleichgültig, was mit ihnen geschieht?«, fragte Nesca, die Augenbrauen spöttisch gehoben.

»Nein.« Teriaschs Gedanken rasten ihm durch den Schädel, hin und her, gehetzt von Rotten widerstreitender Gefühle. »Du verdrehst alles.«

»Nur weil du alles verdrehst«, entgegnete sie.

»Lass es sein«, empfahl Rukabo Teriasch vorsichtig. »Dieses Duell kannst du nicht gewinnen.«

Teriasch brachte den Halbling mit einem barschen Wink zum Schweigen. »Was meinst du damit, ich würde alles verdrehen?«, wollte er von Nesca wissen.

»Ich werde dir eine simple Frage stellen, Teriasch von den Schwarzen Pfeilen. Warum bist du noch hier?«

»Was?«

»Warum hast du noch nicht verlangt, dass ich dein Ampullarium verbrenne, damit dein Kollare von dir abfällt?« Sie redete schneller und schneller und wies immer wieder anklagend mit einem Finger auf ihn. »Wir haben beide unsere Abmachung erfüllt, oder? Du hast mir geholfen herauszufinden, wer mir nach dem Leben trachtet. Und du bist im Turm des Windes gewesen, um den Behemoth zu treffen. Das war der Handel, zu dem du mich überredet hast. Du bist frei. Was machst du also noch hier? Willst du dich an meinem Leid ergötzen? Lachst du heimlich in dich hinein, weil du mich im Bad dazu verleitet hast, mich dir zu nähern? Hasst du mich so sehr?«

»Bei allem, was heute schon geschehen ist, habe ich einfach nicht mehr an unsere Abmachung gedacht«, erwiderte er, erschüttert von den Vorwürfen, die sie an ihn richtete. Und von einem noch verblüffenderen Umstand. *Wie konnte ich verges-*

sen, dass ich meine Freiheit zurückgewonnen habe? Was hat sie mit mir nur gemacht? »Und ich hasse dich nicht, Nesca. Ich …«

»Worte«, zischte sie. »Billige Worte.«

»Warum hörst du eigentlich nie auf mich, Bursche?«, flüsterte Rukabo.

»Aber wo du doch so gerne Handel treibst …« Nesca straffte ihr Nachtgewand und stand auf. »Wie wäre es mit einer neuen Abmachung? Ich befreie deine Kameraden noch heute Nacht. Und du, du bleibst dafür mein Sklave.«

Nun sah sich Carda, die den Streit wortlos verfolgt hatte, offensichtlich doch zum Eingreifen genötigt. »Tut das nicht, Hoheit«, sagte sie. »Ihr seid zornig. Zorn ist ein schlechter Ratgeber. Denkt an die Spiele, die morgen anstehen. Sofern Silicis noch lebt, würde er unbedingt wollen, dass sie stattfinden. Eurem Vater zu Ehren«

»Unfug!«, wischte Nesca den Einwand beiseite. »Silicis ist längst nicht mehr Herr seiner Sinne, wenn ich der Feuerseele glauben kann. Und was die Ehre meines Vaters anbelangt, nun, Silicis ist ja beileibe nicht der Einzige, der eine Arena in Kalvakorum betreibt.«

»Und ihm sind dank Euch seine beiden Hauptattraktionen verloren gegangen«, merkte Rukabo ernst an. »Der Barbarenhäuptling und sein stattliches Ross.«

»Da hast du es!«, rief Nesca.

Auch wenn Carda demütig den Kopf gesenkt hielt, war sie noch nicht bereit, ganz und gar einzulenken. »Hoheit«, sagte sie. »Bitte denkt daran, was für ein Zeichen Ihr dadurch setzen würdet. Eine Pupula, die offen Sklaven befreit. Die Numates …«

»Ich schere mich einen Dreck um die Numates in ihren Villen.« Nesca packte eines ihrer verstreut liegenden Bücher und warf es quer durch den Raum. »Vielleicht *will* ich endlich ein Zeichen setzen. Schau nicht so entsetzt! Oder hältst du mich für verrückt, hm? Was willst du dagegen tun? Mich wieder mit einer deiner Nadeln stechen?«

»Hoheit, ich …« Cardas rasierter Schädel glühte mit einem Mal vor Scham. »Ihr müsst verstehen, dass …«

»Ich bin schon lange kein Kind mehr«, sagte Nesca scharf. »Früher fiel es mir schwer, mir einen Sinn auf viele der alten Schriften zu machen, die ich studiert habe. Doch das ist ja gerade das Schöne am Studieren: Je länger man es betreibt, desto leichter wird es, Sinn zu sehen, wo vorher keiner war. Nicht alle Schwestern stehen so treu zu ihrem Orden wie du. Manch eine hat Chronisten Dinge berichtet, die du und die deinen sicher lieber für euch behalten hättet. Diese Schreiber waren klug genug, sich nur in Andeutungen zu ergehen, doch mehr braucht es auch nicht, wenn man nur genügend Andeutungen aufspürt.« Sie holte tief Luft. »Steh nicht so da wie ein gescholtener Hund. Ich verzeihe dir. Du hast es nur gut gemeint. Und du hast bestimmt nichts dagegen, einen deiner Süßen Dornen dem Halbling zu geben, ja?«

»Was?«, sagten Rukabo und Carda wie aus einem Mund.

»Was soll er damit?«, fragte sie dann, und er fügte hinzu: »Eine Belohnung für treue Dienste. Zu gütig, Hoheit. Was ist ein Süßer Dorn?«

»Nesca …« Teriasch hob das Buch auf, das sie von sich geworfen hatte, und legte es auf einen Stapel Folianten neben dem Bett. »Ich sehe, was du vorhast.«

»Wenigstens einer«, raunte Rukabo.

»Du willst Silicis einen sanften Tod verschaffen, nicht wahr?« Teriasch bändigte mühsam seine aufgebrachten Gedanken. *Sie weiß, dass ich ihren Handel nicht ausschlagen kann. Was wäre meine Freiheit wert, wenn ich sie mir mit dem Leben all dieser anderen Leute erkaufen würde? Nichts, und das ist ihr vollkommen klar. Aber ich lasse mich von ihr nicht einfach so benutzen …* »Rukabo soll Silicis mit dem Dorn stechen. Dann wird er träumend zu seinen Ahnen gehen, und das ist gut so. Und er wird sich nicht wehren können, wenn Rukabo ihm den Ring vom Finger zieht, der die Kammer mit den Ampullarien öffnet.«

Rukabo betätigte sich ausgiebig als Speichellecker. »Ein formidabler Plan voller Güte und Weisheit! Wir sollten ihn sofort in die Tat umsetzen. Die Zeit drängt!«

Nesca streckte Teriasch die Hand entgegen. »Schlägst du ein?«

»Nur unter einer Bedingung.«

»Und die wäre?«

Er legte so viel Sanftheit in seine Stimme, wie er aufbringen konnte. »Sie wird dir nicht gefallen.«

»Das war eine dreiste Forderung.«

»Mag sein.« Teriasch übersah nicht, wie unwohl sich die Scharlachrote Rose in seinem Quartier fühlte: Sie hatte eine Hand an ihrem Streitkolben, mit der anderen massierte sie sich den Nacken, und ihre Blicke blieben fest auf die Tür gerichtet, als überlegte sie, jeden Moment einfach loszuspurten und Nescas Befehl zu ignorieren.

Die Pupula hatte sich unmissverständlich ausgedrückt: Sie wollte vollkommen allein sein, während sie sich für den Besuch bei ihrem Vater zurechtmachte, und so sehr Carda auch protestiert und auf ihre Eide verwiesen hatte, war sie am Ende dem Wunsch ihrer Gebieterin gefolgt. Etwas verloren war sie einfach Rukabo und Teriasch nachgetrottet. Der Halbling war rasch davongeeilt, um den Süßen Dorn, den Carda ihm widerwillig ausgehändigt hatte, bei Silicis zur Anwendung zu bringen. Sein Abschied von Teriasch war kurz, aber herzlich ausgefallen. Er hatte sich zu einer Umarmung gereckt und dabei feucht geflüstert: »Mach mir ja keine Schande vor dem Dominex, hörst du?«

»Es könnte sein, dass sie von Anfang an darauf gebaut hat, dass du diese unverschämte Bedingung stellen würdest«, mutmaßte Carda. »Sie ist gerissen. Jetzt gehörst du wieder ihr.«

Ein Teil von mir wird wohl immer ihr gehören, stellte Teriasch stumm fest, als er sich unter sein Bett beugte, um die Schriftrollenhülle darunter hervorzuholen. *Ob ich Carda verraten sollte, dass ich ohnehin vorhabe, alle Sklaven zu befreien, die ein Kollare tragen? Nein, sie würde es nur für Prahlerei halten, und im schlimmsten Fall schlägt sie mir den Schädel ein, weil sie um das Leben Nescas fürchtet, wenn die herrschende Ordnung zusammenbricht* ... Die düstere Erkenntnis machte es ihm nicht leichter, seine Bitte an die Scharlachrote Rose loszuwerden. »Würdest du mich auch mit einem Süßen Dorn stechen?«

»Jetzt?« Seine Frage war zumindest interessant genug, dass Carda nun ihn anstelle der Tür anstarrte. »Weshalb?«

»Du hast gesagt, der Süße Dorn hilft einem, seine Träume so zu lenken, dass sie einem einen Wunsch erfüllen. Ich muss noch einmal träumen, bevor wir zum Dominex gehen.«

»Du bist ein sonderbarer Mann mit sonderbaren Forderungen. Andererseits habe ich heute meine Eide schon so oft so fahrlässig ausgelegt, dass es auf einmal mehr wohl nicht mehr ankommt.« Ihre Hand schob sich langsam unter ihr Wehrgehänge. Als sie sie wieder hervorzog, war zwischen Daumen und Zeigefinger eine Nadel geklemmt. »Was erhoffst du dir von diesem Traum?«

»Ich bin es gewohnt, durch Träume zu gehen, als wären sie die wache Welt«, erklärte Teriasch. »Ich möchte jemanden treffen, der sich auch darauf versteht.«

»Gefährdet das, was du tust, das Leben meiner Blüte?«, fragte Carda kühl.

»Nein«, antwortete Teriasch, ohne genau zu wissen, ob er eine Wahrheit oder eine Lüge sprach. »Es könnte jedoch unzählige Leben retten.«

»So?« Carda lächelte. »Hast du es also immer noch nicht aufgegeben, dich als großen Held zu sehen?«

»Es fühlt sich besser an, als nur ein Sklave zu sein.« Er setzte sich auf sein Bett und nickte in Richtung der Nadel. »Stichst du mich nun damit?«

»Wenn du unbedingt möchtest ...«

Die Leibwächterin verzichtete auf die Zärtlichkeit, die sie bei Nesca gezeigt hatte: Sie drückte Teriasch an der Schulter nieder und bohrte ihm den Süßen Dorn in den Hals. Danach bezog sie sofort wieder Stellung an der Tür.

Teriasch rieb sich die schmerzende Stelle, wo sie ihn gestochen hatte. Die Wirkung war höchst erstaunlich: Schon spürte er seinen Leib schwerer und schwerer werden, als wäre er aus Stein und nicht aus Fleisch und Blut. Doch es war keine Kälte, die sich durch sämtliche Adern ausbreitete. Es war eine prickelnde Wärme, wie man sie an einem kalten Tag im Innern einer Schwitzhütte verspürte.

»Wann soll ich dich aufwecken?«, fragte Carda.

»Wenn du es für richtig hältst.« Es kostete Teriasch viel Kraft, Zunge und Lippen dazu zu bewegen, Worte zu formen. »Und wenn du mir nicht traust, lässt du mich einfach ewig schlafen.«

Sein letzter Gedanke, ehe er die wache Welt verließ, war erschreckend und verheißungsvoll zugleich. *Was, wenn das nur das Ende einer langen Vision ist und ich daheim auf der Steppe erwache, schweißgebadet und den Geschmack von Kräutersud auf der Zunge?*

An dem Ort, an dem Teriasch dem Drachen begegnete, hatte sich seit dem letzten Mal nichts verändert. Noch immer war die Welt rings um den Gipfel ins Zwergenhafte geschrumpft, noch immer war Schwarzschwinge in einer starren Kruste aus getrocknetem Schleim gefangen, und noch immer sprach das uralte Geschöpf in der Sprache des Windes.

»Du blutest«, lautete seine Begrüßung.

Teriasch sah an sich herunter und erwartete, dass es rot an seiner Flanke herabrann, dort, wo ihn im Bad der Dolch des Letzten Seufzers gestreift hatte. Doch da gab es keine Wunde, seine Haut war unversehrt. Stattdessen sprudelte das Blut aus der Mitte seiner Brust, benetzte die Zier aus Hengstzähnen und

Geierklauen, die er in der wachen Welt vor so langer Zeit schon abgelegt hatte.

»Sie hat scharfe Krallen«, säuselte Schwarzschwinge.

»Ich bin nicht hier, um über sie zu sprechen.«

»Nicht?« Der Drache lachte brummend auf. »Vielleicht sollten wir das aber. Mir scheint, sie hält dich davon ab, das zu tun, worauf wir uns geeinigt haben.«

»Deswegen bin ich hier.« Er hob die Hand, in der er diesmal keine schwere Keule, sondern Schwarzschwinges federleichten Zahn trug. »Ich möchte dich um einen Gefallen bitten.«

»Habe ich dir nicht genug gegeben?« Der Drache drehte den Kopf und zeigte Teriasch eine Lücke in seinen Zahnreihen, die um einiges breiter war als in der wachen Welt. »Bekommst du denn nie genug?«

Teriasch achtete weder auf den leisen Hohn noch auf sein Blut, das sich zu seinen Füßen in einer Lache sammelte. »Du hast gesagt, der Wurm der alles umschlingenden Liebe hätte dir noch nicht deine gesamte Macht gestohlen. Du musst einen Teil dieser Macht zu meinen Gunsten einsetzen, damit ich unsere Abmachung einhalten kann. Würdest du das tun?«

»Wenn es denn einem Zweck dient, der auch mir förderlich ist«, knurrte der Drache. »Wann brauchst du meine Unterstützung? Auf der Stelle?«

»Nein.« Teriasch zögerte. *Bin ich umsonst zu ihm gekommen? Ich weiß nicht einmal, ob er zu dem fähig ist, was ich mir von ihm erwarte.* »Ich kenne den Augenblick noch nicht. Aber es wird bald sein.«

»Du stellst sonderbare Forderungen, Menschlein«, sagte Schwarzschwinge, als hätte er das letzte Gespräch zwischen Teriasch und Carda belauscht. Der Drache blickte seinen Besucher aus unergründlichen Augen an, die im Traum noch beide gesund und klar waren. »Woher soll ich erfahren, wann es für mich Zeit ist, mein letztes Quäntchen Macht für dich in die Waagschale zu werfen, hm? Und woher soll ich wissen, *wo* ich dich finde? Hast du etwa vor, ein Leuchtfeuer zu entzünden?«

Teriasch schwieg. *Es war dumm von mir, hierherzukommen.*

Aus Schwarzschwinges Maul schoss eine gespaltene Zunge, die über Teriaschs Blut hinwegstrich. »Du schmeckst gut. Scharf.« Dann lachte der Drache wieder. »Zieh nicht ein solches Gesicht, Menschlein. Nimm es mir nicht übel, wenn ich meine Späßchen mit dir treibe. Ich habe so wenig Abwechslung im Kerker. Und ich muss wirklich sagen, dass ihr noch mehr über uns vergessen habt, als ich es je für möglich gehalten hätte. Du sorgst dich darum, ob ich weiß, wann du mich brauchst? Sieh doch nur, was du da in Händen hältst, du dummer Schlüpfling!«

Teriasch schaute auf den Zahn. Er fühlte nicht den geringsten Schmerz, doch zwischen den Fingern, die er fest um den Kristall geschlossen hatte, quoll ihm satt und dunkel das Blut hervor. Er dachte an alles, was ihn Pukemasu über Geister gelehrt hatte und darüber, wie in ihren Reichen das Tatsächliche mit dem Scheinbaren verknüpft war. Und er begriff, dass der Traum, den er träumte, nicht vergebens war.

22

Für die große Ehre, dem Dominex so nah zu sein wie niemand anders sonst, ist das eigene Augenlicht ein kleiner Preis, den man lachend entrichtet.

Feste Auffassung unter den blinden Leibdienern des Dominex, denen allein es gestattet ist, das Haus Seiner Herrlichkeit zu betreten

Schier unermesslich weit spannte sich die goldene Kuppel über die Thronhalle, und schier endlos war die Zahl der Stufen der breiten Treppe, die sich in Dutzenden Windungen innen am Gewölbe nach oben schlängelte. Anstatt die Hand auf das üppig verzierte Geländer zu legen, hatte Teriasch die schweißnassen Finger um die Schriftrollenhülle geschlossen, in der Schwarzschwinges Zahn verborgen war. Es war eine sinnlose Geste, aber Teriasch konnte nicht anders. Aus der schwindelerregenden Höhe, in die er mit Nesca und Carda bereits hinaufgestiegen war, sah der Thron des Dominums – eine über und über mit Geschmeide und edlen Tüchern behängte Monstrosität, auf der selbst Gigas mühelos hätte Platz nehmen können – winzig aus. Mehr noch: lächerlich. Das teure Spielzeug eines verzogenen Kindes, das nicht wusste, was Not und Elend waren.

Neben seiner Pracht verblasste selbst das Gewand, das Nesca für den Besuch bei ihrem Vater angelegt hatte. Wie jenes, in dem sie in den Stallungen der Arena erschienen war, umschmeichelte es ihren Leib wie eine zweite Haut aus Samt, Seide und silbernem Brokat, bis auf die Ärmel, die auffallend lang und weit waren. Nesca setzte jeden ihrer Schritte mit einer ruhigen Entschlossenheit, für die Teriasch sie bewunderte und die ihm Cardas Geschichte über Tamnis Vermählungsumzug ins Gedächtnis rief. *Sie mag nicht das Kind des Mannes sein, den sie ihren Vater nennt, aber sie ist ohne jeden Zweifel das Kind ihrer Mutter.*

Das letzte Stück zum Scheitelpunkt der Kuppel war eine Art Steg, dessen Balustraden links und rechts Teriasch besonders niedrig erschienen. Der Steg führte zu einer achteckigen, säulenhaften Konstruktion, die vom Kuppelzentrum herabhing wie ein einzelner, verlorener Tropfstein.

Auf der Plattform um den Auswuchs im Zentrum der Kuppel hielt ein halbes Dutzend Gardisten Wache. Teriasch kannte die Vorliebe der Harten Menschen, ihr Kriegsgerät mit Symbolen von Löwen zu schmücken, doch hier – so nah am Mittelpunkt der Macht ihres Reiches – verzichteten sie auf Symbole: Die Umhänge der Männer waren die Felle echter Löwen, deren reißzahnbewehrte Schädel ihnen als Helme dienten. Selbst die Knäufe der Schlachthämmer, auf denen ihre Hände ruhten, waren echte Löwenpranken, die ein kundiger Präparator für die Ewigkeit haltbar gemacht hatte.

Teriasch hätte erwartet, dass die Löwengardisten sie aufhielten, weil die ursprünglich angedachte Zeit für Nescas Erscheinen noch gar nicht gekommen war. Stattdessen öffnete einer von ihnen wortlos das schmale Goldtor, das ihnen Einlass ins Innere der Säule gewährte. Dort erwarteten sie weitere Stufen, bei deren Anblick Teriasch die Beine noch schwerer wurden, als sie es ohnehin schon waren: Eine Treppe aus Eisen wand sich in engen Spiralen nach oben. Er nahm sie mit pochendem Herzen in Angriff.

Schließlich betraten sie jenen Raum, von dem er bislang immer nur als »die Kammer an der Spitze der Großen Kuppel« gehört hatte – eine Bezeichnung, die den tatsächlichen Verhältnissen nicht einmal im Ansatz gerecht wurde. Offene Bogengänge, die ein weites Rund umspannten und dem Betrachter erlaubten, den Blick in die Ferne schweifen zu lassen, stützten ein hohes Gewölbe, unter dem sich jeder Mensch klein und unbedeutend vorkommen musste. Dieser Eindruck entstand nicht nur allein durch die puren Ausmaße. In die Decke eingelassen waren unzählige Edelsteine, die gemeinsam eine Karte des gesamten Dominums ergaben: Meere und Flüsse aus Saphiren, Felder und Wälder aus Smaragden, Gebirge und Hügel aus Topas und Tigeraugen, Straßen aus Obsidian und Städte aus Rubinen. An goldenen Ketten hingen gewaltige Feuerschalen, die die Steine in der Karte glitzern und funkeln machten, als wollten sie die Stadt draußen lehren, wie man sich gegen das Dunkel zur Wehr setzte.

Nur zwei Arten von Geräuschen waren zu vernehmen: Die heiseren Schreie fliegender Echsen, die die Spitze der Kuppel umschwärmten, und das sanfte Gemurmel einer Schar von Dienern in schlichten weißen Roben, die sich mit roten Tüchern die Augen verbunden hatten. Sie waren alle mit der gleichen Tätigkeit beschäftigt: Sie schälten an langen Tischen Früchte, behutsam und doch in geübten Bewegungen, die bewiesen, wie vertraut sie im Umgang mit dem stacheligen Obst waren. Wo sie die Haut vom Fleisch lösten, tropfte ihnen durchscheinender gelber Schleim von den Fingern, dessen modriger Geruch den gesamten Raum durchzog.

Teriasch hatte eine Ahnung, wo diese Früchte geerntet wurden und dass sie jedem, der sie verzehrte, zu gleichen Teilen Kraft spendeten und das innerste Selbst zersetzten. *Wer sie isst, lebt ewig, aber nur als Diener der Kreatur, die ihnen ihre Macht schenkt.*

Wenn eine ihrer Schüsseln mit Fruchtfleisch gefüllt war, trugen sie die Diener zu einem absonderlichen Konstrukt inmitten der Halle. Es hatte die Form eines jener Häuser, wie die Harten Menschen sie bauten, aber es war nicht aus Stein errichtet. Seine Eckpfosten und das Dach waren aus dunklem Holz, seine Wände jedoch aus hauchdünnem Pergament, sodass man dank des grellen Lichts im Innern fast durch sie hindurchsehen konnte. Die Diener mit den Schalen traten von hinten an das Haus heran, dann zeichneten sich kurz ihre verzerrten Schatten auf den Wänden ab, ehe sie es auch schon wieder verließen, um an ihre Tische zurückzukehren.

Der Anblick, der Teriasch jedoch am meisten erschütterte, war im Grunde ein recht profaner: An einer Seite des Hauses standen der Pollox und seine Leibwächterin, die ihnen ruhig entgegensahen. Teriasch war schon bereit, den Drachenzahn aus der Schriftrollenhülle zu ziehen, aber das gefasste Verhalten seiner beiden Begleiterinnen färbte auf ihn ab. Er folgte Nesca und Carda, die unbeirrt auf das Haus zuschritten, ohne die Anwesenheit des hinterlistigen Verräters in irgendeiner Weise zu würdigen.

Vor dem Haus ging Nesca auf die Knie. »Mein teuerster Vater, ich bin es, Julanesca Venustas Gramenita Ignissetta Nata Grandus.«

Vielleicht täuschte Teriasch das Schattenspiel, doch das, was sich hinter der Wand aus Pergament bewegte, konnte kein Mensch mehr sein. Zu dürr waren die Arme, zu klauenhaft die Finger, zu aufgedunsen der Leib. »Du bist früh.« Die brüchige Stimme des Dominex klang zu hell, beinahe wie die eines Kindes, dem der Winterwind einen rauen Hals gekratzt hatte. »Es ist noch nicht der Tag, an dem sich unsere Thronbesteigung jährt. Wir haben noch kein Feuerwerk gesehen.«

»Ihr habt recht, Vater. Ich bin zu früh.« Nesca hielt den Kopf gesenkt. »Aber ich sah keine andere Wahl, als Euch vor der Zeit mit meiner Anwesenheit zu belästigen. Man trachtet mir nach dem Leben, Vater, und ich erhoffe mir Euren Schutz. Denn nur Ihr könnt verhindern, dass der Mörder sein Ziel erreicht.« Sie deutete auf den Pollox. »Es ist dieser Mann, und nur Ihr könnt ihn von seinem Plan abbringen.«

Der Pollox nahm die ungeheuerliche Anschuldigung mit einer Gelassenheit hin, die Teriasch einen kalten Schauer über den Rücken jagte. Wenn überhaupt eine Regung in dem tiefen Seufzer lag, den er ausstieß, so war es leise Trauer.

»Ich kann es bezeugen«, sagte Teriasch, um Nescas Worten Nachdruck zu verleihen. Er zeigte auf Carda, die ihn überrascht ansah. »Und sie kann es auch.«

»Verzeiht meinem Sklaven, Vater«, bat Nesca rasch, während hinter ihr eine Bronzeschale auf den Marmorfliesen schepperte und die Diener hektisch zu tuscheln begannen. »Er ist ein Wilder, der bis vor Kurzem noch nackt um Feuer tanzte und Unzucht mit Tieren trieb. Höflichkeit ist ihm fremd.«

Teriasch schnaubte verächtlich. *Ist das ihr Dank für meine Hilfe? Beleidigungen?*

»Dir sei verziehen, mein Kind.« Die Schattenklaue des Dominex machte eine wegwerfende Geste. »Nie könnte ich einem so liebreizenden Geschöpf wie dir das fragwürdige Gebaren deines Gesindes vorhalten. Und was deine Bitte um Schutz angeht, so lass dir gesagt sein, dass uns unser lieber Kontentio bereits alles gestanden hat.«

»Was?«, hauchte Nesca.

Diese Schlange! Teriasch ballte die Fäuste, weil sein Zorn in ihm zuckte wie ein schlafender Bär, dem man einmal zu viel den Stock in die Seite gestoßen hatte.

Der Pollox trat vor und verneigte sich vor Nesca, eine Hand unter den Schulterumhang geschoben. »Ich bereue es aus tiefstem Herzen, Euch so viel Leid bereiten zu müssen, und am meisten schmerzt mich der Mummenschanz, den ich vor Euch aufgeführt habe. Es war feige und niederträchtig von mir, Euch in dem Glauben zu lassen, ich wüsste nicht, warum Euch all diese schrecklichen Dinge widerfahren sind. Stünde ich noch einmal vor der gleichen furchtbaren Entscheidung …« Ihm versagte kurz die Stimme, und er fand erst nach einem trockenen Schluchzen wieder Worte. »Ich würde alles anders machen, Pupula. Doch auch wenn sich über die Wahl meiner Mittel streiten lässt, so doch nicht über meine Absichten. Ich wünschte fast, ich hätte nie die alten Weissagungen studiert, doch ich war in solcher Sorge um das Haus, in dem alle Häuser sind. Und der Raunende Stein lügt nicht. Früher oder später wird alles wahr, was seine Propheten verkünden. Und in Eurem Fall ...« Er schenkte Diantis einen langen Blick, dem die Scharlachrote Rose auswich, indem sie erst auf ihre Stiefelspitzen und dann Carda in die Augen sah. »Ich will Euch nicht mit dem langweilen, was Ihr nun selbst schon wisst.« Er hob den Kopf zur Decke, wo die Karte des Dominums wie in Flammen gebadet gleißte. »Soll all das vergehen? Soll Euer lieber Vater sterben, nur weil das Schicksal – diese hinterfotzige Hure, die weder Scham noch Mitgefühl kennt – ausgerechnet Euch dazu auserkoren hat, zum Werkzeug ihrer blinden Zerstörungswut zu werden? Würdet Ihr dann nicht lieber selbst sterben, als so viel Unheil zu bringen, Pupula?«

»Das ist doch Wahnsinn!« Sein Zorn gab Teriasch den nötigen Mut, diesem verblendeten Mann offen zu widersprechen. »Du willst auf einen von Würmern zerfressenen Stein hören statt auf dein Herz?«

»Ach, du Wilder ...« Der Pollox schenkte ihm ein mitleidiges Lächeln. »Du zweifelst an der Macht des Raunenden Steins, und das gelingt dir nur, weil du keiner von uns bist. Aber dein Aufbäumen ist zwecklos. Die Worte sind wahr, die Beispiele dafür zahllos. Wurde nicht Kalvakorum selbst vorhergesagt, als noch kein Stein für seine Mauern geschlagen war? ›Seht, die Stadt der vier Türme, die Stadt, die reines Staunen ist, die Stadt, in der Menschen ihr Joch als Zierde tragen.‹« Er unterstrich sein Zitat mit einem unverhohlenen Blick auf Teriaschs Kollare. »Und hat der Stein nicht auch von der großen Schlacht gesprochen, in der unser Herrscher einen unserer Rivalen lehrte, was es bedeutet, sich gegen uns zu erheben? ›Waffen schmieden sie und Rüstungen, die Bootebauer von den weißen Klippen, und doch braucht es nur den Hammer eines tüchtigen Zimmermanns, sie alle zu zerschmettern.‹ Der Stein hat sogar Kämpfe in den Arenen zuverlässig …«

»Es bleibt Wahnsinn«, unterbrach ihn Teriasch. »Wenn alles wahr wird, was der Stein sagt, wie willst du dann verhindern, dass Nesca ihr Schicksal erfüllt?«

»Begreifst du es denn nicht? Ich muss es versuchen. Für mich, mein Reich und meinen Herrn«, schleuderte ihm der Pollox entgegen, und für einen Moment sah Teriasch den wildäugigen Krieger der Harten Menschen vor sich, der vor vielen Jahren schon einmal beschlossen hatte, den Unmöglichkeiten zu trotzen und Echsen über die Steppe fliegen zu lassen. Dann schien der Pollox von seinem eigenen Gefühlsausbruch verblüfft. »Was streite ich mit einem Barbar?«, fragte er, schüttelte den Kopf und näherte sich Nesca bis auf Armeslänge, den Rücken gramgebeugt. »Ihr müsst mir glauben. Ich liebe Euch wie eine Tochter, Pupula.«

»Du liebst mich, Kontentio?« Nesca kroch auf Knien vor ihm zurück, bis sie gegen Cardas Beine stieß. »Du hast eine merkwürdige Art, mir deine Liebe unter Beweis zu stellen. Du hast Letzte Seufzer auf mich angesetzt, die mich unter einem Leuchter zerquetschen und mich mit einem Vogel vergiften und im Bade aufschlitzen wollten. Ist das Liebe, Kontentio? Ist das Liebe?«

»Dein Barbar hat von meinem Herzen gesprochen, ohne es zu kennen«, erwiderte der Pollox. »Ich hatte Angst, dass es zu schlagen aufhört, wenn ich selbst tun muss, wozu ich andere gedungen habe. Verzeiht mir, Pupula, ich bin feige gewesen, aber jetzt nicht mehr.«

»Mein liebes Kind.« In seinem Haus aus Pergament und Holz regte sich der Dominex. Er brachte den Kopf dicht genug an die Wand, dass die Umrisse seines lang gezogenen Schädels gut zu erkennen waren. »Mein armes Kind. Es schmerzt uns, dich so leiden zu sehen. Doch unser guter Kontentio spricht die Wahrheit. Er hat nur das Beste für uns alle im Sinn. Die

Zeichen sind klar. Es herrscht Aufruhr in meinem Haus, in dem alle Häuser sind. Zu viele Sklaven haben vorschnell die Freiheit erhalten, freigekauft von wohlmeinenden Träumern, die nicht verstehen, worauf das Fundament unseres Hauses ruht. Die Türme, die für die Ewigkeit gebaut sind, sind ins Wanken geraten.« Er ächzte, ein merkwürdig trockener, schmerzerfüllter Laut. »Meine nicht, dass wir dich nicht lieben, mein Kind. Meine nicht, wir hätten vergessen, wie viel Freude du uns geschenkt hast, wenn du zu uns kamst, um für uns zu tanzen oder aus einem der Bücher zu lesen, die du gefunden hast. Meine nicht, dass wir dich nicht vermissen werden. Denn das werden wir. Sind wir dir nicht immer mit Liebe begegnet? Und findest du in dir nicht die Kraft und den Mut, es uns jetzt gleichzutun? Fürchtest du den Tod denn wirklich mehr, als uns in Trauer um unser eingestürztes Haus zu sehen? Kannst du nicht das tun, was du tun musst, damit das Haus Bestand haben kann? Aus Liebe zu uns?« Er wartete nicht auf eine Antwort, sondern flüsterte: »Kontentio, tu es in Liebe …«

Der Pollox hielt plötzlich einen kurzen Stoßdolch in der Hand, hervorgezogen aus einer verborgenen Scheide unter seinem Umhang. Die schmale Klinge glänzte in unschuldiger Schönheit, Tränen standen in den weit aufgerissenen Augen des Pollox. »Legt den Kopf zurück und rührt Euch nicht, Pupula«, flüsterte er. »Ein schneller Stich ins Auge nur, Pupula. Es wird nicht wehtun, ich gebe Euch mein Wort.«

Genug! Teriasch stellte sich zwischen den Pollox und Nesca, die Arme zu beiden Seiten ausgestreckt. »Ist es nicht Zeit, dich an deine Eide zu erinnern?«, fragte er Carda.

Die Scharlachrote Rose machte einen Schritt über ihre am Boden kauernde Schutzbefohlene und suchte den Blick ihrer Ordensschwester. »Eine Liebe, ein Blut, ein Schmerz.«

»Eine Liebe, ein Blut, ein Schmerz«, entgegnete Diantis, griff nach ihrem Streitkolben und packte den Pollox an der Schulter, um ihn hinter sich zu ziehen.

Es war der Augenblick, in dem Teriasch begriff, dass es keine Hoffnung gab, dem Wahnsinn der Harten Menschen noch Grenzen zu setzen. Er machte den Ordenskriegerinnen Platz, die einander zu umkreisen begannen, die Waffen erhoben, jede auf den Moment lauernd, in dem die andere den ersten Schlag setzte. Mit aus Zorn und Entsetzen gleichermaßen gewonnener Kraft riss er Nesca auf die Beine. »Wir müssen raus hier!«

Sie leistete ihm nicht den geringsten Widerstand, als er sie in Richtung eines der Torbögen am Rand der Halle zerrte. »Vater, Vater, Vater«, wisperte sie nur immer wieder.

Der Dominex in seinem Haus heulte und tobte. »Ihr sollt Euch lieben! Ihr sollt Euch lieben!«

Die blinden Diener stolperten vor Hast schier übereinander, warfen die Tische und Schalen mit den widerwärtigen Früchten um, als sie die Flucht zur Wendeltreppe antraten. »Zu Hilfe! Die Löwen! Zu Hilfe!«, gellten ihre verzweifelten Schreie durch das Gewölbe.

Krachend schlug ein Streitkolben gegen eine Brustplatte, ohne dass Teriasch gewusst hätte, welche der Leibwächterinnen den Treffer gelandet hatte. Er rannte einfach weiter, einen Arm um Nesca, durch den Torbogen, hinaus auf die Terrasse, die sich rings um die Halle erstreckte. Vom sternengesprenkelten Himmel erklangen die ersten aufgeregten Rufe der Echsenreiter, die ihre Tiere nah genug an der Kuppel vorbeilenkten, um den Tumult dort zu sehen.

»Pupula!« Der Pollox war keine zehn Schritte hinter ihnen, das Gesicht tränenüberströmt, den Dolch mit beiden Händen gepackt. »Ihr müsst es tun. Für Euren Vater. Für das Dominum. Seid nicht selbstsüchtig, ich flehe Euch an.«

Nesca versteifte sich in Teriaschs Griff und versetzte ihm einen überraschenden Stoß, der ihn um ein Haar zu Boden geschickt hätte. »Selbstsüchtig?« Sie wirbelte zum Pollox herum. »Bin ich ein Schaf, dass ich mich von dir einfach so zur Schlachtbank treiben lasse?« Mit einem grimmigen Lachen schüttelte sie die Arme, und einen Wimpernschlag später befanden sich zwei geflammte Dolchklingen in ihren Händen. »Dieses Schaf hier will wenigstens vorher eine Runde mit seinem Schlachter tanzen!«

Vergib mir, dass ich dir nicht beistehen kann! Noch nicht! Teriasch hatte zwar sein Gleichgewicht wiedergefunden, doch er mischte sich nicht in den Kampf ein. Er riss die Schriftrollenhülle auf und kippte sie. Sirrend glitt der Drachenzahn aus seinem behelfsmäßigen Schutz. Teriasch packte ihn mit der Linken und stieß sich die Spitze in die rechte Handfläche. Fasziniert beobachtete er, wie aus der kleinen, brennenden Wunde sein Blut den Zahn hinaufstieg, in hauchfeinen Bahnen, als wäre der Kristall von winzigen Äderchen durchzogen. *Lass mich jetzt nicht im Stich, Drache!* Er spähte zu den kreisenden Echsen hinauf, ehe ihn ein lautes Keuchen daran erinnerte, dass drei Schritte neben ihm Nesca um ihr Leben kämpfte.

Die Sorge um sie schien unbegründet. Einem Ausfallschritt des Pollox begegnete die Pupula mit einer blitzschnellen Drehung um die eigene Achse, bei der sie in der Hüfte so einknickte, dass sein Stoß weit danebenging. Nach einer weiteren Drehung war sie schon beinahe ganz hinter ihn gewirbelt. *Sie tanzt!* Ihre Hände beschrieben einen raschen, seitwärts mit beiden Klingen geführten Bogen. Allein dadurch, dass er im letzten Augenblick die Schultern hob und den Kopf nach vorn nahm, verhinderte der Pollox, dass Nescas Dolche ihm in den Nacken fuhren. Ihre Spitzen kratzten ihm nur über den Rücken, doch sie schnitten dennoch durch den Stoff seiner weißen Robe und in die Haut. Sein Schrei entlockte Nesca ein finsteres Lachen. Er sprang geduckt zwei, drei Schritte voran, fast bis zur Brüstung der Terrasse. Einen echten Fluchtweg gab es für ihn nicht, denn hinter der Balustrade lag nur noch die glatte Schräge des goldenen Daches. Er wandte sich zu seiner Gegnerin um. »Pupula, habt doch ein Einsehen!«

Teriasch packte den Drachenzahn mit seiner unverletzten Hand wie ein Schwert, nickte Nesca zu und wollte gemeinsam mit ihr auf den Pollox eindringen. Sie richtete jedoch einen ihrer Dolche auf Teriasch und sagte kalt: »Er gehört mir!«

Eigentlich wollte Teriasch nur sehen, wie der Pollox diese Ankündigung annahm, doch er wurde Zeuge eines weitaus faszinierenderen Schauspiels: Aus dem Verband der Flugechsen, die in der Dunkelheit wenig mehr als gewaltige, düstere Schemen waren, scherte eines der Tiere überraschend aus und vollführte eine halbe Rolle. Sein Reiter, der nun jäh mit dem Kopf nach unten im Sattel hing, brüllte noch, aber es war bereits zu spät. Die Echse prallte in das Reptil, das neben ihr flog, und kurz waren die beiden zu einem Knäuel aus zappelnden Schatten vereint, das zehn oder zwanzig Schritt in die Tiefe sackte. Dann löste sich das Gewirr auf, und eine der Echsen stieg wieder nach oben. Wo der Reiter nur wenige Wimpernschläge zuvor noch stolz und aufrecht gesessen hatte, baumelte er nun wie eine Lumpenpuppe auf dem Rücken seines Reittiers. *Schwarzschwinge! Er hat mich gefunden!*

Nesca hatte keine Augen für das Geschehen in der Luft. Ihre gesamte Aufmerksamkeit galt dem Mann, der ihr Attentäter und Giftmischer auf den Hals gehetzt hatte. »Leg den Kopf zurück und rühr dich nicht, Kontentio«, empfahl sie ihm in einem Tonfall, der grausam und anziehend zugleich war. »Ein schneller Stich ins Auge nur, Kontentio. Es wird nicht wehtun, ich gebe dir mein Wort.«

Sie hatte den Dolch zum tödlichen Stoß noch nicht erhoben, da brüllte jemand: »Nein!«

Nesca zögerte, obwohl Teriasch sie stumm anfeuerte. *Stich zu! Stich doch zu!* Diantis humpelte schneller heran, als Teriasch es für einen Menschen möglich gehalten hätte, dessen Knie bei jedem seiner Schritte in einem anderen Winkel auszubrechen schien. Ihr linker Arm schlackerte schlaff an ihrer Seite, der Schulterschutz von wuchtigen Schlägen verbeult. Der rechte war indes unverletzt, und sie holte mit ihrem Streitkolben zu einem wilden Überkopfhieb aus. Nesca wandte sich ihr zu – eine ohnmächtige Geste, denn es würde ihr nie gelingen, die schwere Waffe der Rose mit ihren kurzen Dolchen zu parieren. Der Pollox nutzte die Gelegenheit: Er floh entlang der Balustrade, vielleicht sogar aufrichtig erleichtert darüber, nicht die grausige Tat vollbringen zu müssen, die ihm seine Leibwächterin nun abzunehmen gedachte.

Carda torkelte heran, ihr Gesicht eine blutige, zerschmetterte Maske. Sie warf sich ihrer Ordensschwester in den Weg, fasste sie um die Hüfte – und dann waren sie auch schon gegen das Geländer geprallt und vom Schwung von Cardas Sprung darüber hinweggeschleudert. Sie schlitterten über das Dach, überschlugen sich einmal, zweimal, ehe die Dunkelheit sie verschluckte.

»Carda!«

Nescas gepeinigter Aufschrei vermischte sich mit dem Heulen und Schluchzen, das der Dominex in unverminderter Lautstärke von sich gab – und dem Getrampel von Stiefeln auf Marmor und dem Klirren von Rüstungen. »Ergreift sie!«, hörte Teriasch den Pollox bellen.

Es rauschte, und aus den Augenwinkeln nahm er einen großen Schatten wahr. Der vorderste Löwengardist, der aus einem der Torbögen auf die Terrasse hetzte, wurde von der Schwinge der landenden Echse halb enthauptet. Er fiel seinen hinter ihm laufenden Kameraden tot vor die Füße, brachte sie ins Stolpern. Der tote Reiter des Reptils rutschte hin und her, fast wie wenn er doch noch lebendig wäre, als die Echse mit dem spitzen Schnabel nach den Gardisten stocherte. Einer Frau durchbohrte sie den Hals, einen anderen traf sie mitten ins Gesicht.

»Komm!« Teriasch zog Nesca von der Balustrade weg, an der sie immer noch stand, die Arme herabgesunken, die Haut bleich wie ein Leichentuch. »Schnell!«

Der massige Leib der Echse versperrte gleich zwei Torbögen, aber es würde trotzdem nicht lange dauern, bis einige der Gardisten ihren Schrecken überwanden und auf den Einfall kamen, durch eine der vielen anderen Öffnungen zu treten und ihren Feind so zu umzingeln. *Bis dahin müssen wir in der Luft sein!* Teriasch konnte selbst nicht glauben, was er da dachte. Er ließ sich rein von seinen Instinkten leiten, sosehr sein alter Freund, der Zorn, auch danach trachtete, die Beherrschung über sein Handeln zu übernehmen. Er rannte zu der Echse, zerrte an dem toten Reiter und stellte fest, dass er mit Riemen und Schnallen um die Oberschenkel an den Sattel gebunden war. *Nescas Dolche!* Er verwarf den Gedanken sofort wieder, weil keine Zeit war, die Halterungen zu durchtrennen. Stattdessen schob er sich den Drachenzahn so gut es ging in den Gürtel, stieg hinter der Leiche auf und schloss sie in eine makabre Umarmung. Er spürte das gebrochene Rückgrat durch den Stoff der Tunika gegen seine Brust scheuern. Die schreckliche Empfindung wurde dadurch gemildert, dass nun auch Nesca auf die Echse kletterte und sich ihrerseits von hinten an ihn klammerte. »Halt dich fest!«

Teriasch hatte auf vielen bockigen Pferden gesessen, doch keines von ihnen besaß die urwüchsige Kraft dieses Reptils, in das Schwarzschwinges Willen eingefahren war. Das Tier stieß noch ein letztes Mal den Schnabel in Richtung der Löwengardisten, dann krabbelte es so ungelenk, wie sich seine Art nun einmal am Boden bewegte, auf die Balustrade zu. Mit einem schrillen Schrei wuchtete es sich darüber hinweg, rutschte ein kurzes Stück das Dach hinunter und stieß sich von ihm ab. Teriasch hatte das Gefühl, in einen Abgrund hineinzustürzen, und auch aus seinem Mund löste sich ein Schrei. *Ich fliege! Ich fliege!*

Tief unter ihnen läuteten in allen Schreinen Kalvakorums die Glocken. Mitternacht. Der Tag der Thronbesteigungsfeier hatte begonnen.

23

Den Hufschlag der Pferde,
vergiss, vergiss.
Dein Jubeln und Klagen,
vergiss, vergiss.
Dein Bangen und Wagen,
vergiss, vergiss.
Deinen Weg in die Erde,
vergiss, vergiss.

Aus einem Wiegenlied der Kinder der Weite

Der Wind zerrte an Teriaschs Zöpfen, und erst dachte er, es würde helfen, die Augen geschlossen zu halten. Da dies den Schwindel, der seinen gesamten Körper umherzuwirbeln schien wie einen Kreisel, nur umso schlimmer machte, riss er sie bald wieder auf.

Die letzten Glockenschläge waren noch nicht verklungen, da setzten die ersten dumpfen Schläge des Feuerwerks ein. Unter ihnen in den Herrschaftlichen Gärten erblühten Blumen aus bunten Flammen, doch sie stiegen nicht in den Himmel auf. Atemlos sah Teriasch zu, wie sich von den Holzgestellen, die die Feuerwerker schon Tage zuvor errichtet hatten, mehr und mehr Brände auszubreiten begannen, in Farben, in denen ein gewöhnlicher Brand auf der Steppe nie gelodert hätte. Grün, blau, purpur – überall sprossen sie aus dem Boden, fanden reichhaltige Nahrung, angefacht vom Wind. Auf den Wegen. In den Hecken. Um das gläserne Haus, in dem die verderbten

Früchte geerntet wurden, die dem Dominex seine lange Existenz als Sklave des Wurms der alles umschlingenden Liebe gesichert hatten. In den Lichtblitzen, die mit jedem neuen Knall verbunden waren, sah Teriasch loses Erdreich umherspritzen und kleine Krater wie rauchende Pockennarben. *Ist das der Zweck des Feuerwerks? Die Gärten zu zerstören, damit sie neu angelegt werden?* Dagegen sprachen die kopflos inmitten der Sprengungen umherirrenden Halblinge, die sich verhielten, als wären sie Ameisen, deren Bau von einer Leimzunge aufgebrochen worden war.

Ein jäher Schrei der Echse und ein heftiges Zucken, das durch ihren Leib ging, lenkte Teriaschs Aufmerksamkeit weg von den Ereignissen am Boden.

»Was war das?«, fragte Nesca.

Dann zischte etwas an seinem Ohr vorbei, und es war ein Zischen, das er aus Jugendtagen gut kannte, wenn er und die anderen Halbstarken sich damit vergnügt hatten, einander Pfeile möglichst dicht am Ohr vorbeizuschießen. Er duckte sich hinter den Toten und suchte nach den Schützen. Schräg unter ihnen flogen zwei Echsen, deren Reiter im Begriff waren, ihre Armbrüste nachzuladen. »Die Geister stehen uns bei!«

»Was?«

»Da unten!«

»O nein!« Nesca klammerte sich fester an ihn. »Weich ihnen aus!«

»Ich weiß nicht, wie man eine Echse reitet!«

»Du lenkst unsere Echse nicht?«

»Nein!«

»Wer dann?«

»Ein Drache.«

Nesca lachte irr auf und verstummte jäh wieder, als die nächsten beiden Bolzen blutige Löcher in die Flughäute ihrer Echse stanzten.

Verflucht! Teriasch hielt Ausschau nach ihrem Ziel, denn er hegte nicht den geringsten Zweifel, wohin Schwarzschwinge seinen Bastardsprössling leitete – zum Turm des Wassers, von dessen Spitze sich unvorstellbare Massen jenes Elements, das dem Bauwerk seinen Namen gab, in die Tiefe stürzten. *Das schaffen wir nie! Wenn sie uns nicht treffen, dann treffen sie die Echse, und wenn die Echse stirbt ...* Sein Magen klumpte sich krampfhaft zusammen.

Und noch im selben Moment war es, als versuchte der freche Ballen sich aus seinem Mund herauszuquetschen, denn ihre Echse legte die Flügel an und schoss in einem schrägen Winkel nach unten. Der Tote vor ihm drängte sich Teriasch entgegen, und für einen Augenblick verlor er jegliche Orientierung. Er spürte die Muskeln, die den Schwingen der Echse ihre Beweglichkeit verliehen, unter seinen Schenkeln pulsieren. Er hörte Flüche, die in Gekreisch endeten. Ein sattes Klatschen ertönte, sein Hintern hob sich kurz vom Rücken der Echse, als ein heftiger Ruck ihn von dem Tier herabzuschleudern drohte. Er schrie. Er meinte, schuppige Haut an seinem Gesicht vorbeischrammen zu spüren, dann wusste er nicht mehr, wo oben und unten war. Drei schreckliche Herzschläge lang war er felsenfest überzeugt, dass sie abstürzten. Aus dem Trudeln wurde wieder ein rasches Vorangleiten, als die Echse die Schwingen wieder spreizte und sich von einem günstigen Aufwind in die Höhe heben ließ.

»Wir haben sie gerammt!«, jubelte Nesca. »Wir haben sie einfach gerammt!«

Teriasch schaute nach unten. Ihre Verfolger schlugen irgendwo in den Herrschaftlichen Gärten ein, rissen Gräben in Rasenflächen und walzten Sträucher platt. Er hätte gern in Nescas Triumphgeheul eingestimmt, aber ihm fiel auf, dass die Flügelschläge ihrer Echse immer matter wurden. *Sie verblutet!* »Wanderin, schenk ihr Kraft, den Weg zu Ende zu gehen.« Feiner Nebel benetzte seine Haut mit winzigen Tröpfchen. *Die Wasserfälle! Es ist nicht mehr weit. Es ist nicht mehr weit!*

Als ob die Echse oder zumindest ihr Urvater seinen Gedanken lauschen konnte, schlug sie noch einmal kräftiger mit den Schwingen. Teriasch hörte über dem Donnern des Feuerwerks das Tosen des Wassers, und dann prallten sie hart gegen die Kante des Turms. Die Klauen des Reptils scharrten und kratzten auf dem Stein. Stück für Stück schob sie ihr eigenes Gewicht voran, über die Kante hinweg, und dann sackte sie in sich zusammen.

»Runter!«, schrie Teriasch. »Runter!«

Nesca glitt vom Rücken der Echse, und noch bevor ihre Füße den Turm berührten, tat Teriasch es ihr gleich, heilfroh, endlich die Leiche des Echsenreiters aus seiner Umklammerung zu entlassen.

Die Echse starrte ihn an, ihr Blick klüger, als der eines Reptils hätte sein dürfen. »Danke!«, sagte er. »Danke.«

Das Tier begann rückwärts zu kriechen, und der weise Funken in seinen Augen verglomm in jenem Moment, da es von der Kante rutschte. Sein Schrei war stolz und frei. *Es stirbt im Flug, wie es für seine Art wohl der schönste Tod sein muss.*

Nesca riss Teriasch aus seinen Gedanken. Sie stand dicht an der Kante, an der sie suchend entlangsah. »Hilf mir die Treppen suchen!«

»Nein.« Teriasch zog den Drachenzahn. »Geh allein, wenn du willst. Ich mache dem ein Ende.«

»Was meinst du? Was …« Sie stockte. »Bei allen Acht! Ich … Die Gärten brennen!«

»Das ist das Feuerwerk.«

Sie lachte auf, wie man über ein Kind lachte, das etwas Blödsinniges vor sich hin plapperte.

»Was lachst du so?« Irgendetwas daran fachte seinen Zorn an, heiß und gierig darauf, endlich brennen zu können. Er blieb nicht ungehört.

»Warum willst du uns nicht lieben?«, wisperte die Stimme, die viele Stimmen waren überall um ihn herum. »Warum willst du uns Leid zufügen? Warum liebst du den Drachen mehr als uns?«

»Weil er mich nicht zu seinem Sklaven machen will, so wie du!«, knurrte Teriasch.

Nesca sah ihn an, als hätte er den Verstand verloren. »Sprichst du mit mir?«

»Nein!« Er schüttelte wild den Kopf, schwelgte in dem Zorn, der sich in ihm regte. *Sie ist dumm, wie alle Harten Menschen dumm sind.* »Ich spreche mit diesem Ding, auf dessen Lügen euer Reich gegründet ist. Das Ding in diesem Turm. Das Ding in der Tiefe.« Er trat an den Rand des Beckens, das bis auf den schmalen Bereich, auf dem die Echse gelandet war, fast die gesamte Plattform einnahm, und hob den Drachenzahn hoch über den Kopf. »Komm und hol mich, wenn du mich unbedingt lieben willst!«

Der Kala Hantumanas antwortete auf seine eigene Weise: Teriaschs Kollare begann sich zu bewegen. Doch es schnürte ihm nicht den Hals zu. In einer perversen Zärtlichkeit kroch es ihm über die Haut. »Spürst du uns? Ist es nicht schön, uns zu spüren?«

Zu seinem eigenen Entsetzen wurde Teriasch von seinem Körper verraten. Ihm brach der Schweiß sinnlicher Erregung aus.

»Bald spürst du uns ganz«, verhieß ihm der Wurm, und dann war es beinahe so wie in der Vision, die über Teriasch gekommen war, als man ihm sein Kollare angelegt hatte. In der Düsternis der schwarzen Wasser, in die er trotzig starrte, breitete sich ein blaues Leuchten aus. Es stammte vom prall aufgedunsenen Leib des Wurms, aus dem die Tentakel wuchsen, zuckend und wabernd, um sich aus der Tiefe nach oben zu schaffen. »Bald wirst du wissen, wie es ist, uns für immer zu lieben!«

Fast wäre Teriasch zurückgetaumelt, weil der Teil in ihm, der seinen Zorn fürchtete, sich verzweifelt aufbäumte. Doch er blieb standhaft, weil der Zorn die Bilder all jener Schrecken heraufbeschwor, die der Wurm der alles umschlingenden Liebe in sein Leben getragen hatte: Wie ihn Spuo mit dem Blasrohr seines Sieges über den Soldaten beraubt hatte, der ihn an der Schwitzhütte überrascht hatte. Wie bei dem Überfall der vereinten Sippen auf die Arx eine Flugechse seinem Kettenbruder Dokescha den Arm abgerissen hatte. Wie man ihn auf dem Sklavenmarkt vorgeführt hatte wie ein Stück Vieh. Silicis' Kammer mit dem Felsblock über den Ampullarien und Dropaxvir, der im Übungshof auf den Tod wartete. Das Mädchen, das am Schleim aus seinem Kollare jämmerlich erstickt war. Cardas verunstaltetes Gesicht.

Und Teriasch tat gut daran, auf seinen Zorn zu hören, denn es stellte sich heraus, dass der Kala Hantumanas sogar in den Visionen log, die er einem schickte. Er war keine riesenhafte Kreatur, die ganze Paläste und Armeen hätte unter sich zermalmen können. Der Wurm der alles umschlingenden Liebe, der da im Becken auf Teriasch zutrieb, war kaum größer als zwei Mannslängen und nicht dicker als der Bauch einer tragenden Stute. Das Ding kroch auf den Beckenrand und näherte sich ihm in grotesken Verdickungen und Verdünnungen seines Leibes.

»Was ist das?« Nescas zittrige Stimme schien aus einer anderen Welt zu kommen, einer Welt, in der alle diese widerwärtige Monstrosität fürchteten.

Teriasch lachte grimmig. Er fasste den Drachenzahn mit beiden Händen, hob ihn wie einen kurzen Stoßspeer über den Kopf und sprang seinem Feind entgegen.

»Warum?«, heulte der Kala Hantumanas, als der Zahn in sein weiches Fleisch drang. »Warum?«

Wie unzählige glitschige Maden krochen die Arme des Wurms über Teriaschs Körper, schoben sich unter seine Tunika, in seine Hose, in seine Stiefel, durch sein Haar. Sie glitten ihm über die Augen, schoben sich ihm in Nase und Mund. Er knurrte und stieß nur umso fester zu, und das schleimige Innere des Kala Hantumanas bot dem Zahn keinerlei Widerstand. Er glitt hindurch wie eine heiße Klinge durch Butter.

In der Umarmung dieses uralten Dämons besaß Zeit keinerlei Bedeutung mehr.

»Warum willst du Schmerz, wo Liebe ist?«, fragte er. »Warum willst du den Schmerz nicht vergessen?«

In Teriasch stiegen Erinnerungen auf, und er erkannte mit zornigem Entsetzen, dass es der Wurm war, der in seinem Verstand wühlte. »Warum willst du nicht vergessen?«

Er sah den Pollox vor sich und hörte die Stimme des Dominex, die ihm eröffnete, dass der gute Kontentio seinem Gebieter bereits alles über seine Niedertracht gebeichtet hatte.

»Es ist geschehen. Warum willst du nicht vergessen?«

Teriasch spürte seinen Griff um den Drachenzahn lockerer werden.

Er stand im Schatten des Turms der Erde und sah, wie das Geschwisterpärchen das angekettete Probaska mit einer toten Ratte quälte.

»Es ist geschehen. Warum willst du nicht vergessen?«

Eine furchtbare Erinnerung nach der anderen machte sich der Wurm zu eigen und linderte den Zorn, den sie in Teriasch weckten, bis seine rechte Hand kraftlos von seiner Waffe abglitt.

Er roch das nutzlos vergossene Blut des Echsenreiters mit den toten Beinen, der mit ihm und Pukemasu in einem Zelt gelebt hatte.

»Es ist geschehen. Warum willst du nicht vergessen?«

In seinem linken Arm breitete sich eine angenehme Taubheit aus, und er erkannte den Reiz darin, sich der Liebe des Wurms hinzugeben.

Er hörte die Spottlieder, die Geheka auf ihn sang, weil er nicht wusste, wo er nach seinen Eltern zu suchen hatte, wenn er irgendwann zu seinen Ahnen gehen würde.

»Es ist geschehen. Warum willst du nicht vergessen?«

Er begann, die Finger seiner Linken zu öffnen.

Er saß in einem Zelt, umgeben von Flammen und Rauch, in der Zeit, als sein Name noch nicht Teriasch gewesen war. Er hatte Angst, denn draußen schrien die Leute und wieherten die Pferde vor Furcht. Er schrie alle Namen, die er kannte, doch obwohl niemand kam, konnte er nicht aufhören, sie herauszuschreien. Scheschoka. Gopatanka. Mado. Tamni. Und den Namen seiner Mutter, wieder und wieder. Wakijela. Wakijela.

»Es ist geschehen. Warum willst du nicht vergessen?«

Eine Hand schloss sich um seine, gemeinsam um den Zahn. »Ich bin hier«, sagte eine Stimme, die nicht viele Stimmen war. Und doch gehörte die Stimme nicht zu einem der Menschen, nach denen er geschrien hatte. Diese Menschen würden nicht mehr kommen, denn diese Menschen waren tot. Alle. Und der Wurm hatte sie umgebracht, denn der Wurm hatte die Harten Menschen in die Steppe geführt.

»Ich bin hier.« Es war eine Wahrheit, genauso wie es eine Lüge war. Und die Lüge nährte Teriaschs Zorn, wie er noch nie genährt worden war. Das Feuer erfüllte ihn ganz, bis er nur noch das Feuer war, und das Feuer schrie, weil das Feuer schreien musste. Der Zahn in seinen Händen glühte, das Kollare troff ihm in geschmolzenen Tropfen von der Brust.

»Wir hassen dich!«, brüllte der Kala Hantumanas. »Wir hassen dich! Wir hassen sie! Wir hassen euch alle!« Dann verschlang ihn das Feuer, und er fuhr auseinander wie eine Wolke aus Dampf, die von einem unbändigen Sturm in alle Winde verstreut wurde.

Teriasch fiel nach hinten in die Arme, von denen er wusste, dass sie ihn immer auffangen würden, ganz gleich, wie tief er auch stürzte.

Er erwachte mit dem Kopf in Nescas Schoß. Ihr rotes Haar klebte ihr feucht in der Stirn, und er wähnte sich schon zurück im Herrschaftlichen Bad. Sie streichelte ihm die Wangen, beugte sich herab und küsste ihm die Stirn. *Warum weint sie? Ist es der Nebel? Nein, es ist kein Nebel. Es ist Dampf.*

»Ich dachte, du wärst tot.«

Tot bin ich nicht. Aber … leer. Da ist kein Zorn mehr in mir. »Ist es tot?«

»Ja.«

»Du hast mir geholfen, es zu töten.«

Sie nickte. »Woher kennst du sie?«

»Wen?«

»Die Namen, die du gerufen hast. Scheschoka, Mado, Wakijela.«

»Ich weiß es nicht. Wieso?«

»Weil ich sie kenne. Aus den Geschichten meiner Mutter. Sie gehörten zu der Sippe, die sie für meinen Vater verlassen hat.«

Als so erneut Wahrheit und Lüge zusammenfielen, zog er sie zu sich herab und hielt sie fest, als wollte er sie nie mehr loslassen.

24

Alle Drachen häuten sich.
Gefesselte Drachen häuten sich schnell.

Tristborner Wort der Warnung an all jene,
die sich auf Handel mit Drachen einlassen

Der Turm mochte kein Wasser mehr speien, doch die Stufen der Treppe, die sich um ihn wand, waren noch immer glatt vor Nässe. Nesca und Teriasch hielten sich bei ihrem Abstieg dicht an der Wand, auch wenn die Versuchung groß war, nah an den Rand zu treten: Von den Straßen Kalvakorums drang ein beunruhigender Lärm hinauf zu ihnen – Schreie des Jubels und Schreie des Grauens. Inzwischen brannten nicht nur die Herrschaftlichen Gärten, auch in den Vierteln jenseits der Mauern des Palastbezirks wüteten Brände, wenn auch scheinbar von gewöhnlicherer Natur, denn ihre Flammen loderten in einem vertrauten Rot. Rauchschwaden zogen wie Heere schwarzer Geister über die Dächer. Teriasch ahnte, was die Ursache der Feuersbrünste war. *Es geht nicht allen Sklaven so wie mir. Nicht in allen erlischt nach ihrer Befreiung der Zorn.*

Als sie die Hälfte der Strecke zum Fuß des Turms hinter sich gebracht hatten, erbebte die Erde und ein Zittern lief durch das Bauwerk. Teriasch befürchtete schon, die Austreibung des Kala Hantumanas könnte dem Bauwerk die Tragfähigkeit geraubt haben, da erkannte er, woher das Beben tatsächlich rührte: Der Turm der Erde stürzte grollend ein. Er kippte nicht einfach jäh zu einer Seite um wie ein Mensch, der die Besinnung verlor.

Sein Ende war von einer majestätischen Würde, die einem den Atem raubte. Stück für Stück sackte er langsam in sich zusammen und bedeckte seine eigenen Trümmer fast schamhaft unter einer gewaltigen Staubwolke. Gerade als Teriasch und Nesca in wortloser Ergriffenheit ihren Abstieg fortsetzen wollten, wühlte sich etwas aus dem Schutt der jungen Ruine. Ein Rüssel so dick und so lang wie die höchsten Baumriesen im Wispernden Dschungel peitschte umher, wickelte sich um Brocken aus geborstenem Fels und schleuderte sie beiseite wie Wattebäusche. Unter andere schoben sich gewaltige Stoßzähne, um die Blöcke auszuhebeln. Laut schallte der Triumph der Mutter aller Rüssel durch die Nacht, als sie sich endgültig aus ihrem Kerker herausgearbeitet hatte, und überall in der Stadt antworteten ihr ihre zahlreichen Kinder. Es war, als wäre der Donner selbst aus dem Himmel herabgestiegen, um die Erde herauszufordern.

Sogar sein Besuch bei Schwarzschwinge in der Drachenhöhle hatte Teriasch nicht ausreichend auf die Ausmaße der Mutter aller Rüssel vorbereiten können. Fast traute er seinen Augen nicht. *Ich träume. Ich* muss *träumen!* Es mochte sein, dass ihn die Entfernung und die Dunkelheit täuschten, doch er schätzte, dass sie mehr als zwanzigmal so groß sein musste wie der mächtigste Vertreter ihrer Art, den er in seiner Zeit unter den Harten Menschen gesehen hatte. Auf ihrem Rücken sträubte sie einen Kamm aus borstigem Fell, ihre vier Stoßzähne waren doppelt gewunden, und aus ihren Ohren hätte man mühelos Segel für ein Schiff machen können. Sie schüttelte sich und trabte geruhsam auf die Mauer zu, die den Palastbezirk umgab. Teriasch fühlte sich in die Schlacht um die Arx auf der Steppe zurückversetzt, nur dass die Mutter aller Rüssel kein Feuer fürchtete. Und sie brauchte auch nicht mehrere Stöße, um ihr Hindernis zu durchbrechen. Ein einziger genügte, und sie hatte eine Bresche in die Mauer geschlagen, durch die sie ihren Leib schieben konnte. Sie erweckte ganz den Eindruck, als wüsste sie sehr genau, wohin sie ihre säulenartigen Beine tragen sollten, und sie nahm keinerlei Rücksicht auf die Häuser, die ihr dabei im Weg standen.

»Wo will es hin?«, fragte Nesca tonlos.

»Nach Hause«, antwortete Teriasch ihr.

»So wie du, jetzt wo du nicht mehr mein Sklave bist?«

Ihm entging die Furcht in ihrer Stimme nicht, und es freute ihn, sie lindern zu können. »Erst habe ich noch ein Versprechen einzulösen.«

In den Straßen Kalvakorums spielten sich widersprüchliche Szenen ab, nun da die herrschende Ordnung mit ihren klaren Fronten zwischen Herren und Sklaven aufgehoben war. Manche Menschen tanzten und weinten vor Glück, weil ihr Kollare von ihnen abgefallen war. Andere hockten schluchzend und zusammengekauert da, während ihnen ihre einstigen Untergebenen sämtliche Kleider vom Leib rissen und sie bespuckten. Die ehemaligen Sklavenbesitzer, die überhaupt noch Tränen vergießen konnten, durften sich jedoch noch glücklich schätzen. Überall, wohin Teriasch seinen Blick auch wandte, sah er Leichen. In umgestürzten Sänften. Halb aus den Fenstern brennender Läden heraushängend. In den Rinnsteinen, wo Ströme von Blut flossen. Vor geplünderten Marktständen. Erschlagene, Erdrosselte, Erstochene, in Stücke Gerissene, in Brunnen Ertränkte, von Probaskas Zertrampelte. Die Freiheit, die über Kalvakorum hinwegfegte, war kein sanfter Wind der Veränderung; sie war ein wütender Sturm, der so unendlich lange darauf gewartet hatte, entfesselt zu werden, dass seine Zerstörungslust keine Grenzen mehr kannte.

Jener erschöpfte Teil in ihm, der der Sitz seines Zorns gewesen war, zeigte sich sehr zufrieden. *Das ist der Preis, den die Harten Menschen dafür zahlen, dass sie auf die verlogenen Geister ihres Landes gehört haben, als sie ihnen einflüsterten, etwas für die Ewigkeit zu errichten. Nichts währt ewig. Nicht einmal die Lüge.* Er musterte Nesca, die mit ihm am Fuß des Turms stand und das grausame Treiben aus ausdruckslosen Augen beobachtete. *Was kann ich zu ihr sagen?* »Es ist nicht deine Schuld.«

Sie schwieg, wie wenn sie nichts auf seinen Trost gäbe.

»All das«, fuhr er fort, »wäre nie geschehen, wenn der Pollox dich nicht hätte ermorden wollen. Und es reicht sogar noch viel weiter zurück. Du wärst nie hier geboren worden, wenn man deine Mutter nicht von der Steppe geraubt hätte.«

Sie gab ihm eine sonderbare Antwort. »Dort.« Sie zeigte auf ein Kind in einem roten Umhang, das sich auf einem weißen Pferd einen Weg durch die Ausschreitungen bahnte, indem es mit der flachen Seite eines Dolches, der in seinen Händen fast wie ein Schwert wirkte, um sich hieb. *Halt! Ich kenne diesen Schimmel! Und das ist kein Kind. Das ist* – »Rukabo!«

Der Halbling hob den Kopf, winkte ihnen zu und trieb Nivalis sachte an, indem er dem Hengst die Hacken in die Seite drückte. »Da seid ihr ja!« Sein Grinsen hätte breiter nicht sein können. »Was für eine wunderbare Nacht! Ich nehme an, ich habe es euch zu verdanken, dass der Kater von Kalvakorum kein Halsband mehr trägt.«

»So ist es.«

Mit einem Zungenschnalzer brachte er Nivalis zum Stehen. »Hervorragende Arbeit.« Er nickte Nesca zu und schwang dazu galant seinen Umhang. »Hoheit. Es war mir eine Ehre, Euch dienen zu dürfen.« Er räusperte sich. »Vor allem, weil dabei so einiges für mich herausgesprungen ist. Beispielsweise dieses feine Stück Tuch oder dieser formidable Dolch. Ganz zu schweigen von diesem Prachtexemplar.« Umständlich hob er seine Wampe an und präsentierte die kleine Arkakrux, die er sich in den Gürtel geschoben hatte. »Damit treffe ich auf zwanzig Schritt einen Fliegenschiss. Beim Kacken!«

»Was ist mit Silicis? Was ist mit den anderen aus der Arena?«, fragte Teriasch und wappnete sich innerlich für schlechte Neuigkeiten.

»Oh, Silicis ist … wie nennst du das noch, mein Häuptling? Ach ja … Er ist zu seinen Ahnen gegangen. In den Armen eines süßen Traums.« Rukabo zuckte mit den Achseln. »Und die anderen? Nun, wenn sie schlau sind, und das sind die meisten von ihnen leider nicht, dann betätigen sie sich bei der Umverteilung von Besitztümern, so wie ich.«

Teriasch atmete auf. *Sie leben.*

»Das ist mein Pferd, auf dem du da sitzt«, merkte Nesca an. »Teriasch hat es mir geschenkt. Erinnerst du dich?«

»Betrachtet es doch als kleine Belohnung für besondere Dienste, hm?«, schlug Rukabo vor.

»Warum lässt er überhaupt zu, dass du auf ihm reitest?«, wollte Teriasch wissen. »Silicis hat uns erzählt, er würde keinen Menschen auf seinem Rücken dulden.«

»Das stimmt wohl.« Rukabo tätschelte dem Hengst den Hals. »Nur gut, dass ich kein Mensch bin, nicht wahr? Ich habe ihn in den Gärten gefunden. Er war sehr tapfer. Das Feuerwerk hat ihn kein bisschen verängstigt.« Rukabo seufzte gekünstelt. »Ich habe es gerade noch rechtzeitig von der Arena zurückgeschafft, bevor der Spaß losging.« Er rieb sich keckernd die Hände. »Jetzt hat's sich was mit Gärtnerspielen.«

»Das warst du«, stellte Nesca fest. »Die Feuer in den Gärten. Du hast die Arbeit der Pyromanten sabotiert.«

Teriasch erlaubte sich ein schwaches Lächeln. »Das meintest du also, als du sagtest, du hättest dort noch etwas anderes zu erledigen, als nur Carda zu belauschen.«

»Das kann schon sein.« Rukabo roch an seinen Fingern. »Wobei es natürlich so ist, dass man ein solches Meisterwerk nicht in einer Sitzung zustande bringt. Sei's drum. Habt ihr nicht drängendere Fragen an mich? Wie wäre es mit: ›Woher wusste ich, wo ich euch finde?‹ Halt, sagt nichts. Es ist ganz simpel.« Er zwinkerte Teriasch zu. »Ich hab doch nicht vergessen, dass du immerzu nach den Türmen gefragt hast. Und als ich dann gesehen habe, wie der Turm des Wassers plötzlich gedampft hat, war die Sache klar. Das hätte sich sogar jemand so Engstirniges wie Carda zusammengereimt, vermute ich.« Er runzelte die Stirn. »Wo steckt die Rose überhaupt? Ich hätte da eine Nadel zurückzugeben.«

Teriasch sah seinen Freund ernst an und schüttelte nur den Kopf.

»Oh«, machte Rukabo. »Was für eine Schande! Mein Beileid, Hoheit. Ich habe sie wirklich gut leiden können.«

»Was?« Teriasch zeigte sich verwirrt. »Gut leiden?«

»Natürlich.« Rukabo nickte eifrig. »Solche Prinzipientreue findet man heutzutage nur noch selten.«

»Als ob dir etwas an Prinzipien liegen würde …«

»Durchaus!«, ereiferte sich Rukabo. »Es sind womöglich nicht die, die die arme Rose hochhielt, aber ich habe sehr wohl meine festen Grundsätze.«

»Als da wären?«, erkundigte sich Nesca skeptisch.

»Zum Beispiel der, dass man mitten in einem frisch ausgebrochenen Sklavenaufstand keine Maulaffen feilhalten sollte. Will meinen: Wohin jetzt?«

»Zum Turm des Windes«, sagte Teriasch.

»Natürlich.« Rukabo beäugte ihn von oben bis unten. »Du siehst müde aus, mein Häuptling.«

»Das bin ich auch.«

»Ich würde dir ja meinen Platz auf Nivalis anbieten, aber du bist eben ein Mensch.« Er wendete sein Pferd. »Lasst uns gehen.«

Auf dem Weg zum Turm des Windes schlüpfte Rukabo in die Rolle des Gassenhauers. Der Kater von Kalvakorum fauchte, knurrte und wedelte mit seinem Dolch, als gäbe es kein Morgen mehr, doch Teriasch vermutete, dass es eher die Imposanz des Schimmelhengstes war, die sie vor unschönen Zwischenfällen mit Plünderern und Mordbrennern bewahrte.

Je näher sie dem Turm kamen, desto mehr richtete sich Teriaschs gesamte Aufmerksamkeit auf ihn und die Aufgabe, die ihm noch bevorstand. Im Gegensatz zu seinem ersten Besuch an diesem Turm waren vor dem Tor weit und breit keine Wachen zu sehen. *Wo sind sie? Geflüchtet? Tot und in irgendeine Gasse gezerrt?* Es war ihm gleich, da ihm ein anderer Umstand wesentlich größere Sorgen bereitete. *Schwarzschwinge hat mir nie gesagt, wie ich ihn befreien kann. Erwartet er, dass ich seine Ketten sprenge? Aber wie? Ich kann sie doch nicht einfach durchschlagen. Gibt es einen Schlüssel für sie? Und wenn ja, wer hat ihn? Weiß Nesca das?* Seine Gedanken kreisten zurück zu jenen Menschen, die ihm eben noch nichts bedeutet hatten. *Die Wanderin sei mit mir! Was mache ich, wenn nur die Wachen wissen, wie man die Ketten lösen kann? Oder nur der Dominex? Oder der P…*

Der harte Stoß traf ihn völlig unerwartet, er stürzte auf die Straße, prallte mit der Stirn auf das Pflaster, die kleine Wunde in seiner Handfläche, die er sich selbst zugefügt hatte, platzte wieder auf. Bunte Lichter flirrten vor seinen Augen. Er wälzte sich auf den Rücken. Beinahe hätte er den Mann, der auf Nesca eindrang, für einen Fremden gehalten, ein dem Wahnsinn verfallenes Opfer der Aufstände. Das graue Haar stand in öligen Spitzen in alle Richtungen vom runden Schädel ab, seine schmutzige Robe klebte ihm blutig am Rücken, seinen Schulterumhang hatte er verloren. Sein Dolch war dem Pollox allerdings nicht abhandengekommen. Stoßbereit lag er in seiner Hand. »Ihr müsst sterben, Pupula!«, brüllte er. »Ihr müsst …« Er brach plötzlich ab, blinzelte, drehte den Kopf erst zu Rukabo, dann zu Teriasch. Sein Blick war unstet, als erwachte er gerade aus einem viel zu langen Traum. Dann bemerkte Teriasch das Gefieder eines Bolzens, der dem obersten Diener des Dominex aus der Schläfe ragte. Der Pollox wandte sich wieder Nesca zu, der Dolch rutschte ihm aus den Fingern, fiel ihm vor die Füße. »Ich …«, sagte er zu Nesca, die ihre eigenen Klingen gezückt hatte. »Hoheit … Ihr …« Er schloss die Augen, wankte noch kurz, ehe er schließlich zusammenbrach.

»Ich hab's euch doch gesagt. Einen Fliegenschiss auf zwanzig Schritt.« Rukabo, der nun verkehrt herum auf Nivalis saß, lud seine kleine Armbrust nach. Er spuckte recht zielsicher einen Batzen Rotz auf die Leiche des Pollox. »Das ist für Carda, du Hund.«

Nesca half Teriasch auf die Beine. Er wischte sich die zitternde, blutige Hand an seiner Hose ab. »Weiß denn in dieser verfluchten Stadt jeder, wo wir sind?«

»Die Türme«, sagte Rukabo lapidar. »Sie standen doch auch in seiner verbockten Prophezeiung. Und nach dem, was mit dem Turm des Wassers und dem Turm der Erde passiert ist, sind ja nur noch zwei übrig. Die Chancen standen fünfzig-fünfzig. Und er hatte Glück.« Er tippte sich an die Schläfe. »Oder Pech. Wie man's nimmt.« Er nickte in Richtung des Turms. »Ich nehme mal schwer an, du willst da rein.«

»Ja.«

»Tja, dann …« Rukabo korrigierte seinen Sitz auf Nivalis' Rücken zu der Position, in der man für gewöhnlich ein Pferd ritt. »Viel Glück.«

»Du kommst nicht mit?«

»Ich war da schon drin, und es hat mir nicht sonderlich gefallen. Aber ich warte hier auf euch, wenn es sich einrichten lässt. Das ist kein Versprechen, wohlgemerkt. Ich habe sehr schlechte Erfahrungen mit voreiligen Versprechen gemacht.«

»Was soll ich da erst sagen?« Teriasch fasste nach Nescas Hand, um sich zu vergewissern, dass wenigstens sie ihn begleiten würde. Sie erwiderte den sanften Druck, und er wusste, dass er nicht allein war.

Die Siegel am Tor – ein paar Klumpen nach Weihrauch stinkendes Wachs über den schweren Riegeln – waren leicht zu lösen. Hinter dem Tor hätte sie Dunkelheit erwarten sollen, doch Teriasch und Nesca wurden von einem warmen Licht begrüßt –

und Worten in einer fremden Sprache, wenn auch nicht von einer fremden Stimme.

Was macht er *hier?*

»Aniya bala nayaka, aniyata svatantrata, Ziyamapaksa.« Fulmar, der Geist der Geschichten, verneigte sich so tief vor Schwarzschwinge, dass ihm beinahe seine Laute vom Rücken gerutscht wäre. Dann richtete er sich auf, drehte sich um und kam über das Knochenfeld auf dem Höhlenboden zum Tor geschlendert. »Du hast Glück, mein Freund«, sagte er lächelnd in der Sprache der Steppe. »Ich habe ein Lied des Lichts für mich und die missmutige Echse gespielt.« Er ging an Teriasch vorbei, der ihn aus schierer Verblüffung einfach passieren ließ. »Siehst du wohl? Es ist genau so, wie ich es gesagt habe. Es kommt immer nur auf den richtigen Zeitpunkt an.« Fulmar zog sich seine Kapuze über den Kopf und huschte in eine Nacht voller Schreie und Feuer hinaus.

»Wer war das?«, fragte Nesca.

»Ein Geist, der sich für einen Menschen hält«, antwortete Teriasch und schritt mit ihr an der Hand tiefer in die Höhle hinein.

Das Gebein des Drachenfutters schreckte Nesca anscheinend nicht, doch je näher sie Schwarzschwinge in all seiner kranken, geknechteten Pracht kamen, desto feuchter wurden ihre Finger.

»Ah, Menschlein. Du hast dir Zeit gelassen.«

Teriasch ignorierte die Rüge. »Woher kennst du den Geist der Geschichten?«

»Wen?« Der Drache kniff sein gesundes Auge zu.

»Fulmar.«

»Er oder besser seine Art und ich sind im wahrsten Sinne des Wortes uralte Freunde«, erklärte Schwarzschwinge. »Er hat mir erzählt, dass du kommen würdest, noch bevor du selbst es wusstest. Der andere Besuch, den ich unlängst hatte. Erinnerst du dich? Das war kein Traum.«

»Er ist kein so guter Freund, dass er dich befreit hätte, wie mir scheint.«

»Nun …« Schwarzschwinge wiegte das hornbewehrte Haupt hin und her. »Sagen wir, er kann schön singen, aber damit hätte er nicht den Kala Hantumanas so zum Schreien gebracht wie du, wenn du verstehst.« Der Drache hob eine Klaue, und seine Ketten klirrten. »Verzeih mir meine Ungeduld, Menschlein, aber ich würde gern zum wichtigsten Teil unserer Abmachung kommen. Befrei mich!«

»Wie?« Teriasch versuchte, sich seine bange Verzweiflung nicht anmerken zu lassen. »Wie sprenge ich deine Ketten?«

»Das ist doch simpel, Menschlein«, ächzte Schwarzschwinge. »Du leihst mir einfach nur kurz deinen Zorn, und ich streife diese verdammten Dinger selbst ab.«

O Wanderin! Teriasch senkte den Blick und stellte sich schützend vor Nesca, weil er das Schlimmste befürchtete. »Ich kann nicht.«

»Was?«, fauchte Schwarzschwinge. »Wie? Du kannst nicht?«

»Mein Zorn ist fort«, erklärte Teriasch. »Gestorben. Zusammen mit dem Wurm der alles umschlingenden Liebe.«

»Verrat!«, brüllte Schwarzschwinge und zerrte so heftig an seinen Ketten, dass sich ein Felsblock aus der Decke der künstlichen Höhle löste und einen Haufen Knochen zu Staub zermalmte. »Verrat!«

»Was ist los?«, schrie Nesca Teriasch ins Ohr.

»Ich habe versprochen, ihn zu befreien. Aber das kann ich nicht, weil ich meinen Zorn verloren habe.«

»Du musst zornig sein, damit du dein Versprechen halten kannst?«

»Ja!«

»Verrat«, tobte Schwarzschwinge weiter und streckte die Klauen nach Teriasch aus, doch seine Ketten waren zu kurz, als dass er ihn hätte packen können. »Verrat!«

»Dann wollen wir doch mal sehen, wie gut du deinen Zorn versteckt hast.« Nescas Stimme war mit einem Mal eiskalt, kälter noch als die Klinge, die Teriasch plötzlich an seiner

Kehle spürte. »Ich lasse nicht zu, dass meine Pläne an dir scheitern.«

Teriasch erstarrte, weil ihn eine fürchterliche Ahnung lähmte. Sein Puls pochte an dem nackten Stahl. *Nein! Das ist nicht wahr.* »Welche Pläne?«

»Bist du so einfältig?«, zischte sie. »Hast du die Bücher auf meinem Bett nicht gesehen? Weißt du nicht, worüber ich so viele Jahre geforscht habe? Über Drachen! Und weißt du auch, wieso? Weil ich einen Drachen brauche, um meinen Vater vom Thron zu stoßen. Und was hält mein Vater sich in diesem Turm? Einen Drachen!«

Schwarzschwinge stellte jäh sein Toben ein und betrachtete interessiert, was zwischen den beiden Menschen vor sich ging.

»Das ist nicht wahr«, flüsterte Teriasch. In der kalten Asche seines Zorns glomm ein vergessener Funke auf. »Du lügst.«

»Du bist so erbärmlich, Teriasch von den Schwarzen Pfeilen«, spottete Nesca. »Da bin ich einmal aufrichtig zu dir, und ausgerechnet dann nennst du mich eine Lügnerin.« Die Dolchklinge drang so weit in seine Haut, dass aus der Empfindung von Kälte ein leiser, schneidender Schmerz wurde. »Wenn du nicht noch eine Aufgabe für mich zu erfüllen hättest, würde ich dir sofort die Kehle durchschneiden.«

»Du liebst mich …«, stöhnte Teriasch, und der Funke in ihm glühte heißer.

»Oh«, höhnte der Drache. »Das Menschlein glaubt an die Liebe. Wie entzückend.«

»Wie könnte ich einen Barbaren lieben?«, sagte Nesca. »Nur weil du meinst, wir wären durch das Blut der Steppe verbunden? Denkst du, deshalb bist du interessant für mich? Du Narr! Ich kann mir jeden Wilden von der Steppe in mein Bett holen, wenn ich es will.«

»Nesca …« In der Asche züngelten Flammen.

»Glaubst du, der Pollox wäre der Einzige, der die alten Prophezeiungen gelesen hat?« Sie lachte. Nein, sie *verlachte* ihn.

»Ich weiß, wer ich bin. Die Frau mit dem Haar wie Feuer, die das Dominum zerschlagen und auf seinen Trümmern ein noch größeres Reich errichten wird. Doch erst musste dieser Wurm aus dem Weg, dem alle verfallen sind. Deshalb habe ich auf dich gewartet. Deshalb habe ich dich nicht gehen lassen. Ich entscheide, ob du lebst oder ob du stirbst. Du bist immer noch mein Sklave!«

»Nein!«, keuchte Teriasch und presste sein Fleisch gegen die Klinge. Die Asche begann zu lodern. »Nein! Tu es! Töte mich! Und alles ist vorbei!«

»Du willst unbedingt sterben? Gut, es gibt noch andere Feuerseelen dort draußen bei deinem Volk. Aber warum sollte ich mir an dir die Finger schmutzig machen, wenn ich noch ein anderes Werkzeug habe?« Blitzschnell nahm sie den Dolch von seinem Hals und versetzte ihm einen Stoß in den Rücken.

Mit einem erschrockenen Aufschrei taumelte Teriasch nach vorn – und in die Klauen des Drachen!

»Ja!«, triumphierte Schwarzschwinge und umfasste Teriasch mit beiden Vorderpranken wie eine Katze, die beschließt, dass sie lange genug mit der Maus gespielt hat. »Ja!«

Schwarzschwinge riss das Maul auf. Eiskalter Wind fuhr aus seinem Schlund.

In diesem Wimpernschlag erkannte Teriasch, dass er versagt hatte. Die Geister hatten ihm eine Prüfung auferlegt, und er war daran gescheitert. *Sie haben mich in das Land ihrer verderbten Geschwister geschickt, um zu sehen, ob ich Wahrheit von Lüge unterscheiden kann. Und ich kann es nicht. Ich habe es nie gekonnt!* Der letzte Rest Zorn, den er ob Nescas schändlichem Verrat in sich erweckt hatte, richtete sich gegen das einzige Ziel, das es wert war, restlos ausgelöscht zu werden: seinen eigenen Verstand. In einer grellen Lohe drang ihm das Feuer aus allen Poren und verwandelte ihn in eine Kreatur, die nichts mehr als Schmerz kannte. Schmerz und Zorn.

»Es tut mir so leid.« Ihre Stimme war nicht mehr als ein Hauch, doch er reichte aus, ihn aus dem blinden Nichts zu locken. »Es tut mir so unendlich leid.«

Er spürte Wind über seinen Körper streichen, eine wiegende Bewegung, schmeckte nasses Salz auf seinen Lippen.

»Ich musste es tun.«

Er schlug die Augen auf. Zum zweiten Mal in nur einer Nacht hatte sie seinen Kopf auf ihren Schoß gebettet, und zum zweiten Mal in nur einer Nacht flog er in schwindelerregender Höhe unter einem sternenfunkelnden Firmament.

»Du hattest es ihm doch versprochen«, wisperte sie. »Und manche Dinge müssen wahr werden, damit die Welt eine Ordnung hat.«

Er drehte den Kopf zur Seite, sah schwarze Schwingen gleichmäßig und kraftvoll schlagen, auf und ab, auf und ab, als wollten sie seiner eigenen Ohnmacht und Kraftlosigkeit spotten.

»Ich habe gelogen, damit die Wahrheit siegen kann.« Sie küsste ihn auf die Stirn. »Vergib mir.«

Und so trug Schwarzschwinge die beiden Menschlein auf seinem Rücken fort von der brennenden Stadt, fort vom Schutt zweier Türme für die Ewigkeit. Er trug sie, bis das erste Licht des Morgens Flammen auf seine Schwingen malte, und er trug sie noch, als unter ihnen nichts mehr war als eine endlos wogende See aus windgepeitschtem Gras.

Epilog

Pukemasu hatte lange mit sich gehadert, ob sie den Ritt wirklich auf sich nehmen sollte. Sie war so alt, dass die Knochen in ihrem Hintern schmerzhaft am Sattel scheuerten, und Itomni war nicht gerade die vertrauenswürdigste Quelle. Er trank Stutenmilch, als wäre sie Wasser, und er wusste stets, wo die dicksten Traumbeeren wuchsen, ganz gleich, wo die Schwarzen Pfeile auch gerade ihr Lager aufschlugen. Noch dazu war es eine recht weite Reise, drei Tage jenseits des Gebiets, das ihre Sippe für gewöhnlich durchwanderte. Und das alles wegen eines Mädchens von den Krallendaumen, dem Itomni angeblich beim Taubenfangen begegnet war und das erzählt hatte, einen Drachen unweit einer Festung der Harten Menschen gesehen zu haben.

Letzten Endes war Pukemasu doch aufgebrochen, gerade weil sie so alt war. Wenn die Geschichte über den Drachen denn tatsächlich der Wahrheit entsprach, war das womöglich ihre allerletzte Gelegenheit, eine der Kreaturen zu sehen, die über die Welt geherrscht hatten, als selbst die Ewige Wanderin noch jung gewesen war.

Und nun hatte sie immerhin die Festung gefunden, doch von einem Drachen war nicht einmal eine Schwanzspitze zu sehen. Ihre Stute schnaubte leise, denn sie war leider in allen Belangen ein sehr viel ängstlicheres Tier als ihr Vorgänger, den sie vor zehn – oder waren es schon zwölf? – Sommern hatte ersetzen müssen. Doch wenn einen das Leben als Schamanin eines lehrte, dann war es die nötige Demut, sich mit all den Dingen abzufinden, die man nicht ändern konnte. Den Wankelmut der Geister etwa, oder dass der Herbst nun einmal meist kälter war als der Frühling. Oder den Umstand, dass das Pferd, das man sich aus der Herde ausgesucht hatte, im Grunde seines Herzens ein Feigling war.

»Wovor fürchtest du dich?«, redete sie beruhigend auf das Tier ein. »Das sind nur Steine und Holz und ein paar Menschen, die sich gerne von der Sonne in einem Panzer aus Metall braten lassen.«

Sie richtete sich im Sattel auf und schirmte ihre Augen mit der Hand ab, um Einzelheiten der Festung ausmachen zu können. Ihre Augen waren nicht mehr die klarsten, weshalb sie sich mehrfach darüber wischte, um ganz sicherzugehen, dass das, was sie sah, keine bloße Einbildung war. Doch, es stimmte. »Ich habe dich angelogen«, murmelte sie ihrem Pferd zu. Von den Gestalten, die hinter der Palisade entlanggingen, trugen nur die wenigsten die schweren Metallrüstungen der Harten Menschen. Nicht dass sie dafür die anständige Kleidung eines Menschen anhatten, der in einem Zelt geboren worden war, nein. Aber es waren weiche, fließende Stoffe.

Pukemasu spielte mit dem Gedanken, einen mit einem blauen Band umwickelten Pfeil in Richtung der Festung abzuschießen, aber sie verwarf den Einfall rasch wieder. Zum einen hätten die Harten Menschen gewiss nicht gewusst, wie die richtige Erwiderung ausgesehen hätte. Zum anderen plagte sie ihre linke Schulter in den letzten Monden mit einem beharrlichen Zwicken, das bestimmt nicht besser werden würde, wenn sie jetzt einen Bogen spannte.

Also atmete sie tief durch, streute ein wenig grünen Lehm aus einem Säckchen an ihrem Gürtel in den Wind, um die Geister der Friedfertigkeit um ihren Beistand zu bitten, und trabte auf die Festung zu. Eigentlich war es unter allen Sippen eine anerkannte Gewissheit, dass die Harten Menschen den Steppenbewohnern nicht ihre Tore öffneten. Sie konnte sich jedoch nicht vorstellen, von den Menschen in der Festung als Bedrohung wahrgenommen zu werden. Sie war eine alte Vettel mit Haar grau wie ein Winterhimmel, und ihre faltigen Glieder waren dürr wie Reisig. Was konnte ihr im schlimmsten Fall schon zustoßen? Nun, im schlimmsten Fall schossen ihr die Harten Menschen einen ihrer dicken kurzen Pfeile durch den Kopf, und das wäre das Ende ihrer Geschichte. Ihre Sippen und ihre Ahnen gleichermaßen würden noch lange halb betreten, halb belustigt von der wahnsinnigen Greisin Pukemasu erzählen, die ausgezogen war, einen Drachen zu sehen, und dafür mit einem Pfeil im Schädel belohnt worden war. Es gab grausamere Schicksale.

Ihre leisen Befürchtungen erwiesen sich als überflüssig. Das Tor zur Festung stand offen! Sein Holz war heller und damit eindeutig jünger als das des Zauns, und vor dem Zaun selbst gab es einige runde Stellen im Gras, wo es frischer und saftiger wuchs – ganz so, wie es nach einem Brand aus der Asche spross. Doch das waren der Wunder noch lange nicht genug – aus dem Tor galoppierte ein stattlicher Schimmel, gefolgt von einem kleinwüchsigen, zeternden Mann mit haarigen Füßen. Als er Pukemasu bemerkte, ließ er das Pferd laufen, blieb abrupt stehen und rief in der kehligen Sprache der Harten Menschen: »Wer bist du denn, du Dörrpflaume?«

Sein Rufen lockte schnell eine ganze Schar anderer Bewohner der Festung an, und jeder von ihnen schien noch merkwürdiger als der andere. Da war ein Hüne mit Haut wie Pech, der von einem wahren Riesen, der wie ein laufender Stein aussah, noch deutlich überragt wurde. Letzterer hielt ein schmaläugiges Männlein an der Hand, gegen dessen Alter selbst Pukemasu noch als staksendes Fohlen durchgegangen wäre. Es gab eine Frau, der Hauer aus dem Mund wuchsen, als wäre ihr Vater ein Eber gewesen, und einen Mann, dessen Mutter sich mit einer Echse gepaart haben musste, wenn man die Schuppen als Zeugnis dieser Vereinigung heranzog. Pukemasu weigerte sich zu glauben, dass dies der Drache sein könnte, von dem das Krallendaumenmädchen erzählt hatte. Obwohl …

Wurden nicht viele Lieder über die Leichtgläubigkeit der Mädchen dieser Sippe gesungen? Jedenfalls war der bärtige Kerl, der einen ziemlich dicken Bauch unter eine Brustplatte gezwängt hatte, noch der gewöhnlichste Anblick unter diesen Gestalten.

Pukemasu war drauf und dran, ihre Stute zu zügeln, kehrtzumachen und bei ihrer Rückkehr ins Lager Itomni einen Geist der Krätze an den Hals zu hetzen, da trat ein junger Mann durch die kleine Reihe nach vorn. Pukemasus Herz setzte einen Schlag aus. »Bist du ein Geist?«, fragte sie ihn misstrauisch.

Er kam strahlend auf sie zu, hob sie aus dem Sattel und schloss sie in die Arme. Er hatte das gleiche Hautbild im Gesicht wie der Mensch, den sie verloren hatte – rote Striche um seinen Mund, von ihrer eigenen Hand gestochen. Und er roch so, wie Teriasch gerochen hatte, und nicht wie einer der Ruhelosen Toten, die beim Langen Lied der Singenden Klingen so furchtbar unter den Kindern der Steppe gewütet hatten. Noch dazu kannte er ihren Namen, den er nun wieder und wieder sagte. »Pukemasu. Pukemasu. Pukemasu.«

»Lass mich los, bevor du mich in der Mitte entzweibrichst, du grober Klotz.«

Er tat wie geheißen und sah sie aus großen Augen an. »Alles, was du mich gelehrt hast, ist wahr«, sagte er. »Im Land jenseits des Aglala leben nur verlogene Geister. Aber ich habe ihnen getrotzt. Ich habe einen der mächtigsten ihrer Art erschlagen. Mit ihr.« Er wandte sich halb von ihr ab und zeigte auf eine Frau, die sich ihnen vorsichtig genähert hatte. »Das ist Nesca.«

Pukemasu musterte die Fremde, die vielleicht zwanzig Sommer zählte, und spürte einen feinen Stich der Eifersucht angesichts so viel strahlend schöner Jugend. Irgendetwas an dieser Frau war allerdings sonderbar. Sie sah zwar aus, als wäre sie in einem Zelt geboren, aber ihre Haut war ein wenig zu blass und auch ihr feuerrotes Haar zu wenig von der Sonne gebleicht.

»Nesca, das ist …« Teriasch unterbrach sich und sah Pukemasu einen langen Moment forschend an. »Das ist meine Mutter. Pukemasu.«

Sie schlug ihm auf die Schulter, so kräftig sie nur konnte, doch sie tat es nur, weil sie ihn von den Tränen, die ihr in die Augen schossen, ablenken wollte.

»Müsst ihr so singen?«, beschwerte sich der Gnom mit den haarigen Füßen, der mittlerweile beschlossen hatte, dass es sich lohnte, Pukemasu willkommen zu heißen. »Könnt ihr nicht reden wie zivilisierte Menschen?«

»Achte nicht auf ihn«, sagte Teriasch. »Er ist nur ein Kater, der uns zugelaufen ist.«

Pukemasu runzelte die Stirn. Sie sah an dem Kleinwüchsigen weder Schwanz noch Schnurrhaare. Konnte es sein, dass Teriaschs Verstand im Land jenseits des Aglala über Gebühr gelitten hatte? »Was machst du in dieser Festung? Warum lebst du nicht in einem Zelt? Und warum hast du nicht nach deiner Sippe gesucht?«

Teriasch hob abwehrend die Arme. »Für euch bin ich tot. Ich war zu lange weg.«

»Ja«, seufzte Pukemasu. »Das stimmt wohl.«

»Ich habe eine neue Sippe.« Er zeigte auf die Gruppe von Menschen, die inzwischen weiter angewachsen war. »Wir brauchten ein Zuhause, und ich bin schon einmal hier gewesen. Es ist ein Ort des Leids, den ich in einen Ort der Hoffnung verwandeln will.«

»Wie wird das den Harten Menschen gefallen?«

»Sie werden sich nicht daran stören«, erklärte Teriasch. »Ich denke nicht, dass sie in absehbarer Zeit neue Krieger auf die Steppe schicken werden. Als ich mit meinen Freunden hierherkam, habe ich den Harten Menschen berichtet, was in ihrer Heimat geschehen ist, und ihnen ein Angebot gemacht. Wer gehen wollte, durfte gehen. Wer bleiben wollte, durfte bleiben. Und viele wollten gerne bleiben, als sie gehört haben, wie es um ihr Reich bestellt ist.« Er zeigte auf den dicken Bärtigen. »So wie Arka. Und jetzt gehört diese Arx uns.«

»Und das haben die Harten Menschen einfach so hingenommen?« Pukemasu zweifelte nach wie vor ein wenig an Teriaschs Verstand. »Du bist gekommen und hast ihnen gesagt, was sie zu tun haben, als wärst du ihr Häuptling?«

Teriasch zuckte mit den Schultern. »Nun, ihr großer Häuptling jenseits des Aglala wird bald sterben. Er ist sehr alt. Noch viel älter als du.«

»Wirst du wohl nicht so frech zu deiner … Mutter sein?« Pukemasu kostete den Augenblick, da ihr dieses schöne Wort über die Lippen kam, voll aus und kämpfte noch einmal gegen die Tränen.

»Und der Häuptling hier.« Teriasch sah verlegen zu Boden. »Er wollte einen Pfeil aus seinem Rohr auf mich spucken, und da hat ihm einer meiner Freunde den Kopf abgebissen. Er hat geschworen, uns zu beschützen, bis wir alle tot sind. Er meinte, das wäre für ihn nicht sehr lange, da wir schneller sterben als die Fliegen.«

Nun stand es fest. Teriasch war verrückt. Pukemasu schaute zur Sicherheit noch einmal auf diese sonderbaren Leute, die er seine Sippe nannte, aber selbst der laufende Stein schien ihr nicht groß genug, einem Mann den Kopf abzubeißen. »Welcher deiner Freunde hatte denn solchen Hunger?«

Teriasch blickte suchend in den Himmel hinauf, dann stieß sein Finger in die Höhe. »Der da.«

Und als Pukemasu sah, was dort oben seine Kreise zog, wusste sie, dass Teriasch nicht gelogen hatte, und sie ahnte, dass man über seine Sippe noch viele Lieder singen würde.

Der Abschied von ihrem Sohn fiel ihr nicht leicht, aber Pukemasu wollte nicht Gefahr laufen, dass ihre Sippe sie für tot hielt. Sie tröstete sich damit, dass Teriasch ihr glücklicher erschien als jemals zuvor. Immer wieder hatte sie versucht, unauffällig in seinen Mund zu spähen, um zu sehen, ob das Feuer noch in ihm brannte, doch sie hatte es nicht lodern sehen. Es war nicht von der Hand zu weisen, dass diese sonderbare Frau, die ständig um ihn war, etwas damit zu tun hatte, und sie war sicher, dass die beiden schöne Kinder machen würden.

So summte sie zufrieden vor sich hin, als sie aus der Festung ritt, und sie summte noch immer, als sie hinter sich eine Stimme hörte. »He, Wanderin.«

Sie drehte sich im Sattel um. In zehn Schritt Entfernung stand ein milchblasser Mann in einem von weißen Metallfäden durchwirkten, zerschlissenen Kapuzenumhang. Unter seiner langen Nase und um seinen breiten Mund wuchs ihm Haar in der Farbe von Blut, und auf den Rücken hatte er eine absonderlich bauchige Keule geschnallt. Hatte er im Gras auf sie gelauert, um sie zu überfallen? Pukemasu griff nach ihrer eigenen Keule.

»Halt, halt.« Der Mann hob die Hände. »Ich will dir nichts tun.«

»Was willst du dann?«, schnarrte sie drohend.

»Ich will, dass du mir eine Geschichte erzählst.« Seine Worte hatten einen merkwürdigen Klang, als würde er nicht oft die Sprache der Steppe sprechen. »Nur eine Geschichte.«

»Worüber?«

»Das steht dir frei. Obwohl …« Er zögerte. »Was weißt du über einen Knaben, der von einem Pferd vor dem Feuertod gerettet wurde?«

Freie, Sklaven, Wanderer und andere

BEWOHNER DER STEPPE

Teriasch: ein angehender Geisterseher der Schwarzen Pfeile und Ziehsohn der Schamanin Pukemasu

Pukemasu: eine Schamanin der Schwarzen Pfeile und Teriaschs Ziehmutter

Tamni: eine junge Kriegerin der Kinder der Weite mit frevlerischen Gedanken

Scheschoka: ein erfahrener Krieger der Kinder der Weite, der das Feiern liebt

Gopatanka: ein Schamane der Kinder der Weite

Mado: ein junger Krieger der Kinder der Weite und Tamnis Gefährte

Wakijela: eine junge Kriegerin der Kinder der Weite und eine enge Vertraute Tamnis

Halhata: Wakijelas erstgeborener Sohn

Geheka: ein vorlauter junger Krieger der Schwarzen Pfeile

Kokipe: ein misstrauischer Krieger der Schwarzen Pfeile

Awasaka: ein geiziger alter Krieger der Schwarzen Pfeile

Iputake: eine widerborstige junge Kriegerin der Schwarzen Pfeile

Itomni: ein der Stutenmilch und den Traumbeeren zugeneigter Krieger der Schwarzen Pfeile

HARTE MENSCHEN AUS DEM DOMINUM

Dominex: langlebiger Herrscher des Dominums, Sohn des Subveheros und Vater vieler Töchter, darunter Julanesca

Gurdus: ein Späher

Spuo: ein Menschenfänger und Blasrohrschütze
Arka: ein einfacher Soldat und Sklavensohn
Amaris: Kustoda einer Arx auf der Steppe
Lenitas: ein einfacher Soldat
Varia: eine geschäftstüchtige Sklavenhändlerin
Sudatrix: ein wählerischer Völkersammler
Silicis: ein Arenabetreiber
Demeto Karis, der Krebskrieger: ein hochgelobter Absolvent der Akademia Arma
Kaupodor: ein Geschmeidehändler
Perka und Asper: zwei Mietknüppel
Carda: eine Scharlachrote Rose und Leibwächterin Julanescas
Julanesca Venustas Gramenita Ignissetta Nata Grandus oder kurz Nesca: eine wissbegierige Tochter des Dominex
Pollox Kontentio Mediastrinos: der engste Vertraute und oberste Diener des Dominex
Diantis: eine Scharlachrote Rose und Leibwächterin des Pollox
Barditus und Tuitio: zwei Gardisten aus dem Gefolge des Pollox
Wuplesch, Leschka und Sarodini: drei Halblinge von den Hegern der Herrschaftlichen Gärten

SKLAVEN UND VERSCHLEPPTE

Dokescha: ein in Gefangenschaft geratener Krieger der Milchbäuche
Rukabo, der Kater von Kalvakorum: ein dreister Halblingsdieb
Dropaxvir, der Pechmann: ein Arenakämpfer, der lieber auf einer Theaterbühne stünde
Gigas, der Narbenschädel: ein schwachsinniger Riese
Paetus, der Schmaläugige: ein rüstiger Greis von den Hängen des Weltenwalls
Kutifulva, das Hauermaul: eine Heilerin der Norger, die zum Töten gezwungen wird

Stellio: ein Echsenmensch
Nivalis: ein edler Schimmel vom Blut der Steppe
Dentilegus: ein totes Kriegsprobaska

GEISTER UND ANDERE ÜBERNATÜRLICHE KREATUREN

Fulmar: ein Laute spielender Geist der Geschichten, der nicht Geist genannt werden will
Ziyamapaksa, in der Sprache der Menschen Schwarzschwinge genannt: ein uralter Drache, der Ahnvater der Flugechsen und der Behemoth im Turm des Windes
Kala Hantumanas, in der Sprache der Menschen der Wurm der alles umschlingenden Liebe genannt: ein Dämon aus den ersten Tagen der Welt und der Behemoth im Turm des Wassers
Karini Yoni, in der Sprache der Menschen die Mutter aller Rüssel genannt: ein gewaltiges Probaska, die Urahnin der Rüsselschnauzen und der Behemoth im Turm der Erde

Glossar

Advokaten: Rechtsgelehrte im *Dominum.*

Aglala: Grenzfluss zwischen dem *Dominum* und der *Pferdesteppe.* Dem Glauben der *Pferdestämme* nach wohnen jenseits von ihm nur noch verderbte Geister der Lüge.

Akademia: eine Lehrstätte innerhalb des *Dominums.*

Akademia Arma: die Lehrstätte für Kriegs- und Kampfbelange.

Akademia Fabula: die Lehrstätte für alle Belange der Geschichts- und Geschichtenschreibung.

Altes Geschlecht: mythisches Urvolk, das ein prächtiges Reich erschaffen haben soll, ehe sein eigener Hochmut es zu Fall brachte.

Ampullarium: kleines Gefäß, in dem ein Tropfen Sklavenblut gemeinsam mit etwas *Mukus* des *Wurms der alles umschlingenden Liebe* aufbewahrt wird; zerbricht ein Ampullarium, entfaltet das dazugehörige *Kollare* seine grausame Macht.

Arenistas: Kämpfer, die sich in den Schaukampfstätten des *Dominums* zur Belustigung des Publikums wechselseitig vom Leben zum Tode befördern; zumeist Sklaven.

Arkakrux, die: eine Armbrust der *Harten Menschen.*

Arx, die: typischer Festungsbau der *Harten Menschen* mit einem Palisadenzaun und vier befestigten Steintürmen.

Aufgefahrene, der: Beiname des *Subveheros.*

Aukeps: Rangbezeichnung unter den Soldaten der *Harten Menschen* für den Befehlshaber eines Späh- oder Menschenfängertrupps.

Barttannen: Nadelbaum aus dem *Schwarzen Hain* mit sehr hartem Holz.

Behemoth, die: übermächtige Kreaturen, die das Wesen eines der vier Elemente in sich verkörpern.

Beinerne Zitadellen: sagenumwobene Klöster an den Hängen des *Weltenwalls*, deren Bewohner den Rauch der *Schwarzen Sternenblüte* nutzen, um zu tiefen Erkenntnissen über das Sein zu gelangen.

Bewahrerin der Geheimnisse: Beiname *Karokas.*

Bhagarion: Gott des Krieges im Pantheon des *Dominums.*

Bleiche Dame: Beiname *Dilabias.*

De Populi Minores: Über die uns unterlegenen Völker: Standardwerk des Herrschaftlichen Kulturkundlers Hybrimon Virulingia, das neun von zehn gebildete Bewohner des *Dominums* mindestens einmal gelesen haben.

Dilabia: Göttin des Todes im Pantheon des Dominums.

Dominex, der: der langlebige Alleinherrscher des *Dominums*, der dem Vernehmen nach niemals schläft und sich nur von Früchten aus den Herrschaftlichen Gärten ernährt.

Dominum: ein mächtiges Reich südlich *der Pferdesteppe* und des *Mardo*, das aus einer durch den *Subveheros* durchgeführten Eroberung vieler kleinerer Stadtstaaten entstand.

Dornensättel: eine Sippe der *Pferdestämme*, deren Rösser von besonderer Wildheit sind.

Echsenmenschen: ein Barbarenstamm, dessen Mitglieder sich die Haut am ganzen Leib mit wulstigen Narben verzieren.

Ernste Mienen: eine Sippe der *Pferdestämme*, die die Gebote der *Ewigen Wanderin* ausgesprochen streng auslegen.

Ewige Wanderin: weise Prophetin aus der Fremde, die die Vorfahren der *Pferdestämme* vor Urzeiten aus den *Verbotenen Lagern* führte und sie die Gebote der Wanderschaft lehrte.

Feles, die: weiße Säbelzahnlöwen und Wappentiere des *Dominums.*

Feuerseelen: In den Glaubensvorstellungen der *Pferdestämme* Menschen, denen die Macht innewohnt, ihren lodernden Zorn zur Vollbringung großer Heldentaten einzusetzen.

Feuerstaub: gefährliche Hervorbringung der *Sorgsamen Kunst* – ein feines Pulver, das schon bei geringer Hitze oder durch kleinste Reibung Feuer fängt und sehr heiß verbrennt.

Finstere Scharten: Unterwelt in der Glaubensvorstellung der *Pferdestämme*, der Ort, an dem die bösesten Geister die Seelen jener Menschen verschlingen, die nach dem Tod nicht den Weg zu ihren Ahnen finden.

Gelbe Fohlen: eine Sippe der *Pferdestämme*, die ihre Frauen nur gegen ein besonders großzügiges Brautgeschenk ziehen lassen.

Geschuppte Könige: Bezeichnung für das ausgelöschte drachische Herrschergeschlecht.

Großer Karoblosch: bedeutendster Prophet der *Halblinge*, der einst eine kleine Schar aus dem *Talvolk* fort von den *Immergrünen Almen* führte, auf dass sie zu ihrer wahren Bestimmung fänden.

Großer Zimmermann: Beiname des *Subveheros*.

Große Sippe: die Gemeinschaft aller *Pferdestämme*, die sich auf eine geteilte Abstammung von jenen Menschen beruft, die von der *Ewigen Wanderin* aus dem verfluchten *Samarna* fortgeführt wurden.

Großer Zug gen Norden: gescheiterter Eroberungsfeldzug einer Allianz von *Pferdestämmen* mit dem Ziel, die Lande jenseits der *Struppigen Mähne* als Jagdgründe in Besitz zu nehmen.

Halblinge: Bezeichnung für die Bewohner der *Immergrünen Almen*, die von auffällig kleinem Wuchs sind und deren Eigenart, sommers wie winters barfuß zu gehen, höchst verwunderlich erscheint.

Harte Menschen: Bezeichnung der *Pferdestämme* für die Bewohner des *Dominums*, die sich aus deren Tragen von metallenen Rüstungen herleitet.

Hasta, die: hellebardenartige Stangenwaffe der *Harten Menschen*.

Immergrüne Almen: die in einem schroffen Gebirge geborgene Heimat der *Halblinge*.

Jungferngunst: seltene Pflanze, deren Blüte bei Ausüberinnen der *Sorgsamen Kunst* höchst begehrt ist.

Kalvakorum: die vom *Subveheros* errichtete Hauptstadt des *Dominums.*

Karoka: Göttin des Wissens und der Geheimnisse im Pantheon des *Dominums.*

Keuchendes Fieber: eine Seuche, die insbesondere in feuchten Sommern auftritt und auf der *Pferdesteppe* immer wieder zahlreiche Opfer fordert.

Kinder der Weite: ein ausgelöschter *Pferdestamm.*

Klangscheiben: Instrumente aus *Skaldat,* deren Klang allerlei Regungen im Herzen der Hörer hervorrufen kann.

Klauenbären: wilde Bestien aus den *Steinernen Forsten.*

Knurrende Schakale: eine Sippe der *Pferdestämme,* die die Schäfte ihrer Keulen mit Dornen spickt.

Kollare, das: der zaubermächtige Halsreif aus *Skaldat,* den alle versklavten Geschöpfe im *Dominum* tragen.

Krähenfrau: Beiname der Göttin *Karoka.*

Krallendaumen: eine Sippe der *Pferdestämme,* die sich ihre Daumennägel zu langen Klauen spitz zufeilen.

Kronenadler: riesige Greifvögel, die nur in den höchsten Bäumen des *Wispernden Dschungels* nisten.

Kustoda: Rangbezeichnung unter den Soldaten der *Harten Menschen* für die Befehlshaberin einer *Arx.*

Lachende Lippen: eine Sippe der *Pferdestämme,* die für ihre frivole Art berühmt ist.

Langes Lied der Singenden Klingen: verheerende Schlacht, in der die Toten keine Ruhe fanden und die den blutigen Endpunkt des *Großen Zugs gen Norden* markierte.

Letzte Seufzer: eine lose Gilde von Assassinen und Meuchlern aus dem *Dominum.*

Lexis, der: ein Abgesandter des *Dominex* mit weitreichenden diplomatischen und militärischen Befugnissen.

Margo: siehe *Aglala.*

Meister der vollen Säcke: Beiname *Nundinors.*
Milchbäuche: eine Sippe der *Pferdestämme*, deren Angehörige sich die Bäuche mit weißer Erde einreiben.
Mukus, der: widerwärtige Absonderung des *Wurms der alles umschlingenden Liebe*, die gemeinsam mit einem Tropfen Blut eines Sklaven in dessen *Ampullarium* gegeben wird.
Muskelkneter: Heilergilde im *Dominum*, die sich trefflich darauf versteht, verspannte Glieder zu lockern.
Nagi Peta: siehe *Feuerseelen.*
Nasse Wälder: ein sumpfiges Waldgebiet im *Tiefen Süden*, in dem die Urmutter aller *Probaskas* beheimatet ist.
Neunfingrige, der: Gott der Diebe, den nur die zwielichtigsten Bewohner des *Dominums* verehren und der nicht Teil des offiziellen Pantheons ist.
Norger: grobschlächtiges Volk aus dem fernen Westen, dessen Angehörige Hauer im Maul tragen.
Numates, die: die wohlhabendsten freien Bürger des *Dominums*; der Geldadel der *Harten Menschen.*
Nundinor: Gott des Handels im Pantheon des *Dominums.*
Orkistan: die Heimat der *Norger* im fernen Westen.
Oschisesa: mythischer Held der *Pferdestämme*, der dem Wind das Geheimnis des Singens entriss.
Ostrea: Göttin des Meeres im Pantheon des *Dominums.*
Parvata, der: der höchste Gipfel des *Weltenwalls.*
Pferdestämme: Sammelbezeichnung für die zahllosen nomadisch lebenden Sippen und Clans, die die *Pferdesteppe* bevölkern.
Pferdesteppe: eine ausgedehnte Steppe jenseits der *Struppigen Mähne* und des *Margo* und die Heimat der *Pferdestämme.*
Pfefferhonig: süßscharfe Kostbarkeit aus *der Stadt der Schleier.*
Pinselohräffchen: handspannengroße, gelehrige Affenart aus dem *Wispernden Dschungel.*
Pollox, der: engster Vertrauter und rechte Hand des *Dominex*; höchster Würdenträger im *Dominum* nach dem Herrscher selbst.

Priesterrat: Körperschaft aus acht Hohepriestern und Hohepriesterinnen jener acht Götter, die im *Dominum* offiziell verehrt werden.

Primigladius, der: Kommandant der Stadtwache von *Kalvakorum.*

Probaskas, die: Nutztiere im *Dominum* mit grauer Haut, großen Ohren, Stoßzähnen und langen Rüsseln. Je nachdem, aus welcher Region sie stammen, besitzen einige Exemplare auch borstiges rotes Fell.

Pupula: ehrfürchtige und zugleich liebevolle Anrede für eine der zahllosen Töchter des *Dominex.*

Pyromanten: Gilde der Feuerwerker im *Dominum.*

Radius, der: kleine Münze im *Dominum.*

Raunender Stein: vom Himmel herabgefallener Fels in *Kalvakorum*, der manchen, die sich ihm nähern, Visionen gewährt.

Regen der bitteren Schande: ein tödliches Gift, das die *Scharlachroten Rosen* einnehmen, falls einem ihrer Schutzbefohlenen ein Unheil zustößt, das sie hätten verhindern können.

Reißhirsche: fleischfressende Hirsche mit langen Fangzähnen aus dem *Tiefen Süden.*

Rota, die: große Münze im *Dominum.*

Rovillus: Gott der Lust und der Fruchtbarkeit im Pantheon des *Dominums.*

Rufer: eine Vorrichtung aus Dreibein und Feuerschale, mit der die *Harten Menschen* unter Einsatz von rotem *Skaldat* ihre Flugechsenreiter aufs Schlachtfeld rufen.

Rüsselschnauzen: Bezeichnung der *Pferdestämme* für die *Probaskas* der *Harten Menschen.*

Samarna: Ruinenstadt in der *Pferdesteppe* und das größte der *Verbotenen Lager.*

Sapa Wahikape, die: siehe *Schwarze Pfeile.*

Scharlachrote Rosen: ein Orden in allen Kampfkünsten bewanderter Frauen, die sich dem Schutz des Lebens verschrieben haben.

Schlachtenbringer: Beiname *Bhagarions.*

Schwarze Pfeile: einer der Pferdestämme aus dem Westen der *Pferdesteppe.*

Schwarzer Hain: ausgedehntes Waldgebiet im Norden *Tristborns,* dessen hartholzige Bäume dem Glauben seiner Bewohner nach die Barthaare eines Gottes sind.

Schwarze Sternenblüte: Pflanze von den Hängen des *Weltenwalls,* die es dem Geist erlaubt, die Grenzen seiner Wahrnehmung zu durchbrechen.

Skaldat, das: zaubermächtiges Mineral, das in vielen Farben vorkommt und das es bei kundiger Verarbeitung ermöglicht, flüchtigem Willen fassbare Gestalt zu verleihen.

Sorgsame Kunst: die geheime Wissenschaft der Alchimie, die im *Dominum* ausschließlich von Frauen praktiziert wird, weil es heißt, die damit verbundenen Stoffe könnten den männlichen Samen unwiderruflich verderben.

Spiegelsee: ein großer See in der westlichen *Pferdesteppe.*

Sprengpulver: gefährliche Hervorbringung der *Sorgsamen Kunst* – ein Pulver, das bereits in geringen Mengen genügend zerstörerische Kraft in sich birgt, um in einem lauten Knall Stein in Schutt zu verwandeln.

Stadt der Schleier: Handelsmetropole im *Trägen Meer.*

Starna: siehe *Ewige Wanderin.*

Steinerne Forste: unheimliches Gebiet auf einer der großen Inseln im Westen, wo sämtliche Bäume zu hart sind, als dass je einer von ihnen gefällt worden wäre.

Struppige Mähne: großer Gebirgszug im Nordwesten der *Pferdesteppe,* der unter den *Harten Menschen* auch als die Drachenschuppen bekannt ist.

Stummer Barde: in sämtlichen Teilen der zivilisierten Welt bekannter Poet, der all seine zahllosen Werke ohne Nennung seines wahren Namens niederschrieb und daher den Chronisten bis heute Rätsel aufgibt.

Subveheros: Begründer des *Dominums* und Stadtvater von *Kalvakorum,* der in einer Wolke aus Rauch und Feuer in den Himmel aufgefahren ist, um über die Götter zu herrschen.

Suda Ojate, die: siehe *Harte Menschen.*

Sukawantschi Manil, die: siehe *Kinder der Weite.*

Süßer Dorn: mit einem schnell wirkenden Schlafgift versehene Nadel, wie sie von den *Scharlachroten Rosen* benutzt wird, wenn sie sich von ihren Schutzbefohlenen entfernen wollen.

Talvolk: Eigenbezeichnung der *Halblinge.*

Tausendfußskorpione: vier Schritt lange, tödlich giftige Kriechtiere von den Hängen des *Weltenwalls.*

Täuscherechsen: gefährliche, auf zwei Beinen gehende Raubechsenart aus dem *Wispernden Dschungel,* die die Farbe ihres Schuppenkleids an ihre Umgebung anpassen und so beinahe vollkommen unsichtbar werden kann.

Tendra Megun Romur: eine Bezeichnung aus der Sprache des *Alten Geschlechts* für zaubermächtige Personen wie etwa *Feuerseelen.*

Teshi Asanapi, die: siehe *Milchbäuche.*

Tiefer Süden: all jene Gebiete südlich des *Dominums,* in denen nach Auffassung der *Harten Menschen* nur noch Barbaren und wilde Tiere hausen.

Träges Meer: Sandwüste im Südosten der *Pferdesteppe.*

Tristborn: Königreich im Nordwesten des *Dominums.* Die *Harten Menschen* behaupten, Tristborn sei eine abtrünnige ehemalige Kolonie des Dominums, wohingegen die Tristborner die Auffassung vertreten, bei den Stadtstaaten, aus denen einst das Dominum hervorging, habe es sich um abgefallene Provinzen ihres eigenen Reiches gehandelt.

Tscheschenk Kubolsch: Dämon aus den Glaubensvorstellungen der *Halblinge* – ein Koboldskind, das dem *Talvolk* untergeschoben wird, um Unfrieden unter ihm zu stiften.

Turris Migra, der: einer der verlegbaren Türme, von denen aus die *Harten Menschen* ihre Flugechsen über die *Pferdesteppe* fliegen lassen.

Untrennbares Paar: die beiden einzigen Götter, die das *Talvolk* anbetet und die die Seelen ihrer Schützlinge nach deren Tod in immer neuen Körpern zurück in die Welt entsenden.

Verbotene Lager: die ursprünglichen Wohnstätten der Vorfahren der *Pferdestämme*, aus denen sie von der *Ewigen Wanderin* hinausgeführt wurden, um sie vor den Einflüsterungen böser Geister zu schützen.

Volitares, die: die Flugechsenreiter der *Harten Menschen.*

Volle Zelte: eine Sippe der *Pferdestämme*, die in einer besonders wildreichen Region beheimatet ist.

Völkersammler: reiche *Harte Menschen*, die darauf aus sind, mindestens einen Sklaven aus jedem bekannten Volk in ihrem Besitz zu wissen.

Wanahoni: legendäres Kind der Steppe, das wegen seiner Sturheit in einen Berg verwandelt wurde.

Warnungen der Ewigen Wanderin: mündlich überlieferter Kodex aus Regeln und Geboten, die die *Ewige Wanderin* den Ahnen der *Pferdestämme* nach deren Auszug aus den *Verbotenen Lagern* aufgetragen hat.

Warzeneber: wilde Schweine, die von vielen Sippen der *Pferdestämme* oft und gern gejagt werden, obwohl sie gefährliche und widerspenstige Beute sind.

Weinäpfel: Köstlichkeit aus dem *Dominum* – Äpfel, die bereits am Ast vergären.

Weiße Öde: Eiswüste im Norden der *Pferdesteppe.*

Weltenwall: hoher Gebirgszug im Osten der *Pferdesteppe.*

Wikasa Yata: mythische *Feuerseele*, die die alte Feindschaft zwischen Menschen und Schakalen beendete.

Wispernder Dschungel: ein undurchdringlicher Regenwald, der die Nordwestgrenze des *Dominums* markiert.

Wurzelesser: eine Sippe der *Pferdestämme*, die ein Gebot der *Ewigen Wanderin* dergestalt auslegt, dass sie auf den Verzehr von Fleisch verzichtet.

Danksagung

Liebe Leser,

es ist an dieser Stelle Zeit für drei kleine Geständnisse. Keine Angst, es wird nicht hochdramatisch. Nur sehr persönlich. Geständnis Nummer eins: Ich bin gar kein richtiger Wolf. Geständnis Nummer zwei: Ich bewege mich trotzdem in einem Rudel durch den bisweilen recht finsteren Wald des Erzählens, und zwar im kleinstmöglichen Rudel, das man sich vorstellen kann – ohne meinen Co-Autor wäre ich nichts, und daher mögen Sie mir bitte verzeihen, wenn Sie fortan auf ein »Uns« oder ein »Wir« stoßen, wo Sie eigentlich ein »Ich« erwarten. Geständnis Nummer drei: Man könnte meinen, ein Autor behielte stets die völlige Kontrolle über die Szenarien und Figuren, die er entwirft. Dem ist – zumindest für mich – ganz und gar nicht so. Schreiben ist nicht zuletzt deshalb ein Abenteuer, weil es einen in aufregende Gefilde führt, wo man Geschöpfen begegnet, von deren Existenz man zuvor nicht einmal das Mindeste geahnt hat. So hält die Welt des Skaldat selbst für mich, aus dessen Kopf sie gewissermaßen herausgeplumpst ist, immer wieder Überraschungen bereit, und gerade das ist es, was mich seit jeher an der Fantasy fasziniert: ihre Kraft, einen mit sich fortzureißen an Orte, die man ohne sie nie hätte betreten können.

Unter dieser Prämisse möchte ich Sie auf einen kleinen Ausflug in meine Kindheit einladen: Vor vielen, vielen Jahren betrieb meine Großmutter eine private Leihbücherei (sozusagen eine Vorgängerin der Videothek, als Videorekorder noch Science Fiction waren, und falls Sie sich nun fragen, was ein Videorekorder ist, gehören Sie zu den Glücklichen, die nie miterleben mussten, wie sich eine Videokassette mit einem heißgeliebten

Film darauf in unappetitlichen Bandsalat verwandelt). Auch wenn besagte Bibliothek schon längst aufgelöst war, als ich das Licht der Welt erblickte, konnten mich die vorhandenen Restbestände an Romanen doch immer wieder begeistern. Hier gab es so herrlich viele Tore in neue Welten, so wunderbar viele Wege zu neuen Abenteuern und scheinbar zahllose Protagonisten, die im Zuge ihrer Prüfungen erst noch zu Helden reifen mussten. Das Schmökern in diesen Büchern waren Vorstöße auf unbekanntes Terrain. Und genau dieses Gefühl möchte ich auch bei Ihnen, den Lesern, mit jedem Aufbruch in die Welt des Skaldat wecken: Ich möchte gemeinsam mit Ihnen in jedem Band neue Helden begleiten, neue Abenteuer erleben und neue Landstriche erkunden.

Die Skaldat-Romane sind also keine klar aufeinanderfolgende Serie, sondern eine lose Reihe, die versucht, immer neue Facetten einer Welt zu entdecken. Natürlich gibt es wiederkehrende Elemente – doch diese stehen nicht im Mittelpunkt der Handlung, sondern sind eher ein Teaser, auch einmal in die anderen Bände hineinzuschauen.

Wie wahrscheinlich jeder andere Roman auch (oder zumindest alle Geschichten aus meiner Feder) steht dieses Buch, das Sie in Händen halten, auf den Schultern von Riesen. Im Fall von *Heldenzorn* heißen diese Riesen Frank Herbert, Stanley Kubrick und James Fenimore Cooper – *Dune*, *Spartacus* und *Der letzte Mohikaner* sind Teil der DNA von *Heldenzorn*. Und da man keines dieser Werke gemeinhin der Fantasy zurechnet, sieht man sehr schön, wie sehr mein Herz für Mutanten und Freaks schlägt.

Doch nun weg von den Riesen und hin zu den vermeintlich gewöhnlichen Menschen. *Heldenzorn* ist all jenen gewidmet, die den Mut hatten, für die Freiheit einzustehen – für ihre eigene und die ihrer Mitmenschen. In den Tagen, in denen ich diese Zeilen schreibe, geben überall auf der Welt Menschen ihr Leben, weil sie von einer besseren Gesellschaft träumen. Ich begegne ihrer Tapferkeit mit Demut und Hoffnung gleichermaßen.

Selbstverständlich möchte ich auch allen Lesern danken – sowohl denen, die erst mit *Heldenzorn* in die Welt des Skaldat gefunden haben, als auch jenen, die schon seit *Heldenwinter* dabei sind. Wie wir wissen, machen erst Gefährten die Reisen durch phantastische Welten zu etwas ganz Besonderem. Und wenn Ihnen unsere bisherigen Reisen gefallen haben, freuen wir uns natürlich sehr, wenn Sie anderen darüber berichten und sie ermutigen, sich uns doch auch einmal anzuschließen.

Neben den Lesern waren noch zahlreiche andere Menschen mittelbar und unmittelbar an der Entstehung von *Heldenzorn* beteiligt. Neben unseren Agenten Uwe Neumahr und Roman Hocke sind da natürlich unsere Lektoren Beatrice, Carsten, Michelle und Ralf zu nennen, ohne die wir wohl schon bei der Erstellung des Rohmanuskripts den Verstand verloren hätten. Insbesondere Carsten konnte dabei unter Beweis stellen, welch feines Gespür für erzählerische Abläufe und die passende Länge einer anvisierten Handlung er besitzt – es zeigt sich, dass man besser auf ihn hört, wenn er höflich darauf verweist, man habe sich womöglich etwas viel auf einmal vorgenommen. Beatrice und Michelle waren es, die mich charmant davon überzeugten, was für eine feine Sache Flugechsen doch sind, und ich bin im Nachhinein sehr glücklich, dass mir mein skeptischer Sturkopf ordentlich gerade gerückt wurde. Und dass Ralf der präziseste Textchirurg ist, den man sich nur wünschen kann, ist beileibe keine Übertreibung.

Zahlreiche Freunde hatten stets ein offenes Ohr für uns, wenn wir sie mit unseren Sorgen und Nöten belästigten, weswegen Christoph, Claas, Jesco, Jan, Kerstin, Lars, Michael, Mike, Peggy, Steffi und Torsten nicht unerwähnt bleiben dürfen.

Doch auch unter der schreibenden Zunft haben wir nicht nur Kollegen, sondern auch Freunde gefunden, die neben unserer Arbeit noch viel nachhaltiger unser Leben bereichern:

Vielen Dank an Bernhard, Berta, Claudia, Daniela, Falko, Kai, Kerstin, Markus, Melanie, Oliver, Thilo sowie die entzückende Frau Schlederer.

Eine große Stütze vor, bei und während der Entstehung von *Heldenzorn* war auch das *Fantastische Quartett*. Anett, Ann-Kathrin, Tom und Matthias – durch euch wird jede Sendung für uns zu einem Erlebnis, das wir nicht missen möchten.

Bevor ich nun widerstrebend endgültig von Ihnen ablasse, bleibt noch ein winziges Geheimnis zu lüften. Womöglich haben Sie sich gefragt, mit welchen Worten sich Fulmar, der Geist der Geschichten, im Turm des Windes vom dort gefangenen Schwarzschwinge verabschiedet hat. Hier nun also die Übersetzung aus der Drachenzunge: »Ich habe dir den jungen Helden gebracht. Ich habe dir die Freiheit gebracht.«

Leben Sie wohl, oder wie Fulmar es sagen würde: »Man nutze immer das, was einem gegeben ist, um die Welt zu verändern. Es kommt nur auf den richtigen Zeitpunkt an.«

JONAS WOLF, Hamburg im Frühjahr 2012

(P.S. Ich freue mich über jeden Kommentar zu *Heldenzorn*. Schicken Sie mir doch einfach eine E-Mail an jonas@implischke.de oder besuchen Sie mich auf Facebook unter https://www.facebook.com/JonasWolfAuthor.)

SEI UNSER
HELD!
PIPER FANTASY
Gleich mitmachen und die magische
Welt der Piper Fantasy erleben! Neugierig?
Dann auf zu www.piper-fantasy.de!
Piper-Fantasy.de
PIPER